Patrice Franceschi

Dictionnaire *amoureux* de la Corse

Dessins d'Alain Bouldouyre

PLON
www.plon.fr

COLLECTION CRÉÉE PAR JEAN-CLAUDE SIMOËN
ET
DIRIGÉE PAR GRÉGORY BERTHIER-SAUDRAIS

92, avenue de France
75013 Paris
Tél. : 01 44 16 09 00
Fax : 01 44 16 09 01
www.plon.fr
www.lisez.com

Mise en pages : Nord Compo (Villeneuve-d'Ascq)
Dépôt légal : mai 2022
ISBN : 978-2-259-24863-1

MIXTE Papier issu de sources responsables FSC® C003309

Plon est un éditeur qui s'engage pour la préservation de son environnement et qui utilise du papier fabriqué à partir de bois provenant de forêts gérées de manière responsable.

À Tous les FRANCESCHI, TIRAMANI,
VECCHIERINI et ALFONSI, les miens...

Avant-propos

Un « Dictionnaire amoureux » n'est pas un dictionnaire. Encore moins une encyclopédie. Il n'a aucune vocation à l'exhaustivité. On y trouve seulement ce que l'auteur a bien voulu y mettre par ses choix subjectifs et assumés comme tels. Son but est de proposer une promenade amoureuse dans le sujet qu'il s'est choisi. Rien de plus, rien de moins. Et c'est déjà beaucoup. L'auteur y parle de ce qu'il aime, écarte le reste.

J'ai aimé ce défi. Car si cette promenade se déroule à l'intérieur de la Corse, j'étais, comme tous les écrivains qui m'ont précédé dans cette collection, libre de mes « entrées », sans nulle contrainte. Certains thèmes tiennent donc beaucoup de place, d'autres auxquels on pouvait s'attendre ont disparu. Telle est la règle. De toute façon, un « Dictionnaire amoureux » est moins conçu pour informer que pour dévoiler. Il se veut un regard original et personnel sur des choses déjà connues. Il donne à les voir autrement. Ce qu'on y apprend doit l'être par incidence. De surcroît, il veut, ici ou là, surprendre. J'espère y être parvenu.

On trouvera donc peu d'éléments sur la politique, beaucoup sur la poésie ou ce qui en tient lieu. J'ai évacué à peu près tout ce qui touche au tourisme comme ce qui relève de l'économie ou du commerce. Les informations à ce sujet sont accessibles ailleurs, dans de nombreux livres fort bien faits, il était inutile que je les répète. En revanche, j'ai accordé une large place à ce qui se rattache à la nature, à certaines périodes historiques de l'île, à des personnages que j'aime, à des lieux qui me sont chers, à la littérature en général. Dans ce vaste panorama, je n'ai pas oublié ma famille. Ceux qui la composaient jadis, mon village, ses montagnes et ses lieux remarquables comptent de nombreuses entrées, renvoyant toutes, je l'espère, à ce qui fait l'âme corse dans ses multiples dimensions – et sans doute est-ce, au fond, la seule chose qu'il m'importait de dire et d'écrire, le reste appartenant à ce que l'on appelle les détails.

A

Ajaccio – promenade

Pour parler d'Ajaccio, j'ai choisi de vous emmener sur le cours Napoléon. Ce ne sera guère une promenade originale – ceux qui connaissent la ville vous le diront –, mais je suis attaché par toutes sortes de souvenirs à ces « Champs-Élysées » de la capitale napoléonienne – et c'est là que je croise le plus d'amis lorsque je rentre d'un long voyage.

Cette artère, assez étroite, se révèle toujours très animée, hiver comme été. On sent qu'elle a été davantage pensée pour ses habitants que pour les touristes qui s'y bousculent en juillet et août. C'est un sujet de satisfaction quand on connaît la pression touristique en Corse : 3 000 000 de visiteurs par an pour 300 000 habitants. Ces chiffres m'ont toujours donné le vertige.

Tracé au début du XIXe siècle, le cours Napoléon coupe Ajaccio du nord vers le sud sur environ un kilomètre, entre la place de Gaulle – appelée aussi « place du Diamant » – et la gare ferroviaire d'où part et aboutit l'unique ligne de chemin de fer corse et sa célèbre micheline – voir cette entrée.

Malgré son encombrement, le cours Napoléon dégage une certaine forme de charisme. Sans doute tient-il pour une part aux palmiers chevelus plantés ici et là sur les trottoirs au côté de lampadaires aussi désuets qu'élégants, mais surtout aux façades des immeubles anciens qui bordent le cours tout du long. Teintées d'ocre rouge, de jaune ou de blanc, ces façades à cinq ou six étages sont parfaitement alignées les unes à côté des autres, chacune percée par des suites bien régulières de fenêtres rectangulaires aux persiennes vertes ou grises le plus souvent. Des balcons ouvragés rompent parfois cet alignement, apportant une touche bienvenue d'asymétrie. Au bas de ces immeubles s'ouvrent de belles portes cochères donnant sur des arcades ombragées, des allées marchandes, et toute une série de cafés, de boutiques, de commerces.

Mieux vaut se promener à pied qu'en voiture : les embouteillages du cours Napoléon sont célèbres. On s'y gare avec encore plus de difficulté – c'est tout un parcours du combattant –, jusqu'à en conclure avec désolation qu'ici comme ailleurs l'encombrement des voitures dans les villes n'est aucunement proportionnel à la taille de ces dernières. 70 000 personnes vivent à Ajaccio, mais elles ne sont pas mieux gâtées qu'à Paris.

En partant de la place de Gaulle – à l'angle de l'avenue du Premier-Consul, qui mène à droite vers la mairie et le vieux port –, on découvre l'un des plus beaux édifices du quartier, tout de rose vêtu et paré de touches blanches et vertes. Son architecture recherchée est à l'image des hôtels particuliers haussmanniens de Paris – les couleurs en plus. On pourrait envier ceux qui ont la chance d'y habiter. Comme je préfère la campagne, je me contente d'admirer.

Moins de cent mètres plus loin, sur la gauche du cours, se dresse la préfecture, ample bâtiment ocre à un seul étage, de belle facture, précédé d'une pelouse plantée de palmiers que gardent des grilles pointues et quelques gendarmes à l'ennui manifeste – on les comprend. Je me souviens d'un ami nationaliste qui, passant là il y a quelques années avec moi, me lança sans rire : « Tu vois, ça, c'est l'ambassade de France. » Je m'étais dit : « Décidément, on n'arrête pas le progrès – et moins encore le repli sur soi. »

Face à la préfecture, il ne faut pas manquer une institution : le « Grand Café Napoléon », orné d'abeilles entourées de couronnes de laurier, l'emblème de l'Empereur. C'est le bar où j'ai le plus mes habitudes. On ne s'y ennuie jamais et la nourriture est à la hauteur. Ses concurrents se trouvent un peu plus loin : « Le Royal », « La Taverne » et « L'Impériale ». Je les apprécie, mais c'est à la terrasse du « Napoléon » que je m'attable généralement lorsque le temps cesse de fuir entre mes mains. Alors je peux être certain de voir passer, tôt ou tard, toutes sortes de gens de ma connaissance. Inutile pour moi, ou presque, de prendre rendez-vous si je veux rencontrer quelqu'un à Ajaccio. Cela se fait tout seul. Il n'est besoin que d'attendre au « Napoléon ».

À partir de ce café se succèdent, à droite comme à gauche, une flopée de boutiques et de magasins : glaciers, pharmacies, banques, cavistes, tailleurs, maroquiniers, bureaux de tabac, épiceries, boulangeries, salons de thé, coutelleries… La vie, quoi : et cela bouge beaucoup – il y a « presse », comme on se plaisait à dire dans d'autres temps. Cependant, c'est dans la rue de l'Assomption, qui se présente sur la droite et descend roidement en direction du port, beaucoup plus déserte en toutes saisons, que l'on rencontre le plus intéressant de ces magasins. À mes yeux, il s'agit plus exactement d'une sorte de « boutique résistante » par la fonction qu'elle s'est donnée. Son nom, inscrit sur la façade entièrement peinte en noir, le proclame sans ambiguïté : « Passioni piano ». Tout un programme en ces temps de musique aux algorithmes… Je ne connais pas le propriétaire, mais il m'arrive de m'attarder devant sa devanture pour admirer le travail de ses employés. On semble y faire de la belle ouvrage. Rien n'est perdu en ce bas monde.

De retour sur le cours Napoléon, on ne peut manquer l'un de ses deux plus remarquables bâtiments, face à « La Taverne » située sur le trottoir d'en face. C'était autrefois le théâtre Saint-Gabriel. Un incendie l'a dévasté en 1927. De ce drame est née l'actuelle poste principale d'Ajaccio. Elle y a pris ses quartiers en 1938, lorsque l'édifice fut reconstruit. Que cet endroit soit passé du plaisir de déclamer des histoires sur une scène à celui d'en raconter sur du papier à lettres m'a toujours réjoui : il faut s'emparer comme on peut des petits plaisirs imaginatifs qu'offre l'existence – et rendre grâce aux architectes qui ont réhabilité les lieux. Car cette poste est une réussite. Haute de cinq étages, flanquée à gauche d'une tour à horloge décorée de frises fleuries d'un rouge pâle se mariant parfaitement au jaune pastel de la façade, elle a de l'allure. On y accède par une volée de marches donnant sur une série de cinq voûtes – dont deux en retrait aux extrémités – encadrées de pierres grises parfaitement ajustées les unes dans les autres. On suggérerait juste à la municipalité d'en finir un jour avec la laideur des containers placés devant l'entrée pour on ne sait quel chantier qui n'en finit jamais.

Peu après la poste se présente à gauche l'étroite rue Lorenzo. Elle est chère à mon cœur, car tout au bout existe toujours un hôtel tranquille où j'ai eu mes habitudes il y a vingt ans. Naturellement, il se nomme « Napoléon » – à Ajaccio, même les pharmacies peuvent s'appeler « impériale » ou le Leclerc du coin « Relais Napoléon ». On n'en finirait plus de recenser les lieux portant un nom relié à l'Empereur d'une manière ou d'une autre... Si cet hôtel est discret au fond de sa rue, il n'a rien perdu de son charme. Il m'arrive d'aller m'en assurer et de conseiller à ceux qui cherchent un gîte de s'y installer. Ne faut-il pas rendre ce que l'on a reçu ?

En face de la rue Lorenzo – et un peu plus loin – s'élèvent les façades rapiécées des deux cinémas du cours Napoléon : le « Lætitia » et l'« Empire ». Ils ont fermé un beau jour, sans que l'on sache très bien pourquoi. Ils étaient pourtant des valeurs sûres. Mystère. Comme dans bien des agglomérations françaises, il faut désormais prendre sa voiture pour gagner la « périphérie » si l'on souhaite savourer un film. Le combat pour la sauvegarde des centres-villes continue.

On se rassure de cet état des lieux en parvenant devant la magnifique église Notre-Dame-de-Saint-Roch, située sur la gauche du cours. Celle-là n'est pas près de fermer malgré la désaffection des fidèles. On me rétorquera peut-être qu'elle deviendra demain un musée si les choses suivent leur pente actuelle, mais en attendant, toute personne normalement constituée ne peut rester insensible à la beauté de cet édifice dégageant une vague allure de temple grec – hélas enlaidi à l'arrière par l'un de ces immeubles « cages à poules » dont nous avons le secret.

À partir de cette église, l'animation décroît tandis que le cours Napoléon descend progressivement vers le niveau de la mer. Lorsqu'il l'atteint apparaissent à droite, amarrés aux quais du port, les imposants ferrys reliant la Corse au continent et à l'Italie. Sur la gauche – au fond d'une large avenue bordée de petits palmiers et de beaux immeubles anciens – est érigé le palais de justice qui, d'une certaine façon, ressemble à tous ceux de son espèce – et semble vouloir se faire discret.

Encore quelques pas et l'on parvient à la petite gare de la micheline. On n'a plus devant soi que les immeubles modernes de la ville et la mer sur la droite, sans grand intérêt à cet endroit. La promenade est terminée.

Il ne reste plus qu'à remonter vers le centre d'Ajaccio. Toutefois, si l'on veut encore découvrir autre chose, il faut le faire par la rue du Cardinal-Fesch, parallèle au cours Napoléon. C'est dans cette rue piétonne, rivale du cours, que l'on trouvera encore une multitude d'agréables bistrots où il fait bon s'attabler, et ce haut lieu de la culture qu'est le musée des Beaux-Arts, installé près de la chapelle impériale.

Il va de soi qu'Ajaccio ne se réduit pas à ce parcours personnel et intime. À chacun de se créer le sien. Il y a de quoi faire, entre le vieux port, la citadelle, la vieille ville ou le cours Grandval, célèbre autrefois pour sa clientèle de riches aristocrates britanniques. Il y faut juste du temps, beaucoup de temps, une forme d'appétit intellectuel sans cesse aux aguets, un peu d'innocence teintée d'étonnement, le désir de découvrir ce qui se cache derrière l'apparence de chaque chose, et enfin un je-ne-sais-quoi d'intérêt profond pour l'âme de cette ville, davantage que pour ses curiosités – ce qui fait la différence entre le voyageur et le simple touriste.

Ânes

C'est une photo que j'ai en mémoire depuis longtemps et dont je conserve un exemplaire dans mes archives – c'est-à-dire dans l'une de ces grosses cantines de fer disséminées par mes soins un peu partout en France. Cette photo date de mon enfance. Elle est en noir et blanc, tirée sur un papier très épais – c'était l'usage alors. Elle a été prise dans une rue de Pancheraccia, mon village, au début des années 1960, je pense. Au premier plan, on voit le père de mon père, Pierre-Félix Franceschi, tel qu'en lui-même à l'époque : déjà bien âgé mais encore solide, la moustache fournie, le visage impassible. On l'appelait « pépé ». Il porte un chapeau mou, un pantalon trop large, une veste trop longue, une chemise blanche : des vêtements de paysan. C'est l'une des rares photos que j'aie de lui. Une autre, beaucoup plus ancienne, le montre en uniforme, très jeune cette fois, avec des pommettes saillantes et des yeux bridés – des yeux si « asiatiques » que nous, ses petits-enfants, le surnommions en secret « Yamamoto ». L'insigne de son régiment est brodé sur le col de sa vareuse. Ce cliché-là date de la Première Guerre mondiale. Une guerre qu'il avait faite dans la Somme et les Balkans comme canonnier pointeur. Bilan : cinq années au loin, deux avions allemands abattus, des décorations dans un cadre accroché discrètement dans un coin de son salon, rien d'autre. Il n'en parlait jamais.

Sur la photo de mon enfance, on voit au second plan l'un de mes frères et moi juchés sur un âne que mon grand-père tient par un licol. Sur la droite et à l'arrière-plan, on distingue les hauts murs de maisons austères – des murs de la largeur d'un bras, constitués d'énormes pierres sèches assemblées sans autre ciment qu'un peu de terre séchée : Pancheraccia, village des montagnes corses, en ce temps-là.

Cet âne, avec d'autres, appartenait à ma famille et j'ai le souvenir qu'au temps des vacances on nous promenait sur leur dos pour nous distraire, nous amuser et nous éduquer – tout cela à la fois. Les autres mois de l'année, ces ânes servaient à se déplacer dans le maquis, à transporter toutes sortes de charges entre le village et les champs alentour, à mener les chasseurs de sangliers sur leurs lieux de traque. Tout le monde possédait des ânes. Qui aurait pu s'en passer ? On les traitait donc avec soin, comme des outils précieux devant durer longtemps. Ils disposaient de bonnes étables, de fourrage en quantité, et leurs bâts de bois, quoique sommaires, étaient de qualité.

On ne laissait pas vaquer ces ânes n'importe où. Seules les vaches faisaient ce qu'elles voulaient – mais toujours en dehors du village –, quittant souvent les champs pour se promener sur les routes, altières et débonnaires, au risque de se faire tamponner par une voiture dans un virage – ce qui survenait parfois, les virages ne manquant pas chez nous. Les ânes, on les croisait plutôt dans le village et au hasard des sentiers de montagne où ils surgissaient sans crier gare, nous contemplant fixement avant de s'enfuir dans de grands bruits de fourrés froissés.

Quand j'étais enfant, il était commun de voir des ânes dans les rues et de devoir zigzaguer entre leurs tas de crottin. Leurs braiments incessants appartenaient au fond sonore des villages comme les cloches des églises ou le tintement des clochettes accrochées au cou des vaches. Par conséquent, si un âne avait la malencontreuse idée de venir passer la nuit sous votre fenêtre, vous étiez assuré d'être réveillé à l'aube par des « hi-hans, hi-hans » à déchirer le cœur. L'âne est un animal triste.

Pour autant, je ne l'aimais pas particulièrement. Il était là, et voilà tout. Je lui trouvais le regard vide et vaguement stupide, ses réactions étaient imprévisibles et son trottinement ridicule – songez au majestueux déplacement de la gazelle. Quant à son pelage, il se montrait bien trop rêche pour rivaliser avec celui du cheval, la monture noble par excellence. Mais il n'y avait pas de chevaux à Pancheraccia – tout juste la mule de Pedru Francescu, notre voisin, qui me la prêtait pour jouer au cow-boy, mais c'est une autre histoire.

Je montais donc des ânes par défaut. On m'apprit l'essentiel pour les mener, mais avec le recul j'ai le sentiment que je devais être aussi rétif à leur appliquer cet enseignement qu'eux-mêmes l'étaient à s'y conformer. En somme, nous n'étions pas faits pour nous entendre. Je crois même pouvoir avouer aujourd'hui que je n'ai rien appris des ânes et qu'ils n'ont jamais rien su de moi. Il est des incompréhensions mutuelles qu'il serait vain de chercher à expliquer.

Pourtant, bien avant que je ne fête mon dixième anniversaire, ma mère m'avait offert un petit âne en peluche gris avec lequel je me suis endormi jusqu'à un âge avancé... J'aimais beaucoup cet âne inanimé qui avait une bonne odeur, ne braillait pas et possédait des yeux de verre d'une profondeur troublante. Hélas, il a échoué à me réconcilier avec ses semblables de chair et d'os. Il en va peut-être des peluches comme des choses qu'elles représentent : à trop magnifier ce qui ne le devrait pas, on se trompe sur la vérité du monde réel.

Toutefois, si un animal devait un jour servir d'emblème à la Corse, ce ne pourrait être que l'âne. Cette pauvre bête n'a-t-elle pas, des siècles durant, facilité quotidiennement la vie des habitants de l'île ? Le fait est indubitable. Évidemment, le sanglier pourrait aussi se porter candidat dans la mesure où il a aujourd'hui dépassé l'âne en termes d'occupation territoriale, mais on voit tout de suite le problème : on ne tire pas à coups de fusil sur un emblème – et Dieu sait si la consommation de cartouches de chasse est élevée en Corse, surtout à destination du sanglier. À la rigueur, les tenants de cet animal sauvage pourraient arguer que nous en mangeons la chair en quantité si appréciable que cette coutume vaut tous les arguments – ne suggère-t-elle pas une forme de communion quasi religieuse entre l'homme et le sanglier, à l'image de la chair du Christ que l'on mange le dimanche ? Mais non, là encore : ce serait faire un affront à celui que l'on porte en croix dans toutes nos processions.

Resterait donc l'âne, dans l'hypothèse, bien sûr, où notre emblème ait à changer – par exemple sous la pression des temps nouveaux, le « droit des animaux » ne nous oblige-t-il pas, désormais ? On devrait, d'ailleurs – et sans plus attendre – porter l'affaire devant le peuple en exigeant un référendum national pour la modification de notre emblème. D'autant que les chances de l'âne, figure de proue manifeste de l'exploitation animale, seraient accrues par son aspect victimaire : l'âne et ses grandes oreilles basses, l'âne et ses braiments lamentables, l'âne et son allure sans gloire, bref, l'âne de Sancho Panza. Mais non… Cela marcherait peut-être chez les *pinzut* du « continent » mais pas chez les Corses qui préféreraient la carne montée par Don Quichotte lui-même. Au moins a-t-elle un certain panache vu son cavalier. Mais cette carne-là appartient aux Espagnols… Que faire, alors ? À mon avis : rien. La tête de Maure sur notre drapeau nous va encore pour longtemps.

Si je cherche maintenant quels ânes ont laissé une trace réellement marquante en moi – je veux dire : quels ânes en particulier –, je n'ai aucune peine à avouer que ce ne sont pas des ânes corses mais des ânes nés sur une terre étrangère et lointaine, une terre encore plus rude que la mienne et particulièrement farouche, située entre le Soudan et le Kenya, dans les confins méridionaux de la corne de l'Afrique.

Ces ânes étaient deux. Deux bêtes maigrichonnes à qui je dois pourtant d'avoir survécu plus de quarante jours dans cette région hostile. Voici l'histoire :

En 1978, il me vint l'étrange idée de suivre le plus long fleuve de la planète – le Nil – de sa source à la mer en utilisant principalement des moyens de locomotion à taille humaine, c'est-à-dire d'abord mes jambes. J'avais vingt-trois ans. Ce périple quasi solitaire qui dura huit mois fut avant tout une histoire d'amitié avec un fleuve mythique et les habitants qui le bordent – ce que je recherchais avant tout. Parti du mont Kikizi au Burundi où naît la branche des plus longues eaux du fleuve, je ralliai d'abord la Tanzanie à pied et, après bien des aventures, parvins à Lodwar, dans le nord du Kenya. De cette bourgade perdue, je comptais rejoindre le Soudan et le Nil dont je m'étais écarté à cause de la guerre en Ouganda. Plus de six cents kilomètres me séparaient de Juba, première ville d'importance sur le fleuve. C'est à ce moment-là, en arrivant à Lodwar, que des ânes inattendus surgirent dans mon existence.

Lodwar était à l'époque – et peut-être encore aujourd'hui – le centre de l'ethnie Turkana qui appartient, avec les Karamojong, les Toposa et quelques autres tribus apparentées, au groupe nilotique des Karamoja. Leur aire d'habitat s'étendait de l'Est ougandais au sud du Soudan et au nord-ouest du Kenya – et côtoyait celles des tribus Karo, Bodi, Bumé, Batcha, Bari et Rendille, sans oublier les fameux Mursi aux femmes à plateau.

L'aridité de ce pays, fait de terres ocre parsemées d'épineux, avait depuis toujours contraint les populations qui y vivaient à l'élevage et à la transhumance aux époques les plus sèches de l'année. Le bétail, vaches, moutons, ânes, chèvres, chameaux, était le moteur de leur vie sociale, leur principale richesse et la source de leur art. Façonnés par leur terre, ces hommes étaient de farouches guerriers qui croyaient en un dieu suprême et ne dédaignaient pas la sorcellerie. Leur principale occupation consistait à agrandir leurs troupeaux en pillant ceux des voisins. Leur avidité à posséder – ce cher Rousseau, s'il avait pu la constater, en aurait été effondré – jointe à l'amour mythique qu'ils portaient à leurs bêtes – surtout les vaches – était à l'origine de guerres incessantes entre tribus qui menaient des razzias les unes chez les autres dans des batailles souvent féroces. On ne comptait plus les guerriers tombés au combat pour quelque belle Hélène à quatre pattes. Ce genre d'affaire était suivie de vendettas grand format qui auraient intéressé n'importe quel Corse des temps anciens, j'en suis certain…

À mon arrivée à Lodwar, je fis savoir au *district officer* représentant le gouvernement que je voulais rallier Juba et le Nil à pied et cherchais pour cela un pisteur qui puisse aussi me servir d'interprète. La nouvelle courut aussitôt les rues poussiéreuses de la ville et, quelques heures plus tard, un jeune Turkana sédentarisé se présenta : visage ouvert et sympathique, jambes grêles passées dans un short élimé, casquette sale posée de guingois sur la tête. Il parlait un anglais scolaire mais suffisant. Il me dit s'appeler Benson Etambo – ce qui signifiait « petite hutte » dans sa langue – et aimer l'aventure plus que tout. Il ajouta que ses seuls biens matériels tenaient dans un modeste coffre de bois cerclé de fer dont la clef pendait à son cou et qu'il était donc libre.

Benson avait mon âge et je crus me reconnaître en lui. Je l'engageai aussitôt – à l'instinct. Je n'allais avoir qu'à m'en féliciter au cours des deux mois suivants. Benson reste dans ma mémoire comme l'un des meilleurs compagnons d'aventure étrangers que les hasards de l'existence m'aient accordés. Plus tard, au cours de ce même voyage le long du Nil, il y aurait Suleïman – grand chef de caravane s'il en est dans tout le Sahara oriental – et, bien plus tard encore, en Nouvelle-Guinée, Dixon Samuel Dike, pisteur papou sans lequel je ne serais sans doute pas revenu de ces contrées à l'attirance vénéneuse. Mais Benson avait un je-ne-sais-quoi d'innocence que je n'ai plus jamais rencontré, je crois.

En attendant, je lui demandai ce qu'il pensait de notre longue équipée vers Juba et comment il voyait l'affaire. Parcourir six cents kilomètres à pied dans des territoires le plus souvent semi-désertiques n'était pas couru d'avance. Savait-il où se trouvaient les puits pour nous ravitailler en eau et les villages où nous pourrions trouver des vivres ? Avec une naïveté déconcertante, Benson me répondit qu'il ne pouvait connaître tout cela compte tenu de son jeune âge mais qu'il était chez lui partout – ce qui revenait au même. Toutefois, ajouta-t-il, il ne fallait pas songer franchir de telles distances sans des animaux de bât. Je devais commencer par acheter deux ânes qui porteraient eau, vivres et équipement. Ces animaux étaient d'utilité courante chez les Turkana qui laissaient les chameaux aux tribus ennemies comme les Rendille.

Nous voilà donc bientôt arpentant les faubourgs de Lodwar à la recherche de deux bêtes robustes. Devant chaque enclos, je me remémorai tout ce que mon grand-père m'avait appris sur les ânes mais ne réussit pas à me souvenir des critères permettant de déterminer leur caractère véritable – car je voulais avant tout cheminer en bonne compagnie. Comme, de surcroît, ma seule présence faisait monter les prix à des hauteurs qui auraient à coup sûr suscité l'admiration d'un *trader* londonien s'il avait pu assister à ces marchandages, je finis par laisser Benson agir à sa guise et rentrai au *lodging* que je m'étais trouvé en lisière de la ville.

À l'aube du lendemain, Benson réapparut fièrement en compagnie des deux ânes recherchés – un mâle et une femelle. Une foule hilare et curieuse le suivait de près : ce n'était pas tous les jours qu'on allait voir un Blanc jouer les Turkana...

Mes nouveaux compagnons étaient de petites bêtes au pelage gris coupé de deux bandes de crin noir qui allaient d'un jarret à l'autre et du garrot à la croupe, comme de grandes croix posées sur leur dos. Le mâle, quoique minuscule, paraissait bien assis sur ses quatre fins sabots noirs, avec des jambes nerveuses, une encolure solide, mais un regard qui laissait deviner un cabochard peu commode. La femelle, plus trapue, semblait moins énergique. Je me sentis rassuré : je ne voyais rien qui distinguât ces petits ânes gris de ceux de mon pays. Sans la poussière soulevée par le moindre de leurs pas, j'aurais pu les imaginer sans peine à Pancheraccia.

Debout sous le soleil naissant, ils attendaient le départ en se frottant l'un contre l'autre d'une manière si comique et attendrissante que je baptisais aussitôt le mâle Laurel et sa compagne Hardy. Ni l'un ni l'autre ne savaient encore – et moi pas davantage – qu'il nous faudrait marcher ensemble – pour le meilleur et pour le pire – quarante-deux longs jours avant d'atteindre le Nil.

Benson installa sur leur dos les bâts turkana qu'il s'était aussi procurés pour arrimer nos maigres bagages. C'étaient de pesants cadres de bois en forme de W, tressés d'osier et de boyaux d'animaux. Ils étaient munis de cordes de chanvre permettant de les fixer du ventre à la croupe et au poitrail de chaque âne. Cela fait, il fallut répartir judicieusement nos charges et les équilibrer avant de ficeler entre elles les branches extérieures du W. Sous les bâts, des peaux de chèvre servaient de protection contre les frottements.

Un dernier signe d'adieu à la foule qui nous entourait, et notre minuscule caravane s'engagea vers le nord-ouest, au beau milieu de la brousse.

Jusqu'à ce jour de l'été 1978, mes rapports avec les ânes avaient été ce que j'ai décrit plus haut lors de mon enfance en Corse – c'est-à-dire relativement limités. Moins d'une heure après notre départ de Lodwar, je sus que j'aurais à en payer un prix d'autant plus élevé que je ne m'étais pas non plus dépêtré des préjugés habituels à l'encontre de ces bêtes de somme. Les hasards de l'aventure venaient de me transformer en ânier et j'avais, en vérité, tout à apprendre sur ce métier. Laurel et Hardy portant des licols autour du cou – pour l'un – et à travers les naseaux – pour l'autre –, je crus qu'il serait simple de les tirer derrière nous comme on mène des chevaux par la bride. C'était mal connaître les lois régissant les rapports entre les hommes et les ânes… À chaque traction un peu trop appuyée, les deux gaillards pilaient des antérieurs et ne voulaient plus rien entendre. Le front bas, butés, bramant de colère, ils refusaient d'avancer d'un pouce de plus. Tirer davantage ne faisait que renforcer leur détermination : ils plantaient leurs sabots dans le sol et s'arc-boutaient comme si leur vie en dépendait.

Benson vint à ma rescousse et m'affranchit sans plus attendre : la bonne méthode dans ces contrées lointaines consistait à pousser les ânes devant soi à l'aide de cannes à gros pommeau dont il avait pris soin de nous munir.

« Tu vois, m'expliqua-t-il, c'est très simple : on marche derrière eux en les encadrant de chaque côté et, de cette manière, ils vont en ligne droite. »

Le résultat se révéla meilleur mais n'empêcha pas les deux compères d'aller tout de même au petit bonheur la chance, broutant de-ci de-là sans se préoccuper de la direction à suivre. De quoi rendre folle l'aiguille de ma boussole. Nous n'étions pas près d'atteindre le Nil – destination que Laurel et Hardy ignoraient, bien évidemment, mais tout de même… Ils folâtraient donc plutôt qu'ils n'avançaient, tout en se frottant l'un contre l'autre – ce qui n'arrangeait ni les charges ni la rectitude de notre route.

« Si tu veux qu'ils aillent plus vite, me précisa Benson, tu cries ou tu leur piques l'anus avec ta canne. Tu peux aussi traîner les pieds très fort. Ils ont peur et ils courent... »

Piquer l'anus d'un âne avec une canne... Dieu du Ciel ! Si mon grand-père m'avait vu agir aussi bassement, qu'aurait-il pensé de moi ? Car je suivis aussitôt les conseils de Benson, fidèle à mon habitude de me conformer aux usages des peuples avec lesquels je prétends vivre. Notre progression connut ainsi des progrès notables – et d'autres encore lorsque différents Turkana se joignirent à notre caravane au fur et à mesure des rencontres. Cependant, Laurel et Hardy eurent le don prodigieux de susciter en moi tous les sentiments, de la haine à l'amour, durant les quarante-deux jours de notre aventure commune.

Le pays Turkana dans lequel nous progressions chaque jour un peu plus était constitué de plaines et de plateaux arides coupés çà et là de chaînes montagneuses. Les premiers temps, nous cheminâmes sans encombre sous un soleil qui brillait dans un ciel d'une consistance laiteuse. Nous foulions des sols de sable grossier ou de terre poudreuse plantés de touffes de végétation, traversant souvent des champs de lave, noirs et inquiétants, ou des étendues plates couvertes de cailloux tranchants qui se dérobaient sous nos pas.

Mais nous étions d'abord dans le monde de l'épine. Celle-ci prenait toutes les formes, du grand acacia au maigre bosquet. Il en poussait partout, comme par négligence. À notre passage, ces horribles plantes donnaient l'impression de tendre leurs doigts griffus pour lacérer nos vêtements – et nos peaux nues se marquaient de longs fils rouges. Seuls Laurel et Hardy avaient pour ces épines une attirance d'amoureux transis : ils s'en gavaient du matin au soir. Il n'y avait de toute façon rien d'autre à manger. S'ils avaient pu goûter aux vertes plantes du maquis corse, leur caractère en aurait-il été modifié ? Quarante ans plus tard, j'en fais le pari…

Des oueds à sec coupaient régulièrement notre chemin. Nous dégringolions leurs flancs abrupts et friables pour progresser dans les fonds sableux où nous savions trouver quelques points d'eau. S'il n'y en avait pas, nous creusions le sable de nos mains pour nous désaltérer d'une eau qui crissait sous les dents.

Partout nous croisions des troupeaux gardés par des pasteurs armés d'arcs et de flèches. Ces Turkana vivaient de manière très dispersée mais étaient présents partout. Les hommes, grands et nus, se drapaient dans des toges de peau ou de tissu ocre, exhibant parfois leur sexe sans complexe. Leurs têtes s'ornaient de parures de plumes plantées dans des chevelures imposantes teintées et tressées à la boue. Ils allaient noblement, un air de fierté sur le front, seuls ou par groupes, le pas indolent, la tête bien droite, un poignard circulaire au poignet, un petit siège en bois poli en forme de T passé à un biceps par une courroie de cuir. C'était à peine s'ils pouvaient mettre le tiers de leurs fesses sur ces minuscules sièges, mais ils semblaient les tenir pour l'élément le plus raffiné de leur confort. Pour dormir sans abîmer leurs savantes coiffures, ils y posaient la tête avec d'infinies précautions.

Leurs femmes avaient les seins nus ou recouverts d'un plastron de cuir, les reins ceints d'une peau tombant jusqu'aux chevilles. Des dizaines de lourds colliers encerclaient leurs cous des épaules à la nuque et s'entrechoquaient au rythme de leurs pas. Comme les hommes, elles étaient chaussées de sandales en cuir de vache et semblaient ne rien vouloir porter qui leur fût étranger.

Ces Turkana n'étaient pas toujours très accueillants mais ne nous montrèrent jamais d'hostilité – contrairement aux Toposa que nous rencontrerions plus tard en traversant leur territoire pour passer au Soudan. Ils vivaient dans des *kraals*, campements qui ne comptaient que quelques huttes de branchages recouvertes d'écorce et de peaux de chèvre dont les couleurs ocre se fondaient dans le désert. Tout autour se dressaient des enclos d'épineux où étaient enfermés les animaux la nuit. De temps à autre, Benson rapportait de ces *kraals* des jarres de bois pleines de lait de chamelle encore tiède qu'il buvait à grandes rasades ravies.

L'un des guerriers turkana qui s'étaient joints à nous portait le nom de Kamaïs et s'en allait rejoindre je ne sais plus quel village perdu dans la brousse mais qui se trouvait sur notre route. J'ai gardé de lui un souvenir particulier. Il connaissait parfaitement le pays, et ses conseils me furent plus utiles que n'importe quel manuel du monde. C'était un homme tranquille : il chantonnait en marchant, les mains tenant sa canne passée entre ses deux épaules, crachait avec une précision remarquable, et si d'aventure nous nous étions procuré de la viande dans un campement, il n'en laissait pas un pouce sur les os, brisant même ceux-ci à coups de mâchoire pour en avaler la moelle. Comme la plupart des Turkana, Kamaïs ne se nourrissait que de lait, de viande et de sang tiré de la jugulaire des animaux. C'était à peu près tout ce que la nature proposait à l'homme dans ces régions précaires – avec les produits d'un peu d'agriculture, de cueillette et de chasse. On n'y trouvait rien d'autre et le désert avait engendré des guerriers aussi fiers que durs à la souffrance. Et méfiants envers tout ce qui était inconnu. Kamaïs se refusait ainsi à manger les pâtes que j'avais emportées, croyant que j'avalais des vers. Quant aux sardines en boîte que je lui montrai un jour en riant, il ne voulut pas croire que pareille chose fût comestible.

Si je passais du bon temps avec mes compagnons turkana, Laurel et Hardy avaient, en revanche, le don de m'exaspérer au-delà de toute limite. Avec eux, la bagarre finit par devenir continuelle : pour les conduire, les bâter, les retrouver après les pauses, les faire boire. Je me disais chaque jour que je n'allais plus jamais regarder les ânes corses de la même manière. Ceux de mon pays ne pouvaient être aussi butés, bornés, cabochards et têtus que ces deux ânes turkana dont une bonne partie de ma vie dépendait, hélas. Cependant, je me laissais apitoyer le soir lorsque, fatigués par leur course du jour, ils brayaient désespérément dans la nuit, puis s'endormaient – et bientôt ronflaient de la manière la plus indécente qui soit.

Nous avancions donc au rythme de ces deux ânes rétifs – c'est-à-dire selon leur bon vouloir. Avec eux, il était impossible de respecter les pauses horaires qui ont pour principal mérite de cadencer la marche en accoutumant le corps. Ces pauses régulières auraient nécessité un nombre trop élevé de chargements et de déchargements. Aussi partions-nous chaque matin à l'aube pour avancer d'une traite jusqu'à midi. Une halte nous reposait alors au moment des plus grandes chaleurs et nous repartions en milieu d'après-midi pour continuer jusqu'à la tombée du jour.

Une telle progression pourrait paraître simple. En route, pourtant, il fallait à chaque instant vérifier l'équilibrage des charges de Laurel et Hardy qui avaient tendance à glisser d'un côté ou de l'autre, resserrer des nœuds, ou rebâter complètement l'une des deux bêtes. Je me demandais souvent ce qu'un ânier corse du temps de mon grand-père Pierre-Félix aurait fait à ma place ou aurait pensé de moi… À quarante ans de distance, je pense sans vanité qu'il aurait été fier de moi car je finis par progresser dans ma connaissance des ânes, apprenant peu à peu l'essentiel sur eux. Par exemple : comment les calmer au moment des chargements en leur tapotant le front, comment les obliger à se tenir cois en leur tordant les oreilles, ou comment soigner leurs plaies avec de la terre et de la salive.

La nuit, nous dormions en pleine nature, là où l'obscurité nous surprenait, ou dans quelque *kraal* trouvé opportunément sur notre route. S'il arrivait qu'il pleuve, nous attendions l'aube, transis et ruisselants – mais sans plainte ni regret : la vie était belle. Si le ciel restait clair, nous dormions comme des princes sous la paix des étoiles, près du feu qui rougeoyait, avec le sol dur pour litière et le vent pour caresser nos corps amaigris enroulés dans des couvertures.

Je me sentais dans une liberté totale. Une liberté qui a disparu aujourd'hui dans ces contrées lointaines.

Un matin, notre caravane en croisa une autre, tout aussi minuscule, menée par une vieille femme et un enfant, sur les talons duquel trottinait un chien noir. Lorsque la femme et l'enfant nous aperçurent, ils s'arrêtèrent pour parlementer. Nous n'étions pas si nombreux dans ce pays désolé pour nous ignorer comme sur les trottoirs d'une grande ville.

« Ils vont dans les montagnes qui sont devant nous, traduisit Benson. Ils voudraient que nous fassions route ensemble jusque-là. »

La femme m'adressait un sourire édenté en désignant la brousse avec insistance. L'âge et le soleil avaient ratatiné son visage devenu semblable à une noix – et ses seins morts flottaient sur son ventre. Des nattes tressées à la graisse de chameau retombaient sur ses épaules voûtées. Près d'elle, le chien grognait en mordillant les jambes des ânes qui lui envoyaient de courtes ruades. Le gamin, immobile, m'observait, les yeux écarquillés.

La perspective d'agrandir ma caravane pour quelque temps et de partager la vie de ces deux Turkana n'était pas pour me déplaire. En avant donc pour cette nouvelle aventure !

Je ne le savais pas encore, mais elle s'achèverait par l'échange commercial le plus piteux qu'il m'ait été donné de conclure jusqu'alors. Et la vieille Turkana en serait responsable…

En attendant, elle hochait la tête avec vigueur, satisfaite de m'avoir convaincu, faisant tinter les plaques des colliers entourant son cou et les bracelets entortillés le long de ses bras. Puis, sans se retourner, elle partit en avant, excitant nos quatre ânes de quelques coups de canne à la précision diabolique.

Nous progressâmes ainsi plusieurs jours. Puis, sans que rien l'annonce et au beau milieu de nulle part, la vieille Turkana s'arrêta derrière un acacia, se retourna et me fit signe que nos routes se séparaient. Une séparation pour le moins rapide et sans manières…

Toutefois, elle se mit à parlementer avec Benson qui m'annonça bientôt :

« La vieille trouve que c'est dangereux d'être seul comme toi dans ce pays. Si tu es d'accord, elle veut bien devenir ta mère adoptive.

— Ma mère adoptive ? Quelle idée ! »

Je n'hésitai pourtant pas.

« OK, dis-je à Benson, j'accepte. »

Dans ma situation, une nouvelle mère n'était pas à dédaigner.

« Alors, vous devez échanger un âne, continua Benson. C'est la coutume chez nous. »

Je ne me fis pas prier et Hardy changea de main, échappant sans le savoir au sort peu enviable de Laurel – qui n'avait pas fini d'en baver… En contrepartie, je reçus un mâle de la même taille, qu'avec beaucoup d'imagination je baptisai Hardy II. Celui-là n'avait pas encore idée de la longue marche qui l'attendait.

Ma « mère » paraissait enchantée. Et, manifestement, davantage par son acquisition que par ma personne. À vrai dire, elle n'avait pas le moindre regard pour son fils bien-aimé et flattait la croupe de Hardy avec amour. Je finis par me demander si je ne venais pas de conclure quelque mauvaise opération commerciale. Je m'en ouvris à Benson.

« Peut-être, murmura-t-il. Une femelle, c'est mieux qu'un mâle, ça fait des petits… Tu crois qu'on s'est fait avoir ? »

Je haussai les épaules, n'ayant pas acheté Hardy pour me pondre des ânes. Si cela pouvait faire le bonheur de ma nouvelle mère, pourquoi pas ?

« De toute façon, on ne peut pas reprendre Hardy, dis-je, ironique. Tu vois d'ici ce qu'on raconterait dans les tribus de la région : fils indigne, voleur de sa mère, etc. Non, on ne peut pas… »

Benson acquiesça avec sérieux et je saluai ma mère avec tout le respect filial qui lui était dû. Elle se mit à rire, ravie, et sur un dernier signe s'éclipsa derrière sa caravane.

Aussitôt, Laurel se mit à pousser des beuglements de tristesse, cherchant à tourner sa bonne tête vers sa compagne perdue. Durant deux jours il l'appela ainsi, heure après heure, l'encolure basse, l'œil éteint.

Puis il l'oublia…

Quelques semaines plus tard, la contrée devant nous commença à se faire moins aride. Les premiers orages de la saison des pluies se mirent à féconder la terre et nos ânes se précipitèrent sur les brins d'herbe qui commençaient à tapisser le bord des oueds. À l'évidence, ces pauvres bêtes se gavaient habituellement d'épineux parce qu'elles ne trouvaient rien d'autre à se mettre sous la dent.

Avec les pluies vinrent aussi les vautours et les taons. Les premiers nous regardaient passer, perchés dans les arbres avant de reprendre leur vol pesant dans de grands claquements d'ailes, les seconds se plaçaient dans le sillage des ânes pour leur sucer le sang, les affolant sous leurs piqûres douloureuses. Munis de branchages, nous nous mîmes à flageller leurs croupes et leurs encolures ensanglantées qu'il fallut bientôt couvrir de pansements tant ces blessures s'envenimaient avec le frottement des bâts et l'ardeur du soleil.

Hardy II s'imposa très vite comme animal de tête et me réconcilia avec les ânes par une forme de discipline retrouvée : un coup de canne sur la droite du bât et il allait à gauche, un coup à gauche et il allait à droite. Sans faire d'histoires. Laurel décida de le suivre tel un petit chien fidèle et tout aurait pu être pour le mieux dans le meilleur des mondes. Hélas, ce bougre d'animal se rendit vite insupportable par une attitude aussi nouvelle que stupéfiante : au lieu d'éviter les arbustes présents sur notre route, il se mit à se jeter tête baissée dans leurs branches basses comme s'il n'avait plus aucune conscience du volume de sa charge – et, une fois bloqué, il forçait sottement jusqu'à ce que son bât s'écroule. Le reste du temps, il nous lorgnait de côté, attentif à nos moindres gestes au cours de la marche. Dès que Benson ou moi levions notre canne, il accélérait, trottinant avec des airs d'enfant pris en faute. Mais s'il nous arrivait de le dépasser, ne serait-ce que d'une tête, il s'arrêtait, patientait un moment pour s'assurer que personne ne l'avait remarqué, et se mettait à brouter tranquillement. À la fin, il fallait aller le chercher pour le remettre dans ce qui était à notre sens le droit chemin…

Peu à peu, les pluies se mirent à gonfler les oueds d'une façon dangereuse. Bientôt ces oueds semblèrent naître du sol comme par enchantement. Dans le même temps, nous entrâmes dans le territoire des Toposa dont la réputation d'hostilité n'était plus à faire.

Les premiers d'entre eux surgirent lors d'une halte, alors que nous mangions à l'ombre d'un grand acacia. Ils se matérialisèrent sans bruit, à quelques mètres du feu qui crépitait et restèrent là, debout, sans mot dire ni sourire. Intégralement nus, ils s'appuyaient sur des lances acérées, et d'épais boucliers de peau ornés de plumes étaient accrochés à leurs avant-bras. Certains portaient des haches rudimentaires passées sur leurs épaules : c'étaient de magnifiques guerriers au visage tatoué de cicatrices, les lèvres et les oreilles percées d'ornements d'ivoire ou de cuivre.

Avec Benson et moi se trouvait alors un solide Turkana du nom d'Ekrata qui avait rejoint notre caravane quelques jours plus tôt. Il se mit à parlementer avec les Toposa d'une voix douce puis brusquement rauque, le ton conciliant puis soudain agressif – sans se lever, avec juste ce qu'il fallait de gestes pour appuyer ce qu'il disait. Les Toposa l'écoutèrent en silence sans bouger d'un pouce, laissant seulement errer leur regard sur notre campement. Leurs peaux noires tachées de poussière étaient coupées de rigoles de sueur sous le soleil.

Benson m'expliqua plus tard qu'Ekrata les avait assurés de mes bonnes intentions : j'allais juste traverser leur territoire sans voler leurs vaches. Ils n'avaient rien à craindre. Je pouvais me sentir rassuré, ajouta Benson. Ces gens-là ne nous feraient pas d'histoires.

Ce fut le cas cette fois-là. Cependant, les choses faillirent mal tourner quelques jours plus tard lorsqu'un nouveau groupe de Toposa fit irruption au milieu de notre bivouac, un beau matin, menaçant de s'emparer de tout ce qui leur faisait envie. Mon interposition d'autorité nous valut un flot de malédictions tandis que nous pliions bagage en un temps record malgré les lances brandies et les vociférations.

La malédiction principale – me traduisit Benson tout apeuré pendant que nous nous éloignions – était que j'allais me noyer en traversant l'oued Loyuro qui se trouvait un peu plus loin sur notre route. Je haussai les épaules.

Peu avant la nuit, nous atteignîmes cet oued Loyuro. Il était tout gonflé par les pluies et plutôt impressionnant, charriant une eau boueuse creusée de violents tourbillons. Toutefois, je jugeai l'oued peu profond – moins d'un mètre cinquante à coup sûr. Je décidai de tenter sa traversée sans attendre.

Une fois les ânes déchargés, je pris l'un de nos sacs et avançai dans le flot torrentueux. Le courant se révéla si puissant que je ne pus lui résister qu'en avançant en crabe, de l'eau jusqu'à la ceinture. Mais enfin, j'avançai – mètre après mètre. Les deux Turkana m'observaient de la berge avec crainte, les anathèmes des Toposa résonnant encore à leurs oreilles, c'était manifeste.

Moins de cinq minutes plus tard, j'avais franchi la vingtaine de mètres séparant les deux rives. Je criai à mes compagnons d'en faire autant avec les ânes. J'ajoutai que les Toposa avaient raconté n'importe quoi, n'en étais-je pas la preuve vivante ?

À coups de canne, Benson et Ekrata poussèrent d'abord Laurel dans l'oued, aussi effrayé que lui. Mais ils avaient à peine quitté la berge que Laurel se cabra et refusa de faire un pas de plus, laissant mes compagnons tétanisés. Aucun de mes encouragements n'y changea quoi que ce soit. À la fin, je retraversai l'oued, saisis Laurel et le propulsai sans ménagement devant moi. Il fut rapidement de l'autre côté, et les deux Turkana, rassurés de me voir toujours en vie, se décidèrent enfin à m'imiter avec Hardy II. Lui ne fit aucune histoire. Le matériel put alors être transbordé en quelques passages et nous dressâmes le bivouac entre les racines d'un grand arbre.

Le feu illumina la nuit et le repos nous gagna parmi une bande de singes qui se chamaillèrent dans les feuillages jusqu'à l'aube.

Parvenu au Soudan, les hasards de l'aventure voulurent que je joigne ma caravane d'ânes à un troupeau de vaches menées par six hommes et un enfant qui tous allaient à pied vers un bourg du nom de Torit, à mi-chemin du Nil. Le chef de ces étranges « cow-boys » avait pour nom Lokotoya.

Le premier jour, nous avançâmes tous ensemble pendant onze heures d'affilée à une allure d'enfer, encadrés par des montagnes d'une étonnante beauté, souvent d'un noir profond, comme saupoudrée de suie, et parsemées de pains de sucre ocre qui émergeaient de ravines plus sombres. Ces reliefs chaotiques allaient nous suivre longtemps au milieu d'une végétation de plus en plus épaisse. Nous étions loin maintenant du semi-désert turkana.

Au début, Laurel et Hardy II se mêlèrent complaisamment aux vaches. Mais ces dernières n'apprécièrent pas leur intrusion et les envoyèrent bouler dans les fossés. Dès lors, mes deux ânes se tinrent à distance respectueuse et suivirent la troupe avec la réticence qu'on imagine – d'autant que les vaches n'en filaient que mieux sur la piste de terre menant à Torit, excitées par les hommes qui semblaient vouloir battre je ne sais quel record. Laurel et Hardy II, toujours tenaillés par la faim, ne parvinrent pas à tenir ce rythme dément tout en broutant comme à leur habitude. De guerre lasse, ils adoptèrent une tactique nouvelle, galopant de leurs courtes pattes jusqu'au troupeau, s'arrêtant, soufflant, mangeant et repartant lorsque nous parvenions à leur hauteur. Malgré tout, l'épuisement finit par les gagner. Je les avais pourtant allégés au mieux et ils ne portaient plus de réserves d'eau comme dans le désert turkana. De surcroît, Lokotoya s'occupait de leurs blessures – notamment celles provoquées par le frottement des bâts – bien mieux que moi, apposant sur leurs plaies un mélange de terre et de cendre froide comme il l'avait toujours fait pour ses vaches. Cependant, lorsque je vis que mes deux ânes n'avaient même plus la force de désobéir, je me dis que j'allais tôt ou tard les voir tomber raides morts à mes pieds.

Mais ils « tinrent le coup » jusqu'au bout, Laurel cheminant toujours derrière Hardy II. Une nouvelle habitude vint d'ailleurs à ce dernier : quand la soif le prenait, il s'arrêtait au milieu d'une flaque, buvait goulûment, puis, sans bouger, écartait les postérieurs pour uriner voluptueusement sous le nez de son compère…

Les nuits dans la brousse soudanaise ne furent au cours de cette période qu'un concert de meuglements, de courses effrénées, de cris de rage et de piétinements d'hommes lancés à la poursuite de bêtes récalcitrantes. Il y en avait toujours au moins une pour nous tenir éveillés ou me bousculer dans mon hamac. Le caractère des vaches de cette région me parut aussi fantasque que celui des ânes et je me promis d'examiner de plus près celui des vaches corses dès mon retour, à titre de comparaison – ce que, bien entendu, je ne fis jamais, faute de temps comme toujours…

Enfin, Torit parut, vague amoncellement de cases perdues au fin fond du monde. C'est là que je fis la rencontre humaine la plus étonnante de ce voyage avec mes ânes. Je ne résiste pas au plaisir de prolonger ce récit par la description de Djaden, le « roi des vaches » à qui était destiné le troupeau mené par Lokotoya.

Ce Djaden – qui était l'homme grâce auquel le bétail lointain se transformait en viande fraîche pour les habitants de Torit – m'offrit l'hospitalité le temps que Laurel et Hardy II se remettent de leurs émotions bovines. C'était quelqu'un d'impressionnant, sorte d'immense bonze noir aux oreilles pointues et à la peau luisante, qui me logea aimablement dans son domaine – cinq cases au toit de chaume bâties dans une cour cernée d'une palissade. Je restai quelques jours en sa compagnie, laissant vaquer mes bêtes dans la ville, n'ayant pas à craindre qu'on me les vole. Personne ne pourrait y parvenir, disaient avec ironie mes compagnons. Celui qui s'y risquerait ne parviendrait même pas à les faire avancer, tant ils étaient têtus…

Midi et soir, puis le soir seulement lorsque le ramadan arriva, je mangerai à la table de Djaden avec trois ou quatre Arabes de ses amis. Chaque fois c'était un spectacle : une demi-douzaine de serviteurs entouraient la table installée au milieu de la cour. Djaden arrivait, colossale masse de chair tremblotante, et s'écroulait sur un tabouret qui disparaissait sous lui. Les serviteurs apportaient aussitôt deux ou trois bassines de viande en sauce mélangée de pili-pili, d'oignons et d'abats grillés, de quoi nourrir vingt personnes, et reculaient, prêts à satisfaire les moindres désirs du maître.

Dans l'intervalle, celui-ci s'était précipité sur la viande, engouffrant d'énormes portions sous l'œil respectueux de ses femmes. La sauce dégoulinait le long de sa moustache, sautait du menton au cou de taureau, glissait jusque sur son ventre. Il léchait ses doigts avec des lapements sonores et il fallait manger aussi vite que lui, sous peine de mourir de faim. Car en quelques minutes tout était dit, et les boys remportaient les plats vides.

Alors, repu, Djaden allongeait ses jambes monstrueuses sur la table, éructait en lançant des plaisanteries, crachait et se curait les dents.

L'arrivée du ramadan lui fut un supplice. Dès le midi il se mit à tourner autour des braseros comme une âme en peine. Sa vie ne reprenait qu'au coucher du soleil lorsqu'il pouvait enfin se précipiter sur son repas et s'empiffrer au moins une heure ou deux...

Puis je quittai Torit. Ce fut jour de corrida. Laurel et Hardy II décidèrent de retourner au Kenya – et au galop encore. Je mis une heure à les rattraper. Cette fantaisie leur coûta une correction magistrale. Laurel se vengea un peu plus loin en m'envoyant mordre la poussière alors que je le débâtais près d'un village. Des éclats de rire secouèrent les cases et je me relevai avec une estafilade au bras. Laurel me regarda en biais et je crus bien voir dans ses yeux le plaisir que lui procurait ce bon tour.

Enfin, vers la mi-août de cette année 1978, j'atteignis Juba et pénétrai dans la ville par le pont qui enjambe le Nil. La suite, jusqu'à Alexandrie, allait être une autre histoire – une longue histoire. En attendant, l'odyssée de Laurel et Hardy II s'achevait. Je les vendis à un porteur d'eau qui m'offrit cinq fois leur prix d'achat. Les ânes étaient rares dans l'extrême sud du Soudan. On y manquait de tout.

Je quittais mes deux compagnons d'infortune à regret. Ils n'avaient pas été des collaborateurs zélés mais je n'avais pas été un excellent ânier. Nous étions quittes, en quelque sorte. La corde au cou, ils suivirent leur nouveau maître vers les rivages du Nil où jour après jour, jusqu'à leur mort sans doute, ils allaient puiser l'eau limoneuse qui avait changé leur destin.

Pour mon plaisir, je conservai l'un des bâts turkana. Il m'encombra jusqu'à Khartoum mais de là parvint à Paris où il allait moisir quelques années dans un grenier. Puis j'en perdis la trace comme pour beaucoup d'autres souvenirs.

Aujourd'hui, Laurel et Hardy II sont passés de vie à trépas depuis bien longtemps. Mais quand il m'arrive de croiser l'un de leurs semblables, en Corse ou ailleurs, je ne peux m'empêcher de songer à eux et à nos aventures communes. Ils font en quelque sorte partie de ma vie – comme l'âne qui me porte enfant sur la photo en noir et blanc de mon grand-père.

Apéritifs, vins et autres alcools...

Il me faut commencer par le commencement : le Cap Corse. C'est de loin mon apéritif préféré. Je manque d'originalité car le « Cap » est une institution dans l'île. Tout le monde en boit. C'est une marque mythique, proprement insulaire, conçue, créée et produite sur place depuis plus d'un siècle – quelque chose qui, d'une certaine manière, appartient au patrimoine immatériel de la Corse. Et ce quelque chose se vend aujourd'hui jusqu'aux États-Unis tant il gagne de prix et de médailles dans les concours professionnels. Je gage qu'on le trouvera bientôt en Chine pour rivaliser avec le Cognac.

J'aime prendre un ou deux « Cap » au petit matin sur la place Saint-Nicolas à Bastia lorsque le ferry m'a laissé sur le quai. Il est alors comme un goût de patrie qu'on retrouve après une absence toujours trop longue, quelle qu'elle soit – raison pour laquelle j'en bois rarement hors de Corse afin que la puissance émotionnelle des retrouvailles demeure intacte. On devrait faire de même pour l'amour. Au temps de la connexion permanente, on gagnerait beaucoup à sa préservation.

J'aime aussi savourer un « Cap » à la terrasse de l'un des bars du cours Napoléon à Ajaccio quand il m'arrive de déambuler là-bas certains soirs. La plus fameuse rue de la ville prend alors pour moi une tout autre allure : les amis que je n'ai pas vus depuis longtemps et qui viennent à passer, flânant eux aussi ou rentrant chez eux, s'arrêtent un instant, me saluent, finissent par s'asseoir, et je leur propose toujours de partager un « Cap ».

Naturellement, j'en consomme force quantité – je suis réputé pour ça – quand je viens habiter chez mon père à Casaperta, l'un des hameaux de mon village de Pancheraccia planté à l'orée de la plaine orientale. Mais qu'on se rassure : cette surconsommation ne porte guère à conséquence. Le Cap Corse titre à 15 degrés. Ce n'est qu'un vin cuit, mais l'un des meilleurs qui se puisse faire.

Un génie l'a inventé en 1872. Il s'appelait Louis Napoléon Mattei. Originaire du cap Corse, cette pointe rocheuse tout au nord de l'île – d'où le nom de son apéritif –, il était habité par le désir impérieux de proposer à ses compatriotes un produit nouveau, capable d'en découdre avec les anisettes et autres pastis de l'époque – et même de les mettre à terre. Il fit aussitôt florès avec son « Cap », ayant imaginé pour lui une recette originale à base d'un mélange raffiné de muscat, de plantes aromatiques du maquis, d'oranges macérées et surtout de quinquina – là est le miracle –, cet arbuste tropical dont on tire la quinine pour soigner le paludisme. Le tout vieilli en fûts de chêne. Les proportions, le dosage, la recette exacte sont un secret bien gardé. Et encore aujourd'hui, il n'existe qu'une seule unité de production. À Bastia, cela va sans dire.

Mattei réussit si bien son coup qu'il ne cessera d'être imité et passera sa vie à lutter contre les contrefaçons. Jusqu'à mettre sur ses bouteilles à l'élégante étiquette rouge ces trois mots définitifs qui s'y trouvent toujours : « LE SEUL VRAI ». Et en utilisant le slogan : « Toujours imité, jamais égalé ».

Pour un étranger, boire un « Cap » en dégustant de la charcuterie corse devrait être la première étape de la découverte poétique et existentielle de ce que l'on mange et boit chez nous.

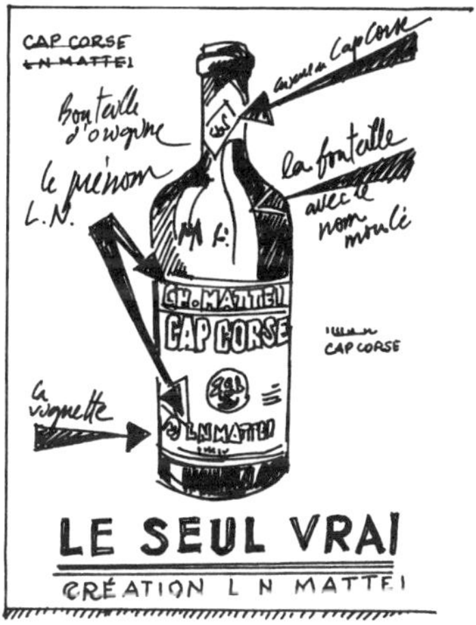

La seconde étape de cette découverte – notamment pour ceux qui n'apprécient guère les apéritifs – est de goûter aux bières que d'ingénieux entrepreneurs locaux ont imaginées ces dernières années. Avant 1996, il n'en existait aucune proprement corse. Nous buvions celle des autres ou en fabriquions sur le continent. Jusqu'à ce qu'Armelle et Dominique Sialelli prennent le risque, quasi insensé alors, de créer une brasserie corse à Furiani, près de Bastia. Ils lui donnèrent le nom de Pietra, diminutif du village dont ils étaient originaires : Pietraserena. Pour la petite histoire, ce village est situé tout à côté du mien, Pancheraccia – voilà une minuscule satisfaction personnelle que je ne pouvais manquer de rapporter...

Mais le coup de maître de ces deux entrepreneurs fut d'imaginer une composition parfaitement originale pour leur première bière artisanale – qu'ils appelleront Pietra elle aussi : un mélange de farine de malt et de... châtaignes. L'utilisation de ce produit emblématique de l'île rencontra un succès immédiat. L'importante fermentabilité des marrons donnait à leur bière qui titre à 6 degrés une couleur ambrée – superbement soulignée par une étiquette dorée – et une mousse onctueuse marquée d'une légère odeur de miel. En moins de temps qu'il n'en faut pour le dire, on trouva de la Pietra dans tous les bars, cafés et restaurants de Corse. Le patriotisme local aida beaucoup à la propagation quasi fulgurante de la Pietra – mais pourquoi s'en plaindre ?

Deux autres bières allaient suivre pour conforter ce succès : la Colomba et la Serena. La première est une bière blanche à base de malt d'orge et de froment auxquels ont été ajoutés des arômes d'herbes du maquis – comme l'arbousier ou le myrte. Difficile de faire mieux pour se sentir en Corse. Quant à la seconde, la Serena, c'est une bière blonde de pur malt, plus classique sans doute, mais non sans intérêt.

Pour compléter ce tableau des bières corses, je tiens à ajouter la Tribbiera de la brasserie Pascal Paoli. Celle-là, très différente, est brassée dans la région du Fiumorbo à partir d'eau de source et de houblon. On la trouve sous cinq formes différentes, parfumées à l'arbouse, à la clémentine ou aux épices corses.

Toutes ces bières, consommées au moment des grandes chaleurs de l'été, participent désormais aux délices des vacances de bien des étrangers. Et, franchement, il ne faut pas y manquer, surtout si vous venez en Corse pour la première fois.

Et puis il y a nos vins. Lorsque j'étais jeune, je n'avais nulle considération pour eux. Je me rappelais celui que le père de mon père, Pierre-Félix Franceschi, produisait pour notre consommation personnelle avec la petite vigne d'un hectare située derrière sa maison : de la piquette, disions-nous derrière son dos en en vantant les mérites devant lui… Mon grand-père possédait d'innombrables qualités – voir l'entrée « Grands-pères » de ce dictionnaire – mais guère celle d'être vigneron. Disons qu'il faisait de son mieux.

Donc, le vin corse était loin de faire mon affaire.

Par la suite, j'ai changé d'avis, non parce que notre île produit du vin depuis l'Antiquité, mais parce que les Corses qui s'en sont occupés ces dernières décennies ont nettement amélioré les trente-trois cépages existant chez nous. Pour les évoquer, je vais être bref. Je ne suis en rien œnologue : je connais mes limites. Les informations techniques se trouvent aisément sur Internet et dans une quantité impressionnante de livres auxquels les amateurs de précisions pourront se référer. Je vais, pour ma part, me limiter à exprimer ce que je ressens en buvant des vins corses. Mais avant cela, je tiens à indiquer quand même les six cépages les plus répandus – parce que leurs noms chantent poétiquement à l'esprit avant même d'être appréciés du palais : niellucciu, muscat, gentile, sciaccarellu, aleaticu, vermentinu.

Pas mal, non ?

Pour le reste, le Patrimonio, vignoble situé au pied du cap Corse et première appellation reconnue en AOP, a mes préférences tant il offre de variétés de vins, aussi bien en rouges qu'en rosés ou en blancs, à partir de niellucciu et de vermentinu. Boire un Patrimonio accompagné de charcuterie corse, *coppa* ou *lonzu*, par exemple, est un pur délice tant le mariage de ces deux produits relève d'une forme de perfection.

Les autres AOP remarquables sont celles de Porto-Vecchio, Sartène, Figari, Calvi et Ajaccio. Cependant, j'ai d'abord un faible pour l'AOP Muscat du cap Corse. Je l'aime presque autant que le « Cap » en apéritif tant sa douceur en bouche est onctueuse. C'est un plaisir indéfinissable qui, comme la beauté des choses, n'a besoin d'aucun « concept » pour s'exprimer. J'aime et c'est tout. Au point d'ailleurs que, lorsque je me sens en forme, il m'arrive d'alterner « Cap » et muscat sans aucun complexe… Évidemment, il faut aimer le goût un peu sucré de ce dernier. Toutefois, même si l'on n'apprécie guère les vins trop doux, il faut essayer ce merveilleux muscat du cap Corse ou celui du Nebbiu.

Passons maintenant aux liqueurs. La Corse en produit de toutes sortes mais je n'en retiendrai que deux : la cédratine et la liqueur de myrte. Celles-là ont mes faveurs depuis toujours – et la seconde davantage que la première pour des raisons familiales.

Commençons par la cédratine – ou liqueur de cédrat, cette variété de citron cultivée en Corse depuis des siècles… Où l'on retrouve Louis Napoléon Mattei. En 1884, douze ans après sa victoire commerciale avec le « Cap », il eut l'intuition d'adapter une vieille recette d'alcool de cédrat aux goûts du moment, qu'il avait parfaitement perçus. Faisant macérer des écorces de cédrat dans de l'alcool distillé, il y ajouta des extraits naturels de végétaux et ce qu'il fallait de sucre pour obtenir une liqueur à 25 degrés, transparente et dorée à la fois, au goût acidulé. Même succès qu'avec le « Cap ». Aujourd'hui, la cédratine fait partie de l'univers alimentaire corse en tant que digestif, comme si elle avait existé de toute éternité. J'en ai bu pas mal, jadis, avant que la liqueur de myrte ne la supplante. Voici comment les choses se sont passées :

Un jour, l'un des frères de mon père, mon oncle Pierre, qu'on surnommait « Bébé », me déclara en substance :

« Tu aimes la cédratine mais tu ignores la liqueur de myrte. Normal : on en parle moins, elle n'a pas toute sa place dans les magasins et celle qu'on y trouve n'est pas forcément excellente. Moi, je fais beaucoup mieux avec les myrtes du jardin et l'alcool de raisin que je distille. Alors, tu vas goûter ça. »

Ce fut une découverte... Déjà je connaissais par cœur l'eau-de-vie de « Bébé ». Depuis mes expéditions dans les dernières zones inexplorées de Nouvelle-Guinée, le pays des Papous – au cours des années 90 de l'autre siècle –, j'en emportais toujours une flasque d'acier dans mon barda. Cette eau-de-vie était devenue l'un de mes mythes intérieurs – mais uniquement pour les aventures lointaines : trop forte pour la vie quotidienne. En boire une gorgée le soir au fond de mon hamac battu par la pluie, éreinté par les longues marches du jour, était le réconfort des réconforts – d'autant qu'il m'était impossible d'emporter de la charcuterie corse compte tenu de la chaleur et de l'humidité de ces régions perdues. Au retour, quand je disais à mon oncle combien je trouvais délicieux l'arôme de son eau-de-vie, même si elle m'arrachait la gorge, il clignait de l'œil en rigolant : « Moi, je ne la distille pas avec du marc de raisin déjà pressé au maximum pour en tirer le plus de vin possible. Le marc, je le presse juste ce qu'il faut, je lui laisse tout son goût. C'est pour ça que j'en tire ce qu'on fait de mieux en alcool fort... »

Lorsqu'il me fit goûter pour la première fois sa liqueur de myrte, elle supplanta donc l'eau-de-vie. Dans ma tête comme dans l'aventure. Sa recette était simple. Je vous la révèle telle que ma tante Jeannine, sa femme, me l'a rappelée en détail pour l'écriture de cette page : « Pour un litre d'eau, mettre à macérer deux bols et demi de baies durant trois mois ou davantage. Plus ça macère, mieux c'est. On enlève alors les baies. À ce moment-là, préparer un sirop avec trois cent cinquante grammes de sucre pour un demi-litre d'eau. Faire chauffer. Le sirop est prêt quand la cuillère "fait la perle", c'est-à-dire lorsque, en sortant la cuillère trempée dans le sucre, celui-ci s'écoule en faisant comme une perle. Ajouter ce sirop à l'eau-de-vie qui a pris une belle couleur ambrée après macération des baies. »

La bonne liqueur de myrte qui en résulte est de couleur rouge. Se défier de celle que l'on produit aujourd'hui un peu trop industriellement : rosée est de mauvais augure, blanche le signe qu'elle a été fabriquée par macération des feuilles et non des baies elles-mêmes.

Mon oncle Pierre est mort un beau matin, comme tout le monde. Nous l'avons enterré en grande cérémonie au cimetière familial situé tout en haut de notre village de Pancheraccia, au côté de ses parents et de ses frères et sœurs déjà disparus. Puis nous avons entamé la solide réserve de bouteilles de liqueur de myrte qu'il avait laissée pour nous. Les années passant, nous avons fini par ouvrir à regret la toute dernière bouteille. Alors, religieusement, un soir d'été, nous avons bu l'ultime goutte de cette liqueur à nulle autre pareille.

On n'imagine pas ce qu'il m'a semblé perdre ce jour-là...

B

Bandits d'honneur

À mes yeux, il existe deux types de bandits d'honneur : ceux d'autrefois qui vivaient en Corse et ceux qu'il faudrait faire advenir partout dans le monde.

Fantasme... Je m'en expliquerai plus loin. C'est à cause de lui, en tout cas, que j'ai réservé une place dans mon « Dictionnaire amoureux » à ce type de bandits bien de chez nous. Sans quoi je les aurais laissés dans les livres d'histoire et ceux consacrés au tourisme ou au folklore.

Le premier qui m'ait parlé des bandits d'honneur était, je crois, le vieux Pierre-François que j'évoque dans l'entrée « Grossu Minutu ». Entre deux histoires de Grossu Minutu – ce comique populaire auquel il vouait une admiration amusée –, il contait au gosse que j'étais encore les légendes qui auréolaient ces bandits d'honneur. Il semblait avoir pour eux autant de crainte que de respect. À l'entendre, lui et quelques autres anciens du village, que nous, les enfants, écoutions bouche bée, c'étaient de sacrés énergumènes. Leur première particularité était de vivre libres dans le maquis et armés de pied en cap – pistolets au côté, couteaux à la ceinture, cartouchières autour de la poitrine et bonnets à poils sur la tête.

Ces héros de la dissidence, bien sûr, ne craignaient rien ni personne, n'obéissant qu'à leurs propres lois puisqu'ils avaient choisi de se mettre au ban de la société et vivaient souvent en communauté. En somme, ils étaient dans le maquis comme les pirates sur la mer.

Pierre-François n'évoquait jamais les raisons qui avaient poussé ces drôles de Corses à quitter le monde des hommes pour lui préférer la dureté de la vie sauvage. Mais il prétendait qu'ils existaient toujours, que les bandits d'honneur n'avaient pas tous disparu, que certains devaient sûrement se cacher encore quelque part, peut-être même autour du village. J'en frémissais. Tout cela avait un avant-goût d'aventure. Alors, lorsque je courais le maquis, je me demandais avec émotion si je n'allais pas finir par me heurter à l'un d'eux au détour d'un sentier. Hélas, je ne croisais jamais que des bergers sur leur âne ou des chasseurs dépenaillés en quête de sangliers. Les premières déceptions de l'existence surviennent souvent très tôt.

La vérité sur les bandits d'honneur est naturellement assez éloignée de l'image d'Épinal que propageait le brave Pierre-François. Mais ce qu'il racontait me ravissait. Le reste, au fond, importait peu. À mes yeux de gamin, les bandits d'honneur corses se trouvaient nimbés de la même aura que les samouraïs et les chevaliers. Il n'y a pas d'âge pour se tromper.

Avec le recul, j'ai pris conscience que ces histoires de bandits ont marqué en Corse bien plus de générations que je ne l'ai cru longtemps. Aujourd'hui, je gage qu'il en reste des traces chez la plupart des habitants de l'île, quelque part dans le recoin de leurs cerveaux, au plus profond de leur mentalité – et jusque dans leur inconscient, sûrement. Les bandits d'honneur font partie de l'imaginaire collectif corse.

Historiquement parlant, ces personnages légendaires ont disparu aux alentours des années 30 de l'autre siècle, la maréchaussée ayant fini par les étriller un à un. C'est Pierre Laval qui sera à l'origine de cette éradication. En 1931, excédé par ces insaisissables bandits dont les journaux glorifient joyeusement les faits d'armes, il expédie plus de cinq cents gardes mobiles à Ajaccio, équipés de chars et d'automitrailleuses. Les effets ne se font pas attendre. Le dernier des bandits d'honneur est guillotiné à Bastia en 1935. Il s'appelait André Spada.

Dans leur vérité crue, ces bandits se révélaient plus sordides qu'admirables tant ils portaient à leurs extrêmes une fierté dénaturée et un honneur dévoyé. Si certains avaient choisi d'être simplement rebelles aux lois et à l'autorité comme des Robin des Bois locaux, la majorité d'entre eux étaient liés aux traditionnelles vendettas ou aux crimes d'honneur – les deux allant souvent de pair. La population aidait à cacher ces bandits et à les ravitailler dans le maquis – les solidarités claniques et familiales jouaient à plein –, mais les intellectuels et les responsables politiques leur vouaient une détestation tenace. Tant que ces hors-la-loi ne seraient pas mis hors d'état de nuire, aucune véritable justice ne pourrait s'exercer, aucun ordre social perdurer : on ne pouvait faire justice soi-même – et à sa façon – en méprisant à ce point la société. Quand Pascal Paoli, le grand patriote corse, surgit dans l'histoire de l'île au milieu du XVIIIe siècle, empli de la vision humaniste du siècle des Lumières, il s'empressa d'édicter les lois nécessaires à l'éradication de la vendetta et des bandits qui allaient avec. Sa Constitution de 1755 en est la preuve vivante. Mais Paoli disparut bientôt de la scène politique et tout recommença. À cette époque, près de 1 000 meurtres ayant trait aux vendettas étaient commis chaque année en Corse pour une population d'environ 120 000 personnes. Une hécatombe. Par là aussi, on comprend pourquoi les Corses avaient toujours eu tant de mal à se liguer contre leurs envahisseurs. En se massacrant allègrement entre familles ou d'un clan à l'autre, on ne favorisait guère les unions sacrées...

La vendetta, popularisée par Mérimée dans *Colomba* ou *Mateo Falcone*, sans oublier Balzac, Alexandre Dumas et Maupassant – tous ces écrivains lui donnant une aura romantique –, existait depuis fort longtemps et relevait d'une conception bien particulière de l'honneur – et surtout de l'idée singulière que la culpabilité est à la fois collective et héréditaire.

L'honneur, d'abord : il était rattaché au comportement général d'un homme et à ce qu'il se devait de défendre dans la vie courante – respect du droit de propriété, insultes qu'on ne doit jamais laisser passer, aide obligatoire aux amis, etc. –, mais se rapportait surtout aux femmes. Comme dans bien des sociétés traditionnelles existant encore aujourd'hui hors d'Occident, les rapports homme/femme étaient encadrés par des règles d'une rigueur absolue, essentiellement faites d'interdictions. Ne serait-ce qu'embrasser une jeune fille hors mariage était inconcevable et suffisait à la « déshonorer ». L'humiliation, alors, était telle pour son entourage qu'elle exigeait réparation immédiate. Celle-ci ne pouvait qu'être le meurtre du coupable par un membre de la famille : on appelait cela un « crime d'honneur », sorte de droit coutumier perpétré pour réparer une offense. Une injure se lavait par le sang. Se soustraire à cette obligation revenait à la pire des choses : perdre son propre honneur.

Aussitôt après son forfait, l'assassin prenait le maquis pour échapper aussi bien à la justice qu'à la vengeance. Il devenait bandit d'honneur dans le « palais vert » qu'il habitait désormais, et une vendetta commençait. L'aspect collectif de cette dernière faisait que n'importe qui de la famille atteinte par cet assassinat avait toute latitude pour tuer n'importe qui de l'autre famille, excepté femmes, enfants et vieillards – on sait se tenir... En même temps, la proportionnalité de la riposte n'était pas obligatoire : on pouvait occire dans l'autre bord autant de personnes qu'on voulait, et on ne se gênait guère. L'aspect héréditaire, quant à lui, amenait les vendettas à s'étaler sur des générations, chaque crime en amenant un autre. Il n'y avait aucune raison que cela cesse un jour et l'on vivait ainsi perpétuellement sur le qui-vive, toujours aux aguets, un œil derrière la tête. Je précise en passant que, de nos jours, la fonction héréditaire de la vendetta perdure parfois, de manière atténuée bien sûr, dans les rancunes villageoises entre familles. Mais c'est une autre histoire.

Un texte de Flaubert rédigé en 1840 et intitulé *Corse* est fréquemment cité dans les livres sur notre pays pour expliquer la mentalité des bandits d'honneur de l'époque. Il mérite toujours d'être reproduit :

> Ici un bandit est ordinairement le plus honnête homme du pays et il rencontre dans l'estime et la sympathie populaire tout ce que son exil lui a fait quitter de sécurité sociale. Un homme tue son voisin en plein jour sur la place publique, il gagne le maquis et disparaît pour toujours. Hors un membre de sa famille, qui correspond avec lui, personne ne sait ce qu'il est devenu. Ils vivent ainsi dix ans, quinze ans, quelquefois vingt ans. Quand ils ont fini leur contumace, ils rentrent chez eux comme des ressuscités, ils reprennent leur ancienne façon de vivre, sans que rien de honteux ne soit attaché à leur nom. Il est impossible de voyager en Corse sans avoir affaire avec d'anciens bandits, qu'on rencontre dans le monde, comme on dirait en France. Ils vous racontent eux-mêmes leur histoire en riant, et ils s'en glorifient plutôt qu'ils n'en rougissent ; c'est toujours à cause du point d'honneur, et surtout quand une femme s'y

> trouve mêlée, que se déclarent les inimitiés profondes qui s'étendent jusqu'aux arrière-petits-fils et durent quelquefois plusieurs siècles [...].

En 1852, ces bandits d'honneur qu'a croisés Flaubert – et ceux qui sont venus après eux – étaient officiellement cent quarante-huit d'après l'Administration. Il fallait, en réalité, y ajouter les bandes de hors-la-loi de droit commun qui avaient commencé à sévir après les désordres engendrés par la chute de Napoléon. Ceux-là, véritables malfaiteurs, se vouaient principalement au pillage, à l'extorsion de fonds, aux rançons, et faisaient peu de cas de l'honneur. Ces « bandits percepteurs », ainsi qu'on les appelait, se trouvaient fort éloignés de ceux qui, exerçant leur droit d'une justice privée telle qu'on l'acceptait en Corse, avaient tué pour effacer une injure.

L'histoire a retenu le nom de quelques-uns de ces bandits d'honneur, devenus fameux, dont je me dois de relater la vie, au moins brièvement, tant ils appartiennent au « pittoresque » de l'île.

Commençons chronologiquement avec Théodore Poli, le plus déconcertant de tous à mon avis. Nous sommes au moment de la restauration de Louis XVIII. En 1820, accusé de désertion par l'armée – à tort à ce qu'il semble –, il est menotté devant tous les membres de son village par un gendarme dont il se croyait l'ami, et jeté en prison. Humilié, il sauve son honneur en parvenant à s'évader, non sans occire ses gardiens. Ensuite, comme cela se doit, il ajoute à ce premier palmarès le représentant de la loi l'ayant arrêté. Naturellement, il gagne sans attendre le maquis et voue, dès lors, une haine tenace aux autorités constituées – à commencer par les gendarmes. Il a tout juste vingt et un ans. Sa cavale va durer sept ans.

Après mille péripéties et autres crimes contre les représentants de l'ordre – crimes qui le font passer pour un justicier aux yeux de la population –, il parvient à réunir sous sa coupe un nombre non négligeable d'autres bandits qui le proclament ni plus ni moins « roi de la montagne ». Après quoi ils se constituent en une communauté autonome qu'ils baptisent « République des bandits », sans se soucier de la contradiction des termes. Ils votent une Constitution qui dote Théodore Poli du droit de vie et de mort sur tous, rédigent leurs propres lois, et condamnent par des arrêts officiels signés de ce roi tous ceux qui ne s'y soumettent pas. Ils imitent, sans le savoir sans doute, les communautés de pirates qui écumaient autrefois les Caraïbes. De quelques dizaines au départ, ils seront près de huit cents – dit-on – à la fin de leur « épopée », lorsque le gouvernement parviendra à les décimer.

Pour survivre dans la forêt d'Aïtone où ils ont trouvé refuge, les insoumis de la République des bandits taxent le clergé alentour à proportion de sa richesse supposée, font de même avec les notables et tous ceux qui présentent quelque intérêt. Rançonnant les riches pour aider les pauvres, ils voient leur popularité grandir d'année en année.

Théodore Poli, roi de la montagne, prend son rôle au sérieux. Il tente d'agrandir son royaume en s'alliant avec d'autres bandes moins connues. Ensemble, ils attaquent différentes gendarmeries pour se procurer armes, munitions et vêtements. En même temps, Poli démontre son patriotisme en éliminant des groupes de brigands sardes venus piller la région de Bonifacio. Sa réputation atteint des sommets. Il est le rebelle des rebelles.

Deux ans à peine après son premier crime, le gouvernement envoie contre cet insupportable roi de la montagne un bataillon de voltigeurs recrutés dans la population corse. Ils mettront des années à l'éliminer, lui et sa République des bandits. Et encore n'y parviendront-ils, le 5 février 1831, que par la trahison de l'un des leurs.

Théodore Poli meurt les armes à la main dans un dernier combat contre cette autorité qu'il haïssait tant. On expose son corps à Ajaccio pour l'édification des foules, mais la tradition orale prétend qu'il est ensuite transporté dans son village natal où ses anciennes maîtresses chantent des *lamenti* en son honneur tandis que d'innombrables Corses de la région viennent lui rendre hommage.

Continuons avec Bellecuisse, originaire de Bocognano. Celui-là s'appelait en réalité Antoine Bonelli. Son surnom de Bellecuisse – *Bellacoscia* – lui venait de son père qui avait eu dix-huit enfants des trois sœurs avec lesquelles il vivait en même temps...

En 1848, Antoine tombe amoureux d'une jeune femme de chez lui. Le père lui refuse sa main. Sans la moindre hésitation, il le prend en otage, tente d'enlever la fille, et après quelques échauffourées s'enfuit au maquis pour éviter la vengeance de la famille. Le voilà bandit d'honneur par choix. Deux ans après, il tue celui qui a osé épouser la femme qu'il convoitait. L'injure est lavée mais il se retrouve condamné à mort par contumace. Sa carrière débute pour de bon.

Elle redouble lorsqu'il assassine un séducteur qui a répudié l'une de ses sœurs. Nouvelle condamnation. On se met à parler de lui dans les journaux du continent, ce qui lui plaît. La presse est alors friande de ces histoires corses, tant son public en raffole. C'est elle qui sera à l'origine des légendes bigarrées et autres contes romantiques entourant les bandits d'honneur.

Les journalistes sont fascinés par Bellecuisse qui leur affirme deux choses lorsqu'ils viennent le voir en son « vert palais » : la vie sauvage lui convient mieux que toute autre existence et il ne s'émeut guère des châtiments de la loi. De fait, il échappera toujours à la justice, profitant de sa connaissance incroyable du maquis.

Bellecuisse avait un frère cadet, Jacques, tout aussi violent que lui. À eux deux ils deviennent des criminels notoires vivant de toutes sortes d'exactions. Les gendarmes ne cessent de les poursuivre, ne les attrapent jamais. Les deux frères ne manquent ni de culot ni d'imagination : au moment de la guerre de 1870 contre l'Allemagne, ils proposent au préfet de Corse, en contrepartie de leur amnistie, d'organiser un corps de bandits d'honneur pour défendre la France. Le préfet accepte, trop heureux de se débarrasser de ces indésirables, Paris, naturellement, refuse. Retour au maquis pour les frères Bellecuisse qui continuent d'intimider allègrement l'ensemble du canton de Bocognano, maltraitent tout le monde, tuant de-ci de-là ceux qui les poursuivent, exerçant leur justice privée, continuellement protégés par leur nombreuse famille et leurs amis pour lesquels ils incarnent, là encore, une certaine forme de liberté en rupture avec la société et ses institutions. Tout cela pendant encore... vingt-cinq ans. Un record.

Jacques mourra dans le maquis sans que l'on sache très bien comment, Antoine de vieillesse chez lui après s'être rendu sur le tard aux gendarmes, non sans précautions. Ses filles – car il en avait eu – avaient demandé sa grâce au président Sadi Carnot et il s'était assuré, on ne sait comment, que la justice le déclarerait non coupable au cours de son procès. Un exploit salué à Bastia par des milliers de Corses enthousiastes.

Une photo de lui parue sur une carte postale au seuil de sa vie – il mourra à quatre-vingts ans – le montre tel un patriarche tranquille : longue barbe blanche, pipe courbe à la bouche, bonnet rejeté en arrière de la tête, épaisse pelisse sur les épaules, fusil à la main, son chien à ses côtés.

Je terminerai avec trois bandits ayant vécu à l'époque des Années folles et pouvant être considérés comme les derniers de leur espèce. Je les mêle en une seule histoire car, à mes yeux, même s'ils sont les plus connus des bandits corses – on les trouve cités dans tous les livres s'y rapportant –, ils sont à la frontière entre bandits d'honneur et bandits tout court, tant leurs exactions laissent perplexe. Leurs noms ? Joseph Bartoli, Nonce Romanetti, André Spada.

Ce qui rassemble ces trois hommes, c'est d'abord une prédisposition manifeste à la violence, une inculture crasse et une invraisemblable tendance à la mégalomanie. Bartoli et Romanetti, qui savaient à peine lire et écrire, s'étaient, par exemple, constitué des tampons pour signer leurs missives – on pouvait y lire leurs patronymes soulignés du terme « Bandit » et du nom de leur village. Ils expédiaient beaucoup de ces missives : aux prêtres, notables et même préfets qu'ils menaçaient. Ils étaient aussi fiers de leurs tampons que les nobles de leurs cachets. Ils en faisaient un large usage pour les autographes que la population leur demandait et les journalistes qui accouraient pour les rencontrer dans le maquis afin de rapporter leurs exploits – la lecture des journaux de l'époque est édifiante. Ils agissaient de même pour les personnalités désirant s'encanailler avec eux ou que la curiosité attirait, comme Abel Gance qui ne se priva pas de rendre visite à Romanetti en prévision de l'un de ses films.

Ce Romanetti est d'ailleurs le plus intéressant des trois. Beau garçon, il ne s'intéressait qu'à trois choses : les armes, la politique et les femmes – ses conquêtes amoureuses étaient légendaires. Il commence ses tribulations en 1903 par un coup de couteau porté à un adversaire un jour d'élection. Il a vingt et un ans. Sept ans plus tard, après quelques autres coups de couteau par-ci par-là et de nombreuses condamnations, il tente d'enlever une jeune fille mineure, blessant grièvement sa mère. Cette fois, il est jeté en prison. Quand il en sort, c'est pour continuer d'imposer sa trace sanglante un peu partout dans son fief de Lava. Bientôt on ne compte plus le nombre de ses crimes pour des histoires de trahison, de vol de bétail et autres futilités. Il sait si bien s'entourer qu'il parvient à échapper à toutes les polices, tuant nombre de ses représentants, tout en narguant l'autorité par une vie fastueuse. Il va même jusqu'à dîner dans les meilleurs restaurants d'Ajaccio et de Bastia entre deux séjours au maquis. On le surnomme le « bandit dandy ». À Lava, où on le craint tel le diable tout en l'admirant comme un dieu, il rend la justice et se mêle de toutes les campagnes électorales de ses affidés. L'affaire dure quinze ans.

Cette longue période de maquis doré s'achève une nuit de 1926, quand il est criblé de balles près d'un col isolé par un inconnu dont on ne retrouvera jamais la trace. Les conséquences d'une vendetta, sûrement. 5 000 personnes suivent le cortège de ses funérailles...

Joseph Bartoli, lui, commence sa vie à l'âge de dix-huit ans en assassinant un soldat pour une histoire de femme : c'est davantage conforme à la légende des bandits d'honneur... Le reste suit de manière très classique, de crime en cavale. Après avoir encore tué un homme à cause d'une femme – ainsi que divers associés et rivaux en affaires –, il parvient à rassembler une bande de gens de son espèce. Comme Théodore Poli autrefois, mais en moins élaboré, il se fait roi de son village de Palneca. Il y massacre encore des gendarmes venus l'arrêter et terrorise la population, imposant sa loi partout. On peine à imaginer la terreur mêlée de respect qu'il inspirait.

Il achève son existence comme Nonce Romanetti, son rival en notoriété : un jour de 1931, il est assassiné non loin de son repaire de la forêt de Marmano par un certain Simonetti, victime parmi d'autres de ses innombrables forfaits.

Quant au dernier des bandits corses, André Spada, il semble avoir été pire encore que les autres quoique ami de Romanetti. Il se surnommait lui-même, et selon les cas, « bandit d'honneur et de vengeance » ou « tigre de Cinarca ». C'est dire... Lui commence son existence de hors-la-loi à vingt-cinq ans en tuant un gendarme qui cherchait à arrêter l'un de ses amis après une rixe à propos d'une femme. Il prend le maquis – bien sûr –, est condamné à mort par contumace – comme toujours dans ces cas –, tue encore pour l'amour d'une femme enlevée par un autre, et finit par se mettre en couple avec la compagne de Romanetti lorsque ce dernier est tué. Dès lors, il ne vit plus que de braquages sanglants. Devenu plus voyou que bandit, il se spécialise dans l'attaque des fourgons postaux entre Ajaccio et Lopigna, massacrant beaucoup de monde à diverses reprises. C'est le Far West dans les montagnes corses...

En 1931, les autorités, excédées par sa capacité à échapper à toute poursuite, décident d'en finir une bonne fois pour toutes. Une expédition militaire commandée par un général est engagée contre lui. Cette fois, on met les moyens. Spada parvient néanmoins à passer entre les mailles du filet pendant près d'un an et demi. Mais au prix fort, mourant de froid l'hiver, affamé le reste du temps, ses proches et ses amis arrêtés les uns après les autres. Il finit par capituler en mai 1933, à bout de forces. Sa tête passe sous la guillotine deux ans plus tard à Bastia sans que grand monde, cette fois, s'en émeuve.

Le dernier des bandits d'honneur s'en est allé ainsi, sans grand honneur en vérité, plutôt dans l'indifférence générale. Avec lui s'est refermée la page de l'histoire sanglante de ces bandits. Ils n'étaient tout simplement plus de leur temps.

Le fantasme par lequel j'ai ouvert ce chapitre me faisait écrire qu'il existait, à mes yeux, deux types de bandits d'honneur : ceux d'autrefois qui vivaient en Corse et ceux qu'il faudrait faire advenir partout dans le monde.

Il me faut conclure par l'explication de ce fantasme : les bandits d'honneur qui existaient chez nous jadis et que je viens de raconter ne portent guère à l'enthousiasme. Ils sont intéressants *a posteriori* pour ce qu'ils traduisent d'une époque révolue – comme bien des faits historiques –, mais sans plus. Aujourd'hui, ils appartiennent davantage au folklore corse qu'à son histoire proprement dite – je veux dire son histoire sérieuse. Mon fantasme a trait à la petite part de liberté qu'affirmaient ces bandits d'honneur et à rien d'autre. C'est cependant beaucoup. Car, à y regarder de près, vouloir vivre simplement libre aujourd'hui est devenu le défi principal des temps modernes, comme de mener sa vie conformément à ses rêves, ou de désirer agir et penser par soi-même. Pour y parvenir, il faudra bientôt payer le tribut le plus lourd qui ait jamais été demandé depuis l'avènement de l'humanité sur terre. Alors, décider de devenir un « bandit » – c'est-à-dire un homme hors des lois qui enferment les hommes plutôt qu'elles ne les libèrent – sera peut-être la dernière et tragique solution pour y arriver. Et l'honneur qui l'accompagnera, loin d'être ce qu'il était pour les Spada et autres Romanetti, sera le choix de l'honneur pour soi dont il faudra acquitter le prix fort.

Ce seront les nouveaux « bandits d'honneur » de mon fantasme...

Bastia – promenade

Sur une vieille photo en noir et blanc de mon enfance, je tiens d'une main mon jeune frère Philippe et de l'autre ma mère qui nous promène sur la place Saint-Nicolas de Bastia. Aucune date n'est inscrite au dos de cette photo. Toutefois, si j'en juge par l'âge qui semble être le nôtre, ce devait être peu après notre retour de Côte d'Ivoire, à la fin des années 50 du XXe siècle.

C'est en mémoire de cette photo et pour le plaisir jamais effacé en moi de continuer à déambuler sur cette immense place que je l'ai choisie pour m'y promener avec vous et vous faire partager une certaine forme de l'art de vivre à Bastia. La ville, bien sûr, offre bien d'autres attraits : son imposante citadelle, le quartier central de Terra Vecchia, la place du Marché ou le vieux port – qui m'a donné bien des sueurs froides lorsque je devais y amarrer le trois-mâts *La Boudeuse*, beaucoup trop grand pour lui… C'est cependant la place Saint-Nicolas qui a mes faveurs. Sans doute parce qu'elle m'est devenue incontournable : chaque fois que je descends du bateau me ramenant chez moi, seul ou en famille, j'éprouve la nécessité de m'attabler à l'un des cafés dont la présence participe à l'atmosphère de cette place située à un jet de pierre du port. C'est là que je commence à m'imprégner pleinement de ce retour, d'autant que je ne sais jamais quand je pourrai revenir dans mon île.

Plus qu'une place, c'est une esplanade, d'ailleurs : trois cents mètres de long sur une bonne centaine de large, il y a de quoi faire… Le brave saint Nicolas – patron des enfants sages, dit-on – a été gâté par les architectes de la fin du XIXe siècle lorsqu'il s'est agi de lui dédier un lieu prestigieux après la destruction de l'ancienne chapelle pisane qui se trouvait là. Ces architectes de talent ont édifié en son centre un kiosque à musique et ont ceint la place d'avenantes allées plantées de réverbères et de bancs de bois que bordent platanes et palmiers – les premiers se portent plutôt bien aujourd'hui, les seconds font parfois grise mine avec leurs coiffes déplumées.

Mais commençons notre promenade. Elle va se faire du nord vers le sud – c'est à peu près l'orientation de la place. Tout au début, on trouve l'office de tourisme, peint en vert foncé. J'aurais aimé ne pas vous le présenter – non en vertu de mon manque d'appétence pour ce que le tourisme éveille en moi, mais à cause de l'apparence de ce bâtiment : on se demande s'il s'agit d'un bunker militaire prêt à soutenir un assaut ou d'un préfabriqué pour ouvriers de chantier oublié là par la négligence de leur entreprise de BTP… Passons, je suis peut-être trop sévère. Une consolation tout de même : de cet endroit, en tournant la tête vers le port, on aperçoit de l'autre côté de la place la réplique du kiosque du célèbre sous-marin *Casabianca* qui fit tant pour la libération de la Corse à la fin de la Seconde Guerre mondiale. Il est toujours émouvant de songer à ce que l'on doit à des hommes qui ne vous connaissaient pas et que, vous-même, n'avez jamais connus – voir l'entrée « Kiosque ».

Si maintenant nous marchons vers le sud en restant au centre de la place, nous tombons très vite sur le monument aux morts de la ville. Il est aussi original que majestueux. Les deux sculpteurs qui l'ont conçu ont choisi de représenter une scène symbolique de la guerre d'indépendance contre les Génois : une veuve offrant son fils à Pascal Paoli pour défendre la patrie corse. Cette statue se trouve érigée sur un piédestal de pierre particulièrement massif, haut de quatre ou cinq mètres, dont l'une des quatre faces porte les mots suivants, élégamment gravés : « Aux deuils, aux triomphes, aux espoirs de la patrie ».

C'est devant ce monument aux morts que, le 4 décembre 1938, Jean-Baptiste Ferracci prononça le fameux « serment de Bastia » qui marqua tant les esprits à la veille de la guerre. Je ne peux passer devant sans m'en souvenir – voir l'entrée « Serment ».

En continuant notre chemin, nous parvenons devant le kiosque à musique orné d'arabesques en fer forgé. La finesse des piliers de fer soutenant le toit est remarquable, tout comme le lustre qui en descend pour éclairer les lieux la nuit. Il se dégage de l'ensemble une ambiance impalpable, comme une communication charnelle. J'ai toujours eu un faible pour les kiosques à musique. J'aime leur façon d'être ouverts à tous les vents, j'aime les images d'aventure des Années folles auxquelles ils renvoient, à l'égal des pianos-bars des grands palaces de charme et des anciens paquebots. Il suffit d'imaginer des musiciens compassés jouant assis pour des messieurs à chapeaux et des dames à longs manteaux qui les écoutent debout avant de passer leur chemin.

Poursuivant notre route, nous parvenons au pied du monument consacré à Napoléon Ier représenté en Jupiter, tel un empereur romain – c'est ainsi que l'explique le panneau planté devant. La statue est majestueuse et de belle facture, chacun en convient. Le plus drôle, toutefois, est que les mouettes rôdant dans le ciel viennent souvent se poser sur la tête ceinte de laurier de ce Napoléon de pierre, y laissant souvent leurs fientes, et que devant ce geste de lèse-majesté, l'aigle à la tête vindicative posé aux pieds de l'Empereur ne bronche évidemment jamais.

Nous sommes maintenant tout au sud de la place. Si nous redescendons par l'allée de gauche, laissant derrière nous et à l'ouest les beaux immeubles couverts de lauzes qui encadrent les lieux, nous passons à la partie la plus « festive » de notre promenade. Tout au long de l'allée se dressent quelques lieux commerciaux, banques et magasins – sans oublier la belle boutique de l'apéritif Cap Corse –, mais surtout une succession de bars, cafés et brasseries. Treize en tout si j'ai bien compté, du « Palais des glaces » à « L'Impériale » en passant par « Le Rallye » et le « Concorde ». Leurs terrasses s'étendent jusque sur la place, plantées de parasols rectangulaires, ocre, blancs ou gris. D'un bout à l'autre, il n'y a que cela : en somme, quasiment trois cents mètres de terrasses ininterrompues du nord au sud, sur quinze bons mètres de large. On imagine sans peine le nombre de clients qui peuvent tenir là en même temps. Il faut bien cela l'été quand les touristes débarquent des ferrys par vagues entières. Mais alors, mieux vaut venir à pied : impossible de se garer dans l'allée qui longe les bars. Il m'arrive d'admirer avec stupéfaction et une incompréhension totale les téméraires qui s'essaient à l'affaire, tournant et tournant autour de la place avant de renoncer piteusement pour tenter leur chance dans les parkings payants des environs – eux-mêmes souvent complets, hélas…

Que cela ne gâche en rien votre plaisir. Mais un conseil si vous venez l'été : aux terrasses devenues bruyantes et encombrées, presque invivables à cette époque de l'année malgré leurs confortables chaises d'osier, préférer l'intérieur des bars – toujours silencieux, toujours empli d'ombre et de fraîcheur. Les habitués se réfugient sur les banquettes de cuir que propose « Le Café des Palmiers », face à la statue de l'Empereur, ou se claquemurent au « Napoléon », rendez-vous des joueurs de cartes. Faites-en autant, c'est préférable, vous pourriez croire que l'ambiance de Bastia est constamment en surchauffe. Ce serait faire fausse route. La place Saint-Nicolas, comme la ville elle-même, offre ce que vous aurez découvert dans l'intérieur de ces cafés : un charme difficile à formuler – mais à peine l'a-t-on quitté qu'on cherche à le retrouver.

Bonaparte

Dans la mesure où un « Dictionnaire amoureux » est, par essence, d'une subjectivité assumée et que le mien se veut parfois un tantinet provocateur, je ne vais affirmer sur Bonaparte qu'une seule et unique chose. Elle fera grincer des dents les admirateurs du grand homme – du moins je le suppose –, amusera ses détracteurs – je l'espère –, laissera indifférents les autres – c'est fort probable – avant, j'y compte bien, de réconcilier tout le monde sur l'essentiel car je n'ai aucune volonté de « déconstruction », juste le désir constant d'aller regarder derrière le miroir des hommes et des événements.

Bonaparte est une affaire de pont…

Cette déclaration semble obscure, sotte, énigmatique, absurde même ? C'est voulu, je le confesse. Pour apporter un sentiment de nouveauté sur un personnage connu du monde entier et sur lequel des milliers de livres ont été écrits, il me faut bien jeter dès le départ une touche d'étrangeté : j'arrive bien tard, tout a été dit – je dois me débrouiller avec. Je ne peux faire comme mon père, le général Franceschi, illustre connaisseur de l'épopée napoléonienne dont les ouvrages pleuvent chaque année comme à Gravelotte, soulevant chacun un pan de cette épopée, avec minutie, admiration, ténacité, comme le font les botanistes méticuleux qui consacrent leur vie à inventorier inlassablement les espèces végétales dont ils sont les spécialistes, ne laissant rien de côté – ce serait sacrilège.

J'en profite pour préciser que les livres de mon père sont bien moins lus chez nous que dans leurs traductions russe, chinoise, hindie, hébraïque, et j'en oublie... L'empereur des Français suscite davantage d'intérêt à l'étranger que dans sa patrie. S'en étonneront seulement ceux qui ne se sont pas encore aperçus que l'Occident est entré depuis longtemps dans ses temps post-héroïques. De toute façon, nul n'est prophète en son pays, c'est bien connu.

Bonaparte est une affaire de pont...

Si je précise cependant que le pont en question est celui d'Arcole, j'imagine que tout commence à s'éclairer. Enfin, je l'espère. Qui n'a pas entendu parler du pont d'Arcole ?

Mais commençons par le commencement : d'un point de vue philosophique, l'idée de pont confine pour moi au fantasme. Qu'on examine la chose de plus près : le pont n'est-il pas le seul édifice humain construit pour rapprocher ce qui est séparé ? Mieux – et plus provocateur : ne s'oppose-t-il pas frontalement à la nature et à ses obstacles ? Ne manifeste-t-il pas la volonté de s'en affranchir ? En vérité, pour le pont, point d'embarras. Il est une rupture de l'ordre établi par cette nature qui se montre le plus souvent sans égard pour l'homme qu'elle a, de toute façon et dès le départ, condamné à la finitude. Le pont est comme la médecine, il répare le mal originaire. Il a cet orgueil – ce pour quoi il est généralement beau, grandiose, voire magistral. Peut-être même est-il le premier ouvrage que l'homme ait bâti de ses mains pour se rendre « maître et possesseur » de la nature, comme le voulait Descartes.

Le pont est un passeur qui rompt l'isolement, permet les rencontres, autorise le commerce, favorise les voyages – qui ne le sait pas ?... Avec lui, rien d'impossible, sans lui, pas de progrès possible. Mais il y a davantage que cela : le pont déclare aux fleuves et aux rivières que leurs frontières n'en sont plus. Il est le cousin des pistes et des sentiers, des routes et des chemins, de tout ce qui va loin, de tout ce qui porte vers l'ailleurs. Un monde sans ponts est un monde clos, replié, rabougri, ratatiné sur lui-même. Un monde de solitude.

Toutefois, l'idée de pont est une idée à double tranchant – sulfureuse à souhait, même. Le pont permet aussi à la nature de se venger, de prendre sa revanche. Les ponts ne sont-ils pas les meilleurs alliés des glaives brandis par les conquérants ? Sans ponts, pas d'invasion possible, pas de conquête aisée, pas de mainmise assurée sur l'ennemi. Pour les empereurs et les rois, les khans et les beys, les califes et les potentats, les satrapes, sultans et autres pachas, le pont est frère aîné de l'assujettissement et de la soumission, de la domination, de la servitude.

Mais par un étrange effet de la destinée complexe des choses, le pont est également frère jumeau de la sauvegarde. Sans lui, point de salut parfois. Sur la Bérézina, le sacrifice et la bravoure des pontonniers du général Éblé font surgir des eaux glacées du fleuve l'ouvrage salvateur où passent les restes de la Grande Armée napoléonienne.

Le double inversé du pont se nomme muraille, rempart, fortification, tout ce qui stoppe son avancée. À la surface du globe, on trouve, j'en suis sûr, autant de ponts pour rompre l'isolement que de murs pour le maintenir. La muraille de Chine s'oppose aux ponts du fleuve Jaune comme la ligne Maginot à ceux jetés par-dessus le Rhin. Et chez l'homme social, cet individu solitaire associé à ses semblables, « couper les ponts » signifie retrouver une paix mise en danger. Grandeur et horreur de la chose humaine.

Le pont d'Arcole, maigre passerelle sur la rivière Alpone, affluent de l'Adige dans le nord de l'Italie, était en 1796 tout ce que représentent dans mon imaginaire les ponts édifiés par les hommes. Parler de Bonaparte en ce lieu symbolique est une aubaine. Toutefois, je ne vais pas le faire à la façon des historiens, plutôt comme on me racontait ce moment épique de notre histoire quand j'étais à l'école et que nos modèles étaient encore du Guesclin, Bayard et ce genre de personnages passés de mode aujourd'hui mais capables, au moins en ce temps-là, de rassembler ce qui menaçait d'être séparé. Ce que l'on perd en exactitude d'un côté, on le gagne en romanesque de l'autre. C'est ce qui m'intéresse.

Bonaparte et le pont d'Arcole, donc.

En cette année 1796, le jeune général français, presque inconnu encore, commande l'armée d'Italie issue de la Révolution et des réactions qui ont suivi dans toute l'Europe pour empêcher les idées nouvelles de se propager et stopper ceux qui les portent. Afin d'anéantir les troupes françaises, les Autrichiens ont dépêché dans le nord de la péninsule 25 000 soldats sous le commandement du général Alvinczy. Bonaparte n'en a pas 20 000. Mais trois de ses futurs grands maréchaux sont à ses côtés : Lannes, Augereau, Masséna. Des hommes que rien n'arrête. Surtout Lannes, futur duc de Montebello, qui sera tué treize ans plus tard à la bataille d'Essling – il n'avait pas quarante ans. Ces trois-là sont de ceux qui combattent à genoux si l'infortune des batailles les jette à terre. Et l'infortune est proche : après plusieurs victoires importantes contre les Autrichiens, les Français sont en recul sur de nombreux fronts.

Le 15 novembre, Bonaparte tente de s'emparer du petit village d'Arcole qui forme verrou sur sa route. S'il le fait sien, il coupera les lignes d'approvisionnement d'Alvinczy. Hélas, le temps est exécrable. Il pleut partout, la boue ralentit la progression des troupes, enlise les canons, brise les jambes des chevaux, ronge le moral des grenadiers. L'Alpone n'est plus qu'un vaste marais, sombre, angoissant, couvert d'épais brouillards le matin, de brumes sinistres le soir. Les soldats français sont éreintés, fourbus, recrus de fatigue. Ils ont face à eux des Autrichiens bien retranchés, mieux équipés, plus nombreux – et ces derniers tiennent tous les accès conduisant à Arcole.

Mais il faut mener bataille. Pas le choix pour Bonaparte. L'engagement commence en ce 15 novembre 1796 sans que nul ne sache s'il mènera à la gloire ou au désastre.

Le premier, Augereau se lance au combat de toute sa puissance. Un feu roulant le repousse de sa mitraille infernale tandis que Masséna s'enlise dans les marais entourant l'Alpone. Tout commence mal. Plus d'autres possibilités que de passer par le pont de bois menant au village. Mais il est très étroit, fait de simples planches et de grossiers madriers interdisant une charge massive. De surcroît, il est particulièrement bien défendu. Les Autrichiens sont barricadés juste de l'autre côté, dans un fouillis de maisons inextricables. De là, ils tiennent tout le pont en enfilade. Les Français vont devoir attaquer à pied, poitrine en avant, baïonnettes au canon, chair contre acier – comme le figureront ultérieurement les tableaux et peintures qui rendront compte de l'événement.

Malgré tout, on ne se décourage pas. À la tête de deux bataillons, Lannes tente de traverser. L'étroitesse du pont transforme la ruée de sa troupe en une cohue d'hommes en désordre qui se bousculent en hurlant pour se donner du courage, épaule contre épaule, et se gênent les uns les autres. Ils se font fusiller à bout touchant tant la riposte des Autrichiens est impétueuse. Ils répliquent par des salves nourries, tombent par dizaines. Les cadavres s'entassent, la fumée des fusils obscurcit le ciel, le fracas des armes est assourdissant. Blessé par deux fois, Lannes doit renoncer. On l'évacue comme on peut sous la mitraille.

Le lendemain, Augereau le remplace avec les trois bataillons dont il dispose. Sans plus de succès que la veille en dépit de plusieurs assauts répétés : impossible de franchir un tel mur de flammes et de feu. L'enfer. Pourtant, Augereau ne se laisse pas impressionner. Il saisit un drapeau pour forcer ses hommes à la bravoure et se précipite une fois de plus vers le pont. Mais les balles sifflent toujours, et à une telle cadence, si infernale, si obstinée, qu'elles forment comme un barrage incandescent. Sa troupe renonce à le suivre. Le voilà seul, sabre dans une main, oriflamme dans l'autre, au seuil du pont. Le désastre est proche, le découragement des soldats manifeste, la défaite annoncée.

Alors, Bonaparte surgit. Il sait qu'il ne dispose que de quelques instants pour retourner la situation, faire basculer le destin en sa faveur – ou mourir. Sans hésiter, il saisit à son tour un drapeau, celui du 2e bataillon de la 51e demi-brigade, et s'élance sous la même pluie de feu, suivi d'une poignée de grenadiers, des hommes les plus hardis de son état-major, et de nombre de ses généraux qui donnent de leur personne. Tous foncent en avant. À mi-chemin, les voilà pris par un tir de flanc qui les stoppe net. Les grenadiers font rempart de leurs corps à Bonaparte. Muiron, son fidèle aide de camp, est tué d'une balle en plein cœur en se jetant devant lui pour le protéger, les généraux Verdier et Robert sont grièvement blessés et gisent à terre. Les grenadiers survivants saisissent leur général en grand péril et tentent de le ramener sur l'autre rive malgré la pression des Autrichiens qui se mettent soudain à contre-attaquer dans une ruée furieuse, les obligeant à refluer en désordre. On se bat au corps à corps et à la baïonnette en plein milieu du pont qui tremble sur ses assises.

Tout à coup, dans le chaos, le tumulte, la confusion, le vacarme épouvantable de cette mêlée dantesque, Lannes sur son cheval jaillit malgré ses blessures reçues la veille. Comment fait-il ? Nul ne l'a jamais su. Il charge l'ennemi avec un courage indomptable et bloque un instant son avancée. Comme il se doit pour la légende, il se trouve de nouveau blessé par un tir ennemi. On le sauve de justesse.

Saisissant l'occasion, les Autrichiens bousculent encore davantage les Français et parviennent en force sur l'autre rive. Tout va de mal en pis. Malgré tout, Bonaparte remonte sur son cheval. Celui-ci, hélas, effrayé par le tumulte, le fait choir dans le marais entourant le pont d'Arcole – le voilà bloqué, de la vase jusqu'à la ceinture, entouré de tous côtés par l'ennemi. Cette fois, c'est le général Belliard qui, haranguant ses hommes et les rassemblant en hâte, se précipite à sa rescousse et par sa hardiesse le sauve derechef, repoussant les Autrichiens à coups de sabre et de mousquet. Ce fait d'armes galvanise les Français. Ils reprennent l'ascendant et, dans un ultime sursaut, contraignent les Autrichiens à revenir sur leurs bases de départ, de l'autre côté du pont.

La nuit tombe, la situation est figée.

Le jour suivant, le pont n'est toujours pas franchi, Arcole toujours tenu par les grenadiers autrichiens. Devant leur fermeté et en désespoir de cause, Bonaparte décide d'employer la ruse. Il demande à ses tambours et trompettes de franchir les marais et de se porter sur les arrières des Autrichiens afin de leur faire croire que des renforts les prennent à revers. Cette poignée d'hommes jouent avec tant de puissance de leurs instruments que les Autrichiens tombent dans le piège et les poursuivent inutilement jusqu'à ce qu'ils s'évaporent dans la nature, insaisissables. Masséna passe aussitôt l'Adige, Augereau le rejoint. Conjuguant leurs forces, ils repoussent l'ennemi, Arcole est définitivement pris alors que la nuit tombe.

À partir de cet instant mémorable, la guerre est gagnée, Bonaparte deviendra Napoléon…

Toute une iconographie officielle se met bientôt en place pour magnifier cette bataille de la dernière chance. Le peintre Gros fera du franchissement du pont d'Arcole un tableau somptueux, les images d'Épinal suivront. Mais ce qui importe à mes yeux, c'est que ce minuscule pont qui ne représentait rien en lui-même, ce pont oublié et perdu au fin fond de l'Italie, ce pont dont personne n'avait jamais entendu parler, ait été à la croisée du destin de Bonaparte par ses représentations symboliques :

construit pour rassembler ce qui sépare, devenu complice de l'épée qui conquiert mais la repoussant dans un premier temps, il achève son parcours existentiel en se faisant l'allié de celui qui montre le plus de vaillance et entre ainsi dans la légende avec lui.

Dois-je faire un aveu pour terminer ? En tant qu'écrivain-aventurier, j'aurais bien aimé être dans cette affaire-là…

Bonifacio – le « chant du loup »

J'ai mille raisons d'aimer Bonifacio, l'une des plus belles cités de Corse – et Dieu sait que notre île en compte de splendides. Toutefois, je ne vais vous entretenir ni de son impressionnante citadelle bâtie sur de vertigineuses falaises ni de sa haute ville si prenante par l'entrelacs de ses venelles médiévales, et pas davantage du charme de sa basse ville ou de son « cimetière marin » qui dresse ses tombes de pierre tout au bout d'un promontoire donnant sur une mer sans cesse battue par les flots. Je vais vous parler d'autre chose, que j'aime particulièrement dans cette ville, mais qui se donne plus rarement : le « chant du loup » – du moins est-ce le nom dont je l'ai baptisé. Cela prendra quelques lignes seulement car ce « chant du loup » est juste la complainte produite par les mâts de bateaux les soirs de tempête dans le port. Je vais tenter de vous le faire entendre.

Les marins qui me liront prétendront avoir déjà entendu ce chant – et bien des fois, dans de multiples ports du monde entier. Erreur. À Bonifacio, il s'agit d'une tout autre affaire.

Si d'aventure vous devez vous y rendre, choisissez de préférence une nuit d'automne ou de printemps, lorsque la météo annonce un fort coup de vent dans le sud de la Corse. Ce jour-là, commencez votre expérience très simplement : partez à pas lents du début de l'immense quai bordant le doigt de mer qui pénètre la terre sur près d'un kilomètre au pied de la ville. Vous n'aurez pas fait trente mètres que vous serez littéralement saisi par des hululements aigus semblant descendre du ciel, aussitôt suivis de mugissements graves et d'autres plus sourds. Ce concert de sonorités indescriptibles et puissantes vous fera d'abord songer à une meute de loups hurlant à la lune et vous chercherez sa provenance. Vous la découvrirez sans peine en scrutant les mâts des innombrables voiliers amarrés au quai : fouettés par la bourrasque, ils oscillent en tous sens, presque à se toucher, émettant chacun une musique propre, produite par le vent qui joue avec leurs différentes structures. Il orchestre ainsi une partition en fonction de la consistance de ces mâts, de leurs ossatures de fer ou d'aluminium, de leurs formes, volumes et angles. Il glisse sur eux ou se fait repousser, les enveloppe ou les caresse, effleure, frappe ou martèle.

Presque un son par mât.

Poursuivant votre chemin au milieu de cette énigmatique symphonie dont vous ne parvenez pas à savoir si elle ressemble à des chœurs humains imitant des loups ou est produite par des instruments de musique inédits, vous entendrez encore bien d'autres sons – certains forts et puissants, d'autres plus faibles, certains apparentés à des voyelles, d'autres à des consonnes, d'autres encore ressemblant à des souffles de baleine – et vous vous demanderez si ce phénomène impressionnant ne serait pas dû à l'accélération progressive du vent dans ce goulet qu'est le port de Bonifacio. Mais nul ne pourra vous le confirmer avec certitude.

La première fois que j'ai entendu le « chant du loup », je me suis souvenu d'une expérience similaire vécue dans les vastes forêts de l'île de Tasmanie au sud de l'Australie. Avec une poignée de camarades, j'étais à la recherche du tigre de Tasmanie, énigmatique animal officiellement disparu en 1936 mais dont on disait qu'il réapparaissait régulièrement. Notre expédition nous avait amenés dans les coins les plus reculés et sauvages de l'île, sans nul habitant. Une nuit, nous avions campé au cœur d'une forêt d'eucalyptus qui avaient tous une bonne cinquantaine de mètres de hauteur – dans cette partie du monde, les plus grands arbres de cette espèce atteignent allègrement les cent mètres. Au milieu de la nuit, nous avions été réveillés en sursaut par des lamentations incroyables, sortes de gémissements aussi lugubres qu'effrayants. Ils semblaient venir de nulle part. Nous nous étions promptement levés, tournant en rond dans la nuit sans comprendre, désorientés. Nous nous étions recouchés fort peu rassurés. C'est en reprenant notre marche le lendemain, dans les mêmes lamentos se répercutant partout comme des échos dans une caverne, que nous avions compris : ces plaintes étaient produites par le frottement de l'écorce des arbres les uns contre les autres sous l'effet du vent dans les futaies…

Mais revenons à Bonifacio. Lorsque la symphonie du « chant du loup », aussi majestueuse qu'inquiétante, atteindra son paroxysme, vers le milieu du quai, vous abandonnerez peut-être l'idée qu'elle puisse imiter une meute de loups, un groupe de baleines en folie ou quelque chose qui ressemblerait à tout cela en même temps. Votre imagination vous fera peut-être vous demander si elle ne serait pas plutôt produite par des sirènes ayant émergé de l'océan et utilisant les bateaux des hommes pour se faire entendre. Ne serait-ce pas là ce qu'Ulysse entendit attaché au mât de son navire dans la mer Égée ? Cela se pourrait bien, après tout, tant il n'a fallu que quelques minutes à ce chant des mâts de bateaux pour vous envoûter.

Lorsque vous reviendrez sur vos pas, méditatif, remué, vous vous direz probablement, comme moi la première fois, que bien des légendes maritimes – mais pas seulement elles – sont nées de l'impossibilité des humains à expliquer ce qu'ils ne pouvaient comprendre. La croyance dans l'existence du monstre du loch Ness dissimulé par le brouillard écossais ne serait-elle pas née des étranges borborygmes produits par le lac dans certaines circonstances ? Peut-être en a-t-il été de même pour le Léviathan de la mythologie et le kraken des légendes nordiques, ce calamar géant censé étrangler les marins de ses tentacules au milieu des océans.

Quoi qu'il en soit, le « chant du loup » aura mis votre esprit en alerte. C'est bien là l'important. Alors, quittant Bonifacio, vous remercierez sans doute cette ville somptueuse de vous avoir délivré le plus inattendu des messages.

C

Calvi – promenade

Calvi est une cité particulièrement agréable l'hiver – comprendre par là que je l'apprécie moins l'été… C'est que, au cours de ces mois de vacances, la ville est transformée de bout en bout par l'afflux touristique. Le reste de l'année, elle est parfaite, avec ses quelques milliers d'habitants seulement, son silence reposant, ses cafés confortables où les joueurs de cartes semblent collés à leur chaise pour l'éternité, ses légionnaires en uniforme errant comme des âmes en peine dans des ruelles désertes où la majorité des magasins, bars et restaurants ont mis la clef sous la porte jusqu'au retour de la chaleur.

Comme tout le monde, j'aime avant tout la vieille ville. Installée sur son promontoire dans une sorte de dignité hors du temps, protégée par les murailles imposantes de sa citadelle érigée par les Génois il y a six siècles, elle a de l'allure. Je n'ai aucune originalité. Mais cette vieille ville, je l'aime surtout la nuit. C'est plus rare. Y déambuler en hiver après le coucher du soleil est une expérience chargée d'émotion, radicalement différente de celle que l'on peut éprouver l'été en plein jour.

C'est à cette promenade particulière que je vous convie. Mais pour profiter pleinement de ce qu'elle peut apporter, il faut prendre deux résolutions : ne suivre aucun guide en particulier et décider de se perdre. J'entends par là : se perdre autant dans cette vieille ville que dans la promenade elle-même – pour mieux se retrouver à la fin.

Imaginez-vous donc au début d'une nuit d'hiver, au moment où les premiers froids descendent des montagnes environnantes. Votre découverte commence nécessairement par l'unique entrée de la citadelle, située juste derrière le monument aux morts de Calvi. Depuis longtemps herse et pont-levis ont disparu, mais la devise inscrite au-dessus du porche est toujours là : « *Civitas Calvi semper fidelis* » – « Cité de Calvi, toujours fidèle ». Fidèle à Gênes, s'entend. De Sampiero Corso à Pascal Paoli – voir ces entrées –, tous les ennemis de la Sérénissime République ont eu bien du fil à retordre lorsqu'ils ont voulu abattre la ville, la conquérir ou la séparer de Gênes.

Désormais, vous allez sans cesse avoir la tête levée – à en perdre votre chapeau si vous en portez un. Car tout est bâti en hauteur. Les murailles de la citadelle, d'abord, d'une vitalité forçant le respect, les maisons ensuite, qui semblent d'autant plus hautes et larges que les ruelles et venelles sont étroites.

Vous ne croiserez probablement aucune âme qui vive de toute votre promenade – si ce n'est des chats, qui régulièrement fileront entre vos jambes sans même que vous ayez pu voir d'où ils jaillissaient. Il y a bien quelques lumières derrière des fenêtres, ici ou là, trahissant la présence de vos semblables, mais ces lumières sont presque toujours tamisées, timides, comme s'excusant d'exister – et si rares qu'on les croit prêtes à s'éteindre pour cesser de troubler les ténèbres.

Cette sensation de désert humain vous donnera l'impression que la ville vous appartient – au moins le temps de votre passage. D'autant que vous n'entendrez aucun bruit, ou peu s'en faut. Le silence qui vous accompagne est de ces silences qu'on imagine dans les contes de fées – profond, épais, comme fait d'une glaise malléable. Tout est sombre aussi autour de vous. Les lieux sont à peine éclairés par le surgissement régulier de réverbères aux formes désuètes jetant des lueurs mordorées autour d'eux.

Presque une ville fantôme.

Après votre entrée dans la citadelle, les hasards de vos pas vous mènent dans une longue allée qui monte lentement. À gauche, d'énormes roches vous surplombent, emplies d'excavations pareilles à des grottes, creusées de renfoncements lugubres et de cavités plus petites, semblables à ces niches qu'aménagent les hommes de foi pour y placer des statues de saints. D'imposantes bâtisses sont construites par-dessus ces roches : larges façades, succession régulière de fenêtres bien alignées, toits à peine pentus, elles dégagent une puissance qui renforce le silence dont elles sont enveloppées – une impression d'éternité.

Parcourant cette allée, vous longez – du moins le pensez-vous – le chemin de ronde de la citadelle. Vous vous retrouverez donc successivement au pied des trois bastions qui assuraient jadis la défense de la ville : le Malfetano à l'est, le Spinchone à l'ouest, le Teghiale au nord. Vous ne verrez rien d'autre que leurs bases coriaces. Le reste se perd dans l'obscurité du ciel, mais c'est sans importance – vous n'êtes pas là pour prendre des photos. Touchez de vos mains les pierres de ces bastions : mille boulets de canon se sont acharnés sur eux des siècles durant sans jamais pouvoir les entamer, c'est ce qu'il importe de ressentir. Pour en déduire ensuite ce que vous voulez.

Poursuivant le long de cette allée, vous commencez à découvrir que la nature est présente partout. Ici poussent des genévriers, un peu plus loin des palmiers, ailleurs des figuiers de Barbarie, des oliviers ou d'énormes cactus parfois. Tous ces arbres composent des parcelles d'oasis au milieu du granit. Leur présence survient toujours sans prévenir, apportant un charme inattendu, mêlé de douceur, qui s'évanouit après votre passage pour mieux ressurgir un peu plus loin.

Si vous portez ensuite vos pas vers l'est et les remparts de la ville, montez sur les parapets. Le ressac de la mer frappant les rochers en contrebas vous parviendra d'un coup, tumultueux et tragique en même temps, allant et venant comme les battements d'un cœur. Penchez-vous vers l'écume blanche à vos pieds, vous la verrez scintiller sous les rayons de la lune perçant les nuages – et redressant à peine la tête vous apercevrez, toutes proches, les lumières du port.

Revenant à l'intérieur de la vieille ville, vous passez sous des voûtes et des arches avant d'entrer dans le serpentin des ruelles où vous manquerez cent fois vous tordre la cheville tant sont irréguliers les pavés dissimulés par l'obscurité. Vous voilà au cœur d'un labyrinthe qui semble empli de mystère grâce aux vertus de la nuit : partout des venelles et des voies tortueuses, des placettes pentues, d'étroites allées, des passages en escalier – certains très larges, constitués de galets placés en calade, d'autres faits de dalles de pierres inégales –, tout cela cheminant entre de grandes bâtisses rectangulaires, des maisons de poupée percées de minuscules fenêtres, d'élégantes et massives demeures de maître, d'étranges tours en forme de donjons, et toutes sortes de maisons biscornues. Si vous connaissez déjà Bonifacio et Sartène, ces cités corses dont on tombe vite amoureux, vous penserez à elles par mimétisme et envierez les chanceux qui habitent là. Si votre imagination est au contraire ténébreuse, vous pourrez vous croire à l'intérieur d'un coupe-gorge.

Un choc émotionnel vous saisit un peu plus loin lorsque deux signalisations touristiques vous ramènent sur terre, sonnant comme un brusque rappel à l'ordre des choses :

« Distributeur automatique ».

« Chasse au trésor interactive ».

Ne vous formalisez pas pour si peu. La pénombre est telle qu'en moins de trois enjambées ces fâcheuses signalisations d'été disparaissent comme par enchantement, vous laissant poursuivre votre route, toujours au hasard, dans l'emmêlement des maisons. Bientôt vous vous rapprochez de l'ancien palais des évêques de Sagone et, après une nouvelle suite d'enchevêtrements d'escaliers et de terrasses sur plusieurs niveaux, vous découvrez tout à coup une enseigne ronde, toute blanche, plaquée sur un mur, avec cette inscription en relief :

« Chez TAO, *since* 1935 ».

Vous êtes devant l'entrée d'une institution qui n'a rien à voir avec tout ce qui a précédé. « Chez Tao » était jadis un cabaret renommé, du genre de celui tenu par Humphrey Bogart dans le film *Casablanca*. L'histoire de « Chez Tao » mérite d'être brièvement contée : Tao Kerefoff était un officier du tsar qui avait dû s'exiler comme tant d'autres après la révolution russe. Original mais les pieds sur terre et grand voyageur – il aurait rencontré à New York l'assassin de Raspoutine –, il était aussi un amateur distingué de fêtes en tout genre – vous pouvez l'imaginer en compagnie de Kessel dans *Les Nuits de Paris*, chantant et buvant de la vodka jusqu'à l'aube après avoir brisé quantité de verres à chaque tournée. Tombé amoureux de la Corse par hasard, il parvient à acquérir le palais des évêques et y ouvre « Chez Tao ». La qualité des spectacles qu'il y produit dans ces Années folles de l'entre-deux-guerres ajoutée au formidable emplacement où ils se déroulent rendent vite son cabaret mythique. On s'y presse de partout. Et puis l'ancien officier tsariste meurt. Ses héritiers transforment les lieux en simple piano-bar mais parviennent à maintenir sa réputation.

En cette nuit d'hiver, « Chez Tao » est fermé, bien sûr, mais dès le printemps, il rouvre ses portes et, à l'occasion, ne manquez pas d'aller vous y faire une idée par vous-même.

Si vous continuez à vous laisser porter par votre instinct et vos intuitions, prenant à gauche ici, à droite là – vous apercevant parfois que vous tournez en rond, mais ne vous lassant jamais –, vous finirez tôt ou tard par découvrir les autres lieux remarquables de cette vieille ville de Calvi. Au détour d'une venelle, ce sera le porche d'entrée de l'« hôpital militaire, 1844 » – vestige d'un passé presque oublié – devant lequel vous passerez comme une ombre. Ensuite, vous trouverez, presque cachée dans une encoignure et en haut de quelques marches, la porte de bois ouvragée de l'oratoire de la confrérie Saint-Antoine – chez nous, les confréries religieuses sont très vivaces. Plus tard, vous tomberez nez à nez avec la magnifique cathédrale Saint-Jean-Baptiste dont l'intérieur vaut la peine d'y revenir de jour, et plus tard encore, vous longerez l'ancien palais des gouverneurs génois. Vous y découvrirez le fronton de la « Caserne Sampiero » sans voir qu'à l'intérieur du palais se trouve aujourd'hui le mess des officiers du 2e régiment étranger de parachutistes – et vous vous direz sans doute que les légionnaires savent vivre, d'autant que le vaste camp Raffali qui les abrite se situe beaucoup plus loin, au milieu des pins, sur la route de L'Île-Rousse.

Deux moments plus émouvants encore vous attendent : le premier lorsque vous arrivez soudain devant les ruines de ce que l'on prétend être la maison natale de Christophe Colomb – voir l'entrée lui étant consacrée. Il n'est probablement jamais né là, mais quelque chose se passe dans votre esprit lorsque vous contemplez ces amas de pierres couverts de végétation qui, protégés par des grilles, prennent des allures fantomatiques dans la clarté des réverbères et les lueurs pâles de la lune. Face à ces vestiges, vous vous rappellerez sûrement tout ce que cet homme a réalisé, toute l'admiration dont il a été entouré, toutes les controverses dont il fait l'objet aujourd'hui. Et vous pourrez songer à la vanité des entreprises humaines.

Puis, en descendant une venelle, vous découvrez sur votre gauche, presque invisible dans la nuit, cette plaque fixée sur une façade :

« Dans cette maison fut reçu par Laurent Giubega, son parrain, Napoléon Bonaparte fuyant Ajaccio avec toute sa famille. Mai-juin 1793 ».

Devant cette plaque témoignant d'une époque furieuse où rien n'était épargné aux hommes, vous pourrez vous dire que, si les paolistes de cette année 1793, alliés des Anglais, étaient parvenus à s'emparer de Napoléon, le sort du monde en eût été changé…

Deux ou trois heures ont passé maintenant et vous avez le sentiment que pas une ruelle n'a échappé à vos pas, à votre regard, à vos sens. Si vous décidez de rentrer, le meilleur avis que je puisse vous donner est de toujours descendre. Fatalement, même en tournant encore un peu en rond, vous vous retrouverez devant l'entrée de la citadelle par laquelle vous êtes passé à l'aller. Votre promenade est achevée.

Un autre choix, cependant, vous est offert pour prolonger cette expérience : demeurer toute la nuit sur les remparts, au-dessus de la mer et de son ressac. Emmitouflé dans une simple couverture, vous y dormirez très bien à la belle étoile – ces dernières ne manquent pas sous cette latitude –, et nul ne vous dérangera jusqu'aux premiers rayons du soleil.

Et si le sommeil tarde à venir, vous y méditerez tout aussi bien.

Caterragio

Dans une vie normale, je n'aurais jamais évoqué Caterragio, petit bourg sans charme que le destin a placé le long de la côte orientale à une heure de route à peu près de Bastia. Que ses habitants ne se vexent pas. Ils doivent reconnaître que le seul avantage de Caterragio est d'être situé à proximité du site antique d'Aléria dont il faut aller s'imprégner au moins une fois dans la vie, mais c'est une autre histoire.

Si Caterragio mérite sa place dans ce « Dictionnaire amoureux », c'est uniquement – et à mes seuls yeux sans doute – pour un personnage féminin : Gracieuse.

Pendant je ne sais combien de temps, Gracieuse a tenu le bureau de tabac et journaux de l'entrée de Caterragio, avec la constance d'une sentinelle déterminée à rester à son poste quel qu'en soit le prix. Il me semble qu'elle y a passé toute sa vie. Sans jamais faillir. Ce petit bout de femme s'est usé à cette tâche du matin au soir, l'hiver faute de monde – c'était déprimant –, l'été à cause des touristes innombrables – source d'une déprime inverse.

Gracieuse avait d'autant plus de mérite qu'elle officiait dans une « boutique » dénuée du moindre attrait – et fort désordonnée : trouver le bon journal au bon endroit relevait du parcours d'obstacles. Les Corses qui connaissent les lieux et me liront vont sourire à coup sûr... Je ne venais donc dans ce « bar-tabac » que pour Gracieuse, vieille dame au charme suranné qui m'avait vu grandir et que j'ai regardé ensuite décliner avec l'âge.

Dans mon imaginaire intérieur, je l'ai toujours associée à une autre gardienne de phare au nom tout aussi prédestiné que le sien : Modestine. Celle-là tient un bar éponyme à Saint-Georges-de-l'Oyapock en Guyane française – autrement dit, à l'autre bout du monde pour la Corse. Modestine est aussi massive que Gracieuse est minuscule. Ses ti-punchs sont les meilleurs du monde, surtout quand on les boit jusqu'à plus soif, attablé au bord du fleuve qui coule au pied du bar, de retour de la jungle et sous le soleil de l'équateur.

Gracieuse et Modestine aident beaucoup de monde à mieux vivre – peut-être sans s'en rendre compte. La preuve avec moi. Je n'ai jamais parlé de Modestine à Gracieuse ni de Gracieuse à Modestine – que je n'ai pas vue depuis dix ans, au moins. La Guyane, c'est loin… Elles ne se sont jamais rencontrées autrement que dans ma tête. C'est une raison pour évoquer ces deux femmes ensemble. Même si c'est trop tard, d'une certaine manière : car Gracieuse s'en est allée dans l'autre vie il y a peu. Je regrette qu'elle n'ait pas pu lire ce bref hommage que je voulais lui rendre depuis longtemps – j'aurais mieux fait de ne pas être en retard dans l'écriture de ce *Dictionnaire amoureux de la Corse.*

Mais la vie n'est-elle pas faite de beaucoup de regrets ?

Quoi qu'il en soit, voilà le nom de Gracieuse enfin gravé dans le marbre qu'elle méritait.

Chants, chanteurs et polyphonies

S'il est un domaine artistique où la Corse excelle, c'est bien la musique, et plus particulièrement le chant. En la matière, notre réputation dépasse largement nos frontières et celles du « continent » – comme on dit plaisamment chez nous pour désigner le reste de la France. Nombre de nos groupes musicaux sont connus dans le monde entier.

Je suis loin d'être un spécialiste et voyage plutôt dans les entrailles de la musique corse en amateur poétique, curieux et éclectique. Toutefois, je sais ce que j'aime et ce que j'aime moins. Mes préférences, par exemple, ne se limitent pas aux chants polyphoniques traditionnels de l'île, mais m'y ramènent souvent. J'en connais la raison : enfant, ces *paghjelle* me fascinaient par leur beauté lorsque j'entendais les vieux de mon village entonner leurs mélodies mélancoliques le soir sur la place de l'église, à la lumière des étoiles et d'un fragment de lune,

une main derrière l'oreille – ainsi qu'il se doit –, les yeux souvent mi-clos, comme habités par une seconde vie qui semblait résonner en eux. Ces images imprimées dans ma mémoire ont été mes premières découvertes d'une forme de mystique séparée du monde réel dont je me demande aujourd'hui si elle n'avait pas pour fonction de rendre ce monde meilleur qu'il n'était, le temps d'un chant qui s'évanouissait dans la nuit. Quoi qu'il en soit, je pressentais qu'il y avait là quelque chose d'ancien et d'inédit à la fois – d'immuable, donc.

Que ces chants si prenants, venus de si loin, ayant cheminé si longtemps dans notre culture continuent à maintenir leur présence parmi nous avec une vigueur sans cesse renouvelée représente pour la « persistance de mon être » une source constante de joie et de satisfaction. J'y vois même la preuve philosophico-musicale que le passé peut – et doit – cheminer avec le futur tout en existant au présent. J'ai toujours été attaché à la vie dans les trois temps.

Une parenthèse, ici. Il se trouve que, à l'âge de vingt ans, j'ai découvert les Pygmées du Nord-Congo, en compagnie de trois camarades de mon âge, lors de l'expédition « Babinga-Pongo » qui avait pour but l'exploration des dernières contrées méconnues du centre de l'Afrique. Au cours de ce premier apprentissage de la « vie sauvage », j'ai été confronté à une expérience fascinante. Les chants des Pygmées, ces petits hommes rescapés de l'histoire, derniers témoins d'une époque révolue, ressemblaient étrangement à des *paghjelle* corses : polyphoniques, harmonieux, pleins de mélancolie, ils renvoyaient à une même façon d'utiliser les voyelles, à une manière identique de scander les voix et de les entremêler. Coïncidence sans aucun doute – mais coïncidence troublante. En écoutant ces voix mélodiques et timides, le soir au bord des huttes rondes devant lesquelles brûlaient de grands feux à l'ombre des arbres de la jungle, j'étais plus que jamais ailleurs et j'éprouvais pourtant la sensation d'être chez moi.

Les chants polyphoniques sont chez nous un marqueur identitaire. Mais ils reviennent de loin. Malgré leur vitalité actuelle, ils ont bien failli disparaître après la Seconde Guerre mondiale, au fur et à mesure de la disparition de ceux qui les connaissaient encore. Cette extinction inéluctable serait advenue sans la ténacité d'un petit groupe d'hommes attachés à maintenir notre culture musicale et orale. Ils sillonnèrent les villages pour en recueillir les vestiges et entreprirent de tout faire revivre. Il n'y avait dans cette volonté aucun désir passéiste ou quelque chose qui y ressemblât. Ces chants simplement le méritaient. Il suffit de les écouter pour s'en convaincre.

Je ne m'aventurerais pas dans une explication détaillée de ce que sont les polyphonies corses. Toutes les encyclopédies en parlent, on peut s'y référer aisément, je ne pourrais faire mieux qu'elles. Je rappellerai juste l'essentiel : pendant des siècles, elles ont servi à véhiculer nos traditions et se chantaient aussi bien dans les villages de montagne qu'au sein des villes les plus importantes. Elles étaient l'affaire de tous les Corses, dans toutes les couches de la société, à toutes les époques. Et je me suis laissé dire que, à l'intérieur du bassin méditerranéen, seuls les Sardes faisaient de même, juste au sud de chez nous.

D'origines religieuses, les polyphonies duraient deux ou trois minutes seulement et se chantaient *a cappella*, c'est-à-dire sans instrument, et à trois voix : l'une grave – *u bassu* –, une intermédiaire qui entonnait le chant – *a seconda* – et une plus haute servant à orner les deux premières – *a terza*. De cet ensemble devait surgir une harmonie parfaite teintée d'une poésie toujours nécessaire.

Il va de soi que la musique corse d'aujourd'hui ne se limite plus aux polyphonies, aussi « typiques » soient-elles encore pour les visiteurs étrangers. Dans un passé relativement récent, nous avons eu de grands chanteurs dans d'autres genres, fort différents, qu'il serait injuste d'oublier. Je veux parler ici de César Vezzani ou Tino Rossi – voir ces entrées – comme d'autres moins connus mais qui gagnent à l'être : Charles Rocchi, Tony Toga, Pascal, Jacky Micaelli, et j'en oublie sûrement, qui méritent leur place dans notre mémoire collective – sauf à se montrer sectaire.

C'est toutefois dans les années 1970 que la Corse a connu un tournant en matière musicale. À cette époque, un mouvement de « réappropriation culturelle » se développe dans l'île, vigoureux et volontaire. Ceux qui le mènent refusent le lent déclin de leur culture et de leur langue confrontée à la force du creuset français doublé d'une mondialisation naissante apportant en Corse de nombreuses influences extérieures. Il y avait à ce moment-là un fort sentiment de « disparition ». Et ceux qui refusaient de disparaître dans le tourbillon de l'histoire résistèrent à leur manière, par cette forme de reconquête identitaire dont l'objectif était de faire revivre les chants traditionnels.

Le premier groupe à se créer en 1973 signifie d'emblée cet objectif par le nom qu'il se donne : Canta u populu corsu – « le peuple corse chante ». Si son succès est lent à venir, il s'installe dans la durée et finit par conquérir une grande partie de la jeunesse. Ce succès auprès des nouvelles générations, surprenant de prime abord, s'explique par la montée en puissance à ce moment-là des mouvements autonomistes et nationalistes. Ces derniers se nourrissent des chants produits par le groupe, y trouvant des justifications intellectuelles à leur lutte. Car Canta u populu corsu, collectif devenu mythique aujourd'hui, assumait son militantisme politico-culturel en transformant sans complexe les polyphonies corses en hymnes politiques – ce qui lui sera maintes fois reproché. Il permit toutefois les premiers pas d'artistes importants qui s'émanciperont par la suite et traceront leur propre route.

En dépit de ces désaffections, Canta u populu corsu maintiendra son cap, accueillant de jeunes chanteurs qui à l'heure actuelle côtoient les anciens et tirent d'eux une expérience irremplaçable. Ensemble, ils cheminent entre le maintien des chants traditionnels – souvent renouvelés par des arrangements originaux – et des innovations davantage détachées de ces racines premières, comme dans le dernier album du groupe : *Oghji*...

Une précision d'importance à ce stade : dans la mesure où la *paghjella*, le principal type de chant polyphonique, a été classée au Patrimoine universel de l'Unesco en 2009, on peut considérer qu'il s'est agi du résultat, au moins en partie, de la volonté de réappropriation culturelle initiée dans ces années 1970 par Canta u populu corsu.

Les trois formations musicales et les deux chanteurs auxquels je vais faire référence maintenant sont issus ou ont été influencés par ce groupe, à commencer par deux figures emblématiques de ce temps : Jean-Paul Poletti et

Petru Guelfucci, qui furent à l'origine de ce succès auprès de l'Unesco, et dont je reparlerai.

Je commencerais par le groupe A Filetta – « la fougère ». Créé en Balagne en 1978, il se consacre d'abord aux chants polyphoniques avant de s'ouvrir à des thèmes différents, à d'autres influences, d'autres inspirations. Le cheminement de ses musiciens sera souvent sinueux, de rencontre en découverte, mais leur valeur artistique finira par s'imposer, jusqu'à être reconnue à l'international. Ils se sont émancipés aujourd'hui des seules obligations traditionnelles pour créer des musiques plus personnelles. Ils ont même composé de nombreuses musiques de film – et pas n'importe quels films : par exemple *Le Peuple migrateur* de Jacques Perrin et *Himalaya, l'enfance d'un chef* d'Éric Valli.

Quatre hommes sont à l'origine de la création de Barbara Furtuna – que l'on peut traduire par « cruelle destinée » –, groupe né dans le Nebbiu en 2002. Il s'est imposé très vite dans le paysage corse et depuis quelques années sillonne le monde, de New York à l'Asie, emporté par une vision politique singulière : abolir les frontières par un message universaliste dans lequel il serait néanmoins possible de conserver sa propre identité. On jugera comme on veut l'antinomie de ce message, mais le répertoire de Barbara Furtuna ne se limite plus aux titres traditionnels. Il évolue sans cesse, comme on peut s'en apercevoir dans *D'Anima*, leur dernier album. Toutefois, les chanteurs de ce groupe aiment avant tout se produire sur scène. On les y a déjà vus 1 200 fois en moins de dix ans. Si j'ai bien compté, cela représente une moyenne d'un concert tous les trois jours. On parlerait d'énergie pour moins que cela…

Reste le plus populaire de tous les groupes corses, l'un des plus anciens aussi : I Muvrini – « les mouflons ». Deux frères en ont été les fondateurs, Jean-François et

Alain Bernardini. Ils ont rencontré bien des difficultés politiques au départ, leur proximité avec les nationalistes leur fermant les portes de nombreuses municipalités où ils tentaient de se produire, mais les choses se sont tassées au fur et à mesure de leur notoriété grandissante. Ils ont été les premiers à se produire à Paris – au Zénith et à Bercy – puis à travailler au côté de chanteurs de haut vol comme Sting, Florent Pagny, Jacques Dutronc, Véronique Sanson... Depuis longtemps, ils font salle comble partout où ils passent. Ce sont de véritables stars qui savent intelligemment ménager l'avenir : à l'égal de beaucoup d'autres groupes, ils conservent dans leur répertoire les chants traditionnels tout en innovant chaque année. La vision politique des Muvrini a suivi la même pente, de la réappropriation culturelle à l'ouverture vers les autres – mais les deux frères gardent leur esprit d'origine si l'on en juge par les écrits qu'ils publient régulièrement.

Quant à Jean-Paul Poletti et Petru Guelfucci, ils méritent maintenant toute notre attention. Le premier a d'abord été l'un des fondateurs de Canta u populu corsu, le second l'un de ses principaux membres. Puis ils ont cheminé indépendamment de leurs anciens camarades, réussissant à demeurer malgré tout très populaires. Poletti, qui reste très attaché à la *paghjella*, s'est produit jusqu'à l'Olympia et a reçu une Victoire de la musique en 1994. Fondateur d'une école de chants polyphoniques à Sartène, il a créé dans cette même ville le Chœur de Sartène, lui aussi centré sur les polyphonies. De son côté, Guelfucci, après avoir remis au goût du jour les chants de tradition, s'est lancé dans une production plus innovante, servie par un timbre de voix reconnaissable entre tous. Avant de disparaître récemment, il nous a laissé des chansons pleines de créativité et de sentiments, comme « Corsica », où il rend un vibrant hommage à sa terre natale.

Je pourrais citer encore beaucoup d'autres groupes, comme Alte Voce, Diana di l'Alba, Voce Ventu ou l'Altea – ce dernier composé de trois femmes, ce qui est à noter dans un paysage plutôt masculin –, mais je craindrais de lasser. Je dois m'arrêter. Ce qui importe à ce stade, c'est de savoir que la musique corse doit d'abord s'entendre pour être aimée, avant d'être comprise dans un second temps. C'est le cheminement. En ce qui concerne sa beauté intrinsèque, j'aime assez utiliser la définition de Kant sur la nature du beau : ce qui plaît universellement sans concept. Alors, écoutez les chanteurs corses sans vous poser trop de questions, vous laissant juste aller au plaisir d'être envahi par cette musique.

Avant de quitter cette entrée, il me faut la compléter par quelques mots sur des chanteurs n'appartenant pas au panorama qui précède mais à ce que l'on appelle l'« ancienne école de la chanson corse ». Il serait incongru de laisser de côté les artistes de cette école tant ils ont été aimés de mes compatriotes, et le sont encore, même par la jeunesse – il suffit de passer du temps dans les bars de l'île pour s'en convaincre. Je vais néanmoins me limiter à ceux – et celle – que j'aime particulièrement, au point qu'il m'arrive de les écouter en boucle à certains moments de ma vie.

D'Antoine Ciosi, disparu lui aussi il y a peu, ne manquez pas au moins trois de ses œuvres : « U tragulinu » (Vincenti), « L'ombre » (Pasqualini) et « Le porte-croix » (Revel/Lorenzi) – cette dernière faisant référence à la célèbre procession annuelle des pénitents de Sartène, le Catenacciu. Ces chants sont d'une poésie et d'une musicalité parfaites, toujours empreintes d'une impalpable tristesse.

Nous devons à Tony Toga au moins « A cant'a me » (Toga/Quilici/Soletti), chanson touchante par ses élans hispano-mexicains, même si on peut les considérer comme parfois trop « sucrés ».

À Maryse Nicolaï – l'une de nos trop rares chanteuses –, je serai toujours reconnaissant d'avoir interprété ces petits bijoux que sont « A rustaghia » (La Foata) et « Corri corri o zitellina » (F. et D. Vincenti), auxquels j'ajoute sans peine la « Complainte corse » (Lucchesi/Giovoni). Cette dernière me fait songer chaque fois que je l'entends à un fado portugais – je ne sais pourquoi – me laissant toujours au cœur une langueur insaisissable. Ne manquez aucun de ces chants.

Charles Rocchi, si attaché à l'amour des villages de Corse, mort en 2010, nous a apporté au moins deux chansons magnifiques : « A falata di ficaghjola » (Unia/Annarella) et « U mio mulinu » (Marfisi/Marietti). Ajoutez-les à votre répertoire.

Quant à Rudo Cardi, un peu oublié aujourd'hui, il nous a laissé au moins « Les Fiancés de Sartène » (Revel/Lorenzi), chanté en français, qui peut toujours nous toucher par la forme de foi amoureuse qui unit deux amants appartenant à une autre époque.

Je finirai dans un tout autre registre avec Patrick Fiori. Ce serait injuste de l'oublier. Connu grâce à « Mama Corsica » au cours de l'Eurovision de 1993, il s'est définitivement révélé lors de la célèbre comédie musicale *Notre-Dame de Paris* – que l'on réécoute toujours avec joie. Rappelons que sa chanson « Belle » lui a valu en 1999 une Victoire de la musique et qu'elle demeure encore dans bien des mémoires.

Voilà, j'en ai terminé avec le rapide panorama de cet art délicat qu'est la musique en Corse. Que les chanteurs et les groupes que j'aurais pu oublier me pardonnent – la liste de nos artistes est fort longue.

Charcuterie et autres plaisirs culinaires

Au commencement du commencement, il y a la charcuterie corse. Je déclare sans crainte qu'elle est la meilleure du monde. Mieux, je considère qu'il y a une forme de génie dans cette charcuterie, quelque chose qui touche au divin. Son association de saveurs et d'odeurs relève presque de l'indicible – et je vais devoir me dépasser pour soulever le voile de cet indicible...

On me rétorquera que j'exagère et que je verse dans le chauvinisme le plus étroit. On ajoutera que « tous les goûts sont dans la nature » et qu'en la matière le relativisme doit être la règle. Je réfute le premier point, admet le second, mais maintiens ce que je dis : notre charcuterie est inégalable. On n'en produit pas de plus magnifique qu'en Corse – à tout le moins là où les besoins touristiques n'ont pas encore frelaté notre savoir-faire. Mais c'est une autre histoire. La marchandisation du monde est en marche, en Corse comme ailleurs.

Pour affirmer que notre charcuterie est la meilleure du monde, mon argumentation est simple et j'accepterais qu'on la juge simpliste – cela n'aurait aucune conséquence parce que je sais de quoi je parle : j'ai passé la plus grande partie de mon existence dans des sociétés autres que la mienne, confronté à toutes les nourritures que les hommes produisent sur cette planète – ou peu s'en faut – et il me semble avoir les moyens de comparer. C'est l'avantage de l'aventure : elle vous emporte partout dans le vaste monde.

Naturellement, la charcuterie italienne est excellente, j'adore le jambon de Bayonne, j'aime les bons gros saucissons russes qu'on dévore à pleines bouchées avec force vodka, j'apprécie toutes ces sortes de choses dans toutes sortes de pays. En Corse, cependant, je le répète, la charcuterie est incomparable.

Lorsque la famine tordait mon estomac dans les marécages du Nord-Congo au temps de ma jeunesse, je rêvais à nos saucissons aux saveurs à nulle autre pareilles – et à bien d'autres nourritures je le reconnais volontiers, on mangerait n'importe quoi quand on meurt de faim... Mais, enfin, le saucisson corse avait la primeur.

Quand j'étais las du porc mal bouilli ou trop grillé que préparent les Papous dans leurs montagnes de brouillard ou dans les jungles épaisses de leurs basses terres, je ne songeais qu'au *prizuttu* que confectionnait avec amour le père de mon père dans sa cave humide l'hiver.

Pendant la guerre soviéto-afghane, lorsque mes maigres réserves de nourriture étaient épuisées et que je n'en pouvais plus de manger le mouton à l'épouvantable odeur de suint que me servaient mes camarades de la résistance, je fantasmais sur une bonne tranche de *coppa* – et sur l'inestimable liqueur de myrte que savait si bien confectionner mon oncle Pierre.

Quand, fatigué des longues marches avec les Indiens Yuhup d'Amazonie, je me jetais le soir au creux de mon hamac dans l'humidité de la forêt vierge, j'aurais donné n'importe quoi pour m'endormir après avoir avalé une simple bouchée de *lonzu* plutôt que la maigre viande de singe qui m'était attribuée.

Je pourrais continuer cette litanie durant cent pages – au moins. Je ne voudrais pas épuiser mes lecteurs. Alors, revenons à la charcuterie elle-même.

Tout au sommet, je place le saucisson. Il est préparé à partir des épaules du cochon et fumé avec soin. La recette est simple sur le papier, difficile à mettre en œuvre pour aboutir à la perfection. C'est tout un art, paraît-il. N'importe qui ne le possède pas. Je ne suis en rien spécialiste, cela dépasse mes compétences, mais je sais apprécier le résultat. Pour qu'il soit à la hauteur, il est impératif que le saucisson provienne de bêtes domestiques ou à demi sauvages, nourries de châtaignes dans le maquis ou ses abords. Si les cochons vivent en enclos mais sont alimentés de la même manière, on peut admettre des concessions. Ce que je viens d'écrire vaut, bien sûr, pour le reste de la charcuterie qui se prépare l'hiver, au moment où les animaux sont tués.

En Afghanistan, pendant la guerre, j'emportais toujours deux ou trois saucissons que je faisais durer le plus longtemps possible. Dans le glacial hiver afghan, ils se conservaient plusieurs mois, sous le soleil brûlant des étés je devais compter en semaines. Je faisais avec. Quoi qu'il en soit, marchant et marchant sans cesse dans les montagnes, j'en savourais religieusement une tranche de-ci de-là entre deux affrontements, en offrais une par-ci par-là à mes compagnons français de fortune ou d'infortune au milieu des bombardements, et chaque fois, fermant les yeux, je retrouvais un « goût de patrie » – mieux : je me sentais « catapulté » en Corse. C'était ma « réalité augmentée » à moi, la seule, la vraie, celle qui reste en prise avec la vérité des choses. Quand la dernière tranche du dernier saucisson était avalée, la misère commençait – de toute façon, nous n'avions pas grand-chose à nous mettre sous la dent en ce temps-là.

Aujourd'hui encore, lorsque je pars dans le maquis pour quelques jours d'isolement, j'emporte en premier lieu du saucisson et du bon pain pour aller avec. Le reste importe peu. Je jure devant la madone de Pancheraccia que cette habitude se poursuivra jusqu'à mon dernier souffle.

La *coppa* vient juste après le saucisson – toujours selon mes goûts. Elle est faite à partir de l'échine du porc mise sous boyaux puis étuvée et séchée. Pour que la *coppa* soit parfaite, il est nécessaire que l'équilibre entre le maigre et le gras – le blanc et le rouge – respecte une proportion de trois quarts de maigre pour un quart de gras. C'est mon avis personnel. Il est tout aussi important que la répartition des deux éléments soit équilibrée et non point filandreuse. On voit que je vais loin dans les détails, mais il s'agit là d'une nécessité personnelle pour compenser la réputation qu'on m'a faite – à juste titre – d'expédier mes repas en cinq minutes. Pourquoi perdre du temps en choses inessentielles ? La vie est si brève et fugace. Toutefois, pour la charcuterie corse, je prends mon temps.

Quand j'étais enfant, je détestais la partie grasse de la *coppa*. Je l'ôtais systématiquement au couteau pour la laisser sur le bord de mon assiette, à la grande réprobation de mon père pour qui une telle attitude relevait de la profanation. C'est seulement sur le tard que j'ai découvert combien je manquais à mon plaisir. Celui-ci ne surgit dans sa plénitude qu'avec le mélange en bouche des saveurs subtiles du maigre et du gras, chacune renforçant l'autre.

Le *prizuttu*, maintenant. Il s'agit du cuissot du cochon. Il est mis en sel et légèrement fumé avant de sécher une année environ. C'est donc un jambon cru, une pièce aussi succulente que lourde et encombrante à transporter : elle peut peser une bonne dizaine de kilos. Accepter de la consommer telle quelle, en l'état, permet d'approcher ce que peut être une esthétique complète de l'art culinaire. Suspendre un gros *prizuttu* à un crochet ou à toute autre chose permet de découper les plus impressionnantes tranches de viande de toute la charcuterie corse. Il faut un long et bon coutelas pour cette affaire – et bien aiguisé, cela va sans dire. Naturellement, il arrive que certains soient rebutés par ce travail de découpe sur une masse de viande aussi imposante et achètent le *prizuttu* déjà tranché par un boucher. C'est fort dommage, l'effort ajoute au plaisir – j'aurais tout un manifeste métaphysique à écrire là-dessus... Ce sera pour une autre fois.

Je termine en disant que l'odeur sans pareille qu'une telle pièce de cochon diffuse dans la pièce où elle se trouve – tant qu'on n'est pas arrivé à l'os, ce qui peut prendre du temps – ajoute un plaisir sans pareil au bonheur de la dégustation.

Avec le *lonzu*, point de gras ou très peu – sur les bords en général –, car il s'agit du filet du porc. Encore un goût différent, plus léger, moins corsé, qui me pousse d'ailleurs, dans un bon repas, à alterner *lonzu*, *coppa* et saucisson – sans oublier une ou deux grandes tranches de *prizuttu* pour intensifier la béatitude. La communion de toutes ces charcuteries, leur entrelacement soigné, leur juxtaposition méthodique approchent le pur délice. Attention cependant : si les agapes ont lieu au dîner, avec un peu trop de surabondance, on se retrouve assoiffé sans rémission jusqu'à l'aube. Notre charcuterie n'est pas avare en sel.

Le *figatellu*. C'est la saucisse de foie. Avec elle, nous sommes au cœur de l'identité culinaire corse... On ne trouve rien de semblable hors de notre île. Fabriqué en forme de U, avec du maigre, du gras et des morceaux de foie, puis séché et fumé, le *figatellu* est délicat à réussir.

Mal préparé, il laisse de l'amertume dans la bouche. Mais s'il est parfait, le déguster grillé lorsqu'il est frais relève de l'enchantement. On l'écrase avec sa graisse sur une large tranche de pain plein de bonne mie blanche, et le tour est joué. Je déconseille de manger le *figatellu* seulement sec. C'est perdre beaucoup. D'autant que, si l'on veut aller au bout de l'enchantement, il faut faire griller son *figatellu* dans un feu de cheminée, entouré de membres de sa famille ou d'amis, en l'accompagnant de châtaignes que l'on grillera pareillement jusqu'à ce que leurs coques craquent sans peine sous les doigts.

Voilà pour l'essentiel de la charcuterie. Toutefois, et afin d'être complet, un petit ajout est nécessaire pour évoquer en quelques mots le sanglier, cousin sauvage du cochon, sorte d'animal mythique en Corse. On l'utilise aussi pour faire du saucisson, mais son goût comme son odeur sont trop démultipliés pour emporter mon adhésion. Que je sache, il n'y a ni *coppa* ni *prizuttu* de sanglier. D'une certaine manière, cela m'arrange, je ne suis que modérément amateur de cette drôle de bête. De toute façon, je ne prise guère la viande de chasse en général. Quant au saucisson d'âne – cela existe –, j'éviterai d'en parler car je ne le trouve guère à la hauteur.

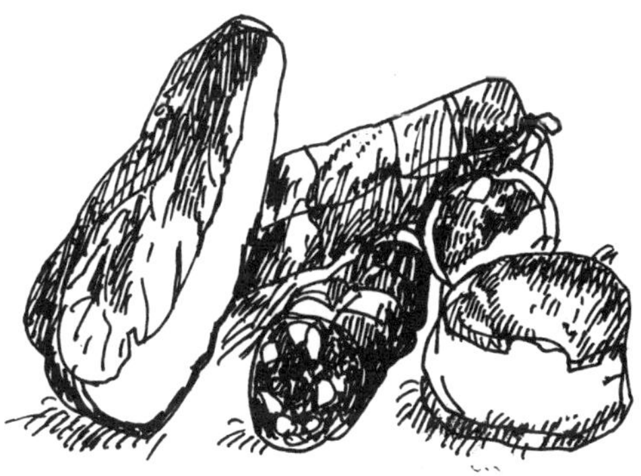

Je poursuis mon tour de table avec les tourtes. C'est l'une de nos spécialités les moins connues. Dommage, car elle mérite le détour. La tourte est une sorte de beignet aux herbes de la taille d'une petite assiette, que l'on met au four et mange chaude et rôtie juste ce qu'il faut. Le mélange d'herbes contenu dans les tourtes est très variable selon les régions et le « tour de main » des uns et des autres. C'est le choix de ces herbes, souvent aromatiques, et la science de leur mariage qui donnent des tourtes admirables ou quelque chose de moins raffiné. Le plus souvent, on y trouve blettes, oignons, poireaux, menthe, fenouil, carottes sauvages, marjolaine, betterave et huile d'olive. Une jubilation… Honnêtement, ce serait un crime de passer à côté. J'estime qu'un bon restaurant de chez nous est un restaurant qui sert des tourtes.

Un véritable repas corse s'achève par du fromage. Dans ce domaine, notre réputation a fait le tour du monde pour une mauvaise raison : leur odeur serait épouvantable… J'admets volontiers que c'est le cas pour certains d'entre eux – dont le goût, en revanche, n'a rien de rebutant. Mais pour le reste, nos fromages, même s'ils sentent fort parce que très affinés et souvent vieillis en cave, ne sont pas pestilentiels au point de faire sauter un navire comme dans *Astérix*. On peut s'en approcher sans crainte et les goûter. J'ai des amis qui en raffolent. En ce qui me concerne, je suis plus modéré. Nous sommes assez créatifs en matière de fromages mais beaucoup moins doués que pour la charcuterie. C'est mon opinion.

Quand j'étais petit, le fromage que j'aimais le plus et dont j'ai oublié le nom – je ne sais si on le produit encore – avait un goût si fort qu'il enflammait le palais. Pour une raison mystérieuse, j'adorais cela. Il était également dur comme de la pierre. J'exagère à peine : le couper obligeait à des efforts que je n'ai jamais vu nécessaires pour aucun autre fromage dans le monde. Et quand on achevait de le couper, il s'émiettait en petites plaques dont la consistance, si ce n'est la couleur, me faisait songer aux schistes que je récoltais dans le maquis pour mes collections de cailloux – perdues depuis. Mon père, lui, préférait un autre fromage qui avait vieilli de telle sorte qu'une multitude de petits vers s'en échappaient en tortillant dès qu'on ouvrait le papier dont il était enveloppé. Il prétendait que cela rendait le fromage meilleur... Toutefois, je n'ai pas mémoire qu'il mangeait les vers avec...

La plupart de ces fromages se font à partir de lait de chèvre ou de brebis. Comme pour la charcuterie, je ne suis en rien spécialiste de leur fabrication qui exige beaucoup de précision, dit-on, et je me refuse à prendre le risque d'en fournir des recettes erronées – ou à copier ces dernières dans les nombreux livres qui en parlent. On s'y référera sans peine. Je préfère clore ce chapitre sur les fromages par celui qui est le plus réputé chez nous et le plus « typique » sans doute : le *brocciu*. Fabriqué essentiellement à partir de petit-lait avant d'être salé et séché, il est de couleur très blanche et de consistance presque gélatineuse. On le consomme tel quel ou comme ingrédient principal de beignets, galettes et même desserts – le fameux *fiadone*, le flan au *brocciu*.

Reste à parler des châtaignes – une institution – et de quelques « douceurs » propres à notre île. Je laisserais de côté le miel et les olives dont j'aurais tout dit après avoir garanti qu'ils sont de grande qualité l'un et l'autre, et hautement considérés depuis l'Antiquité.

Avec les châtaignes, c'est autre chose.

Arbre nourricier par excellence, le châtaigner a mes faveurs. Il les a eues aussi de tous ceux qui au cours de l'histoire corse – paysans pauvres, rebelles, bandits d'honneur – n'ont eu que lui pour se nourrir. J'aime les arbres en général, mais l'allure marmoréenne du châtaignier, la prestance de ses branches, sa façon de pousser « à la sauvage » dans de grandes forêts me plaisent particulièrement. Il y en a partout en Corse et on en trouve tellement dans la Castagniccia au nord de l'île – quoique moins qu'autrefois – que le nom de cette région signifie à peu près « pays des châtaigniers ». On les croise aussi sur nombre de chemins perdus comme des amis prêts à vous assister en cas de besoin, et ces rencontres sont comme une forme de grâce que la nature accorde à l'homme quand elle accepte de se montrer bienveillante.

J'aime le sol des châtaigneraies de chez moi couvertes de leurs fruits après qu'est venu pour eux le temps de tomber – fruits que l'on ramasse avec une joie insigne, courbé vers la terre, pour ensuite les manger bouillis ou grillés, dans une tradition bien établie. J'aime le silence quasi religieux qui enveloppe ces arbres et que le vent trouble à peine dans les futaies. J'aime le sentiment qu'ils donnent de vivre dans un autre monde où tout serait en ordre et paisible, hors de la fuite inexorable du temps et de la précarité des entreprises humaines.

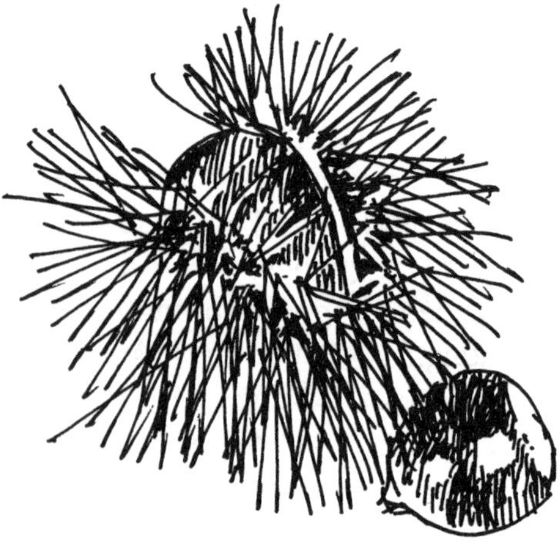

Mais quittons la poésie métaphysique des objets du monde pour revenir à l'art culinaire. Des châtaignes nous tirons une farine réputée. On l'utilise dans diverses recettes mais aussi telle quelle dans un plat fameux chez nous : la *polenta*. Deux tiers d'eau bouillante, un tiers de farine de châtaigne bien touillée pendant un quart d'heure, et la *polenta* se partage entre amis ou en famille dans des fêtes souvent mémorables, le plus souvent dans les villages de montagne, auprès d'un bon feu de cheminée.

Pour achever ce passage en revue de mes plaisirs culinaires favoris, il me reste à parler des *frappe* et des *canistrelli* – mes deux « douceurs » préférées. Ce sont des madeleines de Proust. Elles ont bercé une part de mon enfance. À moins d'avoir perdu tout sens de la vie et de son extrême fugacité, aucun Corse ne peut manger *frappe* et *canistrelli* à l'automne de son existence sans penser aussitôt à son printemps. Pourtant, ce sont des friandises plutôt banales. Elles ne peuvent rien évoquer pour un étranger qui simplement passe : les *frappe* sont des beignets en forme d'oreillettes généreusement recouverts de sucre, et les *canistrelli* de petits biscuits secs traditionnellement farcis d'anis, quoiqu'on en trouve aujourd'hui aux amandes, au chocolat, à la châtaigne, et même au vin blanc. On n'arrête pas le progrès…

Mais quel mélange de saveurs !

En écrivant ces dernières lignes, je ne vois qu'un moyen de conclure : si d'aventure il vous prenait l'envie, en passant un jour chez nous, de vous offrir un festin, faites en sorte qu'il comporte la liste intégrale de tous les plaisirs culinaires que je viens d'évoquer. Vous n'oublierez jamais cette expérience.

Bon appétit !

Chasse

« Ooohoo !!! Ohooo !!! »

« Ooohoo !!! Ohooo !!! »

C'est par ces cris presque venus d'outre-tombe que tous les étés à l'aube je suis réveillé le jour de l'ouverture de la chasse – et les jours suivants, cela va de soi. J'habite alors la maison de mon père à Casaperta, hameau de Pancheraccia, pour un peu de repos. La plupart du temps, j'essaie de me rendormir après ces cris qui feraient sursauter n'importe quel être policé. Si je me lève tout de même et me penche à la fenêtre, je découvre des groupes d'hommes passant dans les herbes le long de la route, souvent harnachés de treillis militaires, la tête coiffée de chapeaux, chaussés de gros brodequins, des chiens courant sur leurs talons ou devant eux. Ces hommes portent leur fusil sur l'épaule ou en bandoulière, la taille prise par des ceinturons emplis de cartouches, des gibecières au côté, parfois. Ils vont en criant, avançant avec force, sifflant leurs chiens déjà surexcités par la traque à venir – et quand toute cette troupe est passée, il ne reste plus, diminuant dans le lointain, que le tintement des clochettes accrochées au collier des chiens.

Je ne sais pourquoi, je trouve toujours à ces hommes des têtes plus rudes et farouches que n'importe où ailleurs en France : peu de sourires, des traits marqués, pas de vernis. Des trognes, en quelque sorte. Ce pourrait même être des « gueules » du passé tout droit sorties d'un tableau de Vélasquez ou de Goya.

Je les aime bien, ces visages qui trichent moins que d'autres. Ce sont ceux de mes voisins, des gens de chez moi, des hommes de la campagne, de cette périphérie oubliée de la France. Ces visages appartiennent principalement aux habitants des villages de montagne où l'on transmet le goût de la chasse de génération en génération. Pour ces hommes des hautes terres, ce n'est en rien un loisir à la façon dont l'entendent la majorité des gens. La chasse est bien plus que cela pour eux, comme un reste de l'ancienne vie libre d'avant le formatage du monde. Elle permet de retrouver une âpre sensation d'exister, associée à un amour de la nature fait de la rudesse qu'on lui prête parce qu'on la vit au quotidien et qu'on en connaît la sévérité. Rien dans cet amour n'est celui des habitants des villes qui ont perdu le contact avec les animaux sauvages, ne conservant que celui des animaux domestiques et de compagnie. Un autre monde. À tout le moins, dans cet univers ancien maintenu vaille que vaille par ceux qui portent des fusils, la violence se canalise vers un seul but dont l'homme n'est plus la cible.

On ne comprend rien à la chasse en Corse – ou ailleurs, j'imagine – si on ignore ces raisons, si on refuse de les comprendre, si on se permet de les juger à l'aune des évolutions sociétales de la ville. La chasse n'est pas une affaire de citadins.

Une phrase inscrite comme un frontispice sur le site de la Fédération départementale des chasseurs de Corse-du-Sud le signifie explicitement : « En Corse, malgré l'exode rural, ce lien avec la nature continue, grâce au point d'ancrage que constitue le village, d'imprégner, avec plus de force que jamais, la mémoire collective. »

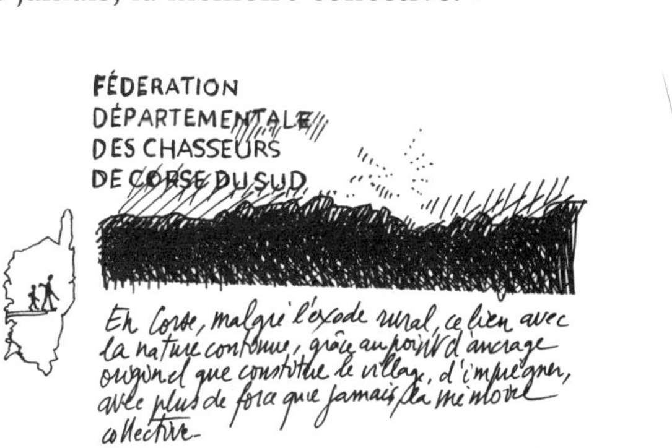

Chez nous, donc, impossible de badiner avec la chasse. C'est une institution. Elle est inamovible, inattaquable, indétrônable. Un homme sur cinq est chasseur. Le double de ce que l'on trouve sur le continent. Cela ne fait jamais que 17 000 chasseurs sur les 1 200 000 recensés dans le pays, mais c'est bien évidemment la proportion qui compte.

Dans l'île, les associations de chasseurs se comptent par dizaines, structurées et organisées en fédérations strictement réglementées et hautement surveillées par les pouvoirs publics. Les permis de chasse sont délivrés sous contrôle et la liste des règles obligatoires à respecter pour pouvoir s'en aller tirer du gibier est longue comme la main. Ce qui n'empêche pas nombre d'accidents mortels – l'insouciance demeure grande. Mais quand des « viandards » s'amusent à diffuser sur les réseaux sociaux les images de leurs massacres inutiles, les autres chasseurs se liguent contre eux, conscients des dégâts qu'ils provoquent dans les consciences à une époque où la « cause animale » tient la vedette et les opposants à la chasse le haut du pavé.

De manière générale, les Corses respectent les règles qui leur sont imposées en matière de gibier, épargnant les espèces protégées, essentiellement le mouflon et le cerf. Cela leur est d'autant plus facile que l'animal le plus couru, le sanglier, prolifère à une allure impressionnante et peut être abattu autant qu'on veut. Et ce n'est jamais assez tant il occasionne d'incessantes destructions dans les jardins et les terres agricoles – voir l'entrée « Sanglier ». Le sanglier constitue ainsi 70 % des prises. Pour le reste, on tire lièvres, lapins, perdreaux, canards, bécasses, grives, pigeons ou merles.

Toutes sortes d'organismes privés proposent des séjours de chasse pour les touristes avec battues au sanglier, spécialistes de la traque, rabatteurs « pittoresques » criant leur *voci*, et chiens d'arrêt en sus. Ailleurs, on lâche le gibier à plumes à la demande. La chasse est aussi un commerce lucratif pour étrangers argentés. Les vrais chasseurs corses se tiennent à l'écart de cette marchandisation de leur mode de vie.

Plus jeune, il m'est arrivé, comme tout le monde, de chasser avec mes camarades du village. J'ai aimé les réveils à l'aube où l'on mange rapidement au coin du feu pour se préparer à une journée de saine fatigue. J'ai aimé marcher dans les premières lueurs du jour en compagnie d'hommes rudes et de chiens joyeux et amicaux – setters, pointers et labradors le plus souvent. J'ai aimé courir le maquis avec eux, griffé par les ronces, giflé par les branches basses des arbustes, dans cette nature pleine et entière aux odeurs entêtantes. J'ai aimé l'attente des affûts, le silence obligé, l'excitation de la course vers l'animal débusqué – presque toujours des sangliers mafflus et peu sympathiques. Pour le reste, ce n'était pas mon affaire : ni tirer sur la bête acculée, ni la dépecer, ni la manger.

Ce que je pense de la chasse, je l'ai écrit dans le récit d'une expédition au plus profond des jungles du Nord-Congo en 1975 – un temps où le gibier abondait en Afrique comme on n'en a plus idée aujourd'hui : néanmoins, je ne vais pas me livrer ici à un discours écologiste convenu sur la dévastation de la planète par l'homme. Chacun sait cela. Avec les Pygmées Babinga qui nous accompagnaient mes trois camarades et moi, nous chassions chaque jour que Dieu faisait pour nous nourrir. C'était ainsi que la vie se déroulait dans ces parages hostiles où la modernité était totalement absente : un monde sans routes, sans magasins, sans hôpitaux, sans publicité, sans sécurité, sans rien. Juste la nature et uniquement la nature – implacable. Les Pygmées y vivaient en survie permanente, en sursis constant, adaptés depuis des millénaires à cette incertitude existentielle. À leur côté, nous apprenions cette évidence et vivions une expérience de la « vie sauvage » comme à l'aurore du monde.

Après que ces forêts équatoriales ont été affreusement pillées – quarante ans ont suffi –, je me suis dit que j'avais malheureusement été l'un des derniers à les avoir connues telles qu'en elles-mêmes. Mais en cette année 1975, pour mes camarades et moi comme pour les Pygmées, la chasse régissait notre existence, la jungle était notre garde-manger, la faim le salaire de la maladresse.

Dans *Avant la dernière ligne droite*, j'ai résumé les choses ainsi :

> [Tout] nous est bon pour nourrir notre petite troupe, hormis les éléphants de forêt, les fauves et les gorilles que nous préférons éviter – et qui, du reste, nous évitent eux-mêmes. Tout le reste y passe : oiseaux, antilopes, potamochères, tortues, singes surtout, les plus faciles à tirer. Je n'ai jamais été chasseur et je n'aime pas la chasse : rien ne me plaît ni ne m'excite dans le fait de tuer quoi que ce soit. Dans cette jungle du Congo, je me fais chasseur par la force des choses. Cela se répétera souvent dans ma vie. Au bout du compte, je finirai par avoir à mon "tableau de chasse" de quoi rendre jaloux, à mon corps défendant, bien des amoureux de la chasse : antilope, puma, gorille, caïman, tapir, fourmilier, tatou, serpent, aigle, toucan et je dois en oublier… Tragique ironie de la vie dont je ne tire évidemment aucune fierté.

Les amis corses qui me connaissent et savent pourquoi je ne les accompagne plus à la chasse depuis longtemps l'acceptent mais ne me comprennent pas véritablement. Cela me désole, d'une certaine manière.

Alors, quand l'hiver de ma vie viendra, je consentirai peut-être à reprendre un fusil à leur côté. Mais ce sera moins pour chasser que pour retrouver des souvenirs de jeunesse à défaut de celle-ci.

Christophe Colomb *versus* Cervantès

De tenaces légendes font de Christophe Colomb un Corse natif de Calvi. C'est fort plaisant pour nous autres insulaires, sans cesse à la recherche de personnalités glorieuses pour honorer notre petite île de la Méditerranée dont le poids est de peu de chose dans le vaste concert du monde. Toutefois, si les légendes auréolant le découvreur de l'Amérique sont avérées, il est tout aussi avéré que nous ne savons rien, en réalité, du lieu de sa naissance, pas même de sa date exacte – entre 1436 et 1451, probablement.

Seule chose certaine, Christophe Colomb était génois – et en ce temps-là, Calvi appartenait à la sérénissime république de Gênes. Pour le reste, on se perd en conjectures, comme on dit dans les piètres romans policiers.

Ces légendes justifient néanmoins une petite place ici pour Christophe Colomb. Mais pour mieux lui opposer – et non sans malice, je dois l'avouer – un écrivain espagnol venu un siècle après lui, et dont le nom commence aussi par C. La raison de ce subterfuge ? Le principal héros de fiction de cet écrivain a atteint dans la littérature mondiale – celle qui s'attache au dévoilement de la condition humaine – une dimension universelle aussi capitale à mes yeux que l'importance de Christophe Colomb dans l'histoire des grandes mutations civilisationnelles de notre planète – pour le meilleur et pour le pire, dans ce dernier cas.

J'ai nommé Cervantès et son héros Don Quichotte…

Quel rapport, me dira-t-on ? Rien sur la forme, tout sur le fond. Car, à regarder de près l'histoire de la Corse et des Corses, j'y trouve maintes histoires de personnages solaires n'ayant eu peur de rien ni de personne comme

Don Quichotte – pas même de la mort qu'ils tenaient à distance avec un mépris souverain. Ces gens-là n'hésitèrent pas à batailler contre toutes sortes de moulins à vent, pour leur honneur et celui de leur patrie. Je nomme ici Sampiero Corso et Pascal Paoli, puisqu'ils ont leur entrée dans ce dictionnaire, mais j'y ajoute Ugo Colonna, Sambucuccio d'Alando, Jean-Pierre Gaffori et quelques autres, en espérant que le simple fait d'évoquer leur existence poussera les lecteurs curieux à se précipiter vers les livres d'histoire pour les découvrir. Napoléon aurait pu avoir sa place dans cette page, mais les traces qu'il a laissées le placent à un autre niveau. Disons qu'il boxait dans la catégorie des poids lourds.

Je conçois que ma façon de lier Don Quichotte à la Corse nécessite un regard débarrassé de tout académisme. Je l'assume, et gage que de nombreux lecteurs me suivront dans cette voie malgré les temps post-héroïques que nous vivons en Occident – ou à cause de cela peut-être. J'affirme donc que l'âme de mes compatriotes a davantage de parenté avec Don Quichotte qu'avec Christophe Colomb – que ce dernier soit né chez nous ou en Italie. Je m'illusionne sans doute, mais qu'importe : il faut savoir rêver avec lucidité, sinon tout serait vain en ce bas monde.

En vérité, je tente d'aligner mon esprit sur celui de Cervantès – vaste programme, tout empreint d'humilité. Car marcher dans ses pas, c'est aller loin et sans limites, sans ménager sa peine, sans compter les périls, sans mesurer les risques outre mesure. Il faut croire, cela suffit.

Qu'on en juge : dans les tout débuts de son roman, Cervantès cherche une devise pour Don Quichotte avant de l'envoyer à la poursuite de la grandeur et de l'absolu, défenseur de la veuve et de l'orphelin, dernier chevalier errant d'une époque bientôt révolue. Il finit par trouver les deux lignes suivantes qui sont à elles seules un poème de la vie tout entière quand elle s'engage dans des choses plus grandes qu'elle :

Pour parure, j'ai mes armes
Et pour repos, le combat.

Ces onze mots servirent de guide à Don Quichotte et parlent à tous les hommes en quête d'un destin plutôt que d'une carrière, de ces hommes qui savent que « se reposer ou être libre, il faut choisir », et préfèrent un poème de Verlaine à un rapport de la Bourse. Ils furent nombreux chez les Corses et je forme des vœux pour que, dans les temps difficiles qui nous attendent, ils le soient davantage encore, préférant hériter de Miguel de Cervantès que de Christophe Colomb.

Clichés

Pas plus que d'autres les Corses n'ont l'apanage des clichés les concernant. L'expérience du monde et des hommes – de la vie, pour tout dire – démontre sans peine que l'ensemble des « communautés humaines » – on remarquera ici la lâche précaution que je viens de prendre pour éviter d'employer le terme de « peuple », fort explosif dans mon île par les temps qui courent, comme l'est devenu celui de « race » sur le continent, nous vivons une époque formidable – donc, que toutes les « communautés humaines » – ouf, je demeure politiquement correct – génèrent leur lot de stéréotypes par lesquels les « autres » les perçoivent. Songeons ici aux malheureux Belges, Écossais ou Juifs... Des champions en la matière. Mais quand l'on sait ce que les Bantous du Congo racontent sur les Pygmées, ou ce que les Indiens Macuna de Colombie pensent de leurs voisins Yuhup, on comprend que nul n'est épargné de par le vaste monde. Il y a là comme une sorte de loi de la nature. Et par un mécanisme psychologique relativement compréhensible, cette loi veut que, plus est marquée l'identité d'un peuple – mince, le mot m'a échappé –, plus le lot de clichés dont on l'affuble est élevé.

Dans le cas des Corses, le foisonnement de ces clichés atteint la dimension d'une forêt tropicale – que dis-je, d'une jungle équatoriale. J'en veux pour preuve les innombrables blagues colportées sur nos travers. Je me suis toujours demandé qui avait bien pu les imaginer, cela reste un insondable mystère, mais elles se transmettent inlassablement et, pour ainsi dire, de génération en génération. L'archétype du « héros » corse de ces histoires drôles se dénomme bien souvent Dumè, abréviation de Dominique, un prénom fort répandu jadis. Voici quelques échantillons de ces histoires de Dumè concernant notre paresse supposée et notre non moins légendaire susceptibilité :

Dumè, donc, natif d'un village perdu dans la montagne – c'est moi qui brode –, *décide un jour de se rendre à Marseille voir de quoi il retourne sur le continent.* L'histoire se déroule probablement entre les deux guerres. *Il descend à Bastia par l'autocar et prend une place sur l'un des ferrys faisant la liaison entre les deux villes. Après quoi, craignant de s'ennuyer pendant la traversée, il se rend dans une librairie.*

« Je voudrais acheter un livre, annonce-t-il au vendeur. Un bon livre, n'est-ce pas ? »

Ici, il faudrait mettre « l'accent » pour entrer dans l'ambiance, mais j'ai eu beau me creuser la cervelle pour trouver une transcription phonétique, je ne suis parvenu à rien de crédible, les différents accents corses ayant des particularités qui n'ont rien à envier à leurs locuteurs.

« Très bien, monsieur, répond le libraire (ici, il ne faut mettre aucun accent, ce personnage étant probablement un continental), *un livre, c'est une bonne idée. Mais de quel auteur exactement ? »*

Dumè hausse les épaules, dubitatif :

« Oh, moi, vous savez, dit-il, pourvu qu'il entre dans la cabine, ce livre...

— Non, non, s'écrie l'autre, stupéfait, je ne parlais pas de sa taille. Je vous demandais : de quel écrivain ?

— Ah, je vois... Mais, est-ce que je sais ! Faites-moi une proposition, c'est votre métier, après tout.

— Bien sûr, bien sûr... Dans ce cas, je peux vous proposer... Voyons... J'ai du Mallarmé, du Mérimée, du... »

Dumè se récrie aussitôt avec un grand geste théâtral :

« Enfin, monsieur, vous n'y pensez pas ! Pour qui me prenez-vous ? C'est la première fois que je vais sur le continent, un endroit que je ne connais pas, et vous voudriez que

je m'embarque avec un mal armé et un périmé ? Allez, adieu, je préfère me passer de livres et de vos conseils... »

Et Dumè rejoint le bateau sans plus tarder.

À quelque temps de là, son voyage s'étant déroulé sans histoires notables, il rentre chez lui – « au village », comme on dit chez nous – *et raconte ses aventures. Son fils décide alors de l'imiter. Dumè s'inquiète. Son rejeton est bien trop jeune pour s'en aller dans l'inconnu. Mais il insiste. Dumè finit par céder et lui offre de quoi survivre : un revolver et une petite somme d'argent.*

« Cet argent, dit-il, tu le dépenseras avec parcimonie et bon escient, n'est-ce pas ? »

Le fils s'étonne :

« Oh, papa, pourquoi tu me demandes une chose pareille ? Je ne veux pas gaspiller tes économies avec des gens que je ne connais pas. Ce Parcimoni, encore, c'est un Corse, je veux bien, mais l'autre, ce Bonessian, un Arménien...

— Espèce de couillon, réplique son père, je te disais seulement de ne pas dépenser tes sous n'importe comment !

— Oh, ne te soucie pas de ça, papa, je serais économe de ton argent, c'est dit... »

Et le voilà parti, son baluchon sur le dos.

Quelques mois passent. N'ayant bientôt plus de nouvelles de son rejeton, Dumè s'inquiète et finit par reprendre le bateau. Il trouve son fils dans un bar de la Canebière à Marseille :

« Alors, lui lance-t-il, qu'est-ce qui se passe ? Ta pauvre mère se fait un sang d'encre. Tu aurais pu lui écrire. On ne t'a pas envoyé à l'école pour rien ! »

Puis il remarque la belle montre toute neuve que porte son fils au poignet :

« Eh bien, dis donc, s'étonne-t-il, comment tu as pu te payer une chose pareille ?

— Oh, papa, elle me faisait tellement envie : j'ai vendu le revolver pour me l'acheter. »

Son père lève les bras au ciel :

« Alors comme ça, mon fils, quand on t'insulte, tu donnes l'heure, maintenant ! »

Une autre histoire se déroule à peu près à la même époque, au temps des ampoules à baïonnettes :

Un jour, Dumè décide de quitter son village et d'emménager à Ajaccio. Il trouve un appartement, installe ses meubles, ses petites affaires, et un après-midi fait appel à son voisin pour fixer les ampoules au plafond.

« Oh, mon ami, dit-il, j'ai besoin de vous. Il faudrait que je puisse monter sur vos épaules, ces plafonds sont très hauts et je n'ai pas encore reçu mes chaises.

— Qu'à cela ne tienne, répond le voisin, mes épaules sont à vous. »

Dumè grimpe donc sur son dos et se met debout sur ses épaules. Mais comme rien ne se passe alors, le voisin finit par demander :

« Oh, Dumè, vous avez un problème, là-haut ?

— Moi ? Mais pas du tout. J'attends simplement que vous tourniez... »

Question paresse, une autre blague m'a toujours délicieusement fait sourire. Elle joint ce défaut qui nous colle à la peau aux travers d'un clanisme longtemps bien ancré dans nos mœurs avec son clientélisme dont la bienséance que je dois aux lecteurs de ce dictionnaire oblige à reconnaître qu'elle se porte toujours assez bien à l'heure où j'écris.

Dumé se souciant de l'avenir de son fils qui n'a guère brillé dans ses études s'en va voir son notable local et lui tient à peu près ce langage :

« Monsieur le conseiller général (ou monsieur le maire, monsieur le député, monsieur le ministre, c'est comme

on veut), *il faut absolument trouver un poste à mon fils. Pouvez-vous faire cela pour moi ?*

— Dumè, répond le notable avec un grand geste désespéré des bras, tu me demandes l'impossible... Mais envoie-moi quand même cet animal que je n'ai pas vu depuis qu'il était tout petit. Je vais m'occuper de lui. »

La semaine suivante, le fils passe voir le conseiller général – ou le maire, ou le député, ou le ministre, c'est encore comme on veut –, *et un mois ne s'est pas écoulé qu'il se retrouve engagé par l'Administration.*

Quelque temps plus tard, le généreux bienfaiteur appelle son obligé au téléphone :

« Alors, Dumè, comment va ton fils, quelles sont les nouvelles ? Il doit être bien content maintenant, non ?

— Ah, se lamente Dumè, je n'osais pas vous le dire, mais mon fils, ce n'était pas un travail qu'il voulait, c'était un emploi... »

"un mal armé et un périmé ?"

En matière de paresse et de susceptibilité, les blagues ne nous épargnent donc guère et je pourrais en remplir un livre entier. Toutefois, elles correspondent si peu à la réalité que nous autres Corses ne craignons pas de nous les raconter en petit comité pour nous moquer de nous-mêmes, ce qui est bon signe. À vrai dire, je ne crois pas qu'il se trouve en Corse davantage de gens paresseux qu'ailleurs, mais les mauvaises langues – celles qui savent siffler comme des serpents – ont une théorie pour expliquer l'origine de cette réputation, si ce n'est sa persistance. C'est la « théorie de l'écrémage ». La splendide rhétorique qui la sous-tend prétend que les Corses les plus travailleurs ayant petit à petit préféré s'en aller chercher fortune ailleurs, il ne reste plus dans l'île que ce qu'elle produit de moins bon... Je laisse à l'appréciation de chacun la perfidie d'une telle vision des choses.

En ce qui concerne la susceptibilité – évoquée avec autant de génie que de gentillesse bourrue par le personnage d'Ocatarinetabellatchitchix dans *Astérix en Corse* –, nous sommes plus proches de la vérité et cette susceptibilité a partie liée avec la fierté, autre cliché nous concernant. De fait, le Corse est plutôt fier et susceptible. C'est l'une de ses marques de fabrique, un trait constitutif de sa nature, inaliénable comme une loi d'airain. Il reçoit ces tares – ou ces qualités, c'est comme on voudra – dès le berceau. Toute son enfance, il biberonne à ce lait doucereux qui imprègne son univers mental. Avant même d'atteindre l'âge adulte, il est construit « comme il faut ». Dès lors, il se montre fier d'habiter le plus beau pays de la terre, fier de posséder une culture unique au monde, fier de manger une charcuterie qui n'a pas son pareil ailleurs sur le globe, fier des personnalités corses que le reste de l'univers nous envie. Mettez en doute ces faits indiscutables, reconnus, patentés, et vous êtes mal parti pour vous faire des amis sur place. Et si par malheur ce doute insupportable est insinué par un Corse ayant connu d'autres pays, vécu dans d'autres cultures, mangé d'autres nourritures et connu d'autres personnalités, alors là celui-là n'a qu'à bien se tenir... Son compte est bon : trahison.

Naturellement, je force le trait. Je connais tout un tas de Corses dont la fierté a disparu depuis longtemps ou qui ne sont plus susceptibles de quoi que ce soit. Il faut se méfier des clichés, n'est-ce pas ? Et de leur tendance à généraliser, chacun sait cela – ou devrait le savoir. Tous les habitants de Turquie ne sont pas « forts comme des Turcs » non plus...

Quoi qu'il en soit, fierté et susceptibilité ont chez nous quelque chose d'oriental – c'est-à-dire qui flirte avec la vanité. La Corse n'appartient pas pour rien à l'arc culturel méditerranéen qui s'étend de Gibraltar à l'Afghanistan. Dans notre île, comme dans le Caucase, les Balkans ou les marches de l'Asie centrale, on se montre fier de ce que l'on est constitutivement, mais dans une posture qui laisse entendre que cette « constitution » pourrait bien être supérieure à celle des voisins. Voyez les Corses et les Sardes.

En résumé, les peuples de cette vaste région ne vivent pas dans les affres d'un esprit critique qui les rongerait du soir au matin. Il en résulte parfois – souvent ? – une distorsion de certaines de leurs qualités. N'en prenons qu'une au hasard, la générosité. Si l'on considère qu'elle est d'abord un don de soi pour les autres, il arrive, dans cet arc méditerranéen, qu'elle soit un don de soi pour soi. Si l'on préfère, une manière d'affirmer son pouvoir. Les Orientaux peuvent se montrer experts en la matière, mais nous autres Corses n'avons rien à leur envier quand nous nous y mettons. Offrir des banquets munificents ou faire preuve des plus grandes largesses dans ses cadeaux consiste à montrer d'abord qui l'on est de façon détournée. Ce défaut est certes répandu partout dans le monde, mais tout particulièrement chez nous. On est à des années-lumière des pays du nord de l'Europe, peut-être protégés de cette dérive par le protestantisme. On y fait preuve de davantage de mesure.

De tout cela ressort une manière d'être au quotidien qui devrait donner lieu à ce que l'on pourrait appeler un « cliché-vérité » – qui sera ma modeste contribution à cette entrée de mon « Dictionnaire amoureux ». Le voici : les Corses sont attachés aux apparences bien plus que les autres Français, Parisiens compris. Ils vivent beaucoup pour ces apparences, notamment vestimentaires. Pas question de s'accoutrer n'importe comment en public et encore moins dans les grandes occasions. Chez nous, on s'endimanche aisément. On y prend plaisir quand ailleurs on y voit une contrainte. Le Corse de Bastia ou d'Ajaccio n'est pas l'Américain de New York ou de Los Angeles.

Pour le meilleur et pour le pire, d'une certaine façon...

Colomba

Écrire le nom de Colomba, c'est écrire celui de Mérimée : l'homme et le roman sont inséparables. On pourrait même avancer que les mots de Colomba et Mérimée sont synonymes. Tous deux ont d'ailleurs une place à part dans l'histoire corse et sa littérature. Toutefois, qu'on ne compte pas sur moi pour évoquer l'un ou l'autre – tout a déjà été dit, et bien mieux que je ne saurais le faire.

À propos de Colomba, je vais révéler quelque chose de beaucoup plus personnel : c'est le nom qu'aurait pu porter la dernière de mes filles. Colomba m'a toujours plu par sa consonance, et ma compagne partageait cet avis. C'est un nom qui chante aux oreilles, comme celui d'Orso que nous avions donné quelques années plus tôt à notre fils – voir cette entrée.

Mais à l'heure du choix définitif, nous avons promptement reculé. Quelque chose nous est apparu que nous avions jusque-là négligé : dans le roman de Mérimée, Orso est le frère de Colomba. Que nos enfants puissent être identifiés aux deux protagonistes de cette famille maudite dont le destin tragique s'est trouvé placé sous le signe de la vendetta nous a paru tout à coup relever d'une inconscience pour le moins étourdie, ou d'une forme de provocation envers ce même destin. Il faut se montrer prudent parfois – à défaut d'être superstitieux – et ménager l'avenir comme chacun sait.

Moyennant quoi Colomba est devenu Léna.

Quand vers l'âge de douze ans nous lui avons appris le nom qu'elle aurait pu porter, elle a simplement dit : « Colomba, je n'aurais pas aimé. »

Nous avions fait le bon choix, que Mérimée nous pardonne...

Corsiglièse

Combien la Corse compte-t-elle de rivières ? Et de fleuves, et de torrents, et de cours d'eau de toutes sortes ? Il est probable que personne n'en sache rien, que nul n'en ait jamais fait le compte, et que, de toute façon, cela n'ait aucune importance : la Corse n'est en rien un pays de rivières. Ce n'est pas l'Amazonie ou le Bengale... Cependant, de toutes ses montagnes coule de l'eau. Et cette eau forme sur les cartes une infinité de veinules bleues qu'un regard un tant soit peu romanesque peut comparer à mille filets très fins jetés depuis les toits de l'île pour l'enserrer dans un faisceau bienveillant.

Toute cette eau se réunit rarement en fleuves véritables, bien plats et majestueux, calmes et sereins comme ils le sont généralement ailleurs. Seule exception, à la rigueur, le Tavignano qui, dans la plaine orientale, daigne passer non loin de la maison de mon père. Les fleuves corses sont au mieux des rivières, plus souvent encore des torrents dont l'existence se déroule fougueusement entre des parois de pierre abruptes et aiguisées, tortueuses – tourmentées, devrais-je dire –, avant de mourir dans la mer pour mieux renaître dans le fin fond des montagnes qui leur ont donné vie. Avec un peu d'imagination littéraire, on peut affirmer que leurs eaux sont des « eaux sauvages » au sens où on le dit des animaux vivant en liberté. Personne ne commande à ces eaux. J'aime les opposer à celles des fleuves qui obéissent aux hommes et les servent avec une docilité tranquille pour abreuver leurs pâturages ou fournir leur électricité en se laissant emprisonner dans des barrages. Des « eaux domestiques ».

Les eaux des torrents font ce qu'elles veulent. Elles sont comme les Corses. Si vous voulez savoir ce que ces derniers ont dans les tripes – mieux encore, le genre de chose qui coule dans leurs veines –, contemplez l'un de leurs torrents.

Une toute petite part de cette eau indomptée passe au bas de mon village de Pancheraccia et porte le nom de Corsiglièse. Du moins est-ce ainsi qu'on nomme le long caisson de pierre sinueux qui, du nord-ouest au sud-est, sur une vingtaine de kilomètres, lui offre une vie sans contrainte.

Hormis les gens de mon canton, personne ne connaît le Corsiglièse. C'est un va-nu-pieds de rien du tout dans le grand concert du monde. Pourtant, j'ai une histoire amoureuse avec lui. Depuis très longtemps. Cette histoire a débuté lorsque j'avais quatorze ans, je crois, et je m'en souviens comme si c'était hier – selon la formule consacrée. En ce temps-là, je rêvais déjà d'aventure et n'avais d'autre but que de vivre comme dans les livres avant d'en écrire à mon tour. En me levant chaque matin d'été, je voyais par ma fenêtre le Corsiglièse sauvage serpenter au bas de mon village, énigmatique et inconnu de quiconque à mes yeux. Il était comme un appel pour ma vie future – il me fallait l'explorer.

Un jour de l'été 1968 ou 1969, je ne sais plus trop, je fis part à mes parents de ma résolution absolue, déterminée, irrévocable. Mon père haussa les épaules, ma mère leva les bras au ciel : lubie d'adolescent. On ne me découragea ni ne m'encouragea. Je m'équipai donc des effets militaires que mon père gardait en réserve au fond d'une cantine de fer dans la cave humide de la maison de sa mère, empruntai « Prince » à mon grand-père – c'était son chien préféré –, me renseignai auprès du vieux Pedru Francescu sur le chemin à prendre – Pedru me prêtait déjà régulièrement sa mule qui, comparée aux ânes du village, me donnait l'impression de chevaucher une monture de cow-boy –, et un matin à l'aube partis droit devant moi, Prince sur les talons.

Ce fut un émerveillement instantané. Un véritable coup de cœur. À cet âge, on n'oublie plus jamais les impressions que l'on éprouve pour la première fois et qui étaient jusque-là inconnues. Tout est neuf. La deuxième fois n'est déjà plus la même – et moins encore les fois suivantes. Mais si la chance nous sourit, ces sensations prennent dans la durée une autre dimension, plus profonde, et gagnent contre l'usure doucereuse et mortifère du temps – comme dans les histoires d'amour qui riment avec toujours...

Le chemin du Corsiglièse passait d'abord par un petit sentier dit « du Calanellu ». Ce sentier partait du bas du village et traçait une route compliquée et caillouteuse à travers un maquis traversé de toutes ses senteurs et parsemé de ronces. J'avais bien fait d'emporter une machette. Mes premiers coups de machette avant des milliers d'autres dans les jungles du monde – au propre comme au figuré.

À cette époque déjà, plus grand monde ne s'aventurait au-delà du Calanellu qui permettait de rejoindre des champs et des prairies encore exploitées. Ensuite, c'était la « forêt vierge ». Du moins à mes yeux de jeune adolescent à peine dégrossi.

À peu près à mi-chemin du Corsiglièse, je découvris les ruines d'une austère maison de pierres sèches envahie d'herbes sauvages. J'exultai : on voyait vaguement le toit de cette maison depuis le village et je venais d'atteindre une sorte d'Eldorado. Désormais, ce toit s'est effondré et aucune mémoire ne peut plus dire qui a vécu un jour dans cette demeure isolée, qui étaient les hommes et les femmes de ce monde perdu – le nôtre pourtant. Leur oubli m'a toujours paru une forme d'assassinat : celui de l'indifférence. Une indifférence qui guette les vivants d'aujourd'hui. Alors, presque chaque année, je bivouaque dans ces ruines silencieuses.

Passé la maison, il me sembla entrer dans un autre pays. Le sentier disparaissait régulièrement et je dus avancer presque au hasard entre des forêts de châtaigniers et de chênes-lièges qui me parurent tout droit sorties des gravures d'un livre de Jules Verne ou de l'un de ces récits d'exploration que je lisais alors avec avidité. Mieux encore : il me sembla être tombé au milieu d'un conte féerique de Perrault. Et celui-ci m'offrait soudain ce dont j'avais toujours rêvé : un pays à ma convenance. Tout y était à sa place, en quelque sorte. J'étais chez moi. Davantage que n'importe où ailleurs, je le sus aussitôt – et ce sentiment dure toujours malgré le passage des ans. Naturellement, quand je prends aujourd'hui ce chemin et repense à ces premières sensations, je souris. Il n'y a nulle féerie sur la route du Corsiglièse, et les arbres de ses forêts n'ont pas la taille gigantesque de ceux des livres de Jules Verne. Il y a simplement une beauté sauvage et farouche qui émane de toute chose et semble être l'âme même des lieux. Une beauté qui me prend toujours au ventre et à la tête.

Le maquis autour de moi était parcouru de mille sentes tracées par les sangliers dont les hardes grognantes et désordonnées croisaient ma route au hasard des fourrés avant de s'enfuir sous les aboiements de Prince. Bientôt je me perdis dans ce maquis épais et touffu. Je revins sur mes pas, me perdis davantage. Je me sentis très vite comme un Petit Poucet ayant oublié ses cailloux. Lorsque je ne sus plus du tout où j'étais, ni même où se trouvait le sentier permettant de remonter au village, je m'assis et réfléchis. Je n'éprouvai aucune crainte puisque j'étais chez moi. Je m'étais simplement égaré dans l'immense demeure que la Providence m'avait attribuée. Tout ce qui m'environnait m'appartenait sans le moindre doute possible et ne pouvait donc être inamical.

Je compris que ma seule issue était de descendre sans cesse, par n'importe quel moyen, chemin ou pas, droit devant moi ou en zigzag pour éviter ravins et fourrés impénétrables, mais descendre toujours. Je repartis, fort de ce précepte, et ouvris ma route à la machette. Lacéré par les ronces, je glissai, trébuchai, tombai, me relevai, et découvris que j'en étais tout joyeux.

Peu avant la nuit, je parvins enfin au Corsiglièse. Il m'apparut d'un seul coup après une dernière descente échevelée. Dieu qu'il me parut beau, lui aussi ! Des eaux claires et impétueuses traçaient leur route libre parmi des amoncellements de roches granitiques aussi sauvages qu'elles, dans un roulement ininterrompu de galets. Deux parois abruptes, couvertes de végétation, encadraient ces eaux et formaient des gorges impressionnantes ne laissant entrevoir du ciel qu'une simple échancrure où s'en allaient déjà les derniers nuages du jour. J'aimai aussitôt le mariage de bleu, de vert et de gris qu'offraient ces gorges. Aujourd'hui encore, cette harmonie des couleurs appartient à l'univers du Corsiglièse.

Je dressai hâtivement ma tente sur une bande de sable fin entre les rochers. Je pris de la *coppa* dans ma musette, du pain et quelques fruits secs – ces nourritures simples que j'affectionne toujours – et mangeai en regardant la pénombre se glisser peu à peu entre les falaises de roc, presque subrepticement comme le font les cambrioleurs, jusqu'à tout envahir.

Enfin, lorsque les étoiles parurent, je m'allongeai. Prince se jeta en boule à mes pieds et je mis longtemps à trouver le sommeil. Je ne voulais gaspiller aucun moment de cette existence nouvelle. J'écoutai longtemps la musique du Corsiglièse, ce ruissellement de l'eau mêlé au chant des grillons, à la cavalcade des sangliers, aux froissements d'ailes des oiseaux nocturnes, à mille bruissements inconnus.

Le lendemain, je décidai de descendre la rivière plutôt que de la remonter. Simple question d'instinct car, désormais, je cherchais quelque chose de précis : un vieux moulin abandonné dont on parlait encore à Pancheraccia. Ce moulin avait eu son importance jadis, quand les activités agricoles du village s'étendaient jusqu'à la rivière. En ce temps-là, disait-on, on trouvait là des champs de blé et des maisonnées, des granges et des arpents de vigne. Et puis l'usage s'était perdu et tout était retourné à la nature.

Je partis, musette sur le dos. Le Corsiglièse courait à angles droits entre les falaises d'où dégringolait une végétation luxuriante retenue par des foisonnements de lianes. Je découvris des granits de toutes les couleurs : roses, verts, gris, noirs, blancs. Des oiseaux graciles traversaient le ciel, des sangliers solitaires surgissaient sur les berges avant de s'enfuir en ronchonnant, fâchés d'avoir été dérangés. Ici et là, la rivière creusait de grandes vasques de pierre où je trouvai des eaux calmes. Je pris le temps de m'y baigner avec la sensation d'accomplir un rituel venu du fin fond des âges – comme une purification nécessaire ou un baptême d'origine. Des truites filaient entre mes jambes et la surface de ces eaux paisibles était parcourue de gerris s'entrecroisant les uns les autres dans un ballet silencieux.

Le vieux moulin surgit sous mes yeux sans crier gare, dressé sur la rive droite parmi de grands arbres qui le dissimulaient presque entièrement. J'approchai, le cœur battant, car il n'y avait là, une fois de plus, que des ruines énigmatiques, impressionnantes par la sorte de majesté antique qu'elles dégageaient. Elles étaient comme une image de ces photos sépia des temples d'Angkor que l'on voit dans les livres d'histoire.

J'entrai à l'intérieur, écartant des branches et des racines. Une grande meule de pierre se trouvait sur le sol de terre et semblait m'attendre. Il n'y avait pas autre chose que cette meule. Il n'est rien que le temps ne finisse par détruire.

J'installai ma tente non loin dans la forêt et passai là plusieurs jours à lire et méditer. Des jours heureux. Je découvris que je n'éprouvais d'autres besoins matériels que les rares objets dont je m'étais muni pour venir ici : ma musette, la sobriété des vivres qu'elle contenait, mes livres et mes carnets d'écriture – dont je ne sais où ils se trouvent aujourd'hui. Inlassablement aussi, je regardai couler la rivière en me disant qu'elle savait d'où elle venait et où elle allait. Ainsi devait être ma vie.

Je me souviens que je pris le chemin du retour au dernier moment, juste avant que l'on ne s'inquiète de mon absence – et qu'on n'envoie, pourquoi pas, une colonne de secours à ma recherche... Ne faisait-on pas ainsi quand disparaissaient les explorateurs ?...

Je revins au Corsiglièse dès les vacances suivantes. Et encore l'année d'après, jusqu'à faire de ce premier voyage initiatique un rituel qui me devint vite indispensable : celui de retrouvailles exceptionnelles avec la solitude et la plénitude à l'état pur. C'est sur les bords de ce torrent que j'ai découvert l'importance du dialogue avec soi-même, sa nécessité impérieuse pour ne pas seulement vivre mais exister vraiment, c'est-à-dire agir et penser par soi-même. Tout ce qui peut nous distraire de cet entretien intérieur relève de l'assassinat.

À cette époque de mon enfance, je n'avais guère le sentiment qu'on me comprenait au village. On y racontait que le fils de « Migué » préférait vivre avec les sangliers plutôt qu'avec ses semblables, s'habillait comme un mendiant, et passait plus de temps crotté qu'endimanché. Que m'importait ! Mais cette image de moi me colle à la peau et, des décennies plus tard, mes amis d'enfance m'en parlent encore...

Au fur et à mesure des années et de mes séjours au Corsiglièse, je baptisai d'un nom précis chaque endroit remarquable du sentier qui y menait : pentes, clairières, prairies, ravins, virages, et fis de même pour la rivière et tous ses coudes, ses langues de sable, ses falaises, ses vasques d'eau. J'en fis mon territoire personnel et en explorai méticuleusement le cours jusqu'à son extrémité, là où, rejoignant la plaine orientale, il se jette dans le Tavignano. Retrouvant alors le pays des hommes, il disparaît en réalité.

Arriva un temps où ces lieux me furent connus par cœur. C'est à peu près à ce moment-là que je n'y croisais plus aucun berger ou chasseur – car il en venait parfois et je les connaissais tous, natifs de Pancheraccia ou des villages voisins. Ils étaient chez eux comme j'étais chez moi et nous nous saluions avec les mots joyeux de chez nous.

La disparition de ces hommes signa la fin d'une époque et l'entrée de ces arpents de terre dans une autre forme de sauvagerie qui m'attrista. Celle de l'abandon. Il est des lieux qui ont besoin d'hommes leur ressemblant. J'entraînais donc mes frères au Corsiglièse, plus tard ma femme et mes enfants, quelques amis – et les âmes rêveuses demandèrent à y revenir. J'eus le sentiment d'être utile à une transmission.

Le Corsiglièse fait ainsi partie des choses qui m'ont construit et me construisent encore. Mon imaginaire peut s'y déployer sans limites aucunes. Ainsi, après avoir découvert de vraies vallées inexplorées en Nouvelle-Guinée dans les années 90 de l'autre siècle, je trouvais au Corsiglièse d'étranges ressemblances avec le pays des Papous : une certaine atmosphère générale, un je-ne-sais-quoi dans l'air ambiant et la musique de la nature, un sentiment puissant de la densité de toute chose. Il m'arrivait alors de m'endormir sur ses berges avec la sensation d'être en même temps « là-bas ». Et ces deux univers minéraux et humains, aimés pour leur rudesse et leur vérité, me donnaient l'illusion d'être un seul et même univers – en moi, tout du moins. Illusion à laquelle s'ajoutait l'idée étrange que j'étais doté d'une forme d'ubiquité magique.

Aujourd'hui encore – et plus que jamais –, ce minuscule torrent corse a pour moi cette faculté, venue d'une longue complicité avec lui, d'être tous les mondes que j'aime à la fois. Il me procure également un don d'apaisement absolu parce qu'il m'offre en un même lieu trois des spectacles dont je ne me lasse jamais et que je peux contempler des heures entières : l'écoulement mélancolique de l'eau des rivières, le lent voyage des nuages dans le ciel, et le souffle de vie des flammes d'un feu de bivouac. Ne manque que la respiration des vagues de la mer, toujours identiques à elles-mêmes et jamais semblables. S'il n'y a pas là poésie au sens propre, il y a à coup sûr sentiment poétique.

C'est assis sur des rochers ou allongé dans des tapis de fougères que j'ai aussi compris des choses toutes simples, comme le fait que, pour devenir maître de sa vie, mieux valait se choisir un destin que lui préférer une carrière – en consentant par avance à acquitter le prix élevé de cette liberté. Ce n'est pas rien. C'est dans cet univers encore, clos comme un navire sur l'océan, que j'ai renforcé mon goût pour les nourritures simples, raffermi chaque fois mon désir d'une vie sobre, dénuée de besoins matériels inutiles.

Autre chose encore, presque aussi important à mes yeux : le Corsiglièse demeure l'un de mes endroits préférés pour la lecture. Qu'on ne s'étonne pas ici. Car il est des lieux qui, davantage que d'autres, s'accordent avec les livres. Ceux qu'attirent les choses de l'esprit savent cette vérité toute simple et pleine d'émotions potentielles. Ainsi, les grands textes stoïciens de l'Antiquité ont une place de choix sur les bords de cette rivière perdue – avec le Kurdistan syrien, aussi étrange que cela puisse paraître. Mais c'est une autre histoire. En fait, si le Corsiglièse était un être vivant – mais ne l'est-il pas d'une certaine manière –, il aurait une âme stoïcienne. Il aimerait cette phrase de Sénèque dans son traité *De la vie heureuse* : « Rien d'autre ne nous donnera l'issue vers la liberté que l'indifférence à la fortune. » Et encore celle-ci de Cicéron dans le *Traité des devoirs* : « Les choses vont mal quand on cherche à faire faire par l'argent ce qui doit être fait par devoir. » Et bien sûr, cette sentence d'Épictète dans ses *Entretiens* : « Si Héraclès était resté assis chez lui, qui aurait-il été ? » La vision du monde et de la vie portée par ces maximes pourrait être des devises du Corsiglièse.

Jusqu'à aujourd'hui encore, cette rivière du bout du monde conserve ce qui en fait, au final, le charme et l'exception : son isolement. Un isolement orgueilleux, sans doute, mais peu importe. Je dirais même : au contraire. Car aucun réseau téléphonique ne parvient dans ses gorges étroites, aucun fâcheux ne peut venir vous y déranger. N'est-ce pas là le dernier des luxes des hommes libres ?

Mais que sera demain le Corsiglièse dans un monde qui perd la raison ? Il y a quelques années de cela, je parlais de « ma » rivière à des amis – apparemment mal choisis. Ils s'extasièrent aussitôt, trouvèrent excitant le rapprochement avec les stoïciens – quoique invraisemblable –, et il leur vint l'idée stupéfiante d'encourager le tourisme au village en faisant connaître aux guides de voyage l'existence de cette drôle de rivière. Afin d'attirer les foules, me dirent-ils, il suffirait d'élargir le sentier du Calanellu, de l'équiper comme il se doit pour rendre son parcours plus aisé, et d'offrir sur le Corsiglièse lui-même quelques installations propres au confort des gens d'aujourd'hui. Après quoi tout revivrait dans la région et les mannes du tourisme rempliraient les caisses bien vides du village.

L'espace d'un instant, j'imaginais – dans une sorte de vertige terrifié – le Corsiglièse submergé d'une masse d'humains en costumes fluorescents se croisant bruyamment les uns les autres comme dans un mouvement brownien, s'aidant pour avancer de ces ridicules bâtons de skieur devenus à la mode et qui semblent en faire des vieillards avant l'âge, et laissant derrière eux mille traces de leur passage. Je vis la rivière bardée de poteaux indicateurs, ligotée de grillages de sécurité dans ses passages difficiles, je vis les rochers jonchés de papiers gras, je vis des cannettes de bière traînant partout.

Profanation... Déjà les chasseurs des temps modernes ont commencé à tracer des pistes – les premières – le long des flancs les moins abrupts du Corsiglièse pour y accéder en quad sans fatiguer leurs jambes et emplir leurs véhicules d'autant de sangliers qu'il est possible, et je ne sais trop de quoi l'avenir sera fait.

Je répondis à mes faux amis qu'ils possédaient en eux toutes les qualités nécessaires aux grandes choses à accomplir en d'autres lieux, et l'on n'en parla plus.

Je souhaite à chacun de posséder quelque part dans le monde son Corsiglièse intouché – ou de le trouver un jour. Des lieux de cette grandeur humaine nous sont nécessaires. Je forme donc des vœux pour que le mien reste intact afin qu'en héritent ceux qui viendront après moi. Il est des choses qui méritent de demeurer – celles sachant nous enseigner que la vie véritable se déploie toujours dans le temps universel unissant par notre volonté passé, présent et avenir.

Si vous qui lisez ces lignes n'entendez pas la musique du Corsiglièse que je viens de chanter à votre intention, passez votre chemin, je vous prie. En revanche, si cette musique vous a « parlé », soyez le bienvenu sur les bords de cette rivière corse à peine inscrite sur les cartes – comme j'aurais aimé qu'elle n'y soit jamais... Toutefois, n'y venez qu'en petit nombre et sans trop d'objets inutiles. Emportez plutôt quelques textes de Sénèque ou de Marc Aurèle. Ils vous deviendront indispensables. Car ces lieux se méritent par les efforts fournis pour eux, par le consentement à la rudesse de vie qu'ils proposent pour retrouver l'essentiel.

Alors, ce que le Corsiglièse vous rendra en échange sera, comme pour toutes les choses de la vie, à l'exacte mesure de ce que vous lui aurez donné.

Corte – point de vue

Je porte à la cité de Corte des sentiments davantage en rapport avec son histoire – dont tout relève de l'épique – qu'avec sa géographie urbaine ou son esthétique ancienne – somme toute très classique. Sa citadelle – la seule à l'intérieur de l'île – est toutefois ce que la ville possède de plus remarquable à mes yeux. À vrai dire, c'est même l'une des plus belles choses que l'on puisse voir en Corse, surtout lorsque l'on vient du nord – car, alors, on ne voit qu'elle : austère, petite, bâtie sur ce que l'on appelle son « nid d'aigle », dominant tout ce qui l'entoure, elle est saisissante. Son seul aspect raconte tout de son passé :

on a rarement dû rire entre ces murs gris, épais, tranchés de créneaux et de meurtrières.

Si vous restez longtemps à contempler cette citadelle littéralement perchée sur son éperon rocheux, c'est le mot *solitude* qui vous viendra à l'esprit – et, comme moi, vous penserez peut-être à la redoute balayée par le vent dont Drogo est la sentinelle inquiète dans *Le Désert des Tartares*.

Un « Dictionnaire amoureux » étant tout ce que l'on veut sauf un guide touristique, je me suis demandé comment vous parler à ma manière de cette cité d'à peine quelques milliers d'habitants, isolée au centre de la Corse, loin de toute mer, proche de toutes les montagnes, autrement que par un descriptif général de ce qui la caractérise. Pour dénouer ce dilemme, je me suis posé la question de savoir quel était le lieu de la ville où je me sentais le mieux. C'est là que je devais vous emmener et seulement là. Vue sous cet angle, la question s'est résolue d'elle-même : s'il est un endroit de Corte où je reviens souvent, c'est le belvédère qui prolonge le nid d'aigle. De là-haut, le « point de vue » sur la ville est à lui seul un petit chef-d'œuvre.

Nous sommes nombreux à le penser, et c'est tant mieux. Des foules de visiteurs se rendent chaque année sur ce belvédère – et c'est tant mieux aussi. Ils ont du goût. Pour autant, je vais déployer depuis ce point de vue où je vous invite un panorama très personnel sur Corte et la part la plus importante de son histoire.

Pour atteindre le belvédère, il faut d'abord grimper à travers la vieille ville à partir de la place Paoli. De là, vous gagnez la base de la citadelle elle-même, puis longez ses hauts murs par la gauche, montant de plus en plus par la succession des roides escaliers du quartier Calanche jusqu'à aboutir à une placette au sol de galets. Un vieux lampadaire se dresse en son centre, deux bancs de bois se trouvent sur les côtés. De cet emplacement, la vue sur la ville est déjà superbe. Cependant, si vous vous aventurez encore sur le dernier escalier de pierre qui part de la placette, bien raide lui aussi, dix-sept ultimes marches en tout – j'ai aimé les compter –, vous obtiendrez beaucoup mieux. Vous déboucherez sur le belvédère lui-même, simple plate-forme très étroite, presque ronde, pavée de dalles inégales, mais qui surplombe de manière vertigineuse la confluence des deux plus beaux fleuves de Corse : le Tavignano et la Restonica – dont les gorges, magnifiques, s'ouvrent à droite, comme produites par un gigantesque coup d'épée dans les montagnes.

De ce « point de vue », le spectacle est pour le moins fantastique.

Peu de monde peut tenir sur le belvédère, le vent y est souvent violent. Toutefois, des rambardes de fer empêchent les imprudents de basculer dans le vide. C'est d'ici que je vous propose un panorama à 360 degrés sur la ville, à partir du nord et dans le sens des aiguilles d'une montre.

Juste au pied du belvédère, si vous baissez les yeux, vous remarquez en premier lieu un escalier qui plonge dans des profondeurs invisibles, couvertes de végétation et de massifs de cactus. Il mène au « sentier du patrimoine » et aux rives du Tavignano. Je me suis toujours plu à penser que c'était une sorte de chemin de contrebandiers empli de mystères. C'est peut-être parce que je ne l'ai jamais emprunté – je me demande bien pourquoi, encore aujourd'hui...

Si vous levez la tête, maintenant, vous avez à un jet de pierre au-dessus de vous le nid d'aigle de la citadelle lui-même. Il semble crever le ciel de ses tours silencieuses, surtout lorsque le ciel est d'un bleu absolu. Ses murailles épousent soigneusement les sinuosités de l'éperon rocheux sur lequel il a été bâti en 1419. On doit cette petite merveille militaire à Vincentello d'Istria. Seigneur corse et aventurier de talent, énergique et patriote, il était entré en résistance – déjà – contre les Génois et, pour avoir une chance de vaincre, s'était allié au roi d'Aragon. Il avait fait de la ville, alors simple bourgade, le siège central d'un pouvoir indépendant. C'était la première fois dans l'histoire de Corte. Pas pour longtemps, hélas : d'Istria finira décapité à Gênes, quinze ans plus tard. Les temps étaient violents... Mais on ne peut qu'admirer aujourd'hui ces fortifications dont on se demande comment elles ont pu être édifiées à l'époque, sur de telles hauteurs, sans moyens modernes de levage, sans engins mécaniques, à mains nues pour ainsi dire. On savait faire.

Dans le prolongement du nid d'aigle, vous découvrez les toits de la citadelle proprement dite, construite trois siècles et demi plus tard lorsque la Corse devint française après l'effacement de Gênes et la défaite des paolistes à Ponte Novo. Ce sont les troupes de Louis XVI qui conçurent cette seconde enceinte de la citadelle pour faire de Corte une place forte imprenable capable de servir de retraite ultime en cas d'attaque ennemie et de contrer toute insurrection. Elle remplit ce rôle à la perfection, de la Révolution jusqu'aux temps modernes. La Légion étrangère y tint même garnison jusqu'en 1983, après quoi les lieux devinrent ce qu'ils sont aujourd'hui : un musée remarquable auquel sont accolés l'office de tourisme de la ville et le FRAC Corse – Fonds régional d'art contemporain. Les temps ont changé…

Plus à droite, vous apercevez, presque à vos pieds cette fois, trois lieux mémorables que masquent des toits de maison et quelques arbres : le palais national, la place d'Armes et la place Gaffori. Tous les trois sont devenus chers à mon cœur au fil du temps. En redescendant du belvédère, vous gagnerez à les examiner de plus près. En attendant, songez que le palais national a été le siège du gouvernement de Pascal Paoli lorsque Corte redevint pour la seconde fois capitale d'une Corse indépendante dans sa lutte incessante contre Gênes. Elle le fut, hélas, pour une durée aussi brève qu'à l'époque de Vincentello d'Istria : quinze petites années. Paoli y avait installé la première université de l'île : trois cents étudiants suivaient l'enseignement d'une poignée de professeurs dans l'objectif de devenir les futurs cadres de la nation corse. Charles Bonaparte, le père de Napoléon, sera l'un de ces étudiants. Il n'avait pas vingt ans.

Juste à côté, face à l'entrée de la citadelle, vous entrapercevez la place d'Armes. Elle abrite la maison – aujourd'hui en mauvais état – où naquit le premier fils de ce Charles Bonaparte, alors simple petit notable. Napoléon y fut conçu un an plus tard, avant de voir le jour à Ajaccio. Au-dessus de la porte d'entrée, une plaque rappelle cette naissance du frère aîné de l'Empereur, qui deviendra roi de Naples et d'Espagne. Elle rappelle aussi la venue au monde dix ans plus tard – par les hasards énigmatiques de l'histoire – de Jean-Thomas Arrighi de Casanova, cousin et futur compagnon d'armes de Napoléon. Ce dernier le nommera général d'Empire et duc de Padoue, puis fera graver son nom sur l'Arc de triomphe de Paris. Les temps étaient mouvementés et pleins de surprises… Les descendants des Casanova ont offert cette maison à la ville en 1986 sans que cette dernière en ait fait grand-chose jusqu'à présent, semble-t-il.

Quant à la place Gaffori, à quelques dizaines de mètres de là seulement – nous sommes dans la vieille ville et tout est comme en réduction –, elle comporte une autre habitation qui émeut pour des raisons semblables : celle de ce Gaffori justement, dont la statue se dresse au centre de la place. À la fois médecin et « général de la nation corse », il fut le prédécesseur de Pascal Paoli dans la lutte contre Gênes avant d'être trahi par son propre frère et assassiné dans une embuscade en 1753. Les temps étaient plus qu'incertains… Gaffori avait fait preuve d'un grand courage dans son combat, comme en témoigne la façade de sa maison, située juste derrière sa statue. Elle porte toujours les impacts des balles reçues lors du siège de Corte par les Génois en 1750. On raconte que sa femme, Faustina, était d'une bravoure égale à la sienne : quatre ans plus tôt, lorsque les Génois occupaient encore la citadelle et s'étaient emparés de leur fils pour s'en servir comme bouclier humain, elle exhortait les soldats de son mari à n'en tenir aucun compte. Elle leur aurait crié : « Tirez, ne pensez pas à mon fils, pensez à la patrie ! » C'est ainsi que les Corses firent capituler les Génois qui, devant tant de détermination, n'osèrent toucher à un seul cheveu de l'enfant.

Dans le prolongement de ces lieux historiques, on ne distingue rien depuis le belvédère de la principale artère de la ville, le cours Paoli. Néanmoins, il me plaît d'évoquer ici deux lieux particuliers qui y ont mes faveurs : l'« Hôtel du Nord », sur le cours lui-même, où j'aime avoir mes habitudes, et tout au bout, sur la place Paoli, le restaurant « A Scudella », où je profite depuis des années d'une excellente cuisine corse.

Poursuivant mon panorama, je vous invite cette fois à aller plus vite en regardant vers l'est. Car si la vue vers l'horizon est toujours aussi somptueuse – plaines, vallées et montagnes –, elle est moins attachante pour ce que vous découvrez à vos pieds : vous avez devant vous des immeubles semblables à ce que l'on bâtit partout ailleurs dans le monde, un stade de football, une zone industrielle et commerciale, et pour finir les bâtiments sans vrai caractère de l'université – je me suis toujours demandé ce que Pascal Paoli penserait de leur esthétique s'il les découvrait aujourd'hui. Toutefois, et c'est le plus important, cette université, baptisée comme on s'en doute du nom du « père de la patrie » – plus précisément : Università di Corsica Pasquale Paoli car vous êtes au cœur de la Corse identitaire –, participe depuis son ouverture en 1981 à la formation intellectuelle de notre jeunesse et à la survie économique de Corte. 4 500 étudiants, ça compte pour le décloisonnement de la ville.

La beauté revient en achevant vos 360 degrés de visite quasi aérienne par le sud et l'ouest. Vous retrouvez le Tavignano dont les eaux brillent en permanence quel que soit l'angle de la lumière du soleil, l'entrée tumultueuse des gorges de la Restonica, les crêtes acérées de leurs massifs pierreux, bref quelques derniers arpents de bonheur.

Croix

Un nombre considérable de croix se dressent en Corse, vieille terre catholique s'il en est : croix des églises et calvaires disséminés un peu partout, croix des chapelles et des abbayes, croix des tombes dans les cimetières – et des clochers, parfois. On ne les remarque plus par la force de l'habitude. Cependant, l'étranger qui s'engage pour la première fois dans l'intérieur de l'île, au milieu du foisonnement de ses montagnes, note avec étonnement qu'il existe une infinité d'autres croix, plus inusitées, à l'entrée et à la sortie de pratiquement chaque village. S'il interroge autour de lui, on lui répondra que ces croix marquent, par tradition, les limites de ces villages – et qu'il s'agit là d'une singularité de la Corse. Je ne suis pas certain que ce soit exact...

Ces croix, le plus souvent en bois sombre, peuvent être de tailles modestes ou mesurer plusieurs mètres de haut, avoir été plantées directement dans la terre ou érigées sur des tabliers de pierre. Il n'y a pas de règle en la matière, mais dans tous les cas elles se veulent modestes et sans ornements. Elles précèdent habituellement les panneaux indicateurs des noms de villages – panneaux fort souvent troués de balles, autre singularité du pays – et leur isolement en pleine nature, face à des gorges sauvages ou de vastes étendues de maquis, en fait des endroits de prédilection pour les méditations silencieuses et les discours avec soi-même. Les touristes passent généralement devant ces croix avec leurs voitures sans jamais s'arrêter et c'est à cela qu'on les reconnaît...

Les croix de bois de mon village de Pancheraccia sont dénommées par les habitants « croix du haut » et « croix du bas ». Rien que de très banal pour les distinguer, mais leur rôle n'est pas sans importance. Aussi loin que remontent mes souvenirs, j'ai vu ces deux croix servir aux rencontres discrètes, aux réunions adolescentes, et aux rendez-vous amoureux, surtout la nuit sous les étoiles. J'ai participé à ces trois types d'usage, le troisième ne trompant personne, cela va de soi... Clochemerle n'est jamais loin chez nous, comme dans toutes les petites communautés humaines, et tout le monde finissait par savoir qui s'était retrouvé à la « croix du haut » ou à celle « du bas » – mais du moins avait-on échappé aux regards directs des curieux.

Pancheraccia étant traversé par une unique route allant de la plaine orientale à Corte par l'intérieur des montagnes, la « croix du bas » est naturellement celle qui se trouve du côté des basses terres, tandis que la « croix du haut » est située en direction de Corte.

La « croix du haut » a mes faveurs depuis toujours. Elle s'élève légèrement à l'écart de la route, dans l'un des mille millions de virages qui font le charme des voyages dans notre pays... Tout autour de cette croix – parfaitement unique à mes yeux –, l'espace est dégagé, austère et silencieux, bordé par un ravin empli des senteurs du maquis. Depuis ce surplomb, le regard porte par-dessus les reliefs, très loin, parfois jusqu'à la mer, et le village est visible dans son ensemble, accroché aux pentes de la montagne qui l'a vu naître il y a très longtemps. Un beau village. J'en parle à la lettre P de ce « Dictionnaire amoureux ». Forcément.

Cette « croix du haut » a vu bien de nos frasques adolescentes, entendu nombre de nos discours utopistes et a dû bien s'amuser de nos premiers amours platoniques : si les garçons s'y rendaient avec les filles après dîner l'été, à cette heure où tout le monde sortait flâner dans les rues ou deviser sur les parapets de la fontaine et ceux de la route, il était bien entendu avec les parents que personne ne devait rester au-delà d'une certaine heure, jamais bien tardive. Nous devions avoir douze ou treize ans.

C'est là aussi que j'ai connu ma première expérience de nuit blanche. C'était un peu plus tard. J'avais quinze ans. Je m'entraînais déjà à la future vie d'aventure que j'avais choisie, me demandant, par exemple, si je serais capable de ne pas dormir une nuit entière et ce que j'éprouverais alors – cela pouvait servir… Pour ce qui était de marcher pieds nus sur le goudron afin de faire de la plante de mes pieds de véritables semelles – sait-on jamais, je serais peut-être un jour dépourvu de chaussures du côté des Kouriles ou du Kamtchatka –, j'avais la réponse : j'effectuais les vingt kilomètres de l'aller-retour Pancheraccia-Casaperta dans la plaine sans renoncer en cours de route, et la corne qui était née à l'endroit le plus sensible de mon anatomie commençait à avoir de l'allure. Mais le manque de sommeil ?

Pour affronter cette première nuit sans fermer l'œil, ce fut toute une expédition. La « croix du haut » me semblait le meilleur endroit pour cette expérience initiatique et solitaire – quel autre abruti aurait voulu m'accompagner ? Je m'étais dit que je m'assiérais au bord du ravin, tout seul, et attendrais le retour de la lumière. Mais encore fallait-il atteindre la croix sans être repéré. Sans quoi on exigerait que je redescende au village avant terme. Donc, un soir de l'été 1970, j'attendis que tout le monde soit endormi dans la maison de mon père, et, aux alentours de minuit, chargeai sur mon dos la musette préparée dans la journée, emplie de quelques vivres et d'un bidon d'eau – résister à la faim et à la soif ne faisait pas encore partie du programme –, et m'enfuis de la maison tel un cambrioleur avec son magot.

La nuit me parut sans fin, allongé à même la terre au pied de la croix. Mais j'avais au-dessus de ma tête le spectacle de la ronde des étoiles – ce spectacle dont on ne se lasse jamais – et je tins bon jusqu'à l'aube, telle la chèvre de monsieur Seguin dans son ultime combat. Le surgissement du soleil à l'horizon fut ma récompense : le premier lever de soleil de mon existence. Un choc esthétique et existentiel, comme une découverte de la nature infinie de l'univers. Une émotion inexprimable, de l'ordre de l'indicible. Sans doute est-ce pour cette raison que, à bord des navires qui s'en vont sur les océans, j'affectionne le quart de 4 heures à 8 heures et de 16 heures à 20 heures, ce quart béni entre tous qui permet d'admirer la naissance du jour et de contempler sa fin. On devrait offrir à tous les enfants du monde l'expérience des levers de soleil dans la nature avant l'âge où l'on commence à ne plus s'étonner de grand-chose.

C'est également sous une croix du village, celle de notre petite église, que j'ai embrassé la première fille de ma vie. J'avais dix ans. Elle n'en avait pas davantage si ma mémoire est bonne. Elle s'appelait... Mais laissons-la tranquille, tant de temps a passé. Quoi qu'il en soit : quelle émotion... Une bonne demi-douzaine de garçons et de filles de notre âge nous entouraient pour voir « comment on faisait » et, l'expérience achevée, nous n'avions pas manqué de leur donner quelques doctes explications.

Pour être franc, je n'en étais pas à mes premiers émois sentimentaux. Le premier avait eu lieu trois ans plus tôt à bord d'un paquebot faisant la ligne vers l'Afrique,

L'Ancerville. Les croix avaient déjà été de la partie, on va voir comment. Le paquebot emmenait toute ma famille au Sénégal où mon père venait d'être muté dans le régiment de parachutistes qui se trouvaient alors en garnison à Dakar. Dans la salle à manger de ce palace flottant, le dernier soir avant l'arrivée, j'aperçus à la table voisine de la nôtre une petite fille absolument ravissante. Je fus ébloui. Les regards qu'elle me lança au cours du repas – en tout cas, je crois qu'elle m'en lança, mais dans ces affaires-là, on ne sait jamais – firent battre mon cœur au point que, à l'heure du coucher, à genoux sur ma couchette, je demandais au bon Dieu – à sept ans j'y croyais encore et ne manquais pas mes prières du soir – qu'il fasse en sorte de me marier très vite avec cette si jolie personne. Et je multipliais les signes de croix à n'en plus finir pour être certain de me faire entendre.

Le paquebot arriva le lendemain à Dakar, tout le monde se dispersa sur les quais et je ne revis jamais la petite fille. Elle n'est pas devenue ma femme. Franchement, n'y a-t-il pas là de quoi ne plus croire en qui que ce soit ? Mon premier chagrin d'amour, sans doute…

Quoi qu'il en soit, après tout ce que je viens d'écrire, on peut comprendre que j'aime les croix pour des raisons qui ont peu à voir avec la religion.

Néanmoins, ce par quoi je veux achever ce chapitre nous y ramène – mais d'une étrange manière. Les circonstances de la vie ont fait que je me suis activement engagé auprès des révolutionnaires kurdes de Syrie dès le début de leur guerre contre le régime de Bachar el-Assad et l'État islamique. Dans le pays de ces hommes et de ces femmes remarquables on trouve beaucoup de croix. Mais pas seulement sur les églises des chrétiens qui vivent avec eux et résistent avec eux. Un jour, du côté de Qamichli au début de la guerre, je vis de petites croix portées autour du cou par des Yapagué, les combattants kurdes. Étonné, je leur demandai s'ils étaient chrétiens, nombre d'entre eux luttant à leur côté.

« Non, répondirent-ils en riant, nous sommes kurdes et même musulmans de naissance. Mais l'islamisme nous a fait tant de mal que nous mettons ces croix pour dire combien nous préférons les chrétiens. Ici, au Kurdistan, on aime bien les croix, vous savez… »

D

Davia

Voici l'histoire d'une jeune esclave corse devenue sultane du Maroc.

J'admets sans peine qu'il s'agit de l'une de mes histoires préférées concernant les personnages légendaires de l'île. Mais pas forcément pour les raisons qu'on imagine. Je m'en expliquerai tout à l'heure.

Cette jeune esclave s'appelait Marthe Franceschini. Du moins à sa naissance en 1755 en Tunisie ottomane. Quatre ans plus tôt, ses parents avaient été enlevés dans leur village de Corbara sur la côte corse au cours d'une razzia des Barbaresques comme il y en avait tant alors, et vendus au dey de Tunis. Son père, Jacques-Marie, homme entreprenant et jamais découragé, était parvenu à se faire remarquer par l'intendant du dey et à devenir surveillant des esclaves. Il avait peu à peu amélioré sa vie, gagné quelques richesses, et son épouse, Sylvia – de son nom de jeune fille Monchi – lui avait donné deux enfants, dont Marthe.

Excellent administrateur et au courant de tout, il découvre un jour qu'un complot se trame pour assassiner le dey : il prévient celui-ci. Le drame est évité, les coupables châtiés. Pour le remercier, le dey le couvre de présents et lui rend sa liberté.

Fin du premier épisode.

La famille Franceschini embarque sur un navire à destination de la Corse. Marthe a sept ans. Ils ne parviendront jamais chez eux. Des Barbaresques – cette fois marocains – écument les parages sur leurs bateaux et les capturent en pleine mer.

Ouverture du deuxième épisode.

Emmenés à Marrakech, ils sont de nouveau vendus comme esclaves. Sidi Mohammed ben Abdallah, le sultan alaouite du Maroc, dit Mohammed III, les acquiert pour un bon prix. Jacques-Marie et Sylvia sont désespérés. Comment le sort peut-il leur être aussi défavorable ? Ils ne se laissent pas abattre et, à force de persévérance, parviennent à transmettre au sultan un courrier lui apprenant qu'ils ne peuvent être traités en étrangers car sujets du dey de Tunis auquel ils ont sauvé la vie. Intrigué, ben Abdallah les reçoit dans son palais. Il est aussitôt séduit par la beauté de Marthe malgré son très jeune âge. Les mœurs de l'époque étant ce qu'elles sont, il la soustrait à ses parents et l'envoie dans son harem tout en confiant à Jacques-Marie la direction des travaux du jardin impérial de Marrakech. Nouveau désespoir des parents. Pour couper court aux récriminations qui s'ensuivent, le sultan finit par les libérer et les renvoie en Corse afin de s'en débarrasser.

Le déchirement des parents de Marthe est infini. Jacques-Marie ne supporte ni la séparation d'avec sa fille ni l'injure suprême de la savoir captive dans un harem. Une fois rentré chez lui, il cherche de l'aide partout, même auprès de Pascal Paoli, dit-on – alors héros de la Corse indépendante – mais n'en trouve nulle part. Il finit par armer un navire pour retourner au Maroc, y parvient, mais meurt de la peste à Salé sans jamais revoir sa fille.

Entre-temps, celle-ci fait le bonheur du sultan qui la considère comme « la plus belle rose de son harem ». Les années passent. Marthe, devenue Davia – Dawiya, « la lumineuse », en arabe – prend de plus en plus de place dans la vie de Mohammed III. Celui-ci apprécie « la fraîcheur, le charme et la vivacité d'esprit » de sa protégée. Jusqu'à lui demander de suivre des cours de droit islamique. Elle s'y plie, travaille sans relâche et obtient son diplôme de Talba – c'est-à-dire de licence en droit –, cas unique à l'époque. À partir de là, son ascension se fait irrésistible. Elle se distingue tant des autres femmes du harem qu'elle devient la favorite du sultan qui la consulte pour toutes ses affaires politiques, jusqu'à l'autoriser à entrer dans son conseil privé.

L'intelligence, le charme et la beauté de Davia suscitent maintes jalousies à la cour du sultan et dans son entourage immédiat. Mais rien n'arrête le destin : en 1786, Mohammed III fait de Davia son épouse légitime. Elle a trente et un ans. La voilà première sultane du Maroc. Du jamais-vu pour une étrangère.

Son influence sur la politique marocaine devient alors considérable, d'autant qu'elle a su s'attirer l'admiration des foules. Son mari lui confie une grande partie de ses relations étrangères et la correspondance avec les cours européennes. Elle échange des missives avec la reine d'Espagne comme avec Napoléon lorsqu'il arrive au pouvoir, ayant convaincu le sultan de l'importance de ce nouveau chef des Français dont elle se dit très fière puisqu'il est corse comme elle.

Napoléon ne le sera pas moins de Davia. Lors de son exil à Sainte-Hélène, il reconnaîtra combien elle lui a été utile pour amener le roi du Maroc à protéger les Français et à lui rendre service lors de la guerre d'Espagne. Non sans orgueil, il affirmera à son mémorialiste Gourgaud : « La sultane favorite de l'empereur du Maroc était corse. »

Dans l'île même, l'ascension de Davia n'est pas restée inaperçue. À Corbara, le village de ses parents, on l'appelle « l'impératrice du Maroc ». On suit son parcours avec attention, d'autant que la mère de Davia l'a rejointe sur place et s'est dite impressionnée par l'accueil de la cour chérifienne qui lui a réservé tous les honneurs dus aux membres de la famille royale.

L'influence sans égale de la femme forte du royaume alaouite s'achève avec la mort de Mohammed III en 1790. Le fils de ce dernier, Moulay Yazid, en conflit depuis longtemps avec son père, écarte Davia du sérail et de toutes les affaires publiques. Sans chercher à s'y opposer, elle choisit de terminer son existence auprès de sa mère et meurt très jeune, en 1799, à l'âge de quarante-quatre ans, sans que l'on sache très bien comment.

Que faut-il retenir de cette histoire incroyable ? À mes yeux, une unique chose, mais d'importance : par-delà son aspect romanesque, la trajectoire de Davia, née esclave mais devenue reine, est comme une allégorie du retournement toujours possible d'un destin contraire. Sans doute est-ce cela qui doit demeurer, sans doute est-ce le message d'espoir que nous a légué cette femme. Car, à y regarder de près, Davia nous dit que, quelle que soit la forme que prenne le destin au cours d'une existence, il peut exister un chemin pour le rendre favorable : ce n'est jamais certain, constamment aléatoire, sans cesse difficile, mais l'espérance est bien là – toujours.

Diaspora

C'était il y a longtemps, sur un élégant paquebot français, quelque part dans l'océan Indien entre la mer Rouge et les Seychelles.

Le *Mermoz* – puisque tel était le nom de ce paquebot – disposait dans un recoin obscur de l'un de ses ponts, je ne sais plus lequel, d'un casino plutôt modeste, mais avec roulette, black jack et baccara. Son directeur était un homme entre deux âges, à tête de patricien romain vaguement empâté, tout droit sorti d'un film policier de l'entre-deux-guerres. Il portait des chevalières à presque tous les doigts, tenait toujours à la main une canne à pommeau d'argent, et on le trouvait invariablement vêtu d'un costume blanc avec cravate, chaussures et chapeau mou de la même couleur. Il me rappelait mon grand-oncle maternel Ange Tiramani, l'aventurier de la famille qui avait fait fortune sous les tropiques au temps des Années folles – voir l'entrée « Tiramani ».

Les tapis verts des salles de jeu me voient rarement pousser leurs portes pour y risquer mon argent. Je préfère les périls de la vie réelle. Un soir de cette année-là, cependant, je dis au camarade qui m'accompagnait, le reporter-écrivain Jean-Claude Guilbert, connu alors du Tout-Paris pour sa faconde et son originalité :

« Et si on allait se distraire de cette traversée en jetant un œil sur le casino ? Je prends mille francs et je joue jusqu'à ce que j'aie tout perdu, rien de plus. Autant ne pas se faire plumer. Ça te va ?

— Je te suis, répond Guilbert en rigolant. Mais juste pour regarder. »

Arrivés dans la salle de jeu, le directeur nous accueille à bras ouverts – il n'avait pas beaucoup de clients, si je me souviens bien.

« À quoi voulez-vous jouer ? », nous lance-t-il, tout heureux.

Son accent ne me laisse aucun doute.

« Vous êtes corse ?

— Pour sûr. De Sartène. Et vous ?

— Corse aussi. De Pancheraccia. C'est un petit village à l'est de Corte. »

Il lève les bras au ciel comme si le paradis venait de s'ouvrir à lui.

« Ah, quelle chance, bon sang, ça me réchauffe le cœur, de vous voir ! Je croyais être l'unique Corse du bord. Serrez-moi la main, nous ne sommes plus seuls, vous êtes mon ami... »

Et le voilà qui me raconte sa vie : né à Porto Rico – une île comportant une véritable colonie corse depuis le XVIIIe siècle –, il a roulé sa bosse un peu partout en Amérique du Sud, notamment au Venezuela, « parce que là-bas, on est aussi très nombreux », et travaillé dans toutes sortes de métiers, ceux du jeu surtout, mais seulement avec des gens sûrs – c'est-à-dire des compatriotes de ces régions exotiques – avant d'investir ses gains dans le casino flottant où nous nous trouvions. Il conclut par ces mots prononcés presque à voix basse :

« Pour les affaires sérieuses, il ne faut pas trop se risquer avec des inconnus, pas vrai ? »

C'est ce jour-là, me semble-t-il – et avec le récit qui va suivre –, que je pris conscience pour la première fois de l'importance de la « diaspora » corse et des liens puissants qui peuvent unir ses membres quand ils se trouvent à l'étranger – alors que d'innombrables sujets les poussent à la discorde lorsqu'ils vivent chez eux...

« Alors, à quoi voulez-vous jouer ? », me redemande mon nouvel ami.

Ne connaissant pas grand-chose à l'affaire, je dis :

« Je vais essayer la roulette. »

Le Corse change en une pile de jetons les mille francs que j'ai posés devant lui. J'en place la moitié sur le rouge, l'une des deux couleurs avec le noir. C'est le plus sûr moyen d'avoir au moins une chance sur deux de gagner. J'aime bien les pile ou face...

La bille part, lancée à toute vitesse.

« Les jeux sont faits ! », jette le Corse qui sert aussi de croupier.

La bille tourne et tourne encore, ralentit, semble hésiter au dernier moment, s'arrête enfin : rouge. Gagné !

« Bravo, s'écrie le Corse en doublant mes jetons sur le tapis de jeu.

— Je continue. Même chose, le rouge. »

De nouveau, la bille s'envole et virevolte. Suspense. Pas longtemps : elle s'immobilise encore sur le rouge. Guilbert s'esclaffe. Cette fois le Corse reste muet. Les autres joueurs se rapprochent, intéressés. J'annonce que je passe aux chiffres – pair ou impair. Encore une chance sur deux.

« Bon, OK, fait le Corse, beau joueur. Vous commencez par quoi ?

— Impair, on verra bien. »

La bille part, accompagnée par son bruit de crécelle – et s'arrête sur un chiffre impair. Tout le monde applaudit, le Corse dodeline de la tête, incrédule.

Je recommence. Même résultat. Je poursuis avec les chiffres pairs. Même chose. Je reviens aux impairs : pas de changement. Je finis par être aussi éberlué que mon compatriote semble assommé. Quoi que je fasse, la bille s'arrête toujours au bon endroit. Je ne cesse de pousser la masse grandissante de mes jetons du pair à l'impair. Autour de moi, on retient son souffle.

« Nom d'un chien, choisissez donc un nombre ! », finit par grogner mon nouvel ami qui voit sa caisse se vider.

Pas question. Trop risqué, même si les gains sont bien plus grands en cas de succès.

Je poursuis sur ma lancée, conservant ma tactique : les couleurs ou les chiffres. Chaque fois une chance sur deux.

Une heure plus tard, la pile de jetons devant moi est devenue faramineuse. Le Corse est aussi pâle que son costume. Je n'ai pas perdu une seule fois – la chance du débutant, dit-on. Je n'en sais toujours rien aujourd'hui, mais le fait est là.

À trop tenter le diable, il finit par se venger. Aussi finis-je par lancer à Guilbert :

« Allez, Jean-Claude, on rentre se coucher, on a assez joué pour ce soir… »

Nous saluons le Corse, qui semble ne plus savoir quoi faire, manifestement partagé entre le soulagement de nous voir quitter son casino et le désir que nous restions pour essayer de se refaire. Je le rassure :

« Ne vous inquiétez pas, l'ami, on reviendra demain. Vous regagnerez tout ça, c'est certain. »

Et nous revenons le lendemain. Pour le malheur du propriétaire. Je joue dix ou quinze fois de suite, et de nouveau gagne à tous les coups. Comment expliquer une chose pareille ? Là non plus, je ne le saurai jamais, et peu importe, au fond.

Naturellement, ce succès nous engage à reprendre notre place à la roulette les soirs suivants : avec toujours la même méthode. Et la même chance insolente. Je suis de plus en plus stupéfait, le Corse de plus en plus défait.

Quelques jours avant l'arrivée aux Seychelles, il me prend par les épaules, les yeux tout mouillés :

« Vous ne pouvez pas continuer à faire ça à un compatriote, se lamente-t-il. Vous me ruinez, vous allez faire sauter mon casino à vous tout seul...

— Il a raison, me glisse Guilbert en aparté. Tu ne peux pas faire ça à un type de chez toi.

— C'est sûr, lui dis-je. Allez, je mise tout ce que j'ai gagné depuis le premier jour sur l'une des couleurs, cinq fois de suite. Pas une de plus, pas une de moins, et on verra bien. Ça lui laisse une sacrée chance, non ?

— Ça, c'est clair », rigole Guilbert.

Quand le Corse me voit mettre ma montagne de jetons sur le rouge, il se ratatine littéralement, le visage cramoisi. Pour un peu, il desserrerait son col. Mais il n'a pas le choix, le voilà au pied du mur. C'est quitte ou double. Tous les joueurs présents ce soir-là s'attroupent autour de la roulette. Ma réputation est déjà bien établie. La bille part.

« Les jeux sont faits », lance le Corse presque à voix basse, comme pour conjurer le sort.

Mais il a beau faire, je gagne comme toutes les autres fois... Et encore le coup suivant. C'est invraisemblable. Tout le monde applaudit et s'excite. Je ne touche pas à mes gains, comme prévu, les maintenant au même endroit. Il n'y a rien de plus risqué. Le Corse reprend espoir.

Et ce qui devait arriver arrive enfin : à la troisième tentative, la chance me quitte, la bille s'immobilise sur le noir. Cris de déception dans l'assemblée. Le Corse fait le tour de la roulette et me serre dans ses bras avec émotion, murmurant cette phrase étonnante qui fut le fin mot de l'histoire :

« Vous avez gardé l'âme du pays, mon ami, vous ne m'avez pas laissé tomber. »

Et voilà comment dans l'océan Indien, au temps de ma jeunesse et pour la modique somme de mille francs de l'époque, je pris conscience des devoirs incombant à un membre de la diaspora corse.

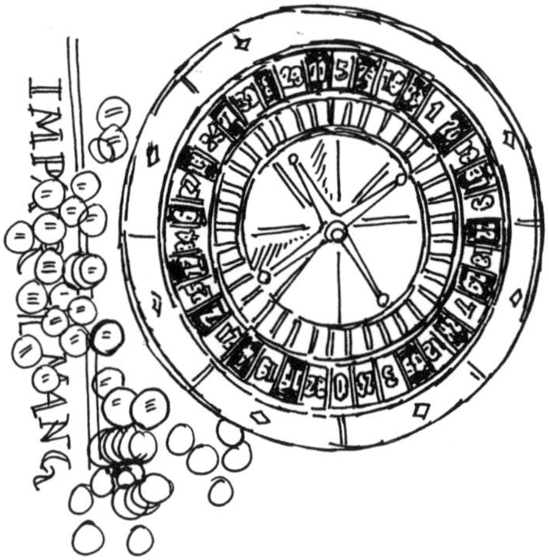

Tout au long de mon existence et un peu partout dans le monde, j'ai croisé des compatriotes de cette diaspora. De manière générale, leur « corsitude » était d'autant plus grande qu'ils étaient géographiquement loin de leur île et l'avaient quittée depuis longtemps. Même deux Corses qui ne font que voyager mais se rencontrent par hasard à l'étranger se sentent, pour le temps de leur voyage au moins, membres de cette diaspora – à l'identité souvent fantasmée, il faut bien le reconnaître – et de ce que cela implique, à commencer par un devoir : l'obligation non écrite mais bien établie de s'entraider en cas de besoin. Si le besoin est absent, tant mieux : on s'invite à boire un verre ou à festoyer, on recherche les gens que l'on connaît – et on en trouve toujours, l'île est si petite –, on évoque à coup sûr la nostalgie provoquée par l'absence du « plus beau pays du monde », et on échange les souvenirs des événements importants l'ayant marqué – matchs de foot, élections, incendies, décès de personnalités – beaucoup d'autres choses encore.

Par expérience, je sais qu'on trouve le même type de comportement dans toutes les diasporas de peuples à forte identité collective. Je l'ai vérifié aussi bien chez les Afghans et les Kurdes que chez les Arméniens ou les Cambodgiens. Sans parler des Bretons, des Basques ou des Alsaciens. Le phénomène est général, il appartient à la condition humaine. Il y a juste à le constater, non à le juger.

Il est renforcé en Corse par une longue tradition d'émigration, à commencer par « l'émigration mercenaire » qui, à partir du XVe siècle, fournit des bataillons entiers de soldats aux *condottieri* italiens comme aux rois de France – et même au pape qui disposa un temps d'une « garde corse » –, sans oublier les pirates insulaires engagés auprès des Barbaresques après s'être convertis à l'islam.

Toutefois, l'émigration principale qui a longtemps caractérisé la Corse est celle due à sa pauvreté, à ses archaïsmes, à ses cloisonnements. Elle a pesé plus que toutes les autres. On peut en juger aisément au vu de l'ampleur de ses chiffres : si quelque 300 000 Corses vivent aujourd'hui dans l'île, on en compte 1 000 000 sur le continent. Rien qu'à Marseille, il y en eut jusqu'à 200 000 dans l'entre-deux-guerres, regroupés au cœur du fameux quartier du Panier au-dessus du Vieux-Port. À cela s'ajoutent 300 000 descendants de Corse à Porto Rico – comme mon croupier du *Mermoz* –, 300 000 autres en Sardaigne, et encore au moins 400 000 éparpillés un peu partout sur le globe, du Venezuela à l'Italie.

Voilà donc une région de France dont l'essentiel des gens qui s'y rattachent, d'une manière ou d'une autre, ne vivent pas sur leur terre d'origine mais dans une multitude d'autres contrées du monde. Il est peu d'exemples d'une telle dispersion spatiale – surtout en pourcentage.

La Corse résista d'abord à cette émigration massive grâce à sa puissante natalité – quoiqu'elle frôlât le désastre au milieu du XXe siècle avec la perte de près de la moitié de sa population. L'immigration italienne des Lucchesi – comme on les appela parce qu'ils provenaient majoritairement de la ville de Lucques – combla au début cette hémorragie, avant d'être remplacée à l'époque contemporaine par l'arrivée des pieds-noirs après la guerre d'Algérie – on parle de 70 000 personnes – auxquels succédèrent quelque 20 000 Maghrébins.

Toutefois et au final, la Corse compte aujourd'hui le même nombre d'habitants qu'il y a un siècle. C'est dire...

Une nuance doit être introduite ici : personne ne sait très bien d'où proviennent les chiffres que je viens de citer. Ils sont ceux *a maxima* et circulent un peu partout mais sans sources avérées... J'ai échoué à en trouver.

Quoi qu'il en soit, du Moyen Âge au XVIIIe siècle, mes compatriotes s'en allèrent d'abord vers la Sardaigne ou le nord de l'Italie chercher des conditions de vie meilleures à chaque crise alimentaire ou désordre politique. Le flux migratoire s'accéléra au début du XIXe siècle et augmenta encore lors de l'impact, souvent terrible, de la seconde révolution industrielle à laquelle la Corse fut incapable de s'adapter du fait de sa pauvreté chronique et de ses archaïsmes tenaces. Presque tous ses produits économiques furent laminés par la concurrence étrangère et continentale, provoquant des crises agricoles à répétition. Elles poussèrent encore davantage à l'exil les plus démunis – 1 000 départs en moyenne chaque année à partir de 1900.

L'Amérique latine et les colonies d'Afrique furent une destination privilégiée pendant toute la période de la Troisième République. Un quart des Français dans ces colonies finirent par être corses. Quant à l'Amérique latine, elle apporta richesse et réputation à nombre d'entre eux, surtout originaires du Cap. L'histoire est bien connue de ces Capcorsins ayant fait fortune au Mexique, en Argentine ou aux États-Unis, dans la canne à sucre, le café ou divers commerces, et revenus investir chez eux les profits engrangés ailleurs. Beaucoup se firent construire de magnifiques demeures à l'architecture inspirée par ce qu'ils avaient vu de l'autre côté de l'Atlantique et qu'on appelle encore aujourd'hui les « maisons des Américains ».

À ce mouvement succéda dans les années 1930 un engagement massif au sein de l'administration française pour y trouver les emplois manquant cruellement sur place. En 1934, l'Administration comptait autant de Corses que l'île d'habitants : 250 000. Ce chiffre impressionnant dit tout à lui seul. Le mythe du Corse militaire, policier ou douanier n'en est pas un – du moins en ce temps-là. Rien que dans l'armée, on dénombrait 13 000 engagés dans l'entre-deux-guerres.

Nombre de ces hommes jouèrent un rôle considérable dans la vie publique ou économique de la France, en politique comme dans l'Administration et dans l'armée, bien sûr. Ils furent ministres, préfets, magistrats, hauts fonctionnaires, généraux, gouverneurs. Il serait presque fastidieux d'établir ici la liste de tous ces hommes d'exception, mais on relève aisément leurs noms dans les livres d'histoire. Deux raisons expliquent ce succès. En premier lieu, la volonté d'intégration qui règne dans les esprits à cette époque, ensuite, un niveau d'instruction supérieure à la moyenne française. La progression par le mérite est alors une réalité et elle a parfaitement été saisie par les Corses qui ont investi plus que d'autres dans l'éducation de leurs enfants.

Tous ces chiffres, tous ces faits concrets, toutes ces réalités ont fait dire à certains, avec humour, que ça n'a jamais été la France qui a colonisé la Corse, mais l'inverse – jusqu'à mettre un natif de l'île à la tête de la France avec le titre d'empereur...

Comme on vient de le voir, l'émigration caractérise depuis des siècles l'histoire des Corses. Elle a cessé aujourd'hui, du moins dans les proportions qu'elle a pu connaître, et a changé de nature. Désormais, les Corses de l'étranger, qu'ils soient intégrés dans la diaspora ou non, reviennent fréquemment au pays pour y terminer leurs jours ou y travailler de nouveau.

Mais une dernière question se pose au vu de l'étendue des brassages humains qui ont eu lieu au cours de cette longue histoire, surtout si l'on y ajoute le nombre élevé de mariages entre insulaires et continentaux : que signifie être corse ?

Cette interrogation est éminemment délicate chez nous et revient régulièrement dans la politique locale, avec toutes les frictions qu'on imagine. Est-on corse parce qu'on est né dans l'île, qu'on a des parents corses, un ou plusieurs ancêtres qui le sont, qu'on parle la langue, qu'on y habite, pour d'autres raisons ?

Je ne vais pas éluder cette question et y répondre par le constat empirique que je vérifie chaque fois que je me penche sur le problème : de manière générale, se revendique comme pleinement corse, ou en partie corse, toute personne ayant au moins un ascendant de même origine – le reste importe moins. Consentir à ce critère – partagé entre réalité objective et ressenti subjectif – est sans doute faire preuve de sagesse et s'assurer au moins d'une chose : quels que soient les aléas du futur, nous ne sommes pas près de disparaître…

« Dio vi salve Regina »

Il est impossible de comprendre véritablement la Corse si on néglige sa profonde empreinte chrétienne – et à l'intérieur de celle-ci la place centrale qu'occupe la Vierge Marie. Cette empreinte religieuse faiblit aujourd'hui avec la déchristianisation de l'Occident, mais l'influence de Marie n'en est guère affectée. Dans les esprits, elle conserve le rôle sacré qui a été le sien pendant des siècles : protectrice de l'île et de son peuple. Ce n'est pas un hasard s'il y a chez nous un « Lourdes corse » – voir l'entrée « Madone » – ni si notre hymne national est tout entier consacré à cette sainte.

Cet hymne porte un nom qui claque au vent du drapeau à tête de Maure : « Dio vi salve Regina » (« Que Dieu vous garde, Reine ».) C'est à la fois une prière qui lui est adressée et un chant patriotique par sa dernière strophe.

Avec un brin d'humour, nous pourrions affirmer que, si les Anglais ont leur « *God Save the Queen* » – « Dieu sauve la reine » – nous avons notre : « Que Dieu vous garde, Reine », ce qui revient à peu près au même…

L'air sur lequel est chanté cet hymne est d'une beauté rare et prenante, partagée entre échos religieux venus de temps très lointains et tonalités martiales plus récentes. De par sa nature, il est préférable de le chanter dans des églises ou des cathédrales, l'acoustique s'y prêtant par essence. Mais, en vérité, on l'entend partout : lors des matchs de football, au cours de certaines sessions de l'Assemblée de Corse ou dans les polyphonies de nos chanteurs. On l'a même entonné dans les rues des grandes villes pendant le premier confinement dû à la pandémie de Covid-19. À ce moment-là, il s'agissait, bien sûr, d'implorer la Vierge afin qu'elle nous sorte de ce mauvais pas.

Pour toutes ces raisons, nous sommes fiers de notre hymne.

Lorsque j'étais enfant, le père de mon père, Pierre-Félix Franceschi, me semblait être un champion du « Dio vi salve Regina ». L'un des grands souvenirs que j'ai de lui est sa voix calme et sûre qui ne haussait jamais le ton mais prenait une puissance impressionnante lorsqu'il se mettait à chanter le dimanche dans la petite église de notre village. Il se plaçait toujours au fond de la nef – sous la plaque de marbre où figuraient les noms des deux Franceschi tués au cours de la Première Guerre mondiale, lui qui en avait réchappé – et sa voix incroyable dominait toutes les autres. J'ai dit ailleurs combien j'aimerais laisser à mes enfants des souvenirs de cette force.

L'histoire du « Dio vi salve Regina » est entourée de légendes et de mystères – comme la création du drapeau à tête de Maure, second symbole de la Corse. On a longtemps prétendu que notre hymne avait été composé au XVIIIe siècle par un berger du nom de Sauveur Costa, originaire de Corscia en Haute-Corse. Cet homme au nom peut-être un peu trop prédestiné vivait au temps de la domination génoise sur l'île et refusait de s'y conformer. Il avait « pris le maquis » – comme on dirait aujourd'hui – dans une région appelée Scala di Santa Regina – « l'escalier de la Sainte Vierge ». Là, dans une bergerie isolée, il aurait été pris d'une inspiration subite et écrit d'une seule traite le « Dio vi salve Regina ». Mais associer son nom, Sauveur, au *salve* du chant est tout de même un peu trop appuyé pour qu'on y croie vraiment.

La vérité est autre, bien entendu. L'hymne corse vient de beaucoup plus loin et se trouve auréolé de moins de mystère qu'on ne pense. Son auteur est un jésuite italien du nom de Francesco de Geronimo, né en 1642 et mort en 1716, auteur de nombreux chants religieux – d'où le fait que la version première de notre hymne soit en italien, et l'ensemble inspiré par le *Salve Regina* médiéval. Il se trouve qu'au printemps 1735 la *consulte* de Corte qui mène l'insurrection contre l'occupant génois décide, après avoir proclamé l'indépendance de la Corse, de placer l'île sous la protection de la Vierge et de doter la nouvelle république de ce que j'appellerais un « chant des partisans », capable de rallier l'ensemble des résistants. On cherche ce chant dans les mémoires. On ne trouve rien. Jusqu'à ce que quelqu'un déniche le « Dio vi salve Regina » dans l'héritage italien parvenu en Corse, et fasse l'unanimité.

Pour la première fois en Europe, un air religieux est choisi comme hymne national. C'est dire l'attachement de l'île à la chrétienté.

Une tradition orale prétend cependant que le « Dio vi salve Regina » avait été entonné pour la première fois cinq ans plus tôt, au tout début du soulèvement, le 25 avril 1730, dans la chapelle Saint-Marc à Corscia – là où la légende avait fait naître le berger Sauveur Costa.

Quoi qu'il en soit de cette incertitude et des vicissitudes que connaîtra la Corse au cours des siècles suivants, le « Dio vi salve Regina » traversera l'histoire pour se maintenir jusqu'à nos jours, plus vivace que jamais.

En voici la traduction française. Cette version est la plus communément admise car il existe des variantes substituant des mots corses à l'italien. La dernière strophe a été ajoutée au moment de la révolte contre les Génois afin de rendre la prière à Marie plus guerrière. Il s'agissait moins d'implorer la Vierge pour la protection des malheureux que de lui demander de sauver l'île de ses ennemis. Cette strophe a directement été écrite en langue corse.

Que Dieu vous garde, Reine
Et Mère universelle
Par qui on s'élève
Jusqu'au paradis.

Vous êtes la joie et le rire
De tous les attristés,
De tous les tourmentés,
L'unique espérance.

Vers vous, soupire et gémit
Notre cœur affligé
Dans une mer de douleur
Et d'amertume.

Marie, mère de douceur,
Vos yeux pieux
Maternels et aimants,
Tournez-les vers nous.

Nous malheureux, accueillez-nous
En votre saint voile.
Votre fils au ciel
Montrez-le-nous.

Acceptez et écoutez
Ô Vierge Marie,
Douce, clémente et pieuse,
Nos marques d'affection.
Sur nos ennemis.

Donnez-nous la victoire
Et puis l'éternelle gloire
Au paradis.

Drapeau corse

En haut des enfléchures bâbord de mon trois-mâts *La Boudeuse*, là où par tradition prend place le pavillon du capitaine, a toujours flotté le drapeau corse : sur fond blanc, le profil en noir d'un Maure regardant vers la gauche, un bandeau sur le front. Par-delà le symbole qu'incarne cet emblème auquel j'ai fait faire le tour du monde pendant trois longues années, j'ai toujours aimé son esthétique épurée, sa franche beauté, le côté épique qu'on peut lui trouver en ces temps post-héroïques de l'Occident. Pour tout dire : il a de l'allure.

Lorsque j'ai abordé les rivages de Sainte-Hélène en rentrant de ce tour du monde par le cap de Bonne-Espérance, je me suis même plu à hisser ce drapeau corse sur la maison de Longwood où Napoléon termina ses jours, escaladant par un petit matin froid les barrières protégeant ce lieu mythique. Ce fut un grand moment, partagé par la dizaine de membres de l'équipage qui s'étaient portés volontaires pour m'accompagner – car, naturellement, nous avions fait cela au nez et à la barbe des autorités britanniques. Je raconterai un jour la façon dont ces dernières prirent l'affaire lorsqu'elle se trouva éventée et comment nous nous en tirâmes par quelques pirouettes diplomatiques et nombre de chopes de bière offertes dans les tavernes de l'île – qui en cette année 2007 ne possédait toujours pas d'aéroport et voyait donc fort peu d'étrangers.

On comprendra que je conserve avec une joie jamais épuisée la une du journal *Corse Matin* qui s'était fait un régal de publier la photo de notre exploit.

Mais revenons à la tête de Maure. Comment a-t-elle pu se retrouver sur notre drapeau ? Car les Maures, ce sont les Sarrasins. Et les Sarrasins ont été parmi les ennemis les plus anciens que nous ayons eu à affronter. Ils furent une hantise dès le IXe siècle, lorsque, venus d'Afrique du Nord après la conquête arabe, ils s'attaquèrent aux peuples déjà installés en Méditerranée.

D'innombrables mystères, incertitudes et contradictions entourent cette étrange adoption de la *testa mora* par les Corses. Raison pour laquelle son origine m'a toujours passionné et mérite d'être contée dans le détail – d'autant qu'elle nous en apprend beaucoup sur la marque que l'histoire peut laisser sur les hommes. Une marque souvent appliquée au fer rouge.

Cette origine semble donc remonter aux attaques sarrasines. Elles étaient aussi imprévues que foudroyantes, s'apparentant à des razzias destinées à piller tout ce qui pouvait l'être et à s'emparer de prisonniers destinés à être vendus comme esclaves. Les combats étaient rudes et implacables. La légende prétend que, pour impressionner et décourager leurs ennemis, les Corses décapitaient ceux qu'ils tuaient puis plantaient leurs trophées au bout de piques. La tête de Maure aurait été ainsi le symbole de la victoire, quelque chose qu'il fallait montrer et dont on pouvait être fier.

Il est toutefois plus probable que ce symbole nous vienne d'Espagne, plus précisément du royaume d'Aragon. Entre le XIIIe et le XIVe siècle, celui-ci, en pleine expansion, s'empare des Baléares, de la Sicile et de la Sardaigne, en butte aux Génois comme aux Sarrasins qui se les partagent, repoussant les uns ici, les autres là, jusqu'à débarquer en Corse. Certains seigneurs locaux s'empressent de soutenir les Espagnols contre les Génois qui ne cessent de les opprimer, bien davantage que les Sarrasins. L'opportunité est grande.

Pour marquer sa victoire sur ces derniers, le roi d'Aragon avait depuis longtemps fait sien un blason où figuraient deux symboles : d'une part une tête de Maure aux yeux bandés en signe de soumission, d'autre part la croix de Saint-Georges dont la tradition affirmait que c'était sa force divine qui avait permis au roi Pierre Ier d'écraser ses ennemis jusqu'en Espagne. Cependant, ce choix de la tête de Maure aux yeux bandés aurait, en fait, des origines encore plus lointaines : les croisades et la Reconquista espagnole. Ceux qui l'arboraient alors se désignaient comme défenseur du tombeau du Christ.

Quoi qu'il en soit de toute cette affaire, les Corses, marchant au côté des Espagnols, souscrivent à cette tête de Maure aux yeux bandés sur leurs bannières, mais sans la croix de Saint-Georges qui ne les intéresse guère. L'ennemi principal reste la Gêne hégémonique. La présence sarrasine est beaucoup plus erratique.

Toutefois, une tradition orale prétend que c'est moins pour plaire aux Aragonais que la tête de Maure est adoptée que pour rendre hommage à une héroïne corse du nom de Diana, originaire d'Aléria. Cette dernière aurait été enlevée cinq siècles plus tôt par des pirates barbaresques et vendue comme esclave au roi maure de Grenade. Son fiancé, l'intrépide Paolo, serait parvenu à la délivrer et à la ramener en Corse. Le roi, furieux, aurait lancé ses troupes à l'assaut de l'île pour venger l'affront, mais le chef de sa flotte, Mansour ben Ismaël, se serait fait tuer par Paolo en combat singulier, avant que sa tête, ornée d'un ruban rouge, ne soit promenée dans l'île au bout d'une lance. Les temps étaient rudes…

On prétendra plus tard que ce serait la tête de ce Mansour ben Ismaël qui se trouverait aujourd'hui représentée sur le drapeau corse. Il ne faut pas trop y croire. Tant d'histoires incertaines circulent sur ces événements que les historiens ne savent parfois que penser. En ce qui me concerne, je me dis tout bonnement qu'on savait déjà faire des storytellings en ces temps lointains…

La *testa mora* sur le drapeau corse demeure identique jusqu'à la naissance de la République en 1735 et le soulèvement général contre les Génois – toujours eux… Époque qui voit aussi la naissance de l'hymne national, le « Dio vi salve Regina », chant à la fois religieux par son origine et guerrier par la dernière strophe qui lui est ajoutée à ce moment-là.

C'est Pascal Paoli, grand chef patriotique du moment, qui va changer un élément essentiel de la tête de Maure.

Le 24 novembre 1762, il réunit une assemblée à Corte, devenue capitale de la nouvelle Corse indépendante, et propose de changer la place du bandeau qui masque les yeux du Maure : on le mettra sur son front en signe d'émancipation. Cette manière de signifier une liberté retrouvée pour les Corses peut paraître étrange, mais nul n'y voit rien à redire, au contraire.

On le sait, la république de Paoli durera le temps que fleurissent les roses. Mais la nouvelle symbolique du drapeau corse traversera cette épreuve, l'Empire français qui suivra, toutes les révolutions qui vinrent après lui, les coups d'État, les deux guerres mondiales, et ne changera plus jusqu'à nos jours, avant d'être définitivement officialisée par l'Assemblée de Corse en 1980.

En choisissant le nouveau drapeau de la République, Paoli avait déclaré fièrement : « Les Corses veulent y voir clair et la liberté doit marcher au flambeau de la philosophie. » Nous étions au siècle des Lumières, ceci expliquant cela, mais cette déclaration ne vaut-elle pas encore pour aujourd'hui ?

E

Erbalunga – promenade

J'ai une tendresse particulière pour Erbalunga, petit village de la côte orientale du cap Corse, berceau de Paul Valéry à ce que l'on raconte. Plus précisément : j'aime son minuscule port, vide l'hiver, empli de petits bateaux de pêche multicolores l'été – et j'aime les quelques arpents de maisons de pierre qui l'entourent, enchevêtrées les unes dans les autres avec une élégance rare. Tout y est délicatesse et harmonie.

C'est dans ce port que je vous propose ma promenade préférée.

Je me rends à Erbalunga aussi souvent que possible – et chaque fois que je le peux au festival littéraire du mois de juillet qu'une poignée de bénévoles tient à bout de bras, vaille que vaille, en dépit des vicissitudes du monde et de la vie. J'ai donc quelques amis fidèles dans cet éden de poche. Ils ne le quitteraient pour rien au monde et moi qui, par choix, vis depuis toujours comme un nomade, je les comprends sans peine. C'est dire. L'un de mes cousins qui ne s'est pas privé de voyager y coule même ses dernières années, non loin de l'une de ces fameuses et somptueuses « maisons des Américains » construites au siècle dernier par les émigrés corses ayant fait fortune en Amérique et revenus finir leurs jours au pays.

Une douceur singulière – de l'air et du ciel le jour, de la lune et des étoiles la nuit – règne à Erbalunga. J'ai souvent cherché, et je l'avoue sans succès, quel adjectif accoler à cette douceur impalpable et insaisissable, étrange en quelque sorte, qui seulement se vit et se respire : bienfaisante et amène ? Généreuse ? Humaine ? Un peu de tout cela sans doute, mais pas vraiment non plus. Il faut admettre cette énigme : la douceur d'Erbalunga est indicible – et cependant offerte à tout le monde : chacun la ressent d'une manière ou d'une autre. Si d'aventure quelqu'un vous affirmait l'inverse, fuyez-le – c'est un rustre, un antipoète ou un accro des écrans, ne perdez pas votre temps, vous n'avez rien à vous dire.

La douceur d'Erbalunga baigne son port d'une grâce si prenante qu'elle attire des cohortes de touristes l'été – malheureusement, d'une certaine manière, car ces gens-là apportent trop souvent dans leurs bagages de ces bruits bizarres qui mutilent la forme de silence nécessaire à toute douceur. Alors celle-ci s'enfuit et disparaît. Je me demande si les poissons n'en font pas autant. Il faut reconnaître, hélas, que le bruit est la forme de pollution que la modernité n'attendait pas et avec laquelle il va falloir vivre désormais. Car comment concevoir une douceur emplie de brouhaha, de vociférations ou de pétarades de motos ? Toutefois, les fourbisseurs de bruits aimant aussi la chaleur, on les voit s'en aller d'Erbalunga dès les premiers froids de l'automne et laisser les lieux déserts revenir à eux-mêmes. On n'en parle plus jusqu'à l'année suivante.

Sur la petite place située légèrement au-dessus du port, j'aime m'attabler pour boire un « Cap » et rêvasser. J'ai le choix entre les quatre estaminets du coin : « L'Espinade », le plus grand, le « Bar U Scalu », le plus petit, l'« A Strega » qui leur fait face, et « Le Pirate » dont les pieds touchent presque l'eau. On y est toujours bien accueilli. L'hiver, seuls s'y retrouvent les habitués. On s'ennuie rarement à échanger avec eux sur tout et sur rien – et s'il n'y a personne, l'air est si calme dans le silence qu'on peut méditer seul et en paix sur ce qui se fait de mieux en matière de liberté : le dialogue intérieur avec soi-même.

En descendant vers le port par la gauche de la place – il y a tout au plus trente mètres à parcourir –, on parvient à la longue jetée de pierre qui protège le village. Mouettes et pigeons s'y reposent de leur vol, d'autres criaillent dans les hauteurs du ciel. La mer apporte ici ses odeurs d'iode et de sel partagés de relents d'algues. En tournant la tête à droite, on peut contempler le port dans son entier : tout au fond, l'étroite entrée est dominée par une splendide tour génoise – dont le sommet est hélas en ruine – au bas de laquelle sont hérissés de sombres rochers en épis, très aiguisés, penchés sur la gauche comme pour caparaçonner la tour contre les tourments de la mer. L'automne, en fin de journée, lorsque le ciel est chargé de nuages bas traversés par la lumière déclinante du soleil, celle-ci prend des allures presque fantomatiques que la nuit éteint peu à peu – mais alors, de puissants éclairages la ceignent depuis le sol de lumières chaudes et mordorées qui lui rendent son lustre d'antan. Chaque fois que je contemple les restes de cette tour, toujours aussi massive et puissante – à croire qu'en définitive rien n'a jamais eu prise sur elle –, il me semble l'entendre me dérouler son histoire pluriséculaire et souvent tragique. J'imagine alors sans peine quelques poignées de soldats corses de cette époque lointaine, juchés sur ces murs de pierre que, comme eux, je peux toucher de mes mains. Je les distingue entre les créneaux, vêtus de leur cuirasse, parés de leurs armes, guettant au loin l'arrivée des Sarrasins venus d'Afrique du Nord. Je me dis que ces soldats devaient être las et fatigués de l'attente, tel Drogo dans *Le Désert des Tartares*. Mais eux subissaient sièges et combats sans quartiers. Plusieurs siècles durant, des générations de ces soldats se sont relayées sur cette tour afin d'alerter les villages alentour de la venue des Barbaresques résolus à ravager les côtes de l'île pour ramener chez eux esclaves rétifs et maigres butins. Je me demande chaque fois ce que pouvait être l'état d'esprit de ces Corses dans la longue patience des sentinelles aux aguets, toujours à l'affût, jamais au repos, ce qu'étaient leurs rêves et leurs amours en ces temps incertains. Avec cette interrogation, toujours : lorsque la vie se limite à tenter de survivre, reste-t-il un espace pour les rêves et l'amour ?

Derrière la tour se dressent les maisons les plus belles à mes yeux d'Erbalunga, à l'unisson parfait du port. Leurs hautes façades de pierre, teintées d'ocre, de gris, de jaune, de rose, aux volets blancs ou verts, s'enchevêtrent les unes dans les autres entre les ruines d'une ancienne église, des placettes fleuries, de minuscules ruelles, des escaliers à pente douce et d'autres plus ardus à grimper. En levant la tête, on découvre des balcons ensoleillés et des voûtes emplies de fraîcheur reliant parfois les maisons entre elles. On chemine avec bonheur dans cet entrelacs méditerranéen qui, de-ci de-là, laisse entrevoir la mer battant les rochers de schiste vert, ou parfois noir, sur lesquels tout cela fut bâti et où tout cela perdure malgré le passage du temps.

C'est en quittant cet univers de douceur, en retrouvant les bruits de la route longeant Erbalunga que cesse le charme et que se tourne cette page.

F

Forêts

Qui ne tomberait amoureux des forêts corses et de leur majesté tranquille ? Qui pourrait se passer sans tristesse de l'isolement propre à ces forêts situées à mille lieues des trépidations inutiles du monde ? Qui refuserait d'entendre leur silence bienfaisant peuplé de la seule rumeur des animaux sauvages, des torrents et des cascades ? Qui ne se laisserait aller à un sommeil à nul autre pareil sous la futaie de leurs arbres tutélaires environnés d'ombrages et de demi-jour ? Qui, enfin, ne voudrait de cette occasion unique permettant de retrouver le dialogue intérieur avec soi-même ?

Personne, si l'on veut bien m'en croire... Ou alors, je n'ai jamais rien compris à rien... Car, par-delà leur beauté naturelle, cadeau inestimable du destin, ces forêts offrent quelque chose qui s'évapore de nos jours et devient notre bien le plus précieux : un air de liberté oubliée. Même les drogués du bitume viennent humer cette odeur diffusée par les armées d'arbres de ces forêts qu'abritent des montagnes abruptes.

Chênes verts et chênes-lièges, hêtres et châtaigniers, pins divers et erratiques habitent nos forêts aux noms empreints de poésie : Bavella, Ospedale, Valdo-Niello,

Vizzavona, Fango, ou encore Aïtone – qui servit jadis de repaire au redoutable bandit d'honneur Théodore Poli, « roi de la montagne » et maître de la « République des bandits » – voir l'entrée « Bandits d'honneur ».

Mais quittons un moment le registre poétique pour les faits tangibles : à elles toutes, nos forêts règlent, pour le bienfait de la Corse, le problème de la stabilité des sols et du maintien du régime des eaux, ce vaste problème de bien des régions du monde. Ce n'est pas rien. Elles le font avec d'autant plus d'efficacité qu'elles couvrent 58 % de la superficie de l'île. Pas moins. Un pourcentage très supérieur aux autres régions de France. En surface absolue, cela donne cinq cent sept mille hectares qui font aussi de la Corse l'île la plus boisée de Méditerranée. Si on y ajoute les cent quarante espèces végétales endémiques qui y ont élu refuge, et nombre d'animaux sauvages comme le sanglier, le renard, la tortue, le hérisson ou le mouflon, on en arrive à l'évidence que nous avons là un trésor naturel inestimable, une biodiversité pour le moins remarquable. Mais ne rendons jaloux personne sur le continent, peu importent les chiffres et leurs commentaires. L'étranger qui passe, comme le Corse qui demeure, trouvent en ces lieux ce qui pourrait bien ressembler à un paradis perdu.

Environ 70 000 Corses en profitent davantage que d'autres, propriétaires de quelques arpents de ces forêts – les trois quarts d'entre elles leur reviennent. C'est bien. Ils n'en font plus grand-chose à vrai dire. C'est dommage. Mais ils ont quelques excuses : l'exploitation traditionnelle et historique des chênes-lièges peine à trouver des débouchés, celle des châtaigniers demeure très familiale pour cause de consommation surtout locale. Restent les chênes verts et les pins maritimes – développés autrefois par Pascal Paoli pour la construction navale –, mais la nature accidentée des montagnes empêche tout commerce de grande ampleur. La faible industrialisation n'arrange rien. Moyennant quoi, la filière bois dégage tout juste cinquante mille mètres cubes par an. Elle prend soin, toutefois, de replanter autant qu'elle coupe. Ces dernières années, la surface boisée n'a cessé de progresser, accentuée, hélas, par le recul des exploitations agricoles.

A priori, nous n'avons pas trop à craindre pour l'avenir de ces forêts, ce qui est rarement le cas ailleurs dans le monde – cependant, restons vigilants.

Tout cela étant dit – et dit simplement, je l'espère – qu'ajouter ? Que l'Office national des forêts fait bien son travail ? C'est évident. Que mes compatriotes aiment et préservent ce patrimoine ? C'est certain. Que les pouvoirs publics en font autant ? Oui. Que les incendies sont le pire ennemi de cette beauté ? C'est notre plaie d'Égypte, hélas, trois fois hélas – voir l'entrée « Incendie ». Cependant, rien n'est jamais irrémédiable en matière de lutte contre cette plaie endémique puisque, à l'image des autres choses de la vie, on n'a perdu un combat que lorsqu'on s'y est résigné.

J'aimerais maintenant me permettre un conseil : ces forêts corses, il faut sans doute les parcourir en journée si on désire les connaître. Toutefois, pour ce qui est de les rencontrer véritablement, l'affaire doit se faire de nuit, si possible l'été quand le ciel est clair, et avant l'aube, dans la période où la lune descend. Car il faut un peu de lumière pour cette rencontre, mais point trop. La perfection est atteinte à l'heure où les étoiles sont entièrement visibles dans le ciel, en même temps que la pâle lumière de la lune se diffuse juste dans les frondaisons des arbres. Ces derniers, alors, deviennent autres.

Cette découverte m'a été révélée il y a longtemps. C'était une nuit de juillet. Je me préparais alors à une série d'explorations difficiles au cœur des forêts vierges d'Amazonie et je travaillais dur à parfaire mon entraînement à l'orientation de nuit, sans carte ni boussole, avec la seule aide des étoiles. J'étais parti à la tombée du jour à travers le maquis, machette à la main, en direction d'épaisses forêts qui au loin s'agrippaient aux pentes et ravins d'une montagne escarpée. Il fallait grimper avec entêtement dans l'obscurité naissante, la tête souvent levée vers le ciel pour suivre la ronde immuable des étoiles et les repères tout aussi immuables qu'elles offrent aux hommes depuis qu'ils ont appris à leur parler.

Bientôt j'atteignis les contreforts de la montagne. J'entrais dans la forêt. Un peu plus loin, je fis halte, les jambes douloureuses, face à de grands chênes dont j'apercevais juste les ombres. Je les contemplais d'abord comme ils étaient : arbres magnifiques, imposants, dégageant quelque chose qui ressemblait à une force d'éternité. Puis ils devinrent différents. Je ne sais si ce fut par l'effet d'une magie insoupçonnée présente en ces lieux la nuit ou si mon imagination me joua quelque tour tout aussi insoupçonné, mais les silhouettes de ces chênes changèrent tout à coup. Je n'avais plus devant moi des arbres mais des grenadiers à pied de l'armée napoléonienne au garde-à-vous : les hautes ramures s'étaient transformées en bonnets à poils, les basses branches en bras portant des fusils à l'épaule, les troncs en corps humains bardés de cartouchières. Je me levai, à la fois troublé et amusé, et poursuivis mon chemin entre ces arbres devenus soldats. Plus loin, je trouvai des pins : ils devinrent des lanciers montant la garde. Puis ce furent des châtaigniers qui se modifièrent en cuirassiers sur leurs chevaux, immobiles avant l'assaut. Peu avant l'aurore, les hêtres croisés sur ma route se firent hussards figés dans l'attente d'une charge fantastique.

La lumière du jour chassa ces ombres et je retrouvai des arbres.

En imagination, j'avais pourtant cheminé toute la nuit au milieu d'une vaste armée silencieuse et immobile, endormie pour tout dire, mais ne demandant qu'à ressusciter, semblait-il. À quoi pouvait-elle bien servir ?

Je ne trouvais de réponse à cette question romanesque et littéraire – mon centre d'intérêt principal – que longtemps plus tard, lors d'une nouvelle marche dans les forêts corses – de jour, cette fois –, à une époque agitée par des débats inquiets sur l'avenir du livre et de la lecture. Mon imaginaire se remit en marche sans que je le décide vraiment. Je me fis ainsi l'étrange réflexion que je pouvais considérer ces arbres que la nuit transformait en soldats comme les gardiens vigilants des livres que leur bois produisait. Ils les protégeaient tout en donnant leur vie pour eux, refusant que le plastique et les nouvelles technologies ne les uniformisassent tous en un seul et unique objet sans charme appelé écran.

En vérité, je ne sais si l'exploitation forestière en Corse produit la pâte à papier nécessaire à la création des livres tels que je les entends, mais peu importe. L'essentiel est ailleurs. J'aime cette idée que, grâce aux arbres de chez moi, d'innombrables livres naissent chaque jour en France pour le bonheur et l'intelligence des hommes, permettant à chacun de ces livres d'exister vraiment, c'est-à-dire de posséder une forme exclusive et originale.

Ainsi, les arbres des forêts corses me rappellent, chaque fois que je les contemple, qu'un livre, par-delà son contenu, est toujours, sans cesse, et à jamais, un bel objet offert à notre regard.

G

Golfes

La côte occidentale de la Corse est découpée par quatre golfes principaux. Du nord vers le sud, on trouve ceux de Porto, Sagone, Ajaccio et Valinco. Il en existe une infinité d'autres, plus petits mais tout aussi splendides, à découvrir surtout en juin, quand les jours rallongent merveilleusement, ou en septembre après le départ du flot touristique. Il est alors possible de flâner partout pour méditer sur les sujets de son choix, en symbiose parfaite avec la nature environnante – partagée entre la mer et les montagnes qui plongent en elle – et s'en revenir ensuite dans le brouhaha du monde, plus fort, plus sûr de soi.

Nul n'en disconvient, cette côte ouest est une merveille d'harmonie, de charme et de sérénité à laquelle on peut adresser d'interminables discours amoureux, moi le premier. Les guides de voyage le proclament avec enthousiasme et je n'ai jamais rencontré personne, absolument personne, qui ait nié devant moi cette beauté admirable et la dévotion qu'on peut lui porter. C'en est parfois perturbant, d'ailleurs – veut-on toujours nous faire plaisir ou est-on sincère ? Quoi qu'il en soit, l'unanimité en la matière flatte notre ego, reconnaissons-le. Et, ma foi, pourquoi pas ?

Cette unanimité, cependant, mérite mieux que de s'y conformer dans un dictionnaire tel que celui-ci. Enfoncer des portes ouvertes est fondamentalement gênant pour un écrivain. Je n'en rajouterais donc pas sur la beauté de nos golfes, tout a été dit et redit. Il me faut voir les choses différemment – et vous les proposer autrement.

Je vais donc le faire de manière très personnelle. L'affaire est aisée, en réalité, car les quatre golfes que je viens de citer se prêtent sans peine à tous les jeux de l'originalité de par leur configuration géographique. Suivant le prisme avec lequel on les observe, selon l'angle du regard qui les examine, en fonction du lieu duquel on les envisage, ils deviennent autres – et laissent place alors à toutes les chimères. Ils sont comme les nuages du ciel auxquels notre imagination est autorisée à conférer toutes les formes qu'elle veut bien leur donner quand elle se libère sans frein.

Je vais donc considérer ces quatre golfes selon un tropisme personnel que l'on pourrait qualifier de « combattant » – en forçant le trait d'un zeste de provocation puisque ce genre de tropisme n'est plus guère dans l'air du temps, sauf en Corse, à ce que l'on raconte… De toute façon, c'est beaucoup plus amusant.

Autant donner un premier indice sans attendre, sous la forme d'une image simple : celle d'un Corse qui tiendrait l'île dans son poing fermé, l'index replié dans le golfe de Porto, le majeur dans celui de Sagone, l'annulaire encastré dans le golfe d'Ajaccio, l'auriculaire dans celui de Valinco. Cette représentation fait naturellement du cap Corse le pouce dressé de la main en question.

Cette curieuse façon de voir m'est venue en 1999. À cette époque, j'achevais à Kompong-Son, au Cambodge, la reconstruction d'une jonque chinoise de haute mer baptisée *La Boudeuse* en hommage à Bougainville, premier Français à avoir accompli le tour du monde au XVIIIe siècle. C'était une jonque magnifique de trente mètres de long, au château arrière massif mais élégant sous lequel s'ouvraient des sabords permettant de contempler la mer depuis la bibliothèque. Construite dans les meilleurs bois de la péninsule indochinoise, elle était surmontée d'une pagode aux tuiles vernissées – à l'intérieur de laquelle nous avions installé la salle de navigation –, et des dragons sculptés couraient tout le long de la coque. Leurs têtes peintes à l'avant de couleurs vives lui conféraient une allure corsaire qui nous ravissait.

Mon équipage et moi allions parcourir avec elle les mers d'Asie deux années durant, de la mer de Java jusqu'au lointain archipel des Andaman, et de Timor jusqu'aux parages des îles Salomon – avant qu'un naufrage au large de Malte, peu avant notre arrivée à Ajaccio, ne mette fin à cette aventure unique.

À Kompong-Son, mes camarades s'étaient démenés avec courage et abnégation pour faire de cette jonque le navire de tous nos rêves – et elle nous en récompenserait au-delà de nos espérances les plus profondes. En attendant, nous avions quelques soucis de sécurité. Le détroit de Malacca et celui de la Sonde étaient réputés pour leurs pirates chinois sans scrupule, et la mer de Sulu entre les Philippines et Bornéo n'avait rien à leur envier. Elle était hantée par des pirates malais qu'on disait sanguinaires et ne faisant pas de quartiers. Il en allait de même en bien d'autres lieux de ces régions aussi mouvementées que romanesques et il nous fallait nous adapter à ce Far West des temps modernes en assurant notre légitime défense.

J'avais donc entrepris de nous équiper en conséquence. Après bien des recherches dans les arrière-fonds plutôt troubles d'un Cambodge à peine sorti de la guerre, j'étais entré en contact avec des déserteurs khmers rouges en décrépitude dans la jungle, prêts à brader leurs armes pour quelques poignées de dollars. L'affaire était délicate, pleine de périls avec ces gens de sac et de corde – sans parler des autorités locales –, mais enfin, nous avions pu acquérir le nécessaire pour nous défendre en cas d'attaque – ce qui ne manquerait d'ailleurs pas de survenir dans la mer de Sulu, mais c'est une autre histoire.

Un beau matin, prêts pour l'aventure, nous avions appareillé pour le golfe de Thaïlande et tracé notre route vers le destin – ce *fatum* qu'il faut parfois forcer.

Comme arme personnelle, je m'étais choisi un colt 45. Il était d'un modèle à crosse ergonomique, c'est-à-dire que les quatre doigts de la main droite ne se positionnaient pas à plat sur la crosse mais se lovaient dans autant de sillons prévus à cet effet.

Quand je l'avais pris en main et soupesé, je n'avais pu m'empêcher de penser à ce qui allait bien pouvoir m'arriver si loin de chez moi. Mais dans la mesure où l'aventure nous enseigne, entre autres choses, qu'il vaut mieux qu'il nous arrive n'importe quoi plutôt que rien, je m'étais finalement dit qu'il était inutile de me tourmenter outre mesure. Au diable les périls : l'aventure, c'est s'exposer – et qui vivra verra. Autant croire en son étoile, sinon rester chez soi.

C'est un peu plus tard, en regardant un soir mes doigts dans les encoches du colt, que ce dernier m'apparut tout à coup comme le symbole de la Corse, prête à me défendre en cas de mauvaise rencontre : le canon dressé vers le toit de ma cabine, c'était le cap Corse qui ferait feu de tout bois en cas de problème ; mon index entourant la première encoche de la crosse ? le golfe de Porto qui m'aiderait quoi qu'il arrive ; le majeur ? celui de Sagone qui serait toujours à mes côtés dans le malheur ; l'annulaire ? le golfe d'Ajaccio sur lequel je pourrais compter pour me protéger sans hésitation ; l'auriculaire ? celui de Valinco qui ne me laisserait jamais tomber en cas de coup dur.

Le poing refermé sur mon arme, je m'étais senti chez moi.

On fait ce que l'on peut pour s'encourager quand on est seul, loin de tout, et environné de dangers. On me jugera comme on veut…

À partir de ce jour, je ne devais plus jamais regarder une carte de la Corse sans songer à cette image surgie un soir dans la lumière tamisée d'une jonque chinoise et au symbole qui s'y rattachait pour moi : celui d'une île aux golfes majestueux et paisibles, d'une île tranquille et pacifique qui n'a jamais voulu de mal à personne, mais se défend en toutes circonstances et quoi qu'il arrive. C'est toute son histoire, c'est tout notre futur, c'est toute l'âme corse à mes yeux.

Lorsque ma jonque fit naufrage au large de Malte deux ans plus tard, je me souviens d'avoir emporté mon colt sur le pont, presque par superstition. Nous étions au milieu de la nuit, c'était l'hiver et le froid nous glaçait, l'eau montait inexorablement dans le navire malgré les efforts de notre dernière pompe encore en état de fonctionner. Le pire était à redouter. Quelques heures plus tard, quand je fus certain que notre sort en était jeté malgré notre combat contre l'adversité et l'infortune, lorsque je sus que nous allions à l'aube de cette nuit tragique nous en aller par le fond – avant d'être récupérés par un cargo italien, L'*Echo Europa*, à qui nous devons la vie –, je lançai ce colt à la mer de toutes mes forces afin qu'il meure par ma volonté et non par le coup du destin, comme le reste des armes demeurées à fond de cale et qui nous avaient protégés.

Il devait être 6 heures du matin, une aube boueuse se levait sur la Méditerranée, et je ne savais que penser de mon geste. Au moins j'emportais avec moi le pavillon corse à tête de Maure qui avait flotté à la poupe de la jonque, tout effiloché par les vents de ces folles années d'aventure, et que j'allais rapporter chez nous.

Grands-mères

Comme tout le monde, j'ai eu deux grands-mères. Les miennes étaient des femmes corses comme on n'en fait plus – je dois le dire ici avec émotion –, réalité dont je n'ai pris conscience que très tard dans l'avancée de ma vie. Sans doute s'agit-il là d'une de ces fatalités du destin qui accablent chacun d'entre nous : trop jeunes, nous ne savons rien de l'écoulement inexorable du temps, nous ne voyons pas pourquoi le retenir et nous le jetons trop souvent par la fenêtre. Jusqu'à ce que, à l'hiver de l'existence, quand il ne reste presque plus rien dans le sablier, nous ne puissions plus que nous lamenter avec affliction en nous écriant : trop tard !

En la matière, j'ai laissé passer maintes occasions de parler avec mes deux grands-mères comme il aurait fallu, elles dont le sang coule toujours dans mes veines. Le tourbillon de la vie et de l'aventure, la sotte jeunesse qui ne sait rien parce qu'elle ignore encore que la vie est tragique, m'ont empêché de dialoguer comme il aurait fallu avec ces deux femmes d'exception. Sais-je donc qui elles étaient vraiment ? Ce sera un regret jusqu'à mon dernier souffle. On passe toujours à côté de l'essentiel en le découvrant quand il n'est plus temps.

La mère de mon père avait pour nom Marie Vecchierini, celle de ma mère Antoinette Alfonsi. Toutes deux étaient des « personnages » au sens balzacien du terme – et pas seulement dans ma mémoire. J'ai conservé d'elles, dans mes archives dispersées un peu partout dans des malles de fer, quelques photos en noir et blanc qui le montrent sans conteste. Elles portaient des visages d'une autre époque, comme tout droit sortis de ces tableaux italiens de la Renaissance où chaque figure d'homme et de femme nous dit quelque chose de la condition humaine.

Ces deux femmes en avaient vu de dures et traversé bien des épreuves.

Lorsque Marie Vecchierini s'en est allée dans l'autre vie en 1992, à l'âge respectable de quatre-vingt-quinze ans, j'étais à Kaboul. La ville se libérait dans un ultime combat des douze années de guerre, terribles et implacables, qui avaient suivi l'invasion soviétique. Depuis les premiers jours de ce conflit, je m'étais engagé auprès de l'un des grands chefs de la résistance afghane, le commandant Mohamed Amin Wardak, et en ce temps-là de ma jeunesse cela primait sur à peu près tout le reste. Le chaos de la guerre et de l'engagement me faisait oublier deux ou trois choses importantes, à commencer par la famille, cette première patrie intime de tout homme d'où vient le secours quand surgissent l'infortune et l'adversité.

J'appris la mort de ma grand-mère à mon retour en France. Il n'existait alors ni Internet ni téléphones portables qui auraient pu m'avertir à temps, tout là-bas en Afghanistan. Marie Vecchierini avait été enterrée quelques semaines plus tôt, sans ma présence, dans le petit cimetière familial situé tout en haut de notre village de Pancheraccia. Elle reposait désormais auprès de son mari mort avant elle, le père de mon père, Pierre-Félix Franceschi.

J'avais trente-huit ans. C'est à partir de ce moment que je découvris une angoisse encore jamais ressentie : perdre ceux que l'on aime – jusqu'à me rendre compte, longtemps après, que le cheminement de l'existence finit par transformer peu à peu nos carnets d'adresses en cimetière. Depuis, il est rare que je rentre d'une longue absence sans craindre l'annonce de quelque mauvaise nouvelle concernant les miens. Et je vois bien que cette crainte ne cessera de croître avec l'avancée de ma vie – tel est un autre aspect de notre *fatum*. Il faut s'y résigner.

Devant la tombe silencieuse de ma grand-mère, sa présence me manqua soudain comme personne ne peut manquer lorsqu'il est vivant. Je me promis de ne pas commettre la même erreur avec mon autre grand-mère et tous ceux qui vivaient encore, avançant vers leur fin sans rémission. Mais l'ai-je fait réellement ? Un peu, sans doute, pas assez, sûrement. Tant de choses, par la suite, m'ont détourné de cette nécessité qui devrait se vivre comme une obligation impérieuse. L'urgence de vivre pleinement m'emprisonnait – c'est sans doute l'un des paradoxes de la liberté.

Les souvenirs affluèrent devant cette tombe sobre et austère au milieu du maquis. Je pris conscience que Marie Vecchierini était une « mama » corse comme la Corse n'en connaît plus désormais, cette Corse des temps jadis où les villages de montagne vivaient en autarcie, où l'on tuait les cochons chez soi dans des caves aussi sombres qu'humides – comme le faisait chaque année mon grand-père avec une sorte de religiosité qui me fascinait – pour produire une charcuterie à nulle autre pareille, et où bergers et paysans parcouraient leur univers à dos de mulet s'ils étaient riches, sur des ânes s'ils l'étaient moins. Ceux-là, j'ai encore leur image en mémoire comme à jamais imprimée. C'étaient des hommes à la nuque raide et à l'échine solide, des gaillards durs à la tâche et à la peine – et rudes à la souffrance tant l'existence était âpre et sans concession dans ces montagnes qui forgeaient les corps et les âmes à leur image. Quand ils s'en allaient dans le maquis, ces hommes-là portaient toujours leur fusil de chasse en bandoulière tandis que tintaient au loin les cloches de troupeaux invisibles.

Mon oncle Achille, le plus jeune frère de mon père – homme austère qui avait choisi la médecine militaire et de chez qui je m'étais enfui, mineur, pour faire de ma vie celle que j'avais choisie et aucune autre –, disait de Marie

Vecchierini, sa mère, qu'il n'était pas même digne de lacer ses souliers tant elle lui avait apporté, à lui comme à ses frères et sœurs, ces huit enfants qu'elle avait mis au monde.

De cette grand-mère je conserve l'image d'une femme toujours vêtue de noir, lourde et imposante, marchant lentement et avec majesté. Elle était comme une force bienfaisante irradiant les réunions familiales, soucieuse, toujours, des traditions et du devoir qui était le sien. Mais elle n'imposait rien que sa gentillesse, sans jamais un mot de trop ni élever la voix. Elle n'en avait nul besoin tant chacun la respectait. Silencieuse et calme, elle transmettait ce qu'elle avait à transmettre en regardant sa tribu avec cet air de bienveillance qu'ont les vieilles dames heureuses d'avoir tout donné aux leurs et n'attendent rien d'autre de la vie que de leur offrir toujours davantage.

Transmettre ce qu'elle avait à transmettre… Je crois qu'elle avait conscience que rien de ce qui vaut du passé ne doit mourir dans le présent. Sans doute aurait-elle pu faire siens ces vers du poète italien Giorgio Manganelli que mon amie Andrea Marcolongo cite dans *L'Art de résister : Comment l'« Énéide » nous apprend à traverser une crise*.

Peut-être trouvera-t-elle une trêve
un jour, l'âme vagabonde
et lors d'une pause
elle se jettera, avide, en arrière
sur la trace d'une origine
quelconque, une
généalogie postiche
un sacrement héraldique ;
car plus terrifiante que l'avenir incertain est
l'absence de passé.

C'est cette grand-mère exemplaire qui, lorsque j'avais quinze ans – un jour d'été, je m'en souviens parfaitement –, m'offrit *Le Meilleur des mondes* d'Aldous Huxley. Un livre qui allait me marquer autant que les grandioses *Alexis Zorba* de Kazantzakis et *Le Désert des Tartares* de Buzzati. Marie Vecchierini savait l'importance des livres que l'on met entre les mains des enfants pour leur ouvrir la boîte aux trésors d'une existence où les choses de l'esprit doivent dominer la matrice matérielle. C'est dire si cette femme des montagnes corses, née à la fin du XIXe siècle, avait bénéficié de la culture que l'école républicaine portait alors jusqu'aux confins les plus reculés de France. Je conserve pieusement dans ma bibliothèque cet exemplaire du *Meilleur des mondes* comme une relique que je transmettrai un jour à l'un de mes petits-enfants lorsque je serai devenu à mon tour grand-père…

J'ai eu la chance de conserver plus longtemps mon autre grand-mère, Antoinette Alfonsi. Elle aussi avait la grandeur de ces gardiens de phare que nul ne voit jamais dans la solitude de leurs tours, mais qui la nuit guident les navires à travers les dangers de la côte comme d'humbles sentinelles auxquelles plus personne ne prête attention.

Son père, Antoine Alfonsi, s'était installé à Marseille au tout début du XXe siècle. C'était fréquent en ce temps-là, tant la Corse était pauvre. Mon arrière-grand-père avait épousé une Provençale du nom de Roman, fort élégante à en juger par le tableau qui trônait dans le salon familial de la mère de ma mère. Cette Roman avait succombé à la grande épidémie de grippe espagnole qui avait succédé à l'hécatombe de la Première Guerre mondiale, et ma grand-mère maternelle était restée enfant unique. Une exception. Elle était donc née à Toulon en 1906, s'était mariée tôt à Ange-Louis Tiramani, mon deuxième grand-père, avait divorcé encore plus vite, erreur de jeunesse, sans doute – je veux parler du mariage et non du divorce –, avant de trouver un emploi de secrétaire au Muséum d'histoire naturelle de Toulon. Longtemps elle avait eu pour compagnon le directeur de ce musée, un médecin du nom de Le Même, brave homme semble-t-il, qui l'avait prise sous sa protection, la logeant dans une petite villa nommée La Barrantine que j'ai connue enfant. Je revois très bien cette villa, avec son long vestibule aux carreaux noirs et blancs pleins de fraîcheur, son silence étonnant, la sérénité qui s'en dégageait. Il y avait des livres partout, la plupart dans des reliures de cuir magnifiques. Tous les grands auteurs étaient présents et s'entassaient dans des bibliothèques en bois noble, très sombres, comme les témoins d'une civilisation dont chaque membre devisait avec ses voisins, formant un bloc encore sans faille. La véranda qui donnait sur un immense cerisier était emplie d'élégantes boîtes à couvercles de verre laissant voir quantité de papillons et d'insectes. Ce docteur Le Même avait été un naturaliste admiré en son temps et un peintre animalier de renom – signant ses œuvres d'un simple mot : *idem*. Les tiroirs des vieux meubles regorgeaient donc de planches à dessins sur lesquelles il avait immortalisé les paysages et animaux de ses voyages. Ailleurs sur des étagères se trouvaient les objets de ses autres passions : mystérieux instruments de chimiste et coffrets de chirurgien qui me semblaient pleins d'instruments de torture.

Quelques années après la mort de ce personnage attachant – qui avait demandé à ses fils de laisser La Barrantine à ma grand-mère pour qu'elle y vive aussi longtemps que possible –, elle s'était mariée avec André Peyrard, un sergent-chef de retour d'Indochine. Ce solide bonhomme, que j'ai beaucoup aimé, était un orphelin de l'Assistance publique que ma grand-mère avait pris comme filleul de guerre avant de l'épouser bien qu'il ait quinze années de moins qu'elle. L'animal buvait fort et mourut d'une cirrhose du foie bien avant elle.

Antoinette Alfonsi était une femme d'une gaieté constante et immuable. Quand elle s'en est allée à l'âge de cent deux ans, elle sifflotait encore, ainsi qu'elle l'avait toujours fait, en demandant que mes frères et moi l'emmenions manger « chinois » à l'angle de la rue Desnouettes où elle habitait à Paris avec ma mère dans les dernières années de son existence. Son énergie était inusable et son souffle vital inaltérable. Rien ne semblait pouvoir les entamer.

Comme dans notre famille il ne peut être question de mettre les « anciens » dans des Ehpad lorsqu'ils deviennent une charge, nous nous sommes occupés d'elle jusqu'à sa mort. Elle est partie heureuse – du moins le pensons-nous – à cet âge vénérable de cent deux ans, et c'était bien le moins que nous lui devions.

L'une des dernières phrases qu'elle m'ait dites, un jour que je l'aidais à descendre un escalier, est de celles que l'on n'oublie jamais : « Quand tu étais petit, je te tenais par la main pour que tu puisses marcher. Maintenant, c'est toi qui dois le faire pour moi. Et plus tard, tes petits-enfants le feront pour toi : c'est la famille. » On dira peut-être que c'est *old school* mais peu importe – il existe des choses qui doivent traverser le temps.

Malgré deux guerres mondiales, la mère de ma mère avait traversé la vie sans trop d'encombre et sans exiger d'elle plus de bonheur ou de bienfaits matériels qu'elle ne pouvait en attendre du fait de sa condition modeste. Et comme mon autre grand-mère, Marie Vecchierini, elle n'avait jamais fait de mal à personne.

C'est ce qui me reste de ces deux femmes corses : l'idée simple et précieuse qu'elles étaient – comme bien des gens discrets qu'aucune mauvaise ambition ne tenaille – les références d'un certain étalon du bien. Si tous les êtres du monde étaient à leur image, tout irait bien mieux sur terre.

Grands-pères

Le père de mon père se nommait Pierre-Félix Franceschi. Il était né dans notre village familial de Pancheraccia en 1892 – autrement dit il y a des années-lumière quand on considère la Corse d'aujourd'hui. Le plus important que je sache de lui, c'est que j'existe sur cette terre uniquement parce qu'il était revenu vivant de la Grande Guerre. Aujourd'hui encore, lorsque je regarde la plaque du monument aux morts de Pancheraccia, fixée humblement sur un mur de l'église, avec les noms des Franceschi tués au combat, je me dis que j'ai eu de la chance. Et chaque fois je me demande avec mélancolie qui auraient été mes camarades de jeunesse si ces Franceschi-là étaient revenus de l'enfer.

Un portrait de ce grand-père me fascinait quand il était encore de ce monde et moi un simple gamin. À vrai dire, il fascinait tous ses petits-enfants. C'était une photographie de lui en uniforme, debout et en pied, la vareuse impeccablement boutonnée et le col fermé jusqu'au cou comme il était d'usage alors. Son regard énigmatique était accentué par des yeux si bridés que nous le surnommions « Yamamoto » entre nous. Je n'ai jamais su si ce sobriquet était parvenu à ses oreilles, mais comme j'avais les yeux aussi bridés que lui à cette époque, j'imagine que cela n'a jamais eu d'importance. Sur cette photo, il s'apprêtait à partir au front. À quoi songeait-il en prenant la pose ? J'y songe chaque fois que je revois ce portrait, aujourd'hui accroché dans le salon de sa plus jeune fille, ma tante Joséphine. Il quittait son village pour la première fois et ne connaissait rien à la guerre. Pensait-il à la mort toujours possible ? À l'aventure de ce départ vers de lointains inconnus ? À autre chose – ou à rien du tout ? Quoi qu'il en soit, bon patriote, il ne serait demeuré en arrière pour rien au monde. D'ailleurs, on ne lui avait pas demandé son avis.

Il fut donc canonnier-pointeur et se battit de la Somme aux Balkans pendant cinq ans. Or donc, le sort l'épargna bien qu'il se donnât ardemment dans tous les combats, à ce que l'on raconta plus tard. Au cours de cette longue campagne militaire, il abattit deux avions allemands – un prodige avec les canons de l'époque – et ses médailles se retrouvèrent accrochées sans ostentation dans la salle à manger où se déroulaient les repas de famille. Pour un paysan des montagnes corses, c'était un honneur en ce temps-là d'avoir servi la France, d'avoir souffert pour elle, d'avoir été honoré par elle de ces quelques médailles toutes pâles dans leur cadre de verre, mais qui étaient la fierté des modestes, des sans-grade, la seule reconnaissance sociale à laquelle ils pouvaient prétendre par leur mérite. Depuis – et je le répète souvent –, on leur a dérobé la grandeur de ces médailles, devenues de manière générale de simples récompenses pour services rendus aux puissants.

Il avait connu ma grand-mère, Marie Vecchierini, au village, comme il était fréquent alors quand hommes et femmes bougeaient peu de leurs périmètres de vie et que la frontière de leur existence se limitait bien souvent aux montagnes voisines. D'elle, il avait eu neuf enfants dont un mort en bas âge. Comme lui-même avait autant de frères et sœurs, nous étions très nombreux l'été quand toute la famille se réunissait à Pancheraccia ainsi qu'il est de tradition – ou dans la maison construite plus bas dans la plaine entre les deux guerres, plus vaste que celle du village. J'aimais ces rassemblements, cette sensation de clan, cette chaude sécurité du groupe protecteur que j'allais si bien retrouver lorsque je vivrais au sein de tribus antiques comme les Pygmées du Congo, les Indiens d'Amazonie ou les Papous de Nouvelle-Guinée. Nous étions encore ce qu'ils sont depuis toujours. Qu'on ne me reproche pas cet étonnant parallèle. C'est l'un de mes « savoirs de la peau ».

Comme mon grand-père, j'étais fier d'entendre dire « les » Franceschi quand on parlait de nous. Il en découlait qu'il était heureux que les filles de sa descendance soient jolies, saines, pleines de vie, et que les garçons nés de son sang aient de l'ardeur, toujours prêts à en découdre pour ce qui en vaut la peine. Cela bataillait sans cesse quand nous étions tous ensemble, nous les garçons, frères et cousins. Au moindre prétexte nous nous en allions chercher querelle à nos camarades des villages voisins. Notre grand-père ne nous décourageait jamais. Pas davantage nos mères, sœurs ou cousines. Elles avaient le goût du combat. Plaies et bosses étaient donc assurées, mais tout cela était bon enfant entre jeunes Corses du même canton où tout le monde se connaissait. Je me dis aujourd'hui que, si le vieux Pierre-Félix n'entravait aucune de ces échauffourées et se contentait de sourire quand on les lui rapportait, c'était probablement pour nous laisser nous aguerrir aux choses de la vie tant il la savait d'expérience plus rude que douce.

Comme tous les hommes de sa génération, il semblait ne jamais quitter ses vêtements de nuit. En se levant le matin, il enfilait ses vêtements de jour directement par-dessus, et on voyait le col blanc de son pyjama dépasser de sa chemise. Cet usage ne cessait de m'étonner et c'est l'une des choses que j'ai retenues de lui – avec son fusil qui se trouvait toujours suspendu derrière la porte de sa chambre.

Lors des repas, ce vieux grand-père dont je conserve un souvenir ému était invariablement en bout de table, à la place d'honneur, là où l'on assied les patriarches dans les sociétés traditionnelles. Il va de soi que tout le monde le respectait – chacun se souvenait aussi qu'il avait été longtemps maire de notre village et s'était beaucoup donné dans ce rôle.

Je dois dire qu'il avait fière allure lors de ces repas, avec sa splendide moustache grise, ses pantalons de velours côtelé et ses gilets de grosse laine. Il accrochait sa serviette blanche autour de son cou, sortait son couteau de sa poche et le dépliait lentement pour le poser à côté de son assiette. Le repas commençait.

Il est mort quand j'avais quinze ans.

Je n'ai pas eu le temps de lui parler.

J'ai encore moins connu mon grand-père maternel, Ange-Louis Tiramani. Séparé de ma grand-mère très jeune, il avait refait sa vie avec une femme du nom de Rose et nous ne les voyions elle et lui, ainsi que leur fils André, que de loin en loin. Je sais peu de chose de lui : il avait d'abord été officier de marine, notamment sur la ligne de Madagascar dont il parlait avec des tremblements dans la voix. Puis, comme c'était un malin semble-t-il, il s'était lancé dans la finance et avait amassé une coquette fortune en jouant à la Bourse.

Je devais avoir douze ou treize ans quand il s'en est allé. J'en ai gardé un seul souvenir. C'était un soir. Mon père est rentré à la maison et nous a simplement dit, à mes quatre frères et moi, après avoir refermé la porte : le père de maman est mort.

Grossu Minutu

Grossu Minutu est le comique préféré d'un grand nombre de Corses. Un drôle de personnage, à dire vrai. Haut en couleur et inclassable, il est depuis deux siècles et demi l'une des figures emblématiques du folklore traditionnel de l'île. Présenté le plus souvent comme un bateleur public ayant raconté d'innombrables blagues pleines d'esprit, il est, à mes yeux, davantage que cela : quelque chose comme un philosophe populaire dont la sagesse sans concession confinerait à la raillerie burlesque.

Dans les veillées d'autrefois, les grands-parents avaient pour habitude de raconter aux enfants les histoires de ce Grossu Minutu comme s'il était encore vivant et allait passer la porte dès les premiers rires. De fait, Grossu Minutu n'appartient pas à la fiction. Il a réellement existé. Il vivait dans la première moitié du XVIIIe siècle, à l'époque de Pascal Paoli et des révoltes contre la domination génoise. Ce que l'on sait de lui est plutôt vague et souvent contradictoire, mais il aurait été dès cette époque l'amuseur préféré de Paoli, comme l'étaient jadis les bouffons qui distrayaient les rois.

Je me suis toujours senti une tendresse particulière pour Grossu Minutu. J'ai découvert son existence, enfant, par la grâce des histoires que me racontait l'un de nos voisins du nom de Pierre-François. Ce Pierre-François habitait l'un des étages de la maison où était née ma grand-mère paternelle, Marie Vecchierini, et je le voyais tous les étés quand nous passions nos vacances « au village » – comme on dit en Corse. C'était un paysan massif et déjà âgé, doté d'une bonne tête de montagnard de chez nous : chaque trait de son visage racontait un morceau de sa vie – et elle avait dû être bien rude. Il savait à peine lire et écrire. De temps à autre, il venait nous rendre visite pour demander à mon père de rédiger à sa place les lettres officielles dont il avait besoin pour l'Administration. Il buvait un verre d'eau-de-vie, disait ce qu'il avait à dire, parlait en corse avec mon père, et s'en allait ensuite d'un pas pesant qui faisait craquer le plancher.

Pierre-François m'aimait bien, je crois, et comme tous les « vieux » du village, il parlait beaucoup. Il fut le premier à me faire découvrir les légendes entourant les bandits d'honneur, puis à me raconter qui avait été Grossu Minutu – cet homme à la fois gros, *grossu*, et mince, *minudu* – notre boute-en-train préféré, champion de la repartie et de l'humour vache comme de l'humour tendre.

Pierre-François avait une façon bien à lui – inimitable pour tout dire – de raconter les frasques et tirades de Grossu Minutu, et je regrette qu'il soit mort depuis trop longtemps pour pouvoir lire ces lignes. Ah, si j'avais su, enfant, que je parlerais un jour de lui dans l'un de mes livres, que ne lui aurais-je pas dit alors...

Mais avant de livrer les saillies caustiques les plus significatives de notre amuseur public numéro 1, il me faut parler de sa vie, j'y tiens absolument en mémoire de Pierre-François.

Grossu Minutu, de son vrai nom Pierre Figoni, semble-t-il, était originaire du canton d'Orezza et né dans le village de Perelli en 1715. Mais on n'est sûr de rien à dire vrai – même si aujourd'hui on montre aux touristes ce que l'on prétend être sa maison. De constitution chétive – il n'aurait pris du poids que sur le tard –, il aurait connu une adolescence misérable après que sa famille eut subi les affres d'un revers de fortune. Son caractère irascible s'en serait trouvé renforcé. J'ai lu ici et là que c'est par des sarcasmes qu'il répondait aux rigueurs de son indigence et que, ne pouvant repousser le malheur, il se moquait de lui. C'est sûrement vrai. On ajoute même que, dans sa lutte acharnée pour éviter d'être broyé par le destin, il ne se déclarait jamais vaincu bien que n'étant jamais vainqueur. Dans la mesure où l'on prétend aussi qu'il lui arrivait de tenir tête à Pascal Paoli dans leurs échanges, j'en suis venu à me demander s'il n'était pas une sorte de descendant de Diogène, se souvenant que ce dernier avait lancé un jour à Alexandre le Grand venu lui rendre visite dans son tonneau mais lui faisant de l'ombre : « Ôte-toi de mon soleil ! » Oser ce parallèle comme je le fais est sans doute aller trop loin, mais Grossu Minutu devait avoir le même genre d'étoffe. Avec lui, les insolents trouvaient toujours plus fort qu'eux.

Devenu muletier de profession, il n'en demeurait pas moins roué, parcourant les villages pour vendre toutes sortes de marchandises et bimbeloteries. Il devait être un peu filou, car la tradition prétend, par exemple, qu'il fournissait de la poudre contre les punaises infestant les maisons, et que cette poudre – probablement de perlimpinpin – ne produisait aucun effet. Aux villageois qui protestaient il expliquait benoîtement qu'ils ignoraient comment s'y prendre : il ne fallait pas répandre la poudre un peu partout comme ils le faisaient, mais la déposer dans les yeux de chaque bête prise séparément...

Lorsque Pascal Paoli se soulève contre Gênes en 1755, Grossu Minutu se range à ses côtés et le suit dans ses expéditions pour le distraire des fatigues de la guerre. À partir de là, la tradition orale le présente souvent – et étrangement – comme une sorte d'alter ego de Paoli : ils ne cessent d'échanger entre eux, Paoli incarnant la sagesse des philosophes des Lumières dont il se réclame, Grossu Minutu figurant le bon sens populaire fait de traits d'esprit souvent mordants et sans concession. C'est sans doute exagéré mais on peut faire semblant d'y croire.

Grossu Minutu traversa cette époque de troubles et de tumultes sans trop de casse, finit par se marier, eut trois enfants, et mourut fort âgé, adressant son dernier bon mot – paraît-il – à la mort. Là aussi, ce serait trop beau pour être vrai, mais faisons encore comme si nous y croyions...

Voici maintenant quelques-unes des histoires de Grossu Minutu. Avec elles, on se fera une idée plus précise de son esprit frondeur – et d'une certaine forme d'esprit corse puisque ces histoires se sont maintenues dans le temps. Je les dois à mes souvenirs des récits de Pierre-François, mais, le temps les ayant polis, ma reconnaissance va aussi à Henri Baconnier, éditeur de *Grosso Minuto. L'esprit et les reparties d'un Corse de légende* qui rassemble bon nombre d'entre elles. Je me suis permis de les réécrire à ma manière puisqu'on en trouve de nombreuses versions, leur propagation ayant été essentiellement orale.

Un jour, Grossu Minutu frappe sa mule qui refuse d'avancer. Un homme qui le croise s'en offusque et lui lance : « Tu devrais avoir honte de traiter ainsi ce pauvre animal, espèce de brute ! » Grossu Minutu lui rétorque du tac au tac, comme à son habitude : « Ah, pardon, j'ignorais que ma mule avait des parents dans la région. »

À un chanteur famélique qui quémande quelques pièces de monnaie dans un village pour entonner ses ritournelles, quelqu'un demande : « Tu as une belle voix, au moins ? » Le chanteur répond : « Pour sûr. Avec ma voix, je fais ce que je veux. » Grossu Minutu, montrant à la ronde les pieds nus du malheureux, lui jette cyniquement : « Alors, tu devrais t'en faire des chaussures. »

Un curé reprochait depuis longtemps à Grossu Minutu ses reparties par trop osées. Un jour, alors qu'il se trouve derrière lui sur un sentier, il lui lance : « Tu n'as pas honte, d'être toujours avec les porcs ? » Grossu Minutu lui rétorque : « C'est exact, je suis toujours avec des porcs. Ils sont parfois devant moi, parfois derrière. Aujourd'hui, je suis devant. »

Un jour que son âne ne porte pas ses habituelles charges de marchandises, un plaisantin se moque de Grossu Minutu : « Alors, qu'est-ce qu'elle vend, ta bête, maintenant ? » Grossu Minutu soulève la queue de l'animal et dit : « Entre donc et tu verras. »

Une autre fois, l'âne de Grossu Minutu cale dans une pente trop raide et se met à braire de toutes ses forces. Une femme qui passe par là s'en amuse : « Ton âne est amoureux. On est en septembre mais il se croit au mois de mai. » Grossu Minutu baisse chastement les yeux et dit : « Oh non, il a simplement senti la présence d'une ânesse. »

Un homme s'étonne un jour que Grossu Minutu, devenu vieux, ait les cheveux plus blancs que sa barbe, alors que lui a une barbe blanche et des cheveux noirs : « C'est parce que tu as davantage fatigué tes mâchoires que ta tête », réplique Grossu Minutu.

Un homme avait confié sa maigre fortune à un banquier d'occasion dont la mauvaise réputation était bien établie. Cet homme dit à Grossu Minutu : « Je suis tranquille, il a mis mon argent avec le sien. » Grossu Minutu lui répond : « Justement, tu auras du mal à le reconnaître. »

Des histoires comme celles-ci, il en existe un nombre indéterminé. Beaucoup sont peut-être apocryphes. En tout cas, elles ont traversé le temps. La popularité de Grossu Minutu s'est même vue ravivée et modernisée il y a une cinquantaine d'années par le dessinateur Nicolas Carlotti quand il en a fait un héros de bandes dessinées. Ses planches sont longtemps parues dans le quotidien corse *Le Provençal*, avant que celui-ci ne disparaisse. Pour toute une génération, le légendaire Grossu Minutu est ainsi devenu un petit gros désopilant, vêtu d'une chemise à carreaux et d'un chapeau, qui comme son digne ancêtre ne garde jamais la langue dans sa poche.

H

Honneur

Il arrive que l'on prête à certains peuples d'aujourd'hui des traits de caractère appartenant à leur passé. Même si le passage du temps les a en partie effacés, l'effet s'éternise. Cette sorte de prédestination affecte d'abord les peuples à forte identité, dont nous autres Corses faisons à l'évidence partie.

C'est ainsi que le « sens de l'honneur » dont on nous affuble, s'il s'est fort amenuisé de siècle en siècle, nous poursuit toujours. Il en va de même pour nombre de nos autres qualités ou défauts supposés : hospitalité, violence ou paresse.

En ce qui concerne l'honneur, nous devons cet anachronisme à la mystérieuse vivacité de certains mythes, à commencer par celui des « bandits d'honneur » – voir l'entrée correspondante –, qu'une abondante littérature venue du « continent » s'est plu à renforcer lorsque romantisme et réalisme se sont conjugués au XIXe siècle. *Colomba* de Mérimée a beaucoup contribué à la prospérité de « l'honneur corse », comme quelques autres livres écrits par des géants tels que Balzac, Dumas, Maupassant ou Flaubert. La qualité de leurs textes n'est pas étrangère à ce maintien du mythe. L'analyse de *Mateo Falcone*, toujours de Mérimée, est emblématique à cet égard.

L'intrigue de cette nouvelle est simple : alors que Mateo Falcone est absent de chez lui – quelque part du côté de Porto-Vecchio –, son fils, Fortunato, se voit demander protection et refuge par un bandit en fuite du nom de Gianetto. Contre cinq francs, il accepte de le cacher. Lorsque les six hommes partis à la poursuite de Gianetto arrivent, ils interrogent Fortunato et lui promettent la montre dont il rêve s'il accepte de dévoiler la cachette du bandit. Fortunato aimerait refuser – il le doit, même, son honneur est en jeu. Cependant, il se laisse séduire par la promesse du cadeau et révèle la cachette. Les hommes s'emparent de Gianetto. C'est à ce moment que Mateo Falcone revient chez lui et assiste à la scène. Emmené de force, Gianetto le maudit, lui et sa famille, pour cette trahison. Devant l'infamie de son fils, Mateo Falcone, pétri de honte, prend la seule décision qui lui paraît à même d'effacer le déshonneur de son fils : malgré les implorations de sa femme, il emmène Fortunato dans la forêt, lui fait réciter une dernière prière et, sans tenir compte de ses suppliques, le tue d'un coup de fusil.

Cette histoire d'un autre temps – du moins pour le monde occidental – rappelle la tragédie vécue dans une autre société par Tarass Boulba dans le roman éponyme de Gogol : le grand chef cosaque zaporogue, en guerre contre les Polonais, finit par tuer de sang-froid l'un de ses deux fils adorés parce qu'il s'est déshonoré en passant du côté de l'ennemi pour l'amour d'une femme.

Dans les deux cas, deux pères pris au piège de l'honneur. Tel que conçu dans leurs univers mentaux, il les conduit à accomplir ce que pour rien au monde ils n'auraient voulu accomplir. On comprend que, pour la Corse, l'attitude de Mateo Falcone ait, à l'époque, frappé les esprits français. Bien que tout se soit radicalement modifié, cette image de l'honneur demeure en arrière-fond de l'imaginaire collectif de ceux qui nous visitent.

Si le concept d'honneur reste néanmoins vivace chez nous, il prête désormais – de manière générale et non sans raison – à beaucoup de suspicion, pour ne pas dire qu'il est passé de mode. Mais qu'entend-on au juste par honneur ? Pour répondre à cette question qui déborde le cadre de la Corse mais s'y rattache toujours, une forme d'archéologie philosophico-sémantique est nécessaire.

Dans la mesure où, en termes de place pour embrasser l'ensemble de la question, l'équivalent de ce dictionnaire serait nécessaire, je suis contraint de me limiter à l'essentiel. Par un rapide raccourci, on voudra donc bien considérer ici que l'honneur peut s'entendre sous trois formes principales : l'honneur pour soi, l'honneur pour les autres et « les honneurs ». Cette dernière acception peut être comprise comme une dénaturation des deux premières. Aimer les honneurs et les rechercher en toute occasion est un travers partagé par tous les peuples du monde. C'est du moins la conclusion à laquelle je suis parvenu à force de les fréquenter : médailles, décorations, prébendes, titres, oscars et autres récompenses honorifiques – ces hochets, comme disait Napoléon – demeurent partout le plus sûr moyen pour les puissants de mener les hommes et de se les attacher sans bourse délier. Dans les hautes terres de Nouvelle-Guinée, je connais des Papous qui se feraient damner pour obtenir de leur chef la défense de sanglier qui attesterait de leur valeur devant toute la tribu.

J'ai longtemps pensé que nous autres Corses étions des champions en la matière, j'en suis moins persuadé aujourd'hui. Nous sommes en fait comme tout le monde – absolument comme tout le monde – et, d'une certaine manière, c'est rassurant. De toute façon, nous ne referons pas l'humanité dans ce « Dictionnaire amoureux ». Pour longtemps encore, les honneurs contribueront à la marche de l'histoire, pour le meilleur et surtout le pire.

Ce que j'appelle l'honneur pour les autres participe, lui, des structures élémentaires de chaque société qui, toutes, codifient les comportements : certains d'entre eux sont honorables, d'autres moins ou pas du tout. L'honneur pour les autres représente la pression sociale à laquelle chacun est soumis pour ne pas se voir dévalorisé ou exclu par ceux avec lesquels il vit. Cela revient à être soucieux avant tout du qu'en-dira-t-on et du regard que les autres portent sur vous. Cet honneur-là, nul n'y échappe totalement et se résume au seul souci de paraître. Il faut agir au plus près des lois sociales communes pour être perçu comme honorable, sans que la façon de l'être porte forcément une valeur intrinsèque à laquelle on croit. Le rituel des échanges de cadeaux en donne un bon aperçu : offre-t-on quelque chose à quelqu'un pour être remarqué par lui et ceux qui l'entourent – obtenant ainsi un gain d'honneur conforme à la loi commune – ou le fait-on par pur désintéressement ? Parfois pour les deux, naturellement. Mais le cadeau reçu en contrepartie est-il soucieux de générosité ou manifeste-t-il la volonté de celui qui donne d'être considéré comme respectant la façon d'être honorable ?

L'honneur pour soi – le seul qui importe en fin de compte – est tout autre chose. Il peut être considéré comme le code de valeurs que quelqu'un se donne par choix, que ce code corresponde ou non à l'honneur pour les autres de la société à laquelle il appartient. Dans ce cas, le regard s'inverse : celui porté sur soi par soi-même prend le pas sur celui porté sur soi par les autres – et cela en dehors de toute autre considération. Le prix à payer pour cette attitude est toujours très élevé.

Le respect de la parole donné, par exemple, fondement de l'honneur pour soi, peut s'être érodé dans nombre de sociétés – je parle ici de celles d'Occident –, tout en se maintenant chez certains de ses membres. C'est là, me semble-t-il, que les Corses font mieux que d'autres, même si toute généralisation serait abusive.

Pour compléter ce rapide tour d'horizon, il me faut préciser deux choses encore. La première est que dans certaines sociétés actuelles, ce que l'on nomme les « crimes d'honneur » consiste en un mélange de l'honneur pour soi et de l'honneur pour les autres – mélange des plus épouvantables à nos yeux quand il atteint ses extrêmes : l'homme qui assassine une femme avec l'assentiment au moins tacite de sa communauté, parce que le comportement de cette femme a violé la loi commune, croit souvent à cette loi en tant que valeur autant qu'il a la certitude d'avoir été déshonoré devant les autres.

La seconde chose à remarquer est que l'honneur pour soi est la plupart du temps associé à une forme d'orgueil. Se juger soi-même meilleur que les autres est une conséquence logique du combat personnel sans cesse mené pour ne jamais déroger à ses valeurs propres. L'un ne peut aller sans l'autre.

En conclusion, si les Corses sont manifestement attachés à l'honneur pour les autres, beaucoup le sont aussi par le seul honneur pour soi – ce qui peut les rendre aussi remarquables que touchants. Mais alors, leur « stock » d'orgueil est proportionnel à ce type d'honneur – vous l'avez sans doute déjà remarqué ou le remarquerez tôt ou tard...

Hospitalité

Nous autres Corses avons la réputation d'être particulièrement hospitaliers – tous les guides touristiques le proclament, cela nous flatte. Mais à vrai dire, la chose est moins simple qu'il n'y paraît. La notion d'hospitalité est une affaire complexe sous des dehors aisés.

Je me souviens d'une histoire que me raconta il y a déjà un bon nombre d'années un ami berger de mon village. Elle l'avait beaucoup marqué. Un mois d'août de ce temps-là, il s'était retrouvé face à face dans le maquis avec un touriste étranger qui traçait son chemin tout seul, sac au dos, l'air perdu. Un « routard », comme on disait à l'époque.

« À cause de tout ce qu'il transportait, ce type était épuisé, m'expliqua mon ami. Il transpirait sous le soleil comme je n'avais jamais vu transpirer personne. Pourtant, il avait l'air jeune, trente ans, peut-être. Il s'était égaré en voulant prendre des "raccourcis" et il tournait en rond depuis le matin. Le malheureux n'avait même pas de boussole – ni de carte, d'ailleurs. Il était comme ces *pinzuti* des villes qui n'entendent rien à la nature : tu les mets dans la forêt la nuit et ils ne sauraient même pas allumer un feu pour se réchauffer...

— Et qu'est-ce que tu as fait ? lui demandai-je.

— Au début, rien. Bien entendu, il me faisait de la peine, le pauvre, avec son visage tout rouge et ses yeux de chien battu, mais qu'est-ce que je pouvais faire ? Je n'avais même pas d'eau à lui offrir. Et puis, je me suis dit que je pouvais au moins lui proposer de le mener jusqu'au village pour qu'il se repose un peu. Il parlait correctement le français et il a voulu savoir si c'était loin. Je lui ai dit que oui : Pancheraccia était bien à deux heures de marche et, en plus, il y avait toutes les côtes à monter – j'étais descendu chasser tout seul entre Pietraserena et le Corsiglièse. D'ailleurs, je me demande encore comment ce touriste s'était retrouvé là – mais, bon, il y était.

— Il t'a suivi, évidemment... »

Mon ami leva les yeux au ciel :

« Bien sûr. Mais c'est là que j'ai commis une erreur...

— Une erreur ?

— Oui, parce que, pour l'aider, j'ai pris son gros sac sur mes épaules. Et on est partis comme ça, moi devant, lui derrière. Au bout d'un moment, j'ai pensé que ce type allait finir par reprendre son fichu barda, qu'on se répartirait la fatigue, quoi... Je ne suis plus tout jeune et tu sais bien que les sentiers sont difficiles, dans le coin. Cet étranger voyait que je soufflais de plus en plus dans les pentes mais ça n'avait pas l'air de le déranger. Il n'a rien fait pour m'aider. Il s'est contenté de me suivre tranquillement.

— Et tu ne lui as pas rendu son sac à un moment ?

— Eh, je pouvais pas... Qu'est-ce qu'il aurait pensé de notre hospitalité, cet homme ?

— Donc, tu as tout porté jusqu'au village.

— Oui, je te jure... Et quand on est arrivés devant le bar d'Antoine, le touriste s'est avalé je ne sais combien de bières en m'en offrant juste une seule... Ensuite, c'est à peine s'il a dit merci et il est reparti vers Corte en faisant du stop. Quelqu'un l'a pris près de la "croix du haut", et on ne l'a plus revu...

— Et tu en as conclu quoi ?

— Que la prochaine fois, je laisserai se débrouiller les étrangers qui se perdent... L'hospitalité, ça se mérite, ça peut pas être que dans un sens. »

Cette dernière phrase m'avait beaucoup fait réfléchir à l'époque. Par-delà une forme de bon sens manifeste, elle portait un contenu « philosophique » me renvoyant à des problématiques d'hospitalité que j'avais vécues moi-même au contact de bien des peuples différents à travers le monde.

À vrai dire, cette question de l'hospitalité, qu'on la circonscrive à la Corse ou non, nécessiterait un livre entier si on voulait en analyser toutes les composantes – à commencer par le fait qu'elle se démarque de notions comme l'accueil, l'exil, l'asile ou l'immigration, chacun de ces termes possédant un sens précis ne se confondant pas avec les autres. De même, l'hospitalité que l'on accorde volontairement à des inconnus ne relève en rien de celle que l'on doit moralement à des parents, des amis ou des alliés. On se trouve là sur un registre différent.

J'écrirais peut-être un jour ce livre. En attendant, je vais tenter d'aller à l'essentiel en examinant ce que je peux tirer pour la Corse des leçons d'hospitalité que j'ai apprises en séjournant longuement dans des sociétés autres que la mienne et en en partageant parfois le destin.

Chez des peuples aussi différents que les Afghans, les Indiens d'Amazonie, les Kurdes de Syrie, les Papous de Nouvelle-Guinée ou tant d'autres, l'hospitalité est une forme d'obligation quasi rituelle – davantage que morale ou religieuse. Elle établit une relation très précise entre celui qui demande l'hospitalité parce qu'il a un besoin et celui qui l'accorde et n'a nul besoin. Précisons d'emblée que, dans les contrées du monde les plus abruptes pour la vie quotidienne – jungles ou déserts en premier lieu –, l'hospitalité de base, instituée depuis la nuit des temps, consiste surtout à assurer à chacun le gîte et le couvert en cas de malheur momentané ou lors de voyages incertains. Mais là aussi, les conditions sont très formelles parce que, dans tous les cas, il s'agit d'un rapport liant des personnes ne se connaissant pas. Ce rapport est donc potentiellement porteur d'autant de générosité et de don de soi que d'incertitudes et de dangers. Et cela des deux côtés. Ce n'est jamais sans risque que l'on partage son « chez-soi » ni sans péril que l'on pénètre « chez l'autre ». Les exemples d'hospitalité trahie abondent – dans la vie quotidienne comme dans l'histoire ou la littérature. J'ai connu des auto-stoppeurs dépouillés de tous leurs biens après avoir été pris en charge par des inconnus et, dans l'autre sens, l'une des plus mémorables scènes des *Misérables* de Victor Hugo illustre ce type de manquement : l'arrivée par une nuit glaciale de Jean Valjean chez l'évêque de Digne, monseigneur Bienvenu. Ce dernier paiera la nuit d'hospitalité accordée à l'ancien bagnard par le vol de son argenterie – vol qu'il pardonnera, comme on le sait, sauvant ainsi Jean Valjean de la damnation, mais vol tout de même.

Une première règle m'a toujours frappé dans l'hospitalité des peuples non occidentaux : l'étranger ne s'impose jamais et ne le peut d'ailleurs pas – il serait immédiatement rejeté. Il a pour devoir préalable de demander l'hospitalité qu'il désire. Dans ce cas, l'hôte a l'obligation de la lui accorder. Cela fait, l'invité respecte scrupuleusement les règles de vie de celui chez qui il vient d'entrer. Il se garde de toute modification de l'univers qu'on l'a autorisé à pénétrer. Il le respecte de bout en bout. En retour, l'hôte respecte son invité de manière équivalente.

La relation, d'une durée la plupart du temps limitée, établit un équilibre qui satisfait les deux parties.

La deuxième chose d'importance est qu'on ne confond pas chez ces peuples l'hospitalité demandée par celui qui « passe » et celle réclamée par celui dont on suppose qu'il désire « rester », voire s'installer. Dans ce cas précis, le refus est fréquent. Et il est sans appel si l'hospitalité sollicitée l'est par un nombre trop important de personnes. C'est une chose d'aider momentanément un ou plusieurs étrangers avec générosité, c'en est une autre d'y consentir sur une durée indéterminée et pour une masse sensible d'inconnus dont on craint qu'ils ne finissent par s'imposer. Les choses s'exacerbent avec la question des femmes dans les sociétés où leur contrôle par les hommes est une donnée essentielle.

Le troisième élément à saisir est que l'hospitalité est une affaire essentiellement rurale. Cet élément est valable en Occident. Vous oserez sans trop de peine frapper à la porte d'une maison d'un petit village isolé du Lot-et-Garonne pour vous loger si vous n'avez aucun autre choix. Vous n'y songeriez même pas dans un quartier quelconque de Paris. Au moins intuitivement, vous savez où sont vos chances. Il en va de même, d'ailleurs, pour simplement se saluer. Dans une grande ville, vous ne passez pas votre temps à dire bonjour à tous les gens que vous croisez. Dans une forêt déserte jouxtant cette même ville, vous le ferez presque automatiquement en rencontrant quelqu'un.

Dernier point, enfin, l'hospitalité qu'un étranger peut espérer varie selon sa position sociale. S'il n'est rien, elle peut lui être refusée. S'il est considéré comme important, elle lui sera accordée d'office. C'est ce point qui fait croire à beaucoup de touristes occidentaux que l'hospitalité dans les pays pauvres est plus répandue que dans les pays riches.

En brossant ce panorama, je ne juge pas, bien sûr. Je me borne à constater des faits, à établir un état des lieux, à dire ce qui est, ce que j'ai vu et vécu. Je me place en quelque sorte dans la position d'un scientifique examinant objectivement les résultats d'une expérience au sein de son laboratoire.

À partir de là, comment les choses se passent-elles en Corse ? Finalement, de la même façon que partout ailleurs – ou à peu près. Si le touriste rencontré par mon ami berger l'avait mieux respecté, s'il avait agi conformément aux règles non écrites liant celui qui demande et celui qui donne, s'il s'était conduit spontanément comme un étranger sent qu'il doit se conduire quand il est chez « l'autre » et non chez lui, mon ami ne se serait certainement pas posé la question de savoir comment aider de futurs inconnus en difficulté.

En définitive, l'hospitalité en Corse obéit à toutes ces règles. Il s'y ajoute cependant une ultime donnée ayant trait cette fois à la nature humaine et non aux structures des sociétés. Cette donnée est valable partout, en vérité, et chacun en a déjà fait l'expérience : elle veut qu'il y ait des personnes par essence davantage hospitalières que d'autres – et cela où que ce soit dans le monde. La question devient alors pour la Corse : trouve-t-on chez nous davantage de ces personnes qu'ailleurs ? Ce serait bien possible, après tout – d'où notre réputation.

Mais alors, ne surtout pas se comporter avec ces gens plus hospitaliers que la moyenne comme en pays conquis. Ce serait le plus sûr moyen d'obtenir l'effet inverse à celui recherché…

Humour

Il n'est pas certain que les Corses fassent preuve de beaucoup d'humour dans leur vie quotidienne – que cet humour soit noir, *british*, pince-sans-rire, ou d'une autre sorte. En tout cas, notre réputation en la matière n'a guère dépassé les frontières de l'île bien qu'on puisse lire l'inverse ici ou là. Mais c'est peut-être pour nous faire plaisir, on craint parfois notre prétendue susceptibilité...

Je nous reconnais cependant deux qualités qui peuvent être interprétées comme de l'humour : la première concerne la « mise en boîte », appelée *macàgna* dans l'île. Nous sommes d'assez bons champions pour ce sport national, quoique ces mises en boîte aient pour particularité d'être toujours soigneusement dosées afin de ne jamais dépasser les limites de l'acceptable pour la « victime ». On sait être prudent quand il le faut. La seconde qualité est ce que nous appelons la *cacciata*, la « saillie » à la façon ancienne de Grossu Minutu – voir cette entrée. Nous pouvons nous révéler des athlètes de haut niveau dans ce domaine, même si la finesse y domine rarement.

Si l'humour en soi n'est donc pas, à mes yeux, caractéristique des Corses, nous savons tout de même nous moquer de nous-mêmes et de nos défauts. L'autodérision ne nous est pas étrangère, ce pour quoi nous avons inventé un nombre considérable de blagues sur nos supposés travers : paresse, susceptibilité, machisme, goût des armes, de la castagne, et j'en passe. Toutefois, à y regarder de près, nous ne le faisons ni plus ni moins que dans d'autres régions de France. Pour s'en convaincre, il suffit d'examiner ce que les Basques, les Bretons ou les Alsaciens racontent sur eux-mêmes. Certains contesteront cette opinion, mais c'est la mienne.

Analyser notre humour au-delà de ce que je viens d'écrire serait donc vain. Aussi vais-je aborder différemment cette entrée de mon « Dictionnaire amoureux ». Tout d'abord en proposant mes dix histoires corses préférées, ensuite en fournissant quelques indications sur nos humoristes actuels qui continuent d'en imaginer d'autres. Ils peuvent être très créatifs. On se tournera avantageusement vers eux pour en savoir plus.

Les dix histoires que j'ai choisies ont été inventées par des Corses pour les Corses. Elles me semblent dévoiler une part de l'*ethos* et de la *psyché* de mes compatriotes, voire des aspects profonds de leur identité si on sait les lire sur différents niveaux. D'où leur intérêt. On constatera qu'elles diffèrent largement de celles que je cite dans l'entrée « Clichés » où je me concentre sur les blagues caricaturales nous concernant.

J'ai raconté mille fois les histoires qui suivent mais je m'en régale toujours autant.

Nul ne sait au juste qui les a inventées – ni quand. Je me suis toujours posé la question sans jamais trouver de réponse. Ces histoires circulent un peu partout – et depuis longtemps. Je les ai réécrites à ma manière, en les articulant parfois entre elles pour leur donner davantage de relief. S'il vous arrivait de les conter à votre tour, on vous dira peut-être qu'il en existe beaucoup d'autres versions. Et ce ne sera pas faux.

Voici la première :

Dumè va bientôt passer son baccalauréat. Son père, Antoine, s'inquiète. Jusqu'alors, Dumè n'a guère brillé en classe. Arrive le jour fatidique de l'examen oral. Antoine attend son fils à la maison avec une impatience croissante et douloureuse. Enfin, Dumè est de retour. Son père lui demande, anxieux :

« Alors, Dumè, ce n'était pas trop dur ? On a dû t'interroger sérieusement, j'imagine ?

— Bien sûr, papa. Ils ont vraiment cherché à connaître tout ce que je savais.

— Et qu'est-ce que tu as répondu ?

— Oh, papa, tu me connais : je n'ai rien dit... »

C'est un Parisien qui est en vacances et discute avec un Corse dans un bar. Ils sont assis l'un et l'autre à des tables différentes. Le Corse, très affable, interroge le Parisien :

« Qu'est-ce que vous pensez des belles montagnes qu'on a ici ? »

Le Parisien dit :

« Pas mal, mais près de ma maison de vacances dans les Alpes, elles sont beaucoup plus hautes, vous savez. »

Le Corse fait la tête :

« Très bien. Mais avouez quand même qu'ici vous êtes tranquille. Il n'y a pas le moindre bruit. »

Le Parisien dodeline du chef :

« C'est vrai que le bruit, c'est notre spécialité, à Paris, mais on se fait à tout, n'est-ce pas ? Finalement, il me manquerait presque, ce bruit... »

Le Corse insiste :

« L'apéritif que vous buvez, ce Cap Corse délicieux, il est quand même excellent, non ? »

Le Parisien hausse les épaules :

« C'est vrai, mais franchement, ça ne vaut pas un bon bourgogne ou un bordeaux. Le vin, c'est notre spécialité, sur le continent. »

Le Corse s'énerve :

« Et le saucisson que vous mangez avec votre apéro, ce n'est pas le meilleur du monde ? »

Le Parisien laisse échapper une moue condescendante :

« Oui, mais nous, on a de meilleures spécialités, je pense. Par exemple, le saucisson à l'ail ou le boudin noir. Rien ne les vaut, si vous voulez mon avis. »

Puis, après un instant de réflexion, il demande :

« À propos, c'est quoi ici, votre spécialité ? »

Le Corse se lève, s'approche du Parisien et lui met un grand coup de poing dans la figure :

« C'est ça, notre spécialité : la châtaigne ! »

Vanina tient un bar sur la place des Diamants à Ajaccio, près du tabac où officiait il y a peu encore la mère de ma cousine, la blonde Véronique Dodoli. Un jour, sa vieille amie Davia vient prendre un café :

« Oh, Vanina, demande-t-elle, tout va bien pour toi, les affaires marchent ?

— Comme jamais, répond Vanina. Les touristes de l'été dernier ont bien rempli ma caisse et j'ai de quoi voir venir jusqu'à l'année prochaine. »

Davia semble méditer ces paroles, puis dit :

« Ça tombe bien, figure-toi. Je suis raide, en ce moment. Tu pourrais me prêter un peu de sous ? »

Vanina pousse un soupir :

« Je voudrais bien, mais c'est impossible.

— Ah, sans blague, s'étonne Davia. Et pourquoi ? »

Vanina montre du doigt la banque qui se trouve en face de son établissement :

« C'est que nous avons passé un accord, cette banque et moi : ils ne servent pas de café, et moi je ne prête pas d'argent... »

Félix roule en voiture sur le continent quand il est arrêté par la douane volante.

« Bonjour, monsieur, où allez-vous comme ça ?

— À Marseille, voir des collègues.

— Et que transportez-vous dans votre coffre ?

— Tout un tas de calculettes, monsieur le douanier.

— Des calculettes ? Drôle d'idée, de les mettre dans un coffre... Ouvrez-le que je voie un peu ça. »

Félix s'exécute. Le coffre est rempli de pistolets, de mitraillettes et de grenades.

Le douanier a un haut-le-cœur.

« Vous appelez ces armes des calculettes ?

— Ben oui, dit Félix, étonné. C'est avec ça que je règle mes comptes. »

Félix, qui a écopé de quelques années de prison pour ce transport d'armes, finit par rentrer chez lui dans le Niolo. Les douaniers locaux le surveillent de près. Un jour, ils décident de l'arrêter sur une route isolée dans la montagne.

« Alors, vous avez quoi, dans votre coffre, cette fois ?

Félix pousse un soupir :

« Oh, pas grand-chose, juste mon chien.

— Votre chien ? Allez, ouvrez, qu'on vérifie. »

Félix obéit. Dans le coffre se trouve une chèvre.

« Vous vous fichez de nous, ou quoi ? s'énerve le douanier. Il a des cornes votre chien ! »

Félix se récrie :

« Oh, moi, vous savez, je ne m'occupe pas de sa vie privée… »

La petite Marie-Rose, qui a dix ans, travaille très bien en classe. Au cours d'une leçon de calcul, l'instituteur lui demande :

« Si ton père achète dix bouteilles d'eau-de-vie à vingt euros la bouteille, ça fait combien ? »

Marie-Rose réfléchit quelques secondes puis répond :

« Ça fait cinq jours ?

— Comment ça, cinq jours ? s'étonne l'instituteur. Tu ne sais plus compter ?

— Si, mais je connais mon père. »

Un Parisien s'étonne du goût que les Corses ont pour la politique et de leurs perpétuelles querelles. Un jour d'élections locales, il entre dans un restaurant où se trouvent une demi-douzaine de Corses installés à des tables différentes. Il s'assied, commande son repas, puis s'adresse à voix basse à l'homme le plus proche de lui :

« Dites-moi, mon ami, pourquoi êtes-vous tous dans des coins séparés ? »

L'homme se met à rire :

« C'est que, si vous mettez deux Corses ensemble, vous pouvez être certain d'avoir trois opinions différentes... »

Le lendemain, le même Parisien passe devant l'église qui jouxte le restaurant où il se trouvait la veille. Il croise l'homme avec lequel il a parlé de politique. Ce dernier assiste au baptême de son petit garçon. Le Parisien le félicite : « D'ici vingt ans, vous fêterez son mariage. »

L'homme rigole :

« Pas sûr, monsieur.

— Ah, s'étonne le Parisien qui, désormais, s'attend à tout. Et pourquoi donc ?

— Parce que, chez nous, il y a davantage de baptêmes que de mariages, c'est tout. »

Interloqué, le Parisien demande :

« Mais, pour quelle raison, je vous prie ?

— C'est qu'en Corse, voyez-vous, il est beaucoup plus facile de trouver des parrains que des témoins. »

Un jour, un Anglais entre dans un bar de la place Saint-Nicolas à Bastia et commande une eau d'Orezza. Son accent fait tiquer le vieux Matteo qui se trouve là comme à son habitude.

« Vous êtes anglais ? interroge-t-il d'un air outré.

— Yes, *fait l'autre. Et de Londres, en plus. »*

Aussitôt, Matteo lui envoie une châtaigne en pleine figure.

La police arrive et l'arrête. Le lendemain, il passe au tribunal en comparution immédiate. Le juge le tance sévèrement :

« Pourquoi donc avez-vous frappé ce malheureux touriste anglais ? Il ne vous avait rien fait...

— À moi non, monsieur le juge, mais vous savez bien que ce sont les Anglais qui ont tué Napoléon.

— Certes, répond le juge, agacé, mais c'était il y a deux siècles, tout de même.

— Ah ? Peut-être, rétorque Matteo. Mais moi, je ne l'ai appris que la semaine dernière. »

Un Corse du continent roule en voiture dans l'intérieur de l'île. Il se heurte bientôt à un troupeau de moutons que mène un berger accompagné d'un chien. Il s'arrête, descend de son véhicule et s'adresse au berger :

« Écoutez, je suis assez pressé. On m'attend à l'Assemblée de Corse pour une réunion importante. »

Le berger examine le beau costume que porte ce Corse du continent, sa cravate parfaitement nouée, ses chaussures bien cirées :

« C'est que mes bêtes font ce qu'elles veulent, dit-il.

— Bon, s'agace l'homme, figurez-vous que les troupeaux, c'est mon domaine. Je connais tout sur les vaches, les chèvres et les moutons. Alors, si j'arrive à compter les vôtres en moins de trois minutes, vous m'en donnez un et me laissez continuer ?

— Tope là, répond le berger. Ça m'arrange. Même moi, je ne sais pas combien j'ai de bêtes au juste. »

Le Corse du continent sort aussitôt un ordinateur de sa sacoche, regarde les moutons autour de lui, frappe sur les touches de son appareil à toute vitesse, prend des notes sur son calepin. Deux minutes plus tard, il lance, triomphant :

« Ça y est, terminé. Vous en avez cinq cent vingt-huit !

— Je suis bien content de l'apprendre, dit placidement le berger. Vous pouvez prendre le mouton que vous voulez et ensuite je pousse les autres sur le côté pour que vous puissiez poursuivre votre chemin. »

L'homme charge l'une des bêtes dans son coffre et s'apprête à remonter dans sa voiture quand le berger l'interrompt :

« Dites donc, mon ami, si moi je découvre en cinq secondes votre métier, vous me la rendez, ma bête ? »

La proposition amuse le Corse du continent : « Pourquoi pas, dit-il. Alors, c'est quoi, mon métier ?

— Fonctionnaire européen.

— Ah, ça, comment avez-vous pu deviner ?

— Ben, c'est mon chien que vous avez pris. »

J'espère que vous avez souri à ces dix histoires... Maintenant qu'elles sont achevées, voici, tel que promis, un rapide panorama des humoristes corses actuels. Je précise par avance que je vais les citer volontairement dans le désordre afin de m'épargner une éventuelle *macàgna* de la part de ceux qui croiraient à un choix hiérarchique.

Commençons par les livres. Les différents tomes de *Ô Corse, île d'humour*, coécrits par André Santini et Pierre Dottelonde aux éditions du Cherche Midi, font référence par leur exhaustivité. Même chose en bandes dessinées pour les nombreux albums de Fich et Panetier intitulés *Les Blagues corses* : ce sont souvent les mêmes histoires, mais mises en images avec de nombreuses variantes.

Les théâtres corses comme les télévisions et radios régionales ont donné et donnent encore une place non négligeable aux sketchs des humoristes insulaires. Citons le fameux Tintin Pasqualini, Christian Méry, Jean-Paul Sermonte, Zaza et Nicou Maraninchi, Guy Cimino, l'hilarant duo formé par Tzek et Pido, ou celui de Rachel & Betty qui ne le sont pas moins – et pour finir, Didier Ferrari, Marie Bozzi, Tano et Fileta. Beaucoup se produisent encore, d'autres ont raccroché les gants, mais leurs œuvres circulent toujours et continuent d'amuser.

Cependant, il me faut terminer ce rapide tour d'horizon par deux chefs-d'œuvre de la bande dessinée qui dominent largement la scène. Bien que venus du continent, ils ont fait l'unanimité dans l'île. Je veux naturellement parler d'*Astérix en Corse* des regrettés Uderzo et Goscinny et de *L'Enquête corse* de Pétillon, dont la version cinématographique n'est pas moins réussie.

Est-ce à dire que, contrairement à l'adage, on est toujours mieux servi par les autres que par soi-même ?

Ne voyez pas dans cette interrogation finale une quelconque *macàgna* de ma part – quoique…

I

Incendies

Incendie...
Incendie...
Incendie...
L'une des pires plaies de la Corse l'été.
Pompiers...
Pompiers...
Pompiers...
Ceux qui pansent cette plaie, année après année – et en l'honneur desquels j'écris cette entrée de mon « Dictionnaire amoureux ».

Sinon, j'aurais bien expédié « Incendie » à la première place d'un « Dictionnaire de la détestation ».

Dans ma mémoire, l'incendie est une constante : une suite d'images empilées les unes sur les autres depuis quarante ans, au moins.

Souvenirs : j'étais enfant lorsque me fut révélé pour la première fois ce que peuvent être les incendies dans une contrée sèche et boisée comme la Corse, toujours prête à s'embraser sous le soleil brûlant. Par un bel après-midi de juillet ou d'août, je vis la « chose » en question. Elle se présentait sous la forme d'un monumental rideau de flammes venant du bas des vallées du Corsiglièse et grimpant vers mon village de Pancheraccia. Bientôt juché sur la plate-forme du clocher de l'église pour mieux voir, je contemplais cette apocalypse encore lointaine mais qui approchait sans que rien semblât pouvoir l'arrêter, fasciné par la puissance irrésistible qui en émanait. Mes oreilles étaient en même temps assourdies par l'homme qui à deux pas de moi sonnait le tocsin à toute force avec ses trois cloches, le visage crispé, les yeux exorbités, le corps penché dans le vide.

Tout ce qui comptait dans le village d'hommes et de femmes valides – et même d'enfants et de vieillards – accourait de partout, avec seaux, balais, couvertures, et je ne sais quoi encore de dérisoire, suivis d'innombrables chiens qui hurlaient à la mort, bataillant entre eux. Et toute cette masse dégringola en désordre vers les vallées, vociférant pour rien, gesticulant inutilement, mais bien décidée à faire barrage à ce feu qui montait vers nous. Je courus aussi. Bientôt, nous fûmes tous dans le maquis, entendant de loin le vrombissement des flammes. C'était impressionnant. Si mes souvenirs sont exacts, le vent nous sauva de l'affrontement. Il tourna tout à coup – on remercia la Madone – et l'incendie s'en alla ravager le maquis des montagnes avoisinantes avant d'être éteint longtemps plus tard par le passage des Canadair déversant sur lui leurs cargaisons d'eau. Je remontai au village, essoufflé. Nous l'avions échappé belle…

Souvenirs : à peine quelques années plus tard, nous rentrions un jour en famille de Corte quand, au détour d'un virage, nous aperçûmes très loin devant nous de violents panaches de fumée noire montant vers l'horizon jusqu'à l'obscurcir. Le spectacle était d'autant plus saisissant que rien ne troublait le silence autour de nous. Impossible de situer la provenance exacte de cette fumée, pas même de voir les flammes qui la provoquaient, mais elles poussaient de plus en plus haut vers les hauteurs du ciel des nuages noirs qui dévoraient ses nuages blancs.

Cependant, tout cela se trouvait bien devant nous, sur notre chemin à n'en pas douter. Il fut décidé de continuer. La fumée disparut dans un tournant, reparut dans un autre, disparut de nouveau – les routes corses sont si tortueuses en montagne –, mais chaque tour de roues nous rapprochait de cette fumée qui devenait de plus en plus épaisse. L'horizon ne cessait de se faire ténèbres.

Et puis, peu à peu, nous entendîmes le ronflement de l'incendie : un bruit de forge géante. Mais nous n'apercevions toujours pas le feu. Mon père décida de poursuivre encore. Passerions-nous ? Dix minutes plus tard, nous aperçûmes l'incendie pour de bon, en avant sur notre gauche, en contrebas d'une vallée : un tapis de flammes rougeoyantes dont la fournaise avalait les arbres un à un, progressant à contresens de la route. Nous en étions à moins de deux cents mètres, je pense. Pas moins en tout cas. C'était oppressant. Mais nous pouvions passer. Mon père accéléra. Personne ne parlait. Lorsque nous parvînmes à la perpendiculaire de l'incendie, je vis la fumée qui passait au-dessus de nos têtes en volutes tourbillonnantes, masquant la lumière du soleil. Et puis nous fûmes de l'autre côté. Il était moins une.

Souvenirs : Je suis en vacances chez moi au village. La télévision annonce un été à incendies comme on en a rarement vu. Tout se conjugue pour mener à la catastrophe : vents puissants, chaleur accablante. L'ensemble des moyens humains et matériels sont sur la brèche dans toute la Corse. Le long de la route menant à Aléria, j'ai vu des alignements de camions de pompiers en attente d'intervention, leurs équipages harnachés comme des Martiens, transpirant sous leurs combinaisons, stoïques, prêts au combat.

Midi n'a pas sonné que la bagarre commence. Un défilé de Canadair traverse le ciel dans un sens pour attaquer l'ennemi je ne sais où, puis dans l'autre sens afin de s'approvisionner en eau dans l'étang de Diane ou en mer, je ne sais plus. Incendies ici, incendies là, il y en a partout. Et cela va durer des jours entiers sans que j'en voie autre chose que le défilé des Canadair.

Souvenirs : Les années ont passé. Je reviens en Corse après une longue absence. Je rentre chez moi. Ici et là sur ma route j'aperçois d'immenses étendues noirâtres sur le flanc des montagnes, dans les vallées, les plaines, et jusque sur certains sommets. Forêts et maquis ont brûlé jusqu'à remuer la terre ocre, ne laissant plus paraître que des moignons d'arbres, des troncs torturés, des sarments déchiquetés. Paysages de désolation. Tristesse.

Souvenirs : Je viens de Bonifacio en voiture avec ma compagne et mes enfants pour rentrer dans notre village de Pancheraccia depuis la plaine orientale. Nous longeons la mer. Soudain, un embouteillage. Accident ? Non : incendie encore. Il est sur notre droite à moins d'un kilomètre. Guère important, semble-t-il, mais il menace des villas au bord de l'eau. Les habitants se sont réfugiés sur la plage. Les pompiers déboulent en faisant hurler les sirènes de leurs camions et aspergent les flammes à coups de lance. La terre grésille sous cet assaut. Nous passons lentement.

Au-delà des souvenirs, les chiffres, maintenant. Entre 1973 et 2004, on a compté 17 323 feux en Haute-Corse et 13 520 en Corse-du-Sud. Bilan : 207 838 hectares brûlés dans le Nord, 108 615 dans le Sud. Moyenne annuelle : 963 feux pour 9 889 hectares détruits.

D'année en année, les moyens et méthodes de combat pour lutter contre ce fléau n'ont cessé de s'améliorer, mais tout de même... La Corse est un pays d'incendies.

Les titres des sites d'informations sont toujours laconiques. On a tellement l'habitude : *Castello-di-Rostino : cinq hectares brûlés dans un incendie. Haute-Corse : les pompiers mobilisés sur cinq incendies. Palneca : un incendie détruit vingt hectares de végétation. Évisa : l'incendie de la forêt d'Aïtone stabilisé. Le feu de Lumiu maîtrisé, sept hectares détruits. Alata : vingt hectares brûlés dans l'incendie du col de Carbinica. Incendie à Cuttoli : douze hectares ont été ravagés par les flammes. Grand Ajaccio : le feu de Lava maîtrisé à la tombée de la nuit. Deux voitures et deux mille mètres carrés de maquis partis en fumée dans la nuit à Cozzano. Haute-Corse : un feu inaccessible à Corscia...*

Je pourrais continuer pendant des pages. Mais cessons de nous faire du mal...

Réparer les dégâts des incendies sur la flore et la faune relève d'un défi constant. Il s'agit d'une médecine délicate. Des feux répétés sur une même zone appauvrissent considérablement les sols. Heureusement, la nature se reconstitue plutôt bien, en Corse – elle a fini par s'adapter. Les pouvoirs publics ont également pris toutes sortes de mesures pour reconstituer les espaces détruits. Mais chaque année il faut recommencer.

Le mythe de Sisyphe en version corse.

Reste à parler des raisons de ces incendies. On accuse souvent l'imprévoyance des autorités – il aurait fallu faire ceci ou cela, ou se munir de tel et tel équipement –, l'étourderie des millions de touristes qui passent chez nous – ils jetteraient leurs mégots de cigarette à tort et à travers –, ou la négligence des randonneurs qui, non contents d'allumer des feux pour bivouaquer, les éteindraient fort mal. Sans doute y a-t-il un peu de tout cela. La CTIIF – Cellule technique d'investigation sur les incendies de forêts – estime que près de la moitié des incendies ont pour origine des causes humaines involontaires, donc due à l'imprudence.

Hélas, la CTIIF est moins prodigue en renseignements sur l'origine de l'autre moitié des départs de feux. En la matière, les pyromanes et certaines vieilles habitudes corses doivent être pointées du doigt.

Pour ce qui est des pyromanes à l'origine de nombre d'incendies criminels, ils sont rarement retrouvés. L'omerta joue pour les protéger quand ils sont familiers des populations. Ainsi va parfois la Corse…

Quant aux vieilles habitudes que je viens d'évoquer, elles sont connues comme des secrets de polichinelle mais touchent à de tels enjeux humains qu'on ne les évoque qu'à voix basse. De tout temps, la pratique ancestrale du brûlis – comme en Afrique et dans maintes régions du monde – a été une nécessité pour les éleveurs corses. La cendre étant un excellent engrais, ils brûlaient l'été le maquis ayant envahi leurs pâturages pour que l'herbe dont se nourrissent leurs bêtes repousse plus verte. Voilà un fait. Et cette façon d'agir perdure, avec un certain nombre de « dégâts collatéraux », vent et feu ne faisant pas bon ménage.

Cependant, la vérité oblige à dire deux choses : la première est que la technique du brûlis se justifie de moins en moins grâce aux progrès de l'agronomie, la seconde est que les jeunes éleveurs corses l'utilisent de moins en moins, conscients de leurs responsabilités collectives. À défaut d'illusion, il y a donc de l'espoir.

Quoi qu'il en soit, je crains que l'empilement des souvenirs par lequel j'ai entamé ce chapitre ne se poursuive encore longtemps. Les incendies chez nous sont comme le miroir inversé des particularités corses emplies de « lumière » : odeurs du maquis, goût de la charcuterie ou élégance des chants polyphoniques. Ils sont l'une de ses « sombres » particularités.

J

Jeunesse perdue – monuments aux morts

Dans l'histoire chaotique des liens unissant la Corse à la France, la Première Guerre mondiale marque un tournant décisif. Dès août 1914, l'État mobilise dans l'île davantage qu'ailleurs et de manière pleine et entière. Toutes les classes d'âge sont appelées en même temps et on envoie sur le front aussi bien des pères de famille nombreuse que des hommes de près de cinquante ans. Aucune autre région du pays n'est pareillement sollicitée pour contribuer à l'effort de guerre – les historiens se demandent encore pourquoi.

La Corse compte alors 250 000 habitants. 50 000 hommes partent au combat, 15 000 n'en reviennent pas : près de 30 % de pertes. Un pourcentage bien plus élevé que la moyenne nationale. Sans compter les innombrables blessés, amputés, « gueules cassées » et autres mutilés. Une hécatombe.

Je fournis ces chiffres avec prudence, en les arrondissant, car ils varient selon les sources – administratives ou politiques – et ce qu'on veut leur faire dire... Mais c'est, globalement, l'état des lieux.

Le choc psychologique sur la Corse sera terrible à l'heure du bilan. Depuis des siècles, rien n'avait encore autant frappé les corps et les esprits – et rien ne devait plus jamais les marquer avec cette force.

Tous les hommes qui partirent se battre le firent sans arrière-pensées, avec un dévouement exemplaire, un patriotisme revendiqué. Par leur bravoure, ils firent honneur à la Corse. Le père de mon père fut de ceux-là.

Beaucoup dirent plus tard que ces flots de sang versé scellèrent définitivement et charnellement le lien des Corses avec la France. C'est incontestable, même si les opposants à ce lien considèrent que les Corses ont surtout servi – et plus que d'autres – de chair à canon pour un conflit qui aurait dû leur être étranger. Ceux-là tiennent le même discours en ce qui concerne les pertes de la Seconde Guerre mondiale, mais dans la mesure où elles furent largement moindres, leur critique reste focalisée sur la Grande Guerre. Mais je n'oublie pas ces morts des années 1940, naturellement, ni ceux qui vinrent après eux. Ce pour quoi je veux impérativement rendre hommage à tous les Corses tombés pour la France depuis 1914.

J'aimerais graver l'ensemble de leurs noms dans ce « Dictionnaire amoureux » pour qu'on n'oublie pas leur jeunesse perdue. Impossible, bien sûr. Alors, pour les représenter, je citerais au moins ceux qui me sont le plus proches, autrement dit les hommes issus des cinq villages qui appartiennent à « ma montagne » : Giuncaggio, Pietraserena, Piedicorte di Gaggio, Altiani et Pancheraccia – mon village.

C'est le moins que je puisse faire.

Voici donc ces noms tels qu'en eux-mêmes – et tels qu'on peut les lire sur les monuments aux morts de ces cinq villages devant lesquels on passe trop souvent aujourd'hui sans un seul regard :

GIUNCAGGIO
1914-1918
Luccioni Antoine Michel – lieutenant
Sialelli Ange Vincent – lieutenant
Giovanni Antoine Toussaint – adjudant
Pietrini Jean Pierre – sergent
Guerrini Pierre Clément – caporal
Verticcioni Ignace – brigadier de gendarmerie
Spella François Xavier – soldat
Galeaxxi Antoine
Ruggeri Dominique Félix
Campana Charles François
Campana Michel

1940-1945
Sialelli Ange Vincent – 20 mai 1940

Algérie
Chiaramonti Marc Jean – caporal

PANCHERACCIA
1914-1918
Angeli Philippe – sergent

Bertocchi Jean Marc – soldat
Franceschi Jean Marc – caporal
Franceschi Sadonius – sergent
Guelfucci Paul Joseph M. – soldat
Luciani Jean Baptiste – soldat
Orsoni Joseph Antoine – sergent
Palmesani Toussaint – aspirant
Sansonetti Philippe – caporal
Terrazzoni Ours Dominique – sous-lieutenant

1939-1945
Landi Jean Baptiste

Indochine
Cancellieri Joseph Xavier – M.D.L. chef

PIETRASERENA
1914-1918
Alessandri Casimir – sergent
Beraldi Joseph Napoléon – adjudant-chef
Bernardini François – soldat
Carlotti Sauveur – soldat
Castelli Charles – soldat
Casanova Ange Dominique – soldat
Celeri Paul Mathieu – adjudant
Celeri Hyacinthe – soldat
Celeri Barthélémy – soldat
Colombani Charles Dominique – sergent
Gabrielli Joseph – soldat
Gabrielli Jean Philippe – soldat
Gabrielli François Antoine – soldat
Gabrielli Pierre Marie – soldat
Giammertini Charles – soldat
Giammertini Dominique François – soldat
Mariani Dominique Félix – sergent
Mariani Jules – soldat
Mariani François Marie – soldat
Orsini Don Pierre – soldat

Sabiani Antoine Dominique – soldat
Salvadori Don Joseph – soldat
Savelli Jean Joseph – adjudant
Santelli Joseph – soldat
Santelli Jean Dominique – soldat
Valery Pierre François – soldat
Vannucci Antoine Louis – soldat
Vecchierini Marien – soldat
Vecchierini Noël – soldat

1939-1945 T.O.E.
Bernardini Martin – adjudant
Emmanuelli Martin, Indochine – lieutenant
Grassi Héraclius – soldat
Giacobbi Jean Baptiste – soldat

PIEDICORTE-DI-GAGGIO
1914 – 1918
Arrighi Antoine Marie – lieutenant
Arrighi Don Grace – lieutenant
Arrighi Louis – adjudant-chef
Arrighi Pierre – soldat
Casanova Alexandre Marie – sous-lieutenant
Casanova Jean Baptiste – sous-lieutenant
Casanova Michel – sergent
Casanova Pierre Toussaint – soldat
Cervoni Adolphe – caporal
Cervoni Jacques – aspirant
Cervoni Joseph Antoine – soldat
Cimino Louis – soldat
Luccioni Michel – lieutenant
Luciani Don Grace – soldat
Luciani Pierre Dominique – soldat
Luccioni Antoine Michel – adjudant
Luccioni Joseph Antoine – soldat
Luccioni Pierre Jean – sergent
Malitz Charles – soldat
Mariotti Joseph Marie – soldat

Mayali Jean – soldat
Mayali Paul Antoine – soldat
Nasica Napoléon – soldat
Ottavi André – sergent
Ottavi Michel – lieutenant
Paoli Martin – lieutenant
Poletti Dominique – soldat
Rocchi Jean Pierre – sous-lieutenant
Rocchi Marcel
Rocchi Toussaint – soldat
Rossi Antoine – soldat
Rossi Joseph – soldat
Spagnoli Clément – sergent
Vincenti François Antoine – sergent
Vittori Antoine François – soldat
Vittori Nonce Marie – soldat
Corazzini André – sergent aviateur
Corazzini Clément – marin
Corazzini Antoine – caporal
Corazzini Côme – soldat
Corazzini Timothée – soldat
Damiani Georges – soldat
Damiani Marc Ange – sergent major
Damiani Valentin – soldat
Exiga Joseph Antoine – soldat
Ferrari Louis – soldat
Giacobbi Lucien – soldat
Giuliani Pierre Dominique – soldat
Luciani Ange Pierre – soldat
Luciani Don Grace – adjudant

1939-1945
Corazzini Ange Félix – caporal
Galeazzi Nicolas – sergent
Luciani François Jean – 2e classe
Vittori Antoine Bedasuzio – 2e classe
Casanova Paul Antoine – 2e classe

ALTIANI

1914-1918

Paoli Martin – lieutenant 56 ans
Nicolai Thimotée – adjudant-chef 32 ans
Paoli Germain – adjudant 30 ans
Sansonetti François – sergent 20 ans
Sansonetti Marc Toussaint – caporal 21 ans
Luciani Charles – caporal 24 ans
Paoli Paul – caporal 23 ans
Valla Joseph Louis – caporal 32 ans
Vannoni Michel – caporal 29 ans
Christofini Nicolas – quartier-maître 29 ans
Tristani Jean Baptiste – soldat 28 ans
Tristani Camille – soldat 29 ans
Tristani Antoine – soldat 25 ans
Tristani Antoine – soldat 27 ans
Pietri Pierre – soldat 31 ans
Paoli Antoine – soldat 30 ans
Luciani François Marie – soldat 21 ans
Paoli Louis – soldat 22 ans
Bangardi Joseph Antoine – soldat 44 ans
Alessandri Dominique – soldat 19 ans
Frigosini Antoine Martin – soldat 20 ans
Battini Martin – soldat 19 ans
Rusticoni Antoine – caporal 22 ans
Corrazzini Clément – marin 30 ans
Maestripieri Jules – soldat
Sansonetti Albert – soldat 25 ans
Nicolaï Marcel – soldat
Benedetti Albert – soldat
Luciani Joseph – soldat

1939-1945 T.O.E.

Rusticoni Jean – capitaine
Arcangeli Tino – lieutenant
Luciani Mathieu – lieutenant
Biancardini Noël – adjudant-chef
Frigosini Paul – sergent-chef

Nicolai Timotée – sergent-chef
Luciani Auguste – caporal-chef
Bianchini Félix – soldat
Casanova Amédé – soldat

Reposez en paix.

Mes camarades kurdes dans la guerre disent des leurs tombés au champ d'honneur : « Les oublier, c'est trahir. »

J'essaie de ne pas oublier.

K

Kiosque

Lorsque vous entrez en voiture dans Bastia par la route de la plaine orientale, donc du sud vers le nord, vous parvenez bientôt – généralement après quelques embouteillages – au niveau de la place Saint-Nicolas, la plus grande, la plus belle, la plus fameuse de la ville : une place chère à mon cœur avec l'ombre de ses arbres majestueux, son immense esplanade, son antique kiosque à musique et l'alignement de ses cafés pour la plupart emplis de charme. Quand j'étais enfant, ma mère m'y promenait avec mes frères. Aujourd'hui, je m'attarde plutôt à la terrasse de l'un des cafés pour savourer quelques Cap Corse, l'apéritif emblématique de l'île à la saveur de quinquina, ou une bonne Pietra, notre bière locale qui mérite son pesant d'or – voir l'entrée « Apéritifs, vins et autres alcools ».

La route qui mène au port de commerce longe la place, légèrement en contrebas. Elle laisse la mer sur sa droite, mais de trop loin pour qu'on en sente les effluves iodés. Si vous continuez votre chemin et tournez à gauche pour entrer dans la ville, vous apercevez dans un angle, érigé sur un piédestal, une sorte de monument très étrange. Il est pour moi le symbole le plus émouvant de l'histoire corse de la Seconde Guerre mondiale – et il me serre le cœur chaque fois que je le contemple. Ce monument est la réplique du kiosque d'un sous-marin légendaire, le *Casabianca*. Peint en noir, presque inquiétant avec ses allures de squale, ses périscopes et son canon antiaérien dressé vers le ciel, il se dresse là depuis quelques années seulement. La plupart des touristes qui passent devant lui ne s'arrêtent jamais. Ils ont tort : le *Casabianca*, qui fut commandé par un Breton, le charismatique commandant L'Herminier, est un mythe en Corse – du moins pour ceux dont la mémoire n'a pas encore flanché –, tant son rôle pour la libération de l'île en 1943 fut essentiel.

Alors, de grâce, quand vous passerez devant ce monument vivant d'une des périodes les plus sombres de notre passé, arrêtez-vous un moment pour écouter son histoire : elle mérite quelques instants de votre vie.

La voici :

Tout commence lors du sabordage de la flotte française à Toulon en novembre 1942. Le *Casabianca* s'y trouve avec quantité d'autres navires de guerre, tous puissants et bien équipés, mais immobilisés dans le port depuis l'armistice de 1940 qui a instauré ce qu'on appelle alors la « zone libre ». En cet automne 1942, les Allemands n'ont qu'un but : s'emparer de ces navires français. Ils leur donneraient un avantage considérable sur les Anglais dans la lutte titanesque et incertaine qui les oppose à eux. Des unités SS envahissent la « zone libre » sans prévenir et se ruent sur Toulon. L'amiral commandant la flotte française ne trouve d'autre issue que d'ordonner à ses hommes de faire sauter tous leurs navires. L'Herminier et son équipage font partie des marins qui refusent cet ordre désespéré et son déshonneur. Tandis que le port s'embrase dans les incendies apocalyptiques des navires qui coulent les uns après les autres, ils appareillent dans des conditions épouvantables pour continuer la guerre à n'importe quel prix. L'odyssée de leur échappée dans une aube grise et froide est légendaire : ils réussissent à passer les filets de barrage qui bloquent le port, survivent à l'attaque des avions allemands qui les prennent en chasse dès la sortie de la rade, évitent nombre de mines menaçantes, et parviennent à gagner Alger après des péripéties rocambolesques et bien des dégâts provoqués par les bombes larguées sur eux.

Aussitôt rallié à la France libre, le *Casabianca* est chargé de ravitailler les maquis corses en armes, munitions et agents de liaison, tout en effectuant des missions de renseignements sur les côtes : missions incessantes, éminemment dangereuses, toujours incertaines, toujours réussies. De mois en mois, le rôle de ce sous-marin solitaire devient déterminant pour la libération de la Corse un an plus tard. Son plus haut fait d'armes sera sans doute de réussir à débarquer à Ajaccio le 23 septembre 1943, cent neuf hommes du bataillon de choc – à se demander comment on avait pu les entasser dans l'étroit espace de ce bâtiment d'à peine mille cinq cents tonnes – et de rendre la ville à elle-même. Ce débarquement fut le premier sur le sol de France d'une troupe de libération entièrement française.

Toutefois, l’émotion que suscite la vision du kiosque du *Casabianca* érigé à l’entrée de Bastia redouble d’intensité lorsqu’on sait les raisons pour lesquelles l’amirauté l’avait ainsi baptisé lors de sa mise en service en 1936. Il devait s’appeler en fait le *Casablanca*, mais le ministre de la Marine était alors un Corse, François Pietri – ombrageux, semble-t-il, et sourcilleux quant aux hommages dus à son île. La légende affirme qu’il s’émut qu’aucun navire de la flotte française ne portât le nom du plus fameux marin que la Corse ait connu, Luce de Casabianca. Ce dernier commandait le vaisseau l’*Orient* lors de la funeste bataille d’Aboukir contre Nelson où il mourut en héros à trente-six ans. On satisfit aussitôt le ministre – avec d’autant plus de facilité qu’il suffisait de changer une lettre...

L’histoire de Luce de Casabianca et de son jeune fils Giocante est l’une des plus tragiques qui aient jamais été écrites sur les mers – et c’est une histoire intensément corse. Sans doute Pietri tenait-il à ce qu’elle se perpétue dans la marine française tant elle exprime ce que peut être le sacrifice familial, le respect de la parole donnée, l’amour d’un fils pour son père.

L’*Orient* avait transporté Bonaparte en Égypte au tout début de ce qui allait devenir l’une des grandes campagnes militaires précédant l’Empire. Giocante, malgré ses onze ans, avait embarqué avec son père. C’était souvent l’usage pour les fils de capitaines et ces deux-là ne voulaient pas être séparés, quels que soient les dangers.

La tragédie se noue peu après dans le delta du Nil, au large d’Aboukir. L’amiral Nelson et la flotte anglaise sont en embuscade. Le 1er août 1798, Nelson attaque les Français. Un combat naval implacable s’engage à coups de canon et de sabre d’abordage. Le ciel est embrasé de poudre et de fumée, comme on le voit sur les célèbres peintures qui restituèrent la bataille quelques années plus tard. L'affrontement finit par tourner à l'avantage de Nelson en dépit d'une farouche résistance française qui ne le cède en rien au courage des Anglais. L'*Orient* est bientôt dans une situation désespérée. Luce de Casabianca lutte jusqu'au bout, refuse de se rendre ou d'abandonner son vaisseau. Il est tué parmi les derniers. Son fils, à l'autre bout du navire, l'ignore et tient son poste avec vaillance, refusant de le quitter sans l'ordre de son père. Il meurt dans l'explosion de l'*Orient*.

Les Britanniques furent si impressionnés par le courage du père et du fils, leur détermination farouche et leur dédain de la mort que, pendant très longtemps, on enseigna dans les écoles anglo-saxonnes le poème qu'écrivit sur eux Felicia Hemans (1793-1835). Il s'intitule « L'enfant qui demeura sur le navire en flammes » – « The Boy Stood on the Burning Deck ». Il mérite de prendre place dans ce *Dictionnaire amoureux de la Corse* :

Le garçon se tenait sur le pont brûlant,
d'où tous, sauf lui, s'étaient sauvés.
La flamme qui avait allumé l'épave de la bataille
brilla autour de lui par-dessus les morts.
Déjà beau et brillant, il se tenait là,
comme né pour régner sur la tempête.
Une créature d'un sang héroïque et fier
bien que sous une forme enfantine.
Les flammes descendirent... Il ne pouvait partir
sans l'ordre de son père.
Ce père succombé dans un cri, ce père
dont la voix ne serait plus jamais entendue.
Il appela très fort : « Dis-moi, père, dis-moi
si j'ai accompli ma tâche ! »
Il ne savait pas que le capitaine
n'avait plus conscience de son fils.
« Père, dis-moi, cria-t-il encore,
si maintenant, je peux partir ! »

Mais seules répondirent les explosions.
Les flammes rapidement s'approchaient.
Son front en sentait le souffle brûlant,
ondulant dans ses cheveux,
mais son regard, depuis ce mortel observatoire solitaire,
brillait encore de courage désespéré.
Il cria cette fois plus fort encore :
« Mon père, dois-je rester ? »
Tandis que vers lui, à travers voiles et haubans,
se ruaient les tourbillons de feu,
ils enveloppèrent le vaisseau de leur sauvage splendeur.
Ils s'emparèrent du pavillon resté haut
et flottèrent au-dessus de l'intrépide enfant
comme autant de bannières dans les cieux...
À ce moment explosa un grondement de tonnerre...
Oh, le garçon ! Où est-il ?
Demandez-le aux vents, qui, très loin,
jonchèrent la mer de débris,
de mâts, de bordées et pavois...
Mais la plus noble chose qui périt ici,
fut ce jeune cœur fidèle.

L

La Boudeuse

La Boudeuse est à la fois une chanson corse qui a bercé mon enfance et un trois-mâts français ayant porté mes rêves d'adulte. Ce double parrainage compte...

La chanson a été un « tube » des années 1970. C'était l'histoire d'un amour contrarié dont les paroles langoureuses étaient susurrées par un rival de Tino Rossi quelque peu oublié aujourd'hui des jeunes générations, mais encore vivant dans les mémoires des anciens qui fredonnent toujours ses rengaines – et à la moindre occasion. Ce chanteur, vedette de son temps, s'appelait Pascal, tout bonnement, et faisait le bonheur des adolescents. Je ne sais combien de flirts et d'histoires d'amour se sont joués sur cet air de « La boudeuse ». J'en ai été de ces histoires-là, bien sûr, chaque été ou presque, lorsque tous les jeunes de Pancheraccia, mon village, se retrouvaient pour les vacances et découvraient entre eux le « vert paradis des amours enfantines ».

Nous aimions Pascal parce qu'il nous disait qu'en amour rien n'est jamais joué et que tout est toujours possible, même lorsqu'une femme – dont il laissait l'âge dans l'ombre – boude l'homme qu'elle avait dit aimer.

Tous les espoirs étaient donc permis et nous, les garçons, pouvions considérer que le refus un tant soit peu ambigu et frondeur d'une de nos amies ne constituait en rien une porte définitivement close. Il suffisait de lui chanter « La boudeuse » pour que demeure un peu d'espoir. Et l'espoir se concrétisait parfois. Dans le cas contraire, on pouvait se consoler à l'idée que nous avions trop mal chanté pour avoir quelque chance – il suffisait de s'entraîner et de recommencer.

Mais dans la mesure où les filles étaient loin d'être les dernières à entonner « La boudeuse » dès la tombée de la nuit, je n'ai jamais pu déterminer s'il s'agissait d'invites cachées, de clairs messages de refus, ou d'un goût simplement naturel pour un air distillant un charme désuet. Je quitterai la vie sans probablement le savoir...

Quoi qu'il en soit, on peut dire de cette chanson parmi les plus célèbres de Corse qu'elle appartient désormais, après le filtre sévère du passage du temps, à notre patrimoine le plus sensible.

Afin que les lecteurs qui ignorent « La boudeuse » – donc automatiquement des *pinzut* du continent – puissent s'en faire une idée, je vais en donner ci-dessous les paroles. Je ne sais si ce sera suffisant car il manque la mélodie – et c'est d'une importance capitale. Mais je ne peux faire mieux – et après tout, en ces temps de modernité où presque tout est accessible sur Internet, ces lecteurs peuvent toujours aller y écouter Pascal, presque en direct. Si je peux me permettre une suggestion, c'est bien celle-là.

Quel changement, pourquoi bouder sans cesse
Ce ne sont plus les amours d'autrefois
Tu me rendais caresse sur caresse
Et maintenant, tu me laisses aux abois.

Tu ne dis plus ce joli mot « je t'aime »
Que si souvent, chérie, tu me disais

Ho, réponds-moi, réponds-moi si tu m'aimes
Ho, réponds-moi, dis-moi que t'ai-je fait ?
Ho, réponds-moi, réponds-moi si tu m'aimes
Ho, réponds-moi, dis-moi que t'ai-je fait ?

Tu ne sors plus le soir en promenade
Prendre le frais assise sur le gazon
Tu fais semblant d'être toujours malade
Dis-moi pourquoi rester à la maison.

Tu ne mets plus de soin dans tes toilettes
Et tu n'as plus cet air si gracieux
Quand tu me vois tu me tournes la tête
En même temps que tes jolis grands yeux
Quand tu me vois tu me tournes la tête
En même temps que tes jolis grands yeux.

N'aurais-tu pas certaine maladie
Qui désunit les amants si souvent
Trop bien connu ce mot de jalousie
Rappelle-toi d'être à tous tes serments
Ne vois-tu pas mon front se décolore
Un doux baiser me ramène vers toi
Je l'ai juré et je le jure encore
Qu'après mon Dieu je n'aimerai que toi
Je l'ai juré et je le jure encore
Qu'après mon Dieu je n'aimerai que toi.

Paroles de M. Paoli, musique de A. Bonelli.

Quant au trois-mâts *La Boudeuse*, il a d'abord été une frégate française du XVIIIe siècle. C'est avec elle – et son navire d'accompagnement l'*Étoile* – que le célèbre navigateur Louis-Antoine de Bougainville fut le premier Français à accomplir un tour du monde. Se plonger aujourd'hui dans l'émouvant récit de cette longue expédition en un temps où les mers inconnues étaient la norme, donne une idée de l'indomptable courage des marins de cette époque, de leur capacité au risque, de leur résistance aux dangers, de leur force devant les périls, de leur stoïcisme face aux privations de toute nature – et durant de longues périodes. Ces hommes-là s'en allaient découvrir le monde sans être certains de revoir un jour leur foyer – la mort fauchait beaucoup sur les navires de cette époque –, mais ils s'en allaient quand même. On considérait que, pour vivre pleinement, il fallait en payer le prix, et tenir à distance la crainte de mourir.

Bougainville fut aussi le premier navigateur occidental, juste avant l'Anglais Cook, à vouer son entreprise à la pure découverte des mers lointaines, de leurs îles inconnues et de leurs côtes inexplorées. Jusqu'alors, on partait pour des raisons militaires, commerciales ou politiques – et bien souvent pour tout cela en même temps. Bougainville représente donc un tournant.

De ce long voyage il rapporta au moins deux choses d'importance en supplément du livre qu'il écrivit : l'invention du « bon sauvage » et l'idée nouvelle que le bonheur sur terre existait car il l'avait entrevu en découvrant Tahiti. Deux mythes des « mers du Sud » qui firent florès chez les penseurs du siècle des Lumières et leur survécurent.

C'est parce que j'aimais Bougainville, explorateur littéraire avant d'être savant découvreur, qu'en 1999 je baptisais mon premier navire du nom de sa frégate. C'était une jonque chinoise de haute mer que je perdis dans un naufrage au large de Malte après deux années de navigation dans « l'archipel malais » cher à Joseph Conrad. En dépit de cette « fortune de mer », je parvins à me procurer un second navire que je baptisais du même nom : *La Boudeuse*. Il s'agissait cette fois d'un splendide trois-mâts de quarante-six mètres de long HT avec lequel j'allais accomplir, en hommage à Bougainville justement, un tour du monde de trois années à la découverte des « peuples de l'eau ».

J'avoue avec joie que, au cours de cette longue aventure maritime, il m'est souvent arrivé de concilier le passé de la chanson corse « La boudeuse » et le présent du navire français du même nom, en chantant la nuit sur la dunette et sous les étoiles des mers du Sud, l'air et les paroles que l'on sait.

Langue corse

Si vous voyagez dans notre île, vous entendrez souvent parler corse. Avec toutes sortes d'interjections bien de chez nous, comme *aïo* – allons – ou *milou* – regarde –, qui ne cessent de ponctuer les phrases. Ne commettez pas alors la mère de toutes les erreurs : dire étourdiment que vous avez l'impression d'entendre une variante de l'italien. Bref, un dialecte. Vous vexeriez certains – surtout les nationalistes qui revendiquent pour des raisons politiques évidentes un statut de langue à part entière pour le corse, bien séparé de l'italien. Cependant, tous les linguistes sérieux vous le diront : les deux langues sont cousines et le corse, classé comme italo-roman, partage 90 % de ressemblance lexicale avec le toscan.

Mais laissons cela. L'essentiel est que vous ne pourrez manquer d'être charmé par la musicalité de notre parler, et c'est bien là l'important.

Je ne suis en rien un spécialiste de notre langue, mais voici ce que j'en sais. Son origine est incertaine, voire obscure – comme à peu près toutes les langues du monde, à vrai dire, je l'ai vérifié partout. Que parlaient les premiers habitants de la Corse avant les occupations grecques puis romaines ? On se perd en conjectures. Par conséquent, maintes choses se disent à ce sujet et toutes sortes d'hypothèses circulent. Laissons cela encore.

La seule chose qui soit à peu près certaine, c'est que, un bon millier d'années avant Jésus-Christ, les Ligures, peuple venu d'Italie, investissent la Corse et imposent leur idiome. Lorsque Sénèque est envoyé en exil dans l'île en 41 de notre ère – voir l'entrée « Sénèque » –, il note que les habitants s'expriment dans une sorte de sabir constitué de leur langage d'origine mélangé de mots grecs et ligures.

La présence romaine, illustrée par le séjour de Sénèque, dure près de huit siècles – ce sont eux qui donneront à notre terre le nom de *Corsica* –, et le bas latin qu'ils importent entre en scène pour structurer le parler populaire de l'époque. Notre première langue d'origine dérive de cette influence.

Après les invasions barbares ayant balayé l'Empire romain – les Vandales sont venus jusque chez nous –, les Toscans occupent la Corse au IXe siècle et pèsent d'un tel poids que leur impact linguistique sera déterminant – et pour longtemps. La langue de Dante s'installe en Corse. Pour l'anecdote, on peut noter que des mots latins se sont maintenus dans notre parler d'aujourd'hui alors qu'ils sont absents de l'italien actuel.

Viennent ensuite les Génois au XIIIe siècle. Si leur suprématie qui dure jusqu'en 1768 change peu de chose en matière linguistique, elle maintient tout de même la Corse sous l'influence de la péninsule Italienne. Si l'on compte bien, cette influence aura donc duré du Moyen Âge au XIXe siècle. C'est fort long, cela laisse des traces indélébiles. Notre langue ne pouvait qu'être fortement romanisée.

Jusqu'à la prise de possession de la Corse par la France en 1768, l'italien est ainsi la langue officielle de l'île, et le Corse, tel qu'il a évolué, le simple parler populaire des habitants. C'est en italien que Pascal Paoli rédige sa fameuse Constitution de 1755 – voir l'entrée le concernant. D'ailleurs, tous les textes de ce temps et tous les livres imprimés le sont dans cette langue. Il faut attendre le début du XIXe siècle pour que se diffusent véritablement des livres écrits en corse. Le premier à être publié est une comédie burlesque de Salvatore Viale en 1817. On le voit, c'est très tardif. Mais si Viale rédige son livre en corse, il utilise encore la graphie italienne.

Puis le français devient obligatoire à partir de 1852, comme partout ailleurs dans le pays. Cependant, les habitants restent dans leur immense majorité bilingues – même lorsque le corse sera proscrit à l'école pour accélérer l'entrée de l'île dans la communauté nationale. Dans mon enfance, tous les habitants de mon village le parlaient encore.

Il faut savoir ici que notre langue actuelle, désormais pleinement codifiée, possède néanmoins trois variantes dialectales : la première au nord, la deuxième au centre, la dernière au sud. Deux îlots linguistiques perdurent également. L'un, génois, dans les cités de Bonifacio et Calvi – compte tenu de la longue fidélité de ces deux villes à la Sérénissime République –, l'autre à Cargèse, du fait de la petite colonie grecque venue s'installer dans la région au XVIIe siècle, lors de l'occupation de la Grèce par les Ottomans.

Ces variantes ne présentent pas de difficulté de compréhension entre elles. Leur unité est suffisante pour que tout le monde se comprenne – tout en permettant de discerner l'origine géographique de l'interlocuteur par l'accent et des différences de vocabulaire. Les efforts de ces dernières décennies pour unifier le corse, notamment en ce qui concerne la graphie, ont permis une cohérence longtemps flottante, et les règles actuelles de l'écriture permettent de passer sans réelle difficulté de l'une à l'autre de ces variantes. C'est ainsi, par exemple, que les panneaux routiers de signalisation, tous bilingues, sont identiques dans la totalité de l'île. On peut noter à ce propos une curiosité : les noms de lieux écrits en français sur ces panneaux proviennent pour la plupart de l'italien car le corse étant resté oral tout au long des occupations pisane et génoise, les noms officiels des localités étaient italiens.

Aujourd'hui, environ la moitié de mes compatriotes parlent toujours notre langue. On peut considérer que c'est satisfaisant au regard d'autres régions de France où persistent des langues régionales. On peut aussi trouver cela insuffisant en comparaison de ce qui existait il y a encore deux ou trois générations. Ce pour quoi, sans doute, l'Unesco a classé le corse dans les langues menacées de disparition avant la fin du siècle – ce qui nous attriste par principe. Des efforts ont été entrepris depuis 1974 pour permettre le renouveau du corse, mais son enseignement à partir du primaire demeure facultatif et la transmission à l'intérieur des familles, si elle a quelque peu repris, est lente à renverser la tendance.

PARLETI CORSU ?

Quoi qu'il en soit, si d'aventure vous passez chez nous, essayez-vous à parler corse. On vous sera reconnaissant de cet effort quel qu'en soit le résultat. Ne soyez pas intimidé par l'absence de certaines lettres dans notre alphabet – les k, w, x et y – et ne vous laissez pas non plus effrayer par notre graphie parfois bizarre, ces *chj* qui doivent se prononcer *ty*, ou ces *ghj* qui se disent *dy*. Ils étaient nécessaires pour distinguer un certain nombre de sons proprement corses, inexistants en italien. On finit par s'y habituer, comme de suspendre la dernière syllabe des mots, ou de placer correctement les accents toniques. Tout cela peut même devenir amusant.

Et puis, connaître le corse, ne serait-ce qu'un peu, vous permettra bien davantage que de comprendre ceux qui vous parlent. Cet effort vous fera entrer dans une forme de résonance poétique avec les montagnes et la mer, les villages et le maquis, tout ce qui vous entoure et compose les paysages de notre île. Ce n'est pas rien. Ce sera comme pénétrer à l'intérieur d'un univers soudain différent.

Depuis mon plus jeune âge, je voyage de par le monde. J'ai beaucoup gagné, je crois, à passer la plus grande partie de mon existence dans des sociétés autres que la mienne. Dans bien des domaines, cela m'a servi et me sert encore. Mais dans celui des langues, c'est autre chose. J'ai appris à en baragouiner un nombre appréciable pour me tirer d'affaire ici ou là, mais j'ai fini par oublier ce que je savais du corse de mon enfance. On connaît parfois mieux les autres que soi-même. Aussi me suis-je, depuis peu, employé à suivre pour moi-même le conseil d'apprentissage que je viens de vous donner. Considérez qu'il s'agit là d'une garantie modeste, mais certaine, de son utilité comme de sa sincérité.

La *Sémillante*

Depuis que les hommes construisent des navires pour aller sur les mers, beaucoup de ces navires vont au fond des mers… Tel est leur destin qu'on appelle naufrage. Ils font partie de la longue histoire des mers et des océans et leur nombre a été si élevé au cours des vingt derniers siècles qu'il serait vain de vouloir le dénombrer.

À ces naufrages sont associés des drames humains aussi poignants que pathétiques, des récits de tempêtes effrayants, des contes de pirates ou de corsaires, des fables et légendes de trésors engloutis. Une forme de mystère entoure toujours la tragédie des naufrages.

Davantage que la haute mer, les lieux privilégiés de ces « fortunes de mer » – comme on aime à dire chez les marins – ont toujours été les côtes des continents et leurs dangers implacables, la menace des récifs entourant les archipels, les périls des terres lointaines et inconnues. Je connais des îles – comme Saint-Pierre-et-Miquelon – où l'on s'est appliqué à relever sur des cartes les lieux précis de l'ensemble des bateaux ayant coulé sur leurs côtes parsemées d'écueils et de hauts-fonds. Ces cartes sont presque illisibles tant se chevauchent les noms de ces malheureux navires disparus corps et biens.

Pour les hommes dont le métier est d'aller sur les mers et les océans, le naufrage est la fin définitive d'une histoire entre eux et les carcasses de bois ou d'acier qui étaient leur gîte et leur couvert, leur raison d'être et le lieu de leurs rêves. Tout s'en va dans les abîmes d'un seul tenant – il n'y a plus rien à faire. Heureux encore si les naufragés s'en reviennent vivants de l'aventure. Beaucoup demeurent avec leurs bateaux.

Je crois savoir de quoi je parle : j'ai perdu mon premier navire au large de Malte par une nuit d'hiver triste de l'année 2001. Ce navire était une jonque chinoise de haute mer que j'avais baptisée *La Boudeuse*. Des dragons sculptés couraient tout au long de sa coque et le pavillon corse à tête de Maure flottait à sa poupe. La bibliothèque située dans le grand carré contenait quantité de livres qui disparurent avec elle – dont la série des *Corto Maltese* dédicacés par Hugo Pratt. Tout un symbole. Mais les pires moments de la vie ne sont-ils pas destinés à nous faire perdre le meilleur ?

Pour cette raison, au moins, les naufrages survenus sur les côtes de Corse ne peuvent manquer de m'émouvoir. Il y en eut beaucoup depuis l'époque des Grecs et des Romains jusqu'à ces derniers temps. Surtout dans les parages les plus dangereux – je veux nommer par là les bouches de Bonifacio, cet étroit passage en forme de goulet entre la Corse et la Sardaigne, parsemé de pièges invisibles, écueils et brisants, battus par des vents mauvais aux pires mois de l'année. Le drame menaçait sans cesse en ces lieux redoutables quand les cartes étaient imprécises, les prévisions météo inconnues et les instruments de navigation sommaires.

L'un de ces drames m'a toujours fasciné par son ampleur. Il est hélas bien connu chez nous. Il survint le 15 février 1855, lorsque la *Sémillante*, frégate de la marine française, fit naufrage en s'éventrant sur les rochers des îles Lavezzi située dans le sud-est de Bonifacio. Il ne laissa pas même un survivant sur les quelque sept cents hommes se trouvant à bord : la plus grande catastrophe maritime qu'ait jamais connue la Corse – et même toute la Méditerranée.

La *Sémillante* avait quitté le port militaire de Toulon la veille malgré un vent violent de mistral et s'était retrouvée prise dans un terrible ouragan de secteur ouest au large de la Sardaigne. Cette tempête menaçant bientôt de drosser le navire à la côte, son commandant, le capitaine de frégate Jugan, marin expérimenté et énergique, avait pris la décision, pour éviter un désastre imminent, de se dérouter vers les bouches de Bonifacio. En dépit des brisants qui les parsemaient et de l'effet d'entonnoir dans lequel il ne manquerait pas d'être pris en s'y engouffrant, il parviendrait, s'il réussissait, à gagner la mer Tyrrhénienne de l'autre côté des bouches, et à trouver un relatif abri sous le vent des côtes corses ou sardes. Sans doute était-ce la meilleure décision à prendre. Encore fallait-il que la chance soit au rendez-vous.

Nous sommes alors en pleine guerre de Crimée. Jugan a reçu pour mission de ravitailler avec la *Sémillante* les troupes françaises de la mer Noire et d'apporter des renforts humains par la même occasion. Son navire est un bon bâtiment construit à Lorient vingt-cinq ans plus tôt et sur lequel il n'y a rien à redire. Long de cinquante-cinq mètres et armé de cinquante-six canons, il déplace deux mille six cents tonnes tout en tenant bien la mer. C'est ce qu'on appelle une frégate de premier rang, bien adaptée à ses missions.

Son équipage composé normalement de quelque cinq cents marins a été réduit à trois cents quand l'état-major de la marine a décidé de transformer la *Sémillante* en transport de troupes et de matériel. Les travaux ont été effectués à l'arsenal de Brest avant que la frégate ne soit transférée à Toulon. On y a entassé quatre cents soldats destinés à combler les pertes subies par l'armée d'Orient du côté de Sébastopol, et rempli les cales de quantité d'armes et de munitions. Quatre cents tonnes en tout, réparties comme suit d'après le chercheur françois Canonici : quatre canons de vingt-quatre, 1 500 bombes de vingt-sept, six mortiers de trente-deux, dix mortiers de vingt-sept, cent vingt barils de poudre de cinquante kilos et mille obus – sans parler des affûts de mortiers ou des équipements pour les canons.

Lorsqu'il embouque les bouches de Bonifacio vers 10 heures du matin ce 15 février 1855, rasant l'extrême pointe de la Sardaigne qu'il est parvenu à éviter, Jugan se retrouve pris, malgré tout, dans un faisceau de circonstances épouvantables qu'il ne peut maîtriser. En tant qu'écrivain de marine ayant connu la malédiction des tempêtes, je ne peux m'empêcher de me mettre à sa place – et je frémis sans honte en imaginant le spectacle qu'il avait sous les yeux : la mer est déchaînée, la visibilité exécrable, des vagues immenses frappent la coque de leurs coups de boutoir et passent par-dessus le pont, empêchant même de distinguer l'avant du navire. À bord, tout le monde doit être terrifié, et il y a de quoi. Les phares qui auraient pu venir en aide au courageux Jugan et le guider pour passer au large des Lavezzi et de ses écueils sont indécelables dans la tempête qui se fait de plus en plus effrayante, arrachant à terre arbres et toits des maisons.

Du jamais-vu, diront plus tard les habitants des lieux. En même temps, le vent d'ouest qui pousse la *Sémillante* de l'arrière se renforce par effet Venturi dès qu'elle passe l'entrée des bouches et accélère la course du navire qui devient incontrôlable. Jugan a fait réduire la toile depuis longtemps, conservant juste ce qu'il faut pour garder ses possibilités manœuvrières, mais rien n'y fait. Aux environs de midi, son navire s'éventre avec violence sur les rochers parsemant la pointe sud-ouest des îles Lavezzi.

Je conçois sans peine l'effroi qui a dû étreindre à cet instant précis marins et soldats. Ils devaient depuis longtemps prier le Ciel et voyaient que c'était en vain. J'imagine la panique indescriptible qui n'a pas manqué de les saisir devant cette approche de la mort annoncée, l'angoisse de Jugan sur lequel pèse tout le poids des responsabilités, lui qui a charge d'âme et mesure ce que signifie l'impuissance en de pareils moments : il ne sait comment sauver ses hommes, cette « faiseuse de veuves » qu'est la mer ne veut épargner personne.

On raconte qu'un berger du nom de Limieri serait sorti de sa maison de pierre en entendant un « grondement pareil à un tonnerre venant de sous terre » et aurait vu une quantité impressionnante de débris démantelés par la furie inouïe de la tempête : morceaux de coque, mâts brisés, effets militaires, poulies, voiles ferlées sur leurs vergues, mortiers, et surtout sabres et fusils, képis, chapeaux, vaisselle, pantalons et chemises, toutes ces misérables choses des vies humaines qui disparaissent – et dont bon nombre, hélas, firent longtemps plus tard la joie des pilleurs d'épaves. Mais il n'y avait nul trésor à bord et ils ne rapportèrent jamais autre chose que des pièces d'argent, quelquefois d'or, rien de plus.

D'après l'enquête maritime ultérieure, la frégate aurait tenu à flot jusqu'à la nuit malgré le maintien de l'ouragan, laissant ainsi le temps aux hommes de se déshabiller pour mieux nager et tenter de sauver leur vie en gagnant le rivage. Mais tous, sans exception, furent implacablement fracassés et déchiquetés par les brisants, têtes, pieds, mains arrachés. Lorsque les courants ramenèrent à la côte ces malheureux, moins de 600 en tout, ils n'étaient plus que des cadavres horriblement mutilés, broyés par le déferlement des vagues les ayant jetés cent fois sur les rochers, pratiquement tous méconnaissables. Pour les autres, la mer ne les rendit jamais.

Ce drame épouvantable eut un retentissement considérable en France et dans l'ensemble de l'Europe. En toute hâte, l'amirauté envoya sur les lieux l'ensemble des secours disponibles sur zone. Elle confia l'enquête administrative et les opérations de recherche à un jeune lieutenant de vaisseau du nom de Jean-Baptiste Bourbeau, commandant l'aviso *Averne*. Pour lui, comme pour son équipage et toutes les autorités qui participèrent à la recherche des corps, ce fut une épreuve douloureuse, difficilement surmontable. Bien des marins chargés de la récupération des corps et de leur ensevelissement ne purent mener à bien leur tâche, épouvantés par ce qu'ils découvraient. Mais tous les morts qui furent retrouvés reçurent une sépulture.

Un passage du rapport de Bourbeau est souvent cité. Il mérite de l'être de nouveau :

> Seul sur les deux cent cinquante cadavres ensevelis jusqu'à ce moment, le corps du capitaine Jugan a été retrouvé à peu près intact et parfaitement reconnaissable. Cet état de préservation était dû au paletot d'uniforme dans lequel il a été retrouvé entièrement boutonné. Tous les autres cadavres étaient nus en grande partie. La mort a donc trouvé le brave capitaine faisant courageusement son devoir en luttant jusqu'au dernier moment pour les autres sans songer à lui-même.

L'aumônier du bord put être également identifié, mais ce fut tout.

À l'est et à l'ouest des îles Lavezzi, Bourbeau aménagea avec ses hommes deux cimetières qui, bien entendu, existent toujours et sont le lieu de cérémonies annuelles. Pour chacun de ces cimetières, il ordonna la construction d'une croix de plus de dix mètres de haut en utilisant les débris de bois du navire. Un peu plus tard, le ministère de la Guerre et de la Marine fit ériger un monument commémoratif que l'on peut toujours visiter. Les marins qui passent là aujourd'hui s'y rendent souvent, mesurant l'humilité qui doit toujours être la leur face au pouvoir de la mer et à sa démesure parfois. Ils peuvent aussi lire l'incipit suivant que l'on trouve apposé sur le bâtiment de l'un des cimetières, celui de Furcone, au-dessus d'une liste de noms :

> À la mémoire des officiers des armées de terre et de mer qui ont trouvé la mort dans le naufrage de la *Sémillante* le 15 février 1855 vers midi. Leurs restes sont confondus ici avec ceux de leurs hommes unis dans le repos éternel comme ils l'étaient dans le devoir. Que leurs noms soient connus pour nous permettre d'honorer leur mémoire.

La terrible histoire du naufrage de la *Sémillante* pourrait s'achever ici. Elle eut cependant une suite favorable qui changea considérablement le sort des marins. L'amirauté se posa une question fondamentale : ce drame aurait-il pu être évité si l'on avait su prévoir la tempête ? La science météorologique était alors quasi inexistante et les savants du moment ne s'étaient guère investis pour la faire progresser. On confia cette tâche à l'astronome Urbain Le Verrier, célèbre pour avoir découvert l'existence de la planète Neptune. Il étudia soigneusement la trajectoire de la tempête née dans l'Atlantique d'une masse d'air froid venue du pôle Nord et se dirigeant vers la Méditerranée, calcula sa vitesse, et proposa d'utiliser les moyens modernes de transmission – c'est-à-dire le télégraphe électrique tout juste naissant – pour transmettre ce type d'information de relais en relais, plus vite que le déplacement du mauvais temps.

L'ancêtre des bulletins météo venait de naître.

Nous qui naviguons aujourd'hui sur les mers savons désormais que c'est à la mort de centaines de marins inconnus sur un rivage corse que nous devons l'amélioration de notre sécurité.

Que grâce ici leur soit rendue.

Libraires, Paroles de

Lorsque l'on est un écrivain partagé entre littérature et aventure, comment parler des librairies de Corse, ce chaînon essentiel, comme partout, de la propagation du livre vers ses lecteurs ? Comment en parler quand on sait surtout que la Corse ne peut guère se vanter d'être en pointe en ce qui concerne le nombre de librairies par habitant... Il s'en faut de beaucoup. Mais l'amour du livre est bien présent chez nous et supporte l'air du temps grâce à quelques libraires-résistants – qui sont bien souvent des résistantes.

J'ai retourné mille fois dans ma tête cette question de l'entrée « Libraires » avant d'imaginer une réponse que j'espère originale et à peu près complète : donner tout simplement la parole aux libraires de l'île – du moins aux plus engagés d'entre eux pour la défense de la lecture. Surtout auprès des jeunes.

Je leur ai donc posé un certain nombre de questions et les ai laissés entièrement libres d'y répondre. Ce qu'ils disent brosse un juste tableau de « l'état des lieux » – ce que je souhaitais vous transmettre.

Voici ce que je leur ai demandé :

J'ai prévu dans mon « Dictionnaire amoureux » une entrée « Paroles de libraires » afin de donner une expression libre et directe à ceux d'entre vous qui souhaiteraient s'exprimer dans ce livre et y être présents.

Si vous en êtes d'accord, il suffirait de m'envoyer un texte dans lequel vous diriez ce qu'est le métier de libraire dans la ville où vous l'exercez, ses joies et ses difficultés, qui sont vos lectrices et lecteurs, ce qu'ils lisent, tout ce qui vous semble intéressant. Vous pourriez aussi raconter votre itinéraire personnel de libraire ou tout ce que vous voulez en rapport avec le livre et la lecture en Corse.

Voici leurs réponses :

Librairie Papi à Bastia par Papi Pierre-Marie.

« Des vies à travers le livre... Qu'est-ce qu'un livre ?

Vulgairement, un livre est un assemblage de feuilles imprimées et réunies en un volume.

Mais dans celui-ci se cache plus que cela, il regorge de savoir, de connaissances, d'informations et de récits...

De la pierre au papyrus pour arriver à l'imprimerie, le livre est un objet de transmission depuis la nuit des temps. C'est également un symbole de liberté car nombreux sont ceux qui ont payé de leur vie leurs écrits.

Il permet à chaque individu de partager son message, son histoire, sa vie personnelle ou fictive. C'est également un lieu d'évasion pour les personnes qui le lisent, un voyage parmi les mots.

D'ans ce domaine, être libraire est assez vaste comme profession. Il faut connaître le monde du livre à travers ses différents genres, ses différentes époques et ses différents lecteurs.

Depuis maintenant trois générations, c'est ce que nous nous efforçons de faire au sein de notre librairie qui est beaucoup plus qu'un simple commerce. C'est avant toute chose un lieu de vie où les différentes classes sociales s'effacent, c'est un lieu de partage, de culture, de rencontres.

Des rencontres surtout lorsque des auteurs viennent présenter leurs ouvrages et qu'ils rencontrent leurs lecteurs. C'est un moment unique de convivialité pour ces personnes qui échangent leurs impressions, leurs regards sur l'œuvre et parfois même leur vie...

En Corse plus qu'ailleurs, le livre est présent dans notre quotidien avec de grands écrits historiques comme ceux de Pascal Paoli, personnage emblématique des Lumières, jusqu'à un prix Goncourt en 2012 (Jérôme Ferrari, *Le Sermon sur la chute de Rome*).

D'autres ont été écrits dans notre langue maternelle, et c'est en 1930 que paraît le premier roman en langue corse, *Pesciu Anguilla*, de Sebastianu Dalzeto. Mais après ça, c'est une longue traversée du désert qui attend la littérature insulaire. Pour en sortir se sont fait jour une réappropriation de la langue, des expressions artistiques et culturelles, des savoir-faire, et la recréation ou la réactivation d'une forme d'identité collective ainsi que de l'histoire de la Corse.

Car cette culture a bien failli disparaître. Il a fallu un soulèvement collectif dans les années 1970 appelé *U Riacquistu* pour la préserver. De nouvelles propositions orthographiques sont adoptées en 1971. Suite à cela naît un cercle de jeunes écrivains qui vont s'efforcer de dépasser le souci de maintenir l'héritage en donnant une orientation nouvelle à la littérature corse.

Trois ans après, en 1974, est créée la revue emblématique *Rigiru* (« Le Renouveau »). Cette importante prise de conscience, qui a caractérisé ce que l'on a appelé la *rumpitura di u sittanta* (« la rupture des années 1970 »), a permis l'éclosion d'œuvres qui paraîtront un peu plus tard. On citera par exemple R. Coti, G. Thiers, G.G. Franchi, G. Fusina, S. Casta et M. Poli.

En 1997, la création de la revue *Bonanova* sous la direction de Dumenica Verdoni va créer un nouvel espace d'expression pour la langue corse car la revue mêle poèmes, nouvelles, avec des œuvres d'artistes peintres.

La Corse est un territoire très attaché à la transmission de l'histoire, des coutumes et donc de sa littérature et de son écriture. Nombreux sont ceux qui s'intéressent à l'histoire insulaire par le biais de la lecture, et nombreux sont ceux à l'écrire.

Je suis la troisième génération de libraires de la famille et très vite j'ai compris que c'est ce que je souhaitais faire, d'une part pour perpétuer l'héritage de notre famille et d'autre part parce que travailler dans cet univers de paix, de liberté et de calme est ce qui me fait me lever chaque matin. C'est un métier où le lien social est constamment présent par le fait du conseil que certains lecteurs nous réclament et il s'agit pour nous de répondre au mieux à leurs demandes.

Mais le métier de libraire ne comporte malheureusement pas que de ces côtés positifs. Ce secteur est hyperconcurrentiel du fait de l'explosion du numérique et d'Internet, et entrevoit un avenir avec une espérance de vie peut-être limitée. Mais je garde espoir car une librairie est et restera un point de rendez-vous social, culturel, et d'échanges.

C'est avec une grande joie que j'observe depuis quelques années l'évolution et la progression du livre corse, avec de plus en plus d'auteurs à succès issus de notre île. Il existe également une progression de l'édition corse. Je pense aux éditions Albiana, à Alain Piazzola, Clémentine et plus particulièrement à La Marge qui fut la première créée, et bien d'autres. Je m'excuse de ne pas toutes les citer car elles sont nombreuses et de plus en plus, preuve que le monde du livre n'est pas totalement en perte de vitesse et promet, je l'espère, un avenir radieux... »

Librairie La Marge à Ajaccio par Ghislaine Caviglioli.

« C'est dans les moments sombres ou perturbés que s'exacerbent nos identités, se confortent nos vocations. La crise de la Covid fut un puissant révélateur. Elle me permit de réaliser combien le métier de libraire était ma passion de toute une vie, mon cœur battant. J'ai pu, de surcroît, mesurer dans ces temps funestes l'importance qu'il revêtait socialement. J'ai sans doute été l'une des premières libraires de France à avoir organisé un "clic et collecte". Il me revient en mémoire ces messages de clients d'ici ou d'ailleurs passant commande, se pliant de bonne grâce à un protocole vétilleux de contrôle sanitaire, me reviennent ces témoignages de solidarité et de gratitude aussi. Dans la ville où s'absentait la vie, un foyer demeurait vivace, une librairie, La Marge, animée par la passion de son équipe. Plus qu'un succès d'estime, nous répondions en ces temps tourmentés à ce besoin impérieux d'évasion, de connaissance, de quête de sens, ce besoin de faire corps, par le livre et la culture, avec chacun de nos semblables. Bref, s'émanciper et se convaincre d'appartenir à une même communauté en souffrance.

Comme toutes les belles aventures humaines, cette histoire est le fruit d'un hasard heureux et d'une rencontre essentielle dans ma vie et celle de La Marge. Deux fervents militants de la culture pour tous, François et Guy, me proposèrent en mai 2005 de rebâtir une librairie indépendante alors en liquidation judiciaire. Adossée à la maison d'édition Albiana, vit alors le jour plus qu'une librairie : un groupe culturel en devenir, articulant avec une même énergie création éditoriale et promotion de la lecture. Son ancrage insulaire rend en effet singulièrement raison de la vocation “patrimoniale” de La Marge : s'ouvrir à la création littéraire en langue corse, mais pas seulement, quelle qu'en soit la forme littéraire, romans, poésie, essais et beaux livres.

Je peux ajouter que cette librairie est une librairie indépendante généraliste. Elle a été conçue pour les lectrices et lecteurs de tout âge. Un espace jeunesse pour les tout-petits y est consacré mais aussi pour les adolescents avec un fonds documentaire, des albums et des romans.

Côté adulte, nous disposons d'un très beau fonds en littérature francophone et étrangère, d'un espace policier, d'un coin bande dessinée adulte et jeunesse, d'un lieu dédié aux beaux-arts, à la poésie, au théâtre, aux biographies, aux correspondances, et d'un autre consacré à la Corse (voyages, histoire, langue, art de la table, etc.). Enfin, au premier étage, nous avons voulu constituer un fonds sciences humaines assez riche, ainsi qu'un rayon récits de voyages.

On se persuade souvent que le libraire lit (beaucoup), annote, griffonne, conseille et accompagne ses clients, chemine librement dans l'univers romanesque des auteur(e)s qu'il vénère secrètement, humble passeur d'un discours amoureux sur la littérature. Pas seulement. Ce caviar, cette noble activité (être invité à pénétrer l'imaginaire et la vie singulière du lecteur) n'est qu'une toute petite partie de notre métier. Le libraire et son équipe construisent méticuleusement un fonds, accueillent les représentants des maisons d'édition, négocient âprement les marges, organisent des rencontres-débats, animent des ateliers de lecture, pilotent le stock d'inventaire, organisent dans son jargon les "retours", ces ouvrages orphelins n'ayant pu rencontrer leurs lecteurs. Cette rotation rapide des stocks est décisive. Elle nous permet de renouveler qualitativement notre fonds et de répondre ainsi aux attentes de notre clientèle attentive et exigeante. Comment enfin ne pas évoquer les activités comptables, dont la rigueur est le garant de la pérennité de l'entreprise dont il convient de rappeler les écueils structurels : une faible marge économique, d'importantes charges fixes ? L'équation économique est d'autant plus délicate à résoudre que la librairie est le dernier maillon de la chaîne du livre, acteur minuscule face à la puissance prescriptrice des grandes maisons d'édition et des distributeurs nationaux, des transporteurs... Acteur minuscule peut-être, mais sentinelle aux aguets, guerrier vaillant pour le plus grand bonheur de son compagnon de toujours, le lecteur. Le libraire est un chasseur de trésor insatiable, absorbé dans une quête sans fin d'écrivains pleins de promesses, d'héroïques petites maisons d'édition, toujours sur la brèche afin de nourrir la curiosité de ses clients et d'éveiller l'intérêt de nos chers visiteurs qui déambulent parfois indécis ou intimidés, au milieu de notre lumineuse caverne. Pour ce labour toujours recommencé, les outils de communication aident beaucoup : site institutionnel, réseaux sociaux sont autant de moyens de consolider pierre après pierre notre *credo*, mobiliser notre communauté qui je l'espère s'enrichira de nos expériences partagées. Acteur minuscule, ai-je dit ? »

Librairie Alma à Bastia par Christophe Di Caro.

« L'aventure "Alma" est une aventure hors du commun. La librairie a ouvert ses portes à Bastia, boulevard Paoli, le mercredi 8 septembre 2021, à 17 heures. Elle a pour devise principale : "la culture au cœur de la cité", qui incarne son engagement, sa passion.

Tout a commencé par une rencontre trois ans plus tôt, celle de Christophe Di Caro, philosophe, enseignant au sein de l'université de Corse et animateur du café-philo de Bastia, et d'Olivier Rivollier, directeur de la librairie Album que la tradition orale appelle la "Sobadi". Ils ne savaient pas encore que la librairie Album allait fermer. Olivier Rivollier s'interrogeait sur l'avenir d'une deuxième librairie au cœur de la ville et Christophe Di Caro avait à l'esprit la reprise de l'Alma Cup, cette coupe de Corse de philosophie et de joute verbale. Ils discutent de l'hypothèse d'une association entre eux, se voient régulièrement, et rêvent de culture, d'échanges, de lectures, de liberté. Ils fourmillent de projets, pensent que le dynamisme est essentiel au développement de l'esprit, de la créativité, qu'il est essentiel à l'envie de lire, d'écrire, de dessiner, pour faire battre un cœur dans la cité... Avec, toujours en filigrane, la Corse chevillée au corps.

Très vite, un projet commun naît : créer Alma librairie Bastia quand Album fermera. Ce projet ne les quitte plus jusqu'à sa réalisation.

Le nom d'Alma, traduction plutôt littéraire *in lingua corsa* du mot *anima*, qui signifie "âme", a aussi pour origine la fameuse Alma Cup, héritée de l'association à but culturel Alma di luce ("âme de lumière"). De surcroît, ce nom n'est pas tout à fait étranger à celui d'"Album".

Vont suivre trois années de construction. La collectivité de Corse décide d'appuyer notre projet ainsi que le Centre national du livre. Ce dernier considère qu'Alma – seule librairie qu'il soutient, pour l'heure – portera de nombreux fruits. D'abord pour la stimulation intellectuelle autour de l'écriture et de la lecture, ensuite pour les éditeurs insulaires qui trouveront un nouveau point de vente dynamique de proximité. Mais la persévérance et la foi dans le projet sont mises à rude épreuve. Faire naître un nouveau pôle culturel à l'heure où Internet offre à l'échelle du monde une concurrence déloyale n'est pas une mince affaire, et bien des stratégies d'esquive sont nécessaires pour parvenir au but. L'arrivée de la Covid n'arrange rien, contaminant certaines parties prenantes au projet et ralentissant l'approbation des dossiers de partenariats et de subventions.

Pourtant, Alma librairie Bastia finit par voir le jour. Nombreux ont alors été les Bastiais à nous remercier pour cette nouvelle ouverture de la "Sobadi", comme certains se plaisaient encore à le dire. Depuis, nous ne cessons de grandir : nous planchons désormais sur le développement d'une plate-forme de vente en ligne à plus grande échelle pour amplifier la production et la diffusion des ouvrages insulaires. Un programme annuel de manifestations est aussi en cours avec de nombreuses associations culturelles. Vaste programme.

Notre autre point positif est le personnel d'expérience qui nous entoure. Le premier à avoir rejoint l'équipe est Laurent Deville, ancienne cheville ouvrière de la librairie Album, secondé dans la foulée par Élodie Bourbon, Michele Durizzi et Marie-France. Toutes les trois sont des libraires passionnées, expérimentées et très ancrées dans la vie culturelle bastiaise, ce qui est très important puisque notre devise reste : "La culture au cœur de la cité".

Mais de quelle cité parlons-nous ? Car, pour entendre son cœur, il faut la connaître. Bastia, sa vie, ses "citoyens", ses traditions sont donc le point de départ de ce nouveau cœur de ville. Les habitants ne cessent de venir échanger avec nous, sur la vie, l'histoire, la philosophie, les passions. Plus qu'une librairie, Alma est devenue une *agora* vers laquelle convergent les générations, allant des lecteurs de mangas à ceux des classiques, du cinéma à la philosophie. Toute une humanité s'y croise devant des libraires dévoués à leur métier. Quand des ouvrages manquent ou sont rares, nous nous démenons pour les trouver, les livrer, arpentant parfois la ville avec un diable ou tendant un ouvrage à quelqu'un qui attend en double file devant la librairie. Nous sommes au cœur de la cité et pour elle, avec ce rêve un peu fou, d'imaginer que la liberté est d'abord intérieure… »

Librairie des Palmiers à Ajaccio par Muriel Melgrani.

« Mes souvenirs de Hachette, la librairie de la place des Palmiers à Ajaccio, remontent à ma petite enfance, lorsque j'y allais avec mes parents après mon cours de danse de l'autre côté de la place, chez Mme Vigneau. Mon grand-père avait été tout content un jour d'y trouver pour moi un manuel de grammaire en langue corse, à l'époque du *U Riacquistu* – mouvement de réappropriation de notre langue au début des années 1970.

Après des études supérieures à Nice, revenue à Ajaccio, j'ai travaillé quelques années au siège de la compagnie aérienne régionale. Puis les naissances de mes filles m'ont décidée à arrêter de travailler pour me consacrer à leur éducation. Alors qu'elles grandissaient, mon goût pour la décoration et l'architecture m'a amenée à m'occuper de rénovation dans le bâti ancien.

À la fin des années 2000, au hasard d'une conversation sur l'achat potentiel d'un commerce, je réponds : "Il n'y a qu'un commerce qui m'intéresserait à Ajaccio : Hachette !" – depuis 1922, la librairie face à la place des Palmiers.

Quelques mois plus tard, j'apprends d'un ami, homme d'affaires parisien, qu'Album, enseigne de la librairie depuis 1995, est à vendre ! Le 5 août 2010, je signe l'acte d'achat. J'apprendrai plus tard que les Messageries Hachette de Paris, boulevard Saint-Germain, avaient signé leur acte d'achat de la petite librairie Matricali le 5 août 1922 ! Le mystère des nombres… C'est en 1909 qu'avait été créée la boutique de Publications populaires Matricali, à l'angle de la place des Palmiers et de la rue Fesch, à l'endroit actuel des livres de poche de notre librairie. On y vend déjà des journaux, des livres, des fournitures scolaires. Le jeune Victor Matricali habite au-dessus avec ses parents. On accède à l'appartement par une échelle de meunier où se trouve maintenant l'escalier de la librairie (selon la légende transmise par les anciens : le tronçon d'un escalier de la tour Eiffel apporté en bateau par Hachette depuis Paris dans les années 1920).

Dès les années 1880, le père de Victor, qui est tailleur, exploite à cet endroit un commerce d'habits. Lorsqu'il décède en 1909, Victor n'a ni le savoir-faire ni l'envie de perpétuer l'activité paternelle. Il crée un commerce "culturel". On s'y retrouve, on commente l'actualité, d'autant que Victor est conseiller municipal à la mairie d'Ajaccio. En 1913, Victor se marie… dans la boutique ! Un beau jour de 1920 débarque un émissaire des Messageries Hachette parisiennes qui recherche un lieu pour installer leur agence générale pour toute la Corse. La somme de cent mille francs de l'époque est un pactole pour Victor : il vend !

Et c'est ainsi que la Librairie des Palmiers, que j'ai souhaité rebaptiser ainsi lors de mon acquisition en 2010 pour l'inscrire dans le paysage ajaccien de la place des Palmiers, est la plus ancienne librairie de Corse encore en activité.

Il m'a fallu apprendre deux métiers : gestionnaire d'entreprise et libraire. C'était une maison qui vivait sur sa réputation d'institution ajaccienne. Mais il fallait vite redresser la barre et la moderniser. Le jour où j'ai vu un Minitel dans la réserve, je me suis demandé ce qu'il y faisait : la presse n'était toujours pas informatisée ! Du reste, la papeterie non plus.

Hélas, la situation économique a dégénéré : en 2013, une décision politique met fin à l'espoir de disposer d'un parking supplémentaire devenu indispensable en centre-ville. Ce refus marque le début de la désaffection des commerces qui s'y trouvent et de la dégringolade économique.

En 2015, une chaîne française à quatre lettres, vendeuse de livres, ouvre à l'entrée de la ville. L'attrait de la nouveauté fait son effet : même nos clients habituels désertent le centre-ville. En 2017, une grande surface commerciale ouvre en périphérie avec la même chaîne française : la désertion des commerces en ville s'accentue.

Une nouvelle déferlante arrive en 2018 : la plus grande surface commerciale de Corse, gigantesque, ouvre tout près de la précédente, avec en plus un "centre culturel" vendeur de livres. On donne en spectacle des cerfs à Noël. Nicolas Sarkozy en été. Au fil des mois, des boutiques du centre-ville ferment : les écriteaux “Bail à vendre”, “À céder” s’égrènent tristement le long des trottoirs.

Alors, la librairie devient plus que jamais un acte de résistance personnelle. Comme le chiffre d’affaires, l’équipe s’est réduite mais elle est battante et dévouée à la librairie. Heureusement aussi, les lecteurs sont là : les plus fidèles nous ont soutenus, sauvés, même, en continuant à venir. Ceux qui ont été attirés par les sirènes de la mondialisation, qu’elle soit locale ou *via* Internet, ont souvent été déçus par ce qu’ils y ont trouvé et reviennent vers nous. La proximité, le conseil, les liens tissés au fil du temps peuvent l’emporter sur la machine à vendre.

Et puis vint la Covid. Un nouveau combat à mener pour la survie de la librairie : il a fallu fermer deux mois et demi puisque les librairies n’étaient pas considérées comme des commerces “essentiels” par le gouvernement. Puis, après quelques mois de réouverture, alors que le virus revenait en force, nous avons été contraints d’interdire à nos clients, ceux qui voulaient bien encore braver le climat ambiant stressant, de franchir l’entrée de la librairie ! Or, nous avions l’autorisation officielle de laisser entrer les clients demandeurs d’articles de papeterie : une ineptie !

Enfin, un jour, nous sommes devenus essentiels…

Au vent mauvais, nous tenons bon, grâce à tous ceux qui aiment lire sans concession. Grâce aussi à tous ces auteurs qui sont venus nous soutenir par leurs dédicaces : ils ont fait le bonheur des livres, des lecteurs et de la librairie.

À présent, c’est Omicron qui complique le commerce des hommes. Certains habitués, craintifs du virus, avaient été prévoyants cette fois : ils avaient fait le plein de livres chez eux ; les autres continuent de fréquenter la librairie pour le plaisir d’y flâner avant d’avoir un coup de cœur, ou dans l’idée d’y acquérir le titre dont on parle. L’équipe tient le choc, reste combattante.

On a tous, lecteurs et libraires, tellement envie que le monde redevienne comme avant. »

Librairie Valentini à Corte par J. Valentini-Reboul.

« Créée en 1932, par Pascal Valentini et son épouse Jeanne, la boutique était tout d'abord un magasin de matériel électrique qui s'est transformé rapidement en dépôt central de presse, diffusant de Vizzavona à Ponte-Leccia, avec un commerce de détail proposant des journaux mais aussi de la papeterie, de la librairie et des petits cadeaux.

En 1963, au moment du décès de sa mère, c'est André Valentini qui reprend les rênes. Il innove en développant une activité de grossiste en librairie à travers la Corse. L'entreprise familiale voit encore une fois sa tête changer en 1985. André Valentini décède subitement et c'est son épouse, Marie-Antoinette, qui lui succède. N'étant pas du sérail, elle abandonne la distribution de la librairie à l'échelle de la région.

Dans les années 1990, le dépôt central est vendu. Il ne reste plus que le magasin qui lui était rattaché. Il devient un commerce classique de librairie-papeterie-journaux avec un rayon universitaire assez conséquent.

En 2003, Marie-Antoinette Valentini fait jouer ses droits à la retraite et c'est sa fille, Jeanne, qui prend la direction de l'établissement. Différents changements, tels que l'apparition du numérique, la réforme des universités et les modes de consommation, entraînent une nette diminution de la vente des manuels universitaires et des journaux. Aussi, le 31 décembre 2015, la décision est-elle prise de cesser l'activité de diffuseur de presse. Le magasin devient alors une "vraie" librairie-papeterie dans laquelle on trouve de la littérature générale et de jeunesse, des ouvrages universitaires et un fonds corse important.

Au fil du temps, faute de lecteurs, le secteur “livres de fac” disparaît (sauf les codes), même si Corte est une ville universitaire !

Le lectorat est très hétérogène. Toutes les populations sont touchées avec, bien entendu, des goûts différents selon l’âge ou le sexe. Les ventes se font majoritairement auprès des adultes et des enfants. Les “jeunes” fréquentant la librairie lisent essentiellement des mangas, la littérature classique étant réservée au cadre scolaire. L’activité est aussi liée à la saison : fonds corse surtout l’été, beaux livres au moment des fêtes de fin d’année, scolaires et classiques de septembre à mai, best-sellers tout le temps…

La clientèle est régulière, bien informée, fidèle et préfère passer commande à la librairie plutôt que de se diriger vers les grandes enseignes ou Internet. Le fait d’avoir une proximité avec les lecteurs est un avantage car cela permet de connaître leurs goûts et leurs attentes pour pouvoir ainsi les satisfaire lors de la parution d’un ouvrage. C’est un peu comme une grande famille dont l’épisode Covid-19 n’a fait que resserrer les liens (la profession étant de plus devenue essentielle).

Pour le moment, et même si certains le disent, il n’est pas question de fermer la librairie qui fête cette année ses quatre-vingt dix ans et a vu passer trois générations de Valentini.

Si vous êtes de passage à Corte, poussez la porte et vous verrez, vous serez les bienvenus… »

Librairie Le Verbe du soleil à Porto-Vecchio, par Christel Ebrard.

« Le Verbe du soleil est situé à Porto-Vecchio, à une poignée de minutes de la mer et à peine plus de la montagne. Les paysages de notre région sont magnifiques et nous avons certainement le plus beau littoral de Corse.

La librairie a ouvert ses portes le 7 juin 2008 non sans difficulté car la décision a été prise fin décembre 2007. Pendant ce court laps de temps, il a fallu trouver un local ainsi qu'un financement pour racheter le fonds librairie de la librairie-papeterie où j'avais travaillé pendant treize ans. Pour le local, il n'y en avait qu'un faisant plus de cent mètres carrés, et c'est ainsi que, allant à l'encontre de toutes les statistiques, un bar-restaurant est devenu librairie. Pour le financement, la partie a été plus rude car, pour contrebalancer la grande chance de vivre dans une île quasi paradisiaque, les apports nécessaires à l'obtention d'un prêt sont bien supérieurs à ce qui se pratique dans le reste de la France et les taux d'intérêt des crédits plus élevés. Pour ajouter un peu de défi, la librairie n'a pu obtenir aucune aide, ni de la région, ni de l'État, ni du Centre national du livre, pour moult raisons : trop rapide, trop ambitieux, trop risqué, trop cher, pas d'étude de marché, pas assez fiable... Presque quatorze ans après, je remercie ces visionnaires de mauvais augure de m'avoir appris à tresser des bouts de ficelle tout en faisant la funambule jongleuse de boules de feu.

Notre clientèle est diverse avec des variations durant l'année : des "locaux", ceux que j'appelle des mi-temps, qui sont dans la région quelques mois dans l'année, et des touristes durant la saison estivale. Eux-mêmes se décomposent en touristes récurrents ou occasionnels. Chacun avec des besoins similaires ou très différents, ce qui nous demande plus d'agilité dans la construction du stock. Nous devons "surfer" sur des tendances tout en conservant notre ligne éditoriale. Notre région, terre de contrastes, a été classée zone de grande pauvreté et elle est aussi réputée pour son côté "paillette et bling-bling". La volonté derrière la création du Verbe du soleil était que notre région dispose d'une librairie indépendante qui puisse travailler toute l'année tout en étant suffisamment importante pour pouvoir satisfaire la clientèle estivale. Je dois avouer que c'est avec une grande tristesse que j'ai vu le chiffre d'affaires de l'été représenter plus de 50 % du chiffre total. C'était il y a quelques années, maintenant c'est habituel.

Le jour de l'ouverture, la librairie recevait un auteur pour une séance de dédicaces et, depuis, nous en avons accueilli plusieurs centaines, aussi bien dans nos murs qu'à l'extérieur lors des neuf festivals que nous avons créés. C'est toujours une joie de permettre aux lecteurs de rencontrer des auteurs et c'est source régulière de très grands moments de bonheur, de discussions acharnées, de fous rires partagés, en amitié naissante ou confirmée, en résumé de belles tranches de vie. Nous avons dû mettre en sommeil ces activités depuis 2020 et les mesures sanitaires, période qui nous a permis aussi d'enrichir notre expérience. Pendant le premier confinement, j'avais refusé de faire du "*click and collect*", préférant passer mes matinées à mettre des livres à l'extérieur sur des portants pour les offrir : 1 211 livres que j'avais tous dédicacés, et quelques milliers de petits jeux, dix ans de service de presse et de primes ! Pour le deuxième confinement, nous nous sommes transformés à grand renfort d'affichage en Kiventout-Kifaitout, même des livres, et nous sommes restés ouverts pendant plus de six heures avant que la gendarmerie n'intervienne suite à un grand nombre de signalements. Rebelote pour notre "*click and collect*" où nous avions mis des tables d'exposition à l'extérieur. Resignalement et de nouveau les gendarmes… Délation, quand tu nous tiens ! Au confinement suivant, nous sommes devenus essentiels. Grand bouleversement dans la vie du libraire que de se découvrir essentiel ! Le "*click*"… c'était quand même l'antithèse du métier, un des cercles de l'enfer.

Le Verbe du soleil est une librairie généraliste "à l'ancienne" avec un stock important (environ 35 000 références actives), mais avec des départements plus imposants que d'autres. Nous misons depuis toujours sur celui de la jeunesse qui représente près de la moitié de nos cent soixante mètres carrés car c'est avec elle que tout commence. C'est, de plus, un rayon tellement festif qu'il serait vraiment dommage de s'en priver. En effet, un des grands plaisirs d'être libraire, c'est de pouvoir lire des livres jeunesse en toute quiétude, c'est même recommandé ! Nous pouvons ainsi découvrir ce qui se cache derrière les volets, jouer avec les pop-up, lire des histoires de dragons et de princesses, s'extasier devant les illustrations... tout en faisant notre travail : le bonheur ! Bonheur aussi quand un enfant "qui n'aime pas lire" commence sa rentrée scolaire avec le dix-septième tome de la série dont vous aviez conseillé le premier au début de l'été. Fierté quand un jeune adulte vient te remercier de lui avoir donné, et entretenu, le goût de la lecture tous les étés et que cela lui a permis de réussir ses études...

La littérature adulte, qu'elle soit noire ou blanche, représente aussi une très grande partie de notre activité. Tout en ayant les ouvrages des listes de "best-sellers", nous défendons une ligne éditoriale un peu différente. Nous défendons souvent des textes un peu plus difficiles, moins évidents, moins connus. Depuis quelques années, c'est devenu plus rude de le faire. Beaucoup de clients arrivent avec leur "liste de courses" et s'aventurent avec plus de difficulté vers des ouvrages dont ils n'ont pas entendu parler. Ils demandent de la validation plutôt que des conseils, veulent des choses légères : "Vous comprenez, avec la situation...", rien de trop triste... de l'écume en fait, du toujours plus "de la même chose" que le monde du livre se fait une joie de leur fournir, multipliant ainsi la production en un mimétisme dangereux. La durée de vie d'un livre en rayon est (mis à part quelques très grosses ventes), de moins de trois mois. Ensuite, ils sont poussés vers la sortie par d'autres nouveautés qui connaîtront la même vie éphémère. Pour certains titres mis en avant par une émission télé ou un blog, l'appétence de la clientèle ne dure qu'une semaine (le temps d'être livré, c'est déjà trop tard !). Nous ne pouvons qu'essayer de lutter contre cette accélération, quasi antinomique avec une librairie qui vit sur un temps plus long. Ne pas pouvoir lire le jour de sa sortie le livre de Untel, est-ce si important au vu du nombre de livres que l'on n'a pas lus ? Nous gagnons quand nous réussissons le tour de force de mettre en haut du palmarès de notre librairie en 2021 une saga familiale arménienne qui s'ouvre sur le génocide et que les clients viennent nous remercier de leur avoir conseillée. Nous gagnons quand des clients qui ne lisent que des essais ou des histoires vraies s'aventurent vers la littérature et découvrent le plaisir de ce supplément d'âme. Nous gagnons quand, en conseillant un client sur le tome 1 d'une série, nous lui donnons rendez-vous trois jours plus tard pour la suite et qu'il vient deux jours après, un sourire accroché au visage. Nous gagnons quand un essai donne à penser. Nous gagnons dans ces cas-là la joie d'avoir fait notre métier, d'avoir partagé le plaisir que nous procurent les livres. »

Livres et littérature

Dans la mesure où une entrée de ce « Dictionnaire amoureux » est dédiée à la vie des libraires corses et à la lecture chez mes compatriotes, je consacrerai les pages qui suivent aux écrivains corses eux-mêmes – qu'ils parlent de notre pays ou s'expriment sur d'autres sujets – et à un phénomène identitaire très puissant chez nous :

le foisonnement d'ouvrages consacrés à notre île dans ses moindres détails par toute une série d'éditeurs et d'auteurs insulaires. Ce constat me réjouit. Je prends même le pari qu'on ne peut trouver une telle abondance dans aucune autre région de France...

J'ai donc demandé à mes amis libraires de Bastia, Corte, Ajaccio et Porto-Vecchio de me communiquer tout ce qu'ils possédaient à ce sujet – les autres vraies librairies ont, hélas, à peu près toutes disparu ailleurs, comme à Corte où un magasin de sushis remplace depuis peu l'une des deux enseignes. Au passage, je rends quand même hommage aux différentes Fnac et centres culturels Leclerc de l'île sans lesquels la majorité des lecteurs devraient faire appel à Amazon.

On trouvera donc ici les titres que ces ultimes librairies proposent fièrement à leurs lecteurs. Ces titres, très sélectifs, dressent néanmoins un panorama de ce qui fonde la littérature corse et préoccupe nos écrivains – comme ceux qui écrivent sur nous. Certains de ces auteurs se situent naturellement dans plusieurs catégories. Je vous invite ainsi à une promenade intellectuelle et artistique sans prétention mais hors normes, d'une certaine manière. À l'issue, vous disposerez d'une idée assez précise des thèmes d'inspiration de notre littérature.

Les écrivains corses écrivant sur la Corse

Marc Biancarelli, *Murtoriu* ; Philippa Santoni, *L'Eiu stesu* ; Eugène Gherardi, *Pasquale Paoli* ; Marie Ferranti, *La Cadillac des Montadori* ; Thierry Ottaviani, *La Corse pour les nuls* ; Jean-Marie Arrighi, *Histoire de la Corse et des Corses* ; Paul Desanti, *Trois Poètes corses irrédentistes* ; Hélène Constanty, *Corse, l'étreinte mafieuse* ; Paul Silvani, *Bandits corses de légende* ; Michel Vergé-Franceschi, *Paoli, un Corse des Lumières* ; Robert Colonna D'Istria, *Une famille corse* ; Gilles Zerlini, *Sainte Julie de Corse* ; Jean-Claude Rogliano, *Justice en Corse* ; Jean-Marc Graziani, *De nos ombres* ; Antoine Albertini, *Banditi* ; Kevin Petroni, *L'Adieu aux aspirations nationales.*

Les écrivains corses écrivant sur d'autres sujets que la Corse

Jérôme Ferrari, *Le Sermon sur la chute de Rome* ; Hélène Constanty, *Razzia sur la Riviera* ; Jean-Louis Fabiani, *Les Philosophes et la République* ; Jean-Noël Pancrazi, *Les Années manquantes* ; Marie Susini, *C'était cela notre amour* ; Julien Battesti, *L'Imitation de Bartleby* ; Matthieu Falcone, *Campagne* ; Francesca Serra, *Elle a menti pour les ailes* ; Laure Limongi, *Ton cœur a la forme d'une île.*

La Corse vue par des écrivains non corses

Alexandre Dumas, *Les Frères corses* ; Prosper Mérimée, *Colomba* ; Guy de Maupassant, *Une vie* ; Honoré de Balzac, *La Vendetta* ; Gustave Flaubert, *La Corse* ; Jean-Jacques Rousseau, *Projet de constitution pour la Corse* ; Stéphane Piatzszek, *L'Île des Justes* (BD) ; Michel Bussi, *Le temps est assassin* ; James Boswell, *État de la Corse* ; Dorothy Carrington, *La Corse* ; Fernando Ferreira, *Montagne corse, le temps suspendu* ; Jean-Michel Vernes, *Résister en Corse* ; Anne Chabanon, *Nationalistes corses, le pouvoir désarmé.*

Comme prévu, j'achèverai ce panorama par l'inventaire à la Prévert d'un certain nombre de titres « pointus » sur la Corse publiés par des auteurs de chez nous. Il est non exhaustif, mais à l'avantage de montrer la multiplicité exubérante des sujets qui nous préoccupent – j'ai écarté les ouvrages sur Napoléon tant ils existent par milliers.

Églises de Corse en révolutions/Contes et Paroles de bergers/La Corse des premiers alpinistes/Flore de Corse/Corse, 80 tours génoises/Cuisine corse/Tours du littoral de la Corse/La Littérature d'expression corse/L'Amore piattu/La Métallurgie du fer en Corse/Tempi fà, art et traditions populaires de Corse (3 volumes)/ Capraghji è pecuraghji, troupeaux et fromages/Les Fontaines de Corse/Histoire naturelle corse/Phares de Corse/Mare Nostrum, les Corses et la mer/Grandes Demeures de Corse/Trésors de Corse et de Méditerranée/Monumenti/Cap Corse, l'île dans l'île/Atlas biogéographique de la flore de Corse/Les Tours du littoral de la Corse, sentinelles de la mer/Clémentine de Corse/L'Isula/Le Paysage végétal de la Corse/Chroniques de la Corse ancienne/Mines et Mineurs de Corse/Lacs et Sommets de Corse/Corse terre d'accueil, terre d'exil, 1914-1918/Corse, l'Élysée du géologue/Une histoire du cyclisme en Corse, 1890-1960/Les Sports en Corse, miroir d'une société/Histoire de la peinture en Corse et dictionnaire des peintres/Corse, terre de monts et merveilles/Jeux, musique, danse et théâtre en Corse (2 volumes)/Les Fresques des chapelles romanes corses : un art chrétien dévoilé/Les Plus Belles Fresques des chapelles romanes Corses/La Corse, la musique/La Corse : aquarelles/Matisse à Ajaccio/Aïe, mes aïeux/La Corse et ses poilus/La Peinture baroque en Corse/Chants populaires de Corse/A Fileffa, tradition et ouverture/La Corse et le tourisme/1943-1945, We « Corsican », récits et témoignages/Palazzi di Americani, palais de mémoire/Les Lieux de mémoire de la corse médiévale…

Ouf…

Cet inventaire achevé, je n'ai plus qu'un seul avis à donner : lisez quelques-uns de ces livres ! La Corse profonde vous habitera.

M

Madone

C'est une petite chapelle sans grâce particulière, accrochée au flanc d'une montagne semblable à toutes celles de Corse. Une chapelle modeste perdue au milieu d'arbres centenaires dont les lourdes branches ne ploient guère sous le vent léger qui habite ces lieux depuis toujours, tel un souffle de vie constant et bienfaisant. Ici règne ce que je peux appeler désormais – maintenant que l'expérience du monde et de la vie est passée sur moi – la véritable paix sur terre.

D'une certaine manière, j'ai la chance, tout aussi véritable, que cette chapelle, quoique parfaitement isolée, appartienne à Pancheraccia, le village où est né mon père – et son père avant lui et tous ceux qui les ont précédés, aussi loin qu'on s'en souvienne dans ma famille. Mon village.

Quand j'étais enfant, j'avais le sentiment diffus que cette chapelle avait été là de toute éternité tant elle faisait partie intégrante de la nature intouchée qui l'enveloppait de toutes parts. Nul ne l'avait jamais édifiée – quelle drôle d'idée –, elle était là et voilà tout, en harmonie parfaite avec les étendues de maquis touffu dévalant les pentes à ses pieds, en symbiose totale avec les hauts châtaigniers qui formaient presque une forêt sur les coteaux avoisinants, en intimité magique avec les arpents de fougères graciles dissimulées sous les frondaisons de ces châtaigniers. Eût-on ôté cette chapelle qu'on eût supprimé dès lors la sérénité même du monde. Et son silence.

J'étais sans doute victime des vieilles légendes baignant les lieux. À les en croire, cette chapelle, dite de « la Madone », était la manifestation concrète et pieuse du seul endroit de l'île où la Vierge Marie serait apparue jadis à ses habitants. Le « Lourdes corse », en quelque sorte. Mais autant le dire tout de suite, la Madone n'attire pas des légions de croyants ou de curieux. Nous autres Corses ne sommes guère fameux en publicité, et c'est tant mieux, en un sens. Voici néanmoins ce qu'on peut lire aujourd'hui de manière « officielle » sur les notices mises à disposition des visiteurs étrangers :

> Dans le cours du XVIIIe siècle, une enfant de douze à quatorze ans s'était rendue avec sa mère dans un petit bois à trois quarts d'heure du village de Pancheraccia, pour faire des fagots.

Comme elle s'était égarée et que l'heure avançait, elle se mit à pleurer, se plaignant d'avoir soif, lorsque, soudain, la Sainte Vierge lui apparut et lui demanda pourquoi elle pleurait.

L'enfant répondit :

« Je me suis égarée et j'ai soif. » À ces mots, la Vierge, faisant un trou dans la terre, en fit sortir un peu d'eau et lui dit :

« Bois donc et va dire à la population de ce village de venir construire une chapelle ici.

— Oui, dit l'enfant, mais les gens ne me croiront pas. »

Et la Sainte Vierge lui répondit :

« Pour preuve, voici un signe de croix ineffaçable sur ta main et d'ici un an tu ne seras plus de ce monde. »

L'événement vérifia cette prophétie.

Le village de Pancheraccia ne comptait qu'une pauvre population de deux cents âmes. Néanmoins, tous se mirent à l'œuvre : le maquis fut déboisé, le rocher aplani et la chapelle édifiée à la Madone de Pancheraccia.

Vers 1852, l'ancienne statue fut remplacée par une statue de marbre blanc. Les témoins de cette fête virent des éclairs couronner l'ancienne statue au moment où on la retira de sa niche. La nouvelle statue en marbre, qui est la même qu'on vénère encore aujourd'hui, représente la Sainte Vierge debout, portant assis sur son bras gauche l'Enfant Jésus qui tient le monde dans ses mains. (Témoignage de Jean-Paul Casanova de Pancheraccia né en 1843 et de ses frères Franceschi nés vers 1836 qui ont assisté dans leur enfance au remplacement de la statue et qui tenaient de leur père les traditions relatives à l'origine de la chapelle.)

De sa main droite, la Vierge Marie soutient légèrement le pied de l'enfant. Ses yeux, comme ceux de l'Enfant Jésus, regardent loin devant, elle semble prête à marcher, pour donner au monde celui qui est « le chemin, la vérité, la vie ». Ce modeste ensemble, d'une harmonie parfaite, rappelant les statues antiques, inspire une grande dévotion.

À nous, les enfants des lieux, les anciens en disaient bien plus, puisque nous étions les dépositaires de cet héritage dont ils avaient la crainte, sans doute, qu'il ne disparaisse un jour, pressentant l'évolution du monde. Ils nous racontaient ainsi, avec beaucoup de précision, comment la Vierge avait creusé le trou destiné à étancher la soif de l'enfant perdue au fond de la forêt comme dans un conte de Grimm ou de Perrault : elle avait fait tournoyer son coude dans le sol de granit et c'était une véritable source qui avait jailli.

Cette source existe bel et bien. Claire et fraîche, elle coule à l'entrée de la chapelle dans une vasque de pierre. Le tintinnabulement de ses eaux – puis-je l'écrire ainsi ? – appartient au mystère des lieux, comme le son soyeux du vent dans les branches des arbres alentour, ou l'appel des cigales quand viennent les premières étoiles dans le ciel. Il m'est arrivé bien souvent de venir dormir ici la nuit pour trouver le repos.

Depuis cette « affaire » d'apparition, la Madone jouit de la même réputation que Lourdes : elle fait des miracles. Hommes et femmes viennent donc la trouver dans leur solitude pour lui demander d'exaucer leurs vœux. Toutes sortes de vœux. Il paraît que ça marche. La notice de l'église en dit ceci :

> De nombreuses grâces ont été obtenues par l'intercession de la « Madone de Pancheraccia ».
>
> Un jour, un pauvre homme couvert d'une sorte de lèpre s'était rendu à la chapelle. Il passa toute la nuit dans le vestibule auprès de la source mystérieuse, et s'y lava pendant la nuit ; et voilà que le matin, le curé venu avec toute la population pour célébrer la sainte messe s'aperçut que le pauvre homme était entièrement guéri. Toute sa peau était tombée à ses pieds comme un vêtement, à tel point qu'on put la prendre au bout d'un bâton pour aller vite l'enterrer.

Une autre fois, c'est une pauvre mère de famille qui, priant dans le sanctuaire pour son mari malade, fit vœu de donner une nappe d'autel si, en rentrant chez elle, elle retrouvait son mari guéri. La Sainte Vierge lui accorda cette grâce.

« L'eau de la Madone » est également considérée comme miraculeuse par ceux qui veulent bien y croire. Ceux-là, venus en pèlerinage, en emportent toujours quelques bouteilles dans leurs bras. Les autres, dont je suis, ne manquent pas de les imiter tant est grande la pureté minérale de cette eau. Ce qui m'amène à dire : pourvu qu'il n'advienne jamais qu'un affairiste de passage songe à la commercialiser…

Des hauteurs de la Madone préservée du brouhaha du monde extérieur et de la montée de l'insignifiance – notre malheur à venir –, on aperçoit tout en bas sur la gauche les premières maisons de Pancheraccia d'où émerge le clocher massif de l'église et d'où monte le son lointain de ses trois cloches à l'heure de la messe. Droit devant, le regard plonge dans des reliefs encaissés, abrupts et sauvages : ils masquent le cours sinueux de la rivière à mes yeux la plus romanesque de Corse – le Corsiglièse. Sur la droite, en revanche, la vue saute par-dessus les vallées orientales de l'île et, par temps clair, on distingue la mer à l'horizon, lisse et plate comme un lac immobile.

Un solide parapet borde le court précipice sur lequel donne l'esplanade de terre de la Madone. Je peux rester assis des heures sur ce parapet, contemplant les visions apaisantes de ce village, de cette rivière et de ces vallées, n'écoutant rien d'autre en moi. Je me dis alors que je ne peux être mieux ailleurs puisque les deux endroits de Corse les plus chers à mon cœur sont cette Madone à nulle autre pareille et ce Corsiglièse envoûtant que j'aime arpenter depuis mon enfance, certain de n'y rencontrer personne – car fort heureusement aucun guide ne le mentionne nulle part. Dans ces moments de quiétude que le passage des années n'a fait que renforcer et raffermir, il m'arrive de songer que je suis semblable au pendule de monsieur K, ce personnage improbable qu'il m'a fallu créer dans l'un de mes romans pour affronter le néant représenté par son vieil adversaire, monsieur O : je suis dans un équilibre parfait entre deux forces égales pour moi, Madone et Corsiglièse. Dès lors, pourquoi bouger, pourquoi rompre l'équilibre ? Je resterais bien là jusqu'à la fin des temps. Et puis, le chant du monde et de la vie pour lequel je suis fait finit par se faire entendre, avec ses tumultes et ses inquiétudes, et me voilà reparti sur ses routes incertaines – mais pour mieux revenir, toujours, à la Madone.

À cette dernière je dois encore autre chose : la compréhension de l'« esprit des lieux » qui l'habite – ou peut l'habiter. J'ai tenté de mettre cet esprit dans un autre de mes romans, le seul qui se déroule en Corse : *L'Homme de Verdigi*. On m'a parfois demandé comment j'avais imaginé la montagne tabulaire sur laquelle le pauvre Vérant, astronome déchu jeté au milieu de ses semblables, avait construit l'observatoire qui devait voir l'aboutissement de son rêve d'absolu mais n'en fit que précipiter la chute et le fracas. J'ai inventé bien peu en vérité – les hauteurs de la Madone m'ont suffi, tout comme la plaine orientale qui donne sur la mer, ces « vallées de l'Est » que j'imaginais libres de toute entrave à l'époque où se situait ce roman, libres comme le sont les pays où l'on n'arrive jamais. Et Verdigi n'est que le double de Pancheraccia au temps de la jeunesse de mon grand-père, Pierre-Félix Franceschi, que la Première Guerre mondiale daigna épargner – sans quoi ce « Dictionnaire amoureux » ne serait pas…

On l'aura compris, il y a pour moi une part de sacré dans cette petite chapelle perdue au bout du monde, ce morceau de terre corse à peine plus grand qu'un mouchoir de poche. Je crois qu'il est impossible de trouver à Pancheraccia un seul habitant qui pense autrement. Et pour beaucoup d'entre nous, cette sacralité a peu à voir avec la religion – ou pas du tout. Qu'importe, au fond ! L'essentiel est ailleurs : en tant que forme symbolique des buts de l'existence et de la conduite de la vie, la Madone nous dit qu'il est des choses qui valent la peine de vivre et de lutter pour elles – comme la littérature pour moi, ou ce à quoi vous croyez le plus, vous qui lisez ces lignes.

Autre chose encore : s'il n'est rien que le temps ne finisse par détruire, la Madone est « l'idée » de résistance à cette usure du temps, « l'idée » qu'est possible la quête d'intemporalité recherchée par les âmes élevées. Appeler ici Platon à la rescousse n'est pas une figure de style. Il suffit de regarder la Madone sous cet angle archétypal pour que s'efface, en partie du moins, la précarité tragique des entreprises humaines. On dira que j'exagère et que l'isolement de ces hauteurs corses a fini par me monter à la tête comme un mauvais vin, me faisant voir double… Peut-être. Mais je ne m'en soucie guère. À chacun sa route. Ce pourquoi, le miracle de la Madone ne se trouve pas, à mes yeux, dans les vœux exaucés de ceux qui l'ont priée, mais dans cet espoir offert à tous qu'il existe une maîtrise du temps possible. Et s'il est une prière à adresser à cette Madone dans la fraîcheur de sa chapelle, c'est bien celle de nous en donner conscience.

Pour toutes ces raisons – qui appartiennent à mon imaginaire comme à mon panthéon intérieur –, je n'emmène pas n'importe qui en ce lieu d'importance. Uniquement les êtres dont l'esprit me semble pouvoir s'accorder avec ce qu'ils découvriront, seulement ceux que je sais aptes à voir derrière les choses immédiatement perceptibles. On ne m'y trouvera donc jamais en compagnie de traders de la City, d'éminents représentants en communication, ou d'autres marchands du Temple de même acabit. La Madone ne serait pour eux que l'expression risible d'un folklore dépassé tant il est vrai qu'il faut pour la comprendre et atteindre à l'essentiel « des sentiments plus élevés et des fins plus profondes », ainsi que l'écrivait le grand Conrad dans *Fortune*. Qu'il puisse exister des choses valables en tout temps et tout lieu pour toute société humaine échappe à la sagacité utilitariste des âmes dépourvues d'idéal, comme à l'attention des « esprits occupés à leurs propres et très concrètes affaires » – Conrad, toujours.

Mais j'y songe en écrivant cela : ne suis-je pas, en fait, dans l'erreur ? La Madone, par sa fonction miraculeuse, ne serait-elle pas au contraire le lieu où je devrais acheminer en cohortes serrées tous les thuriféraires du consumérisme comme but de la vie humaine ? Sans oublier les propagateurs du transhumanisme en tant que forme de vie paradisiaque ni les théoriciens de notre future société de « postvérité » ? Finalement, ne devrais-je pas aller trouver notre brave maire Paul Angeli pour lui suggérer d'organiser, grâce à la Madone, un programme mondial de conversion des âmes égarées dans un monde qui ressemble de plus en plus à un vaste asile d'aliénés ? Un peu d'eau de la Madone dans les gosiers asséchés de tous ces gens-là, et le tour serait joué. On rigolerait bien...

Mais trêve de plaisanterie, comme on dit. Découvrons maintenant la chapelle elle-même. Son architecture ne présente guère d'intérêt, ai-je dit dès le début. Et c'est vrai. J'ai longtemps vu un défaut dans ces murs trop droits, aux angles vifs, ce corps massif peint en blanc, à la fois trop haut et trop bas. Et puis je me suis avisé un jour qu'il valait mieux cela que toute prétention architecturale. La Madone n'est pas Rome – et ne doit pas l'être.

Sur le mur de l'entrée se trouvent les inévitables exvoto apposés sur les lieux de miracle : cent treize plaques, si j'ai bien compté. En marbre le plus souvent. Au risque de paraître inutilement exhaustif, voire lassant mais tant pis, en voici la teneur dans sa totalité. Si la Madone devait disparaître un jour – sait-on jamais, après tout –, il en resterait au moins cet inventaire dont je ne suis pas certain qu'il se trouve dans les archives de la mairie de Pancheraccia.

Reconnaissance à notre dame de Pancheraccia, 8.9.2013. M. G – Merci – Remerciements à la vierge, 2016, Betty et Paul – Ringraziamenti à madonna di Pancheraccia, 19 avril 2016, M. L Cesari – Merci à la Ste Vierge – Merci à Notre Dame de Pancheraccia, B. C – Remerciements à Notre Dame de Pancheraccia, 2011, C. P – Merci à notre dame de Pancheraccia, FF – Merci à ND – Merci à Notre Dame de Pancheraccia – Merci à N D de Pancheraccia, 11.10.02, TD – Ringraziamentu per u cinque di maghju – En remerciements à notre Dame de Pancheraccia pour les grâces qu'elle nous a accordées, MM et MI – Merci à Notre Dame de Pancheraccia, Fely Jean Meme – Famille Stefani Laurent à N. Dame de Pancheraccia – Merci à Notre Dame de Pancheraccia, Laura – Un petit mot, un rien, merci, juin 2008, Judith – Merci à Notre Dame des grâces obtenues le 8 mars 1949, C. G – Reconnaissance à N. D de Pancheraccia, famille Renucci, 1953 – Merci à N.D. de Pancheraccia, M. P – Merci à la Vierge, 15.9.66 – Reconnaissance à N. Dame de Pancheraccia, T.B. – Remerciements à la Vierge Marie – Merci à Notre Dame de Pancheraccia, J.M.B – Merci Madonna, un nouveau départ pour une nouvelle vie, Laurine, 2020 – Reconnaissance à Notre Dame de Pancheraccia, C. V – Merci à Notre Dame de Pancheraccia, P.J.S. – Merci à Notre Dame de Pancheraccia, Mathilde Filippi – Notre Dame de Pancheraccia, merci, V. F, 1934-35 – Reconnaissance à Notre Dame de Pancheraccia, M. V, 1936 – Reconnaissance à notre Dame de Lavasina, S.M.T, 1933 – Merci à Notre Dame de Pancheraccia, N. O – Remerciements à N. D de PANCHERACCIA, A.A. A. P. A.C.M. – Merci à la Vierge, B. O,

46 – Reconnaissance à Marie, A.F. – Merci à Notre Dame, B.M. – Reconnaissance à N. D de PANCHERACCIA, famille Mattei Mathieu – Merci à Notre Dame de Pancheraccia, C.B. – Merci à la Sainte Vierge, D. J – Merci à Notre Dame, B. M – Merci, Gwendoline Gil, 2015 – Merci à N. D de Lavasina de Pancheraccia, 7 juin 1941, R.L. – Merci à la Madone de Pancheraccia, F. Ricchiuti – Merci à Notre Dame de Pancheraccia, JC – Reconnaissance à Marie, A.F. – Merci ma bonne mère, A.O. Vve P.G. – Reconnaissance à Marie – Reconnaissance à la Vierge, S.V. 1953 – Reconnaissance à Notre Dame de Pancheraccia, C. V – Merci, AD – Merci protégez-le toujours, P.P. – Merci à Notre Dame de Pancheraccia, B. A, 2019 – À notre divine mère remerciements, A. F – Remerciements – Remerciements du 04.06.2008, Castelli D.J.M – Merci – Merci à Notre Dame de Pancheraccia, X et F – Notre Dame de Pancheraccia merci pour tout, continuez de veiller sur nous, famille Tremolet-Vivario, 2007 – Merci à Notre Dame de Pancheraccia, BS Falcucci-Combet, juin 2016 – Magnificat, Ringraziamenti a N. D di Pancheraccia, C.L.JB. C, VSLM 09/2010 – Ma pensée est toujours vers toi – Remerciements – Merci à Notre Dame de Pancheraccia, 15.11.00, M.A.C – Merci à Notre Dame de Pancheraccia, Piferini – Merci d'avoir sauvé Gracieuse ND Pancheraccia – Reconnaissance à Notre Dame de Pancheraccia – Reconnaissance à Notre Dame de Pancheraccia, J F M – Merci à la Vierge – Remerciements à N.D. de Pancheraccia, 5.12.1999, B.C.A. – Reconnaissance à N.D.P. des grâces obtenues, S.P. – Merci à Notre Dame de Pancheraccia, F. O – Reconnaissance à Notre Dame de Pancheraccia, B. M – Merci à Notre Dame de Pancheraccia, J.G. Venaco – M. J 20.08.96 – Merci à Marie, GD 2002 – Lanfranchi M. A Aullene don de 500 F à la Ste Pancheraccia – Remerciements à Notre Dame – Madonna, merci, Philippe – Merci, J. O – Reconnaissance à N. Dame de Pancheraccia, Famille Battini Jph – Merci à la Vierge, S. L 1965 – Merci, L.D.F – Reconnaissance à Notre

Dame de Pancheraccia, C.D. – Merci à la Vierge de Pancheraccia, M T – Reconnaissance à N.D. de Pancheraccia, Famille V. J – Marion et Julie GA, merci – Merci à la Vierge, FE..FO – Merci à la Vierge, P.M. – Reconnaissance ND Pancheraccia, J.M. – Merci à Notre Dame de Pancheraccia, B. M – Remerciements – Merci pour votre grâce – ND de Pancheraccia, merci – Reconnaissance à N Dame de Pancheraccia, familles M.M.L.S – En remerciements à Notre Dame de Pancheraccia, G.F.L. – Merci, J. P – Ringrazie, N.D.P, B. R – Merci, Pardon, B.J. – Merci à Notre Dame, F.H. – Merci pour Chiara à N. D de Pancheraccia, L. M – Remerciements à la Vierge, 2003, Étienne – Merci à la Sainte Vierge de Pancheraccia, G.F. – Merci à la Vierge, C.P. – Reconnaissance à Marie, M.C. 1939 – Pour grâce reçue, Chia A – Madonna ti ringraziu per tuttu, J.D.M. – Reconnaissance N D de Pancheraccia, famille Farenc – Merci pour notre maman, avec toi pour toujours, Julie et Marion – Pardon, merci, M.G.

On jugera de cette liste comme on veut. L'essentiel à mes yeux est qu'elle se trouve désormais imprimée à un nombre d'exemplaires suffisant pour avoir quelque chance de résister au passage du temps et aux éventuelles infortunes du futur.

À l'endroit où se trouvent ces ex-voto, huit marches permettent d'accéder à un minuscule parvis intérieur couvert de dalles épaisses. Sur la droite se trouve la petite vasque de pierre où tintinnabule l'eau de source de la Madone. La porte de bois ouvragée de la chapelle est toujours ouverte : de mémoire d'homme, nul n'avait jamais volé la moindre chose ici – damnation éternelle assurée, croyait-on –, jusqu'à ce que cela arrive un jour de 2020 – le peu d'argent contenu dans le tronc et quelques cartons de bougies. Le monde change...

Passé la porte, ombre et fraîcheur emplissent la petite salle de prière pavée de carreaux noirs et blancs. Cette salle est d'une simplicité biblique. Une allée centrale bordée de rangées de chaises de paille mène à un autel de marbre blanc sur lequel est posée la fameuse statue de la Vierge.

La lumière pénètre dans la chapelle par des vitraux aux dessins modernes et élégants – vitraux que l'on doit à ma tante Madeleine – et l'équilibre se trouve parfait entre cette lumière du jour et la pénombre intérieure. Le silence lui aussi est parfait.

Sur le mur de droite, à l'entrée, on remarque un cadre de bois vitré d'un demi-mètre carré environ. Il porte une date, 1926, et les noms de tous les enfants de mon arrière-grand-père paternel, Pierre-François Franceschi, et de sa femme, Marie-Rose. Mon grand-père Pierre-Félix était l'aîné. Après lui venaient Marie-Angèle, Parsius, Laurent, Madeleine, Élisabeth, Abraham. Comme chacun d'eux eut entre huit et dix enfants, les Franceschi de Pancheraccia sont aujourd'hui nombreux. Autrefois, on appelait cela un clan – avec ses disputes fréquentes, ses déchirements constants, ses retrouvailles annuelles, ses réconciliations régulières, ses guerres de succession et, malgré tout cela, son indissoluble solidarité. La Corse, quoi...

Chaque année, je montre cet arbre familial à mes plus jeunes enfants et leur en donne les clefs aussi bien que la fierté. Ils en assumeront un jour l'héritage et la charge sous le regard de leurs ancêtres. On aime bien la continuité, chez nous – pas pour simplement conserver le passé, quelle idée simpliste, mais pour mieux maîtriser la modernité, ses changements, ses choix, et en décider par nous-mêmes autant que faire se peut, hors des modes fugaces. Rester maître en sa demeure avant toute chose.

Sur la droite de l'esplanade de la Madone s'ouvre un sentier de pierre ombragé, à peine visible. Bordé de châtaigniers et de massifs de mûriers qui donnent des fruits magnifiques au mois d'août, il mène à un col où se dresse une autre église solitaire, Saint-Jean. Aussi loin que je m'en souvienne, elle a toujours été en ruine, envahie de ronces et de chardons, baignée de mélancolie et de détresse. Comme partout ailleurs en France – mais peut-être un peu moins qu'ailleurs –, la Corse est parsemée d'églises de ce genre, isolées, laissées à l'abandon, retournées à l'état sauvage de la nature. Déchristianisation et exode rural sont à l'œuvre partout, inexorablement. Ce pour quoi les incroyants de mon espèce ont placé depuis longtemps la volonté de préservation de ces églises non sur le plan religieux, mais sur celui d'un héritage culturel à sauvegarder. On protège bien les espèces animales en voie de disparition.

La nuit, l'allure de Saint-Jean est fantomatique. Des arbres ont poussé le long de ses murs de pierres sèches et semblent vouloir les étouffer sous l'étreinte de leurs racines déployées comme des tentacules. Depuis longtemps, le toit s'est effondré et laisse passer les rayons du soleil le jour, la lumière de la lune et des étoiles la nuit. Au pied de l'un des murs, un trou de la largeur d'un homme attire le regard. Il a toujours été là. Quand mes frères et moi étions enfants, les vieux du village nous racontaient que c'était dans ce trou que des évêques, au temps des guerres contre les Sarrasins, avaient jeté les trésors de l'église pour qu'ils ne tombent pas entre les mains de l'ennemi. D'ailleurs, ce trou était le départ d'un souterrain qui en rejoignait d'autres à Pancheraccia, permettant de s'échapper vers les vallées en cas d'encerclement.

Forts de cette certitude, nous descendions dans le trou munis de torches et de vieux casques militaires, équipés de musettes emplies de charcuterie et de pain, et partions à la conquête de ces souterrains mystérieux, comme à la recherche des anciens trésors de l'église. Le trou n'allait pas bien loin, hélas. Alors, nous creusions un peu, à coups de pelle et de pioche, avant de nous décourager et de revenir l'année suivante – jusqu'à ce que, devenus grands, nous oubliions ces vieilles histoires. Et puis j'ai fini par les raconter à mes enfants qui voudront bientôt descendre à leur tour dans ce trou. Continuité...

Après le col sur lequel se dresse l'église de Saint-Jean, le sentier redescend vers le village de Giuncaggio qu'on aperçoit très vite, dominant la vallée du Tavignano encadrée de ses montagnes austères et puissantes. Giuncaggio est un village spécial : la route qui y mène, croisant celle de Corte au lieu-dit des « Deux Routes », s'arrête à la dernière maison et ne mène nulle part ailleurs. Je m'en suis servi aussi pour *L'Homme de Verdigi*. J'aime cette idée de routes qui ne mènent qu'à un seul endroit et à aucun autre, comme métaphore des buts uniques qui peuvent présider à certaines vies.

J'écris maintenant ces lignes un 8 septembre – celui de l'année 2017 – à Amuda, petite bourgade du Kurdistan syrien en guerre contre le totalitarisme islamique. On est loin de la Corse, dira-t-on peut-être. Je n'en suis pas si sûr, moins d'ailleurs par certains traits de caractère qui peuvent rapprocher les Corses de mes camarades kurdes que par ce qui nous menace tous ensemble. Quoi qu'il en soit, je n'ai pas choisi cette date au hasard. Le 8 septembre est la fête de Pancheraccia et de la Madone. En cette année 2017, je n'y serai pas et je le regrette : la guerre a des raisons que le cœur doit admettre parfois – et certaines révolutions valent consentement à quelques sacrifices personnels.

Cette fête du 8 septembre débute la veille au soir par une lente procession qui part de l'église du village en direction de la plaine. Pour l'occasion, on sort une statue de la Vierge disposée sur un tréteau porté par quatre hommes. Le prêtre va devant, tout chamarré de ses habits sacerdotaux, escortés de ses enfants de chœur en aube blanche – dont j'étais autrefois – et la foule suit en cortège, à pas lents. Parvenu au bout du village, la nuit est tombée et chacun allume le flambeau dont il est muni. La procession devient une longue chenille mordorée scintillant de mille feux. Bientôt elle quitte la route et s'engage vers les hauteurs par le chemin escarpé qui, au milieu du maquis, mène à la Madone. Lorsque j'étais enfant, le spectacle m'impressionnait par sa beauté et la ferveur de ceux qui lui donnaient vie : toutes ces femmes endimanchées aux visages énergiques de paysannes, tous ces hommes rugueux aux épaules solides.

Le chemin est bordé sur la droite de douze croix de granit rose qui se dressent à intervalles réguliers, une pour chacune des douze stations du calvaire du Christ. Jadis, les pénitents faisaient ce chemin à genoux, des heures durant, et l'on ne savait s'ils avaient beaucoup péché ou se montraient seulement plus croyants que d'autres – mais cela fait bien longtemps que je n'ai vu personne perpétuer cette pratique.

La procession s'arrête devant chaque croix pour écouter le récit des souffrances du Christ, en un long monologue du prêtre. Douze monologues et l'on parvient enfin sur l'esplanade de la Madone. La nuit est déjà bien entamée. La foule se masse à l'extérieur de la chapelle – cinquante personnes n'y tiendraient pas – et le prêtre officie en plein air sur un autel de pierre, avec davantage de solennité qu'il n'en met le dimanche. Il est minuit passé quand s'éteignent les derniers chants que clôture le « Dio vi salve Regina », l'hymne corse. Il n'y a plus qu'à redescendre se coucher, les jambes lourdes, pour se lever tôt afin de préparer les lampions de la fête profane du lendemain. Elle attirera les jeunes et moins jeunes des villages voisins, on chantera, on boira, on dansera, des amours naîtront, d'autres s'achèveront, et tout recommencera l'année suivante.

La Madone un 8 septembre, aux derniers jours des chaleurs de l'été, ne donne qu'un aperçu de ce qu'elle est vraiment lors du passage des saisons. En automne, la lumière se faisant plus douce, elle entre dans une mélancolie austère qu'elle ignorait les mois précédents. L'esplanade de la chapelle, tapissée de la rouille des feuilles, craque sous les pieds, ajoutant une touche de tristesse à cette mélancolie. L'hiver, il ne vient plus grand monde et une solitude pleine de gravité succède à la mélancolie. S'il a neigé, les lieux semblent figés pour l'éternité comme si le froid avait immobilisé l'horloge du temps : étonnante période qui mérite d'être vécue par les âmes rêveuses. Et puis le printemps survient, souvent sans crier gare, et la Madone retrouve la gaieté lumineuse qui lui convient pour accueillir les premiers pèlerins.

Alors, si d'aventure vous longez un jour la côte orientale de la Corse et que votre chemin vous conduit dans l'intérieur des terres par le petit bourg d'Aléria, ne manquez pas – si vos intentions sont bonnes –, de bifurquer vers la droite et les montagnes après le pont qui enjambe le Tavignano, plutôt que de vous engager dans la vallée menant à Corte. Au bout de dix kilomètres d'une route splendide qui sinue au milieu du maquis et de reliefs granitiques, vous parviendrez à Pancheraccia. Vous y serez vraiment lorsque vous aurez passé la « croix du bas » qui marque l'entrée du village en venant de la plaine. Deux cents mètres plus loin, au niveau des premières maisons, vous remarquerez sur votre gauche une allée escarpée aujourd'hui bitumée, où deux voitures se croisent avec peine : c'est le chemin de la Madone.

Laissez votre véhicule devant les maisons – je n'imagine pas que vous ayez pu venir à pied jusqu'à nous, mais si tel est le cas, vous méritez toute notre attention, un pays ne se découvrant vraiment qu'avec ses jambes, et ses habitants qu'avec du temps, le reste s'appelant tourisme.

Donc, prenez à pied le chemin des hauteurs de la Madone. Vous apercevrez la chapelle assez vite, loin au-dessus de vous, tache blanche et fragile au milieu des arbres. Parvenu à la douzième croix de granit rose, avancez encore et poussez – si elle n'est ouverte – la grande grille de fer permettant l'accès à l'esplanade. La chapelle est maintenant devant vous, telle qu'en elle-même elle n'a jamais cessé d'être. Point de bruit désormais. Découvrez les lieux avec le respect que nous leur portons. Restez longtemps. Les minutes ou les heures qui couleront n'auront pas leur durée habituelle – ni la même consistance. Il n'y aura plus d'atteinte à votre vie intérieure comme ailleurs dans le monde que vous venez de quitter : ici commence l'intimité vécue avec soi-même.

Si vous croisez quelques gens pressés, subodorez qu'il s'agit de touristes et laissez-les vaquer à leurs affaires. Ils ne font que passer. Bientôt vous les aurez oubliés comme ils s'oublient eux-mêmes.

Prenez aussi le temps de vous asseoir sur le parapet bordant le précipice. Regardez le village et son clocher sur votre gauche, les escarpements du Corsiglièse devant vous, les « vallées de l'est » sur votre droite – avec un peu de chance, vous apercevrez la mer au loin. Après quoi, entrez dans la chapelle et, que vous croyiez en Dieu ou non, je vous prie d'allumer l'un des cierges qui vous attend près de la statue de la Vierge. Faites-en, au moins comme moi, une affaire culturelle. Dans tous les cas, vous serez partie prenante au destin des âmes venues ici avant vous.

Et bien sûr, avant de vous en aller, remplissez votre bidon de voyageur à la source d'eau pure qui coule dans la vasque de pierre sur le parvis intérieur – il vous en restera le goût à tout jamais.

Maquis

Le maquis parsème nombre d'entrées de ce « Dictionnaire amoureux » comme des fleurs jetées un peu partout dans ses pages. C'est bien naturel : le maquis est le décor incontournable de la Corse, sa référence, presque son écrin. On ne peut évoquer un personnage historique, un lieu, un paysage, un événement, ou même un simple village de montagne sans, d'une manière ou d'une autre, retrouver le maquis. Et ses odeurs entêtantes s'échapperaient de mon dictionnaire si les livres pouvaient offrir des parfums en supplément de leurs mots.

J'aime profondément le maquis – la *macchia*, comme on dit en langue corse. J'aime tout ce qu'il est, tout ce qu'il représente. J'aime les plantes qui le composent, les êtres qui l'habitent. C'est la demeure des sangliers, des belettes et des musaraignes, celle des bergers et de leurs troupeaux, le pays le plus achevé qui soit pour le soleil le jour et les étoiles la nuit.

Le maquis est aussi une représentation symbolique de la « densité » des obstacles que le monde oppose à l'homme. Car pénétrer le maquis relève de l'exploit le plus achevé. En tant que formation végétale, il n'est pourtant guère impressionnant vu de loin : de la broussaille maigrelette qui ne peut rivaliser avec la forêt, plus haute et plus belle. On le croit faible, fragile. On le pense facile et complaisant. On se trompe, bien entendu. Le maquis compense sa petitesse par un foisonnement quasi tropical d'arbrisseaux champions de la résistance à la sécheresse, dont la principale caractéristique est de se blottir littéralement les uns contre les autres, de s'enlacer même, pour former des successions sans fin de taillis, de murs plutôt, d'une épaisseur déroutante, souvent truffés de fourrés d'épineux. On peut m'en croire, parvenir à tracer son chemin à la machette dans cette végétation hostile représente un défi plus incertain que d'entreprendre la même folie dans la jungle amazonienne. Ce n'est pas pour rien que, lorsqu'un malheureux justiciable se trouve pris dans l'enchevêtrement inextricable des lois, on le plaint d'avoir à se heurter au « maquis des procédures ». Et chacun de nous apprend vite la signification du terme douloureux de « maquis des tracasseries administratives » lorsqu'il se met en tête de bâtir le moindre projet.

En quelque sorte, le maquis ne se laisse pas faire. J'aime assez cette idée. Il n'est en rien ce que sont les landes tranquilles, les plaines paisibles, les friches débonnaires, les prairies sereines. Il fait obstacle. Il résiste à ceux qui l'approchent, exige d'eux des efforts – et les repousse s'ils s'y refusent. Pour découvrir le maquis, il faut se montrer à la hauteur. Il ne se donne pas.

C'est pourquoi le maquis a toujours été le protecteur des Corses – à l'égal de la Vierge Marie et souvent en même temps qu'elle : pour échapper aux razzias barbaresques, tenir tête aux occupants Génois, cacher les bandits d'honneur après leurs vendettas, et servir de refuge aux résistants pendant la Seconde Guerre mondiale. Le terme de « maquisard » vient de là, bien sûr. Et il a tant marqué les esprits que c'est par ce nom qu'on désigne bien souvent aujourd'hui n'importe quel type de rebelle dans le monde ayant pris les armes pour lutter contre un pouvoir établi.

Le maquis est, en principe, aimé par tout le monde en Corse – sauf de quelques ronchons attachés au seul pragmatisme de la vie, et des mécontents chroniques que rien ne satisfait jamais. Mais le plus amusant est qu'il est aussi une affaire partagée entre montagnards sûrs de leur personne et citadins doutant d'eux-mêmes. Les deux se croisent parfois dans ce maquis et se reniflent, les premiers méfiants envers les seconds, ceux-ci admirateurs naïfs des premiers – qui se demandent toujours à leur endroit : que viennent chercher ici ces gens qui n'ont rien à y faire ? Et l'on se sépare sur des réponses convenues.

Le maquis, cependant, est autre chose encore. Il est le pays des poètes. Depuis longtemps, il a su gagner leur cœur par ses attraits cachés. Le simple nom des arbrisseaux et celui des autres plantes qui forgent son identité ne sont-ils pas déjà des poèmes ? Qu'on écoute ici davantage qu'on ne lise : ciste et lentisque, arbousier et immortelle, bruyère, lavande et fougère, buis, myrte, romarin et marjolaine, genêt et asphodèle, genévrier, chèvrefeuille et salsepareille... Ces noms bien tressés entre eux chantent aux oreilles bien faites – autant que les parfums mêlés de toutes ces plantes nous montent à la tête comme un élixir unique.

Je ne vis pas à l'année dans le décor formé par le maquis. Je le retrouve chaque fois que je rentre dans mon île et donc le « redécouvre » – il ne s'épuise jamais. Je me suis toujours demandé si ceux de mes compatriotes qui bénéficient de la chance d'y vivre en permanence s'aperçoivent encore du bonheur qu'il peut leur procurer.

Le maquis nous pose ainsi une question existentielle – et ce n'est pas le moindre de ses mérites : la routine et l'habitude ne seraient-elles pas des somnifères auxquels il faut prendre garde ?

Marjolaine

Les dictionnaires et encyclopédies nous enseignent à peu près ceci sur la marjolaine, petit prodige de la nature si l'on veut mon avis :

> La marjolaine ou origan des jardins – *Origanum majorana* – est une espèce de plante vivace de la famille des Lamiacées, cultivée comme plante condimentaire pour ses feuilles aromatiques. C'est une espèce très proche de l'origan commun. Cette plante de soixante centimètres de haut possède des feuilles opposées, duveteuses et vert grisâtre, de forme ovale et d'un à deux centimètres de long. Ses fleurs sont blanches ou mauves. Espèce originale de l'est du bassin méditerranéen, elle est cultivée depuis l'Antiquité dans toute l'Europe. En cuisine, la marjolaine s'emploie sous forme de feuilles fraîches ou séchées, seule ou en mélange avec d'autres herbes, pour aromatiser de nombreuses préparations culinaires. Son arôme la rapproche du thym. Dans la pharmacopée antique, elle était conseillée aux personnes anxieuses.

La marjolaine est certainement tout cela. Et on peut l'aimer pour tout cela – d'ailleurs, c'est ce que je fais. Toutefois, ce que les dictionnaires et encyclopédies ne nous apprennent pas, c'est que la marjolaine a deux amants inséparables : le bon pain corse et l'huile d'olive, le premier large et plein de mie soyeuse, la seconde aussi pure que possible et limpide. C'est unie à ces amants qu'elle devient pleinement elle-même pour se faire aimer en tant qu'ingrédient d'un plat montagnard qu'on trouve uniquement chez nous : la tartine à la marjolaine…

J'en suis tombé amoureux il y a bien longtemps, lorsque ces tartines étaient encore le goûter préféré des enfants dans les villages. L'été, j'en raffolais. Ma mère les préparait fort bien, sachant qu'elles mêlaient le goût à l'odorat et la nature à la culture.

Si vous désirez découvrir ce qu'il en est vraiment de cette affaire, faites comme moi quand me saisit la nostalgie du temps passé : arpentez le maquis à la recherche de plants de marjolaine sauvage et cueillez tout ce que vous pouvez à pleines brassées – la nature est généreuse chez nous. Puis disposez cette récolte sur des pierres chaudes et laissez-la sécher au grand soleil. Après quelques jours, lorsque les feuilles seront devenues bien craquantes, ouvrez en deux un grand pain croustillant sorti du four, imbibez sa mie d'huile d'olive, et avec vos deux mains broyez cette marjolaine séchée au-dessus du pain pour en saupoudrer la mie sans compter.

Ce sera un morceau de toute la Corse qu'emportera votre palais !

Micheline

Ici, je vous invite à un voyage en ma compagnie de Bastia à Ajaccio en empruntant l'une des deux lignes des « chemins de fer de la Corse » – la seconde mène à Calvi depuis l'embranchement de Ponte-Leccia. Avant la Seconde Guerre mondiale, il existait un autre train qui parcourait la plaine orientale entre Bastia et Porto-Vecchio, mais il a été bombardé par les Américains lors de la libération de l'île et jamais reconstruit.

Ce voyage de quatre heures sur l'épine dorsale de la Corse est à lui seul un poème – mais en demi-teinte, comme on le verra. Vous ne devez le manquer en aucune sorte si vous souhaitez découvrir l'un des pans les plus intimes de notre vie collective. Il est emprunté chaque année par autant de voyageurs que nous comptons d'habitants, 300 000, et vous devez être l'un d'eux.

Autrefois, on appelait ce train « la micheline » – je ne sais pourquoi au juste –, et ce nom français lui est resté. Comme deux autres surnoms corses : *trinighellu*, « petit train », et surtout *trinnichellu* – jeu de mots que l'on peut traduire par « train qui remue ». Car il faut admettre qu'on y est diantrement secoué, de droite et de gauche, comme dans aucun autre train du continent. Nous le devons à l'étroitesse des voies jetées dans le tumulte de nos montagnes. L'hiver, quand la nuit tombe tôt, on se croirait même dans le train fantôme de la Foire du Trône… Comme il n'y a probablement aucun moyen d'éviter ces secousses tant la micheline doit franchir de déclivités, virant sans cesse, qu'elle monte ou qu'elle descende, mieux vaut considérer cette particularité comme le charme supplémentaire d'un voyage d'exception.

Lorsque les wagons furent changés et améliorés il y a une quinzaine d'années, on ne perçut guère de changement en matière de secousses. La micheline écopa alors d'un autre surnom : le « TGV corse » – Train à Grandes Vibrations… Il y eut même une autre anecdote, mais celle-là frisant le tragi-comique : lorsque ces nouveaux wagons construits sur le continent arrivèrent chez nous, on découvrit avec horreur que l'écartement de leurs roues ne correspondait en rien à la largeur des rails… Sacrés ingénieurs, tout de même ! Il fallait soit changer l'intégralité de la ligne, soit remettre les wagons aux normes – naturellement, cette option fut choisie. Les wagons repartirent derechef à l'usine et leur mise en service attendit le temps nécessaire. Ainsi va la Corse, parfois.

De tout cela nous préférons nous amuser, nous autres, car à vrai dire nous portons une véritable tendresse à ce train très spécial dont chacun parle avec affection. Pour rien au monde nous ne voudrions nous en séparer. D'autant qu'il relie entre elles une multitude de petites localités qui, sans lui, resteraient isolées.

Les choses, pourtant, débutèrent mal. Lorsque les premiers rails furent posés au XIXe siècle, ils soulevèrent inquiétude et indignation – comme un peu partout dans le monde, d'ailleurs, mais avec plus de force en Corse. On sait être très conservateur chez nous à l'occasion. À l'époque, on composa des chansons dont les paroles engageaient à abattre ce démon fumant à la mitrailleuse. Et certains s'y seraient volontiers décidés si on ne les en avait empêchés. C'est dire…

Les autorités de l'État finirent par avoir gain de cause et la ligne fut construite entre 1878 et 1894. Le défi était colossal quand on connaît l'escarpement du terrain : il fallait notamment trouver le moyen de franchir ou contourner le col de Vizzavona, le plus haut de Corse, et passer les impressionnantes gorges du Vecchio au sud de Venaco. Sans parler des autres gouffres et précipices qui se succèdent un peu partout. On creusa donc des tunnels – très longs souvent et très beaux toujours –, parfois sur piliers comme celui de Caporalino, et on bâtit des ponts, la plupart du temps fort hauts et aussi magnifiques que les tunnels. Celui du Vecchio, perché à près de cent mètres au-dessus de l'eau, demeure l'une des splendeurs architecturales de la Corse – splendeur que l'on doit à... Gustave Eiffel.

Au fil du temps, la micheline fut appréciée pour les immenses services qu'elle rendait. Au point que, dans les années 60 de l'autre siècle, on se mobilisa lorsqu'il fut question de la supprimer faute de rentabilité. Aujourd'hui, elle est une institution.

Mais commençons notre voyage. Avec en préambule une précision d'importance : il existe une différence de taille entre les tronçons Bastia-Corte et Corte-Ajaccio. Le premier sert à se faire une idée des laideurs transportées par la modernité, le second à découvrir les splendeurs de l'intérieur de la Corse.

Allons-y pour le premier tronçon. La gare de Bastia est pour le moins banale – comme la plupart des gares de la ligne, autant le reconnaître ici : des cubes dépourvus de grâce, des parallélépipèdes de béton, des constructions sans caractère. J'ai toujours été fasciné par la stérile imagination des architectes ayant commis ces offenses à la beauté – et du manque de goût de leurs donneurs d'ordre. Dans la mesure où les horreurs commises par les architectes en général sont nombreuses en Corse, surtout sur le littoral et dans les faubourgs des agglomérations d'importance, j'ai failli consacrer une entrée de ce dictionnaire à l'architecture. J'y ai finalement renoncé après trois paragraphes et une longue liste de ces profanations, refusant de davantage me tourmenter. Les quelques mots qui précèdent suffiront à dire ce qui doit l'être. S'ils pouvaient être considérés comme un appel général à l'ensemble des élus corses de ne plus défigurer notre île, je serais comblé. Je n'ai, hélas, guère d'illusions. Chacun le sait, nul n'est prophète en son pays. Mais passons…

La micheline que j'ai choisie pour vous emmener a pour horaire de départ 15 h 41. Et c'est à exactement 15 h 41 qu'elle démarre… Manifestement, nous nous sommes améliorés en termes de ponctualité. Et cette dernière ne connaîtra aucune exception jusqu'à Ajaccio malgré les quarante arrêts des quarante gares du parcours. Nous arriverons pile à l'heure : 19 h 26. Quand les choses se révèlent parfaites, je me réjouis de les signaler.

Le temps d'embarquement dans les gares les plus petites sera à la mesure de cette précision d'horlogerie – moins d'une minute parfois. Je m'en amuserai tout du long car cette rigueur oblige désormais mes compatriotes – au moins sur cette ligne de chemin de fer – à modifier l'une de leurs plus mauvaises habitudes : l'exactitude. Être à l'heure à ses rendez-vous demeure encore un exploit.

Nous partons donc sur un bon pied, mais il y a quand même quelques retardataires parmi les passagers : « Mon Dieu, on y est ! », s'écrit l'un. « Ah, on l'a attrapé de justesse ! », maugrée un autre, et le train s'ébranle avec une annonce en corse par une jeune femme invisible dans son haut-parleur – évidemment un enregistrement : « *Ajaccio, termino di stu treno.* » Jusqu'au bout, il n'y aura aucun mot de français. Je ne m'en étonne plus.

Mes compagnons de voyage sont surtout des jeunes filles, quelques dames âgées et des paysans aux trognes à l'ancienne. Les premières se plongent dans leurs téléphones portables, les deuxièmes dans des livres, les troisièmes bayent aux corneilles.

Les deux wagons du train – pas un de plus – sont semblables à ceux que l'on trouve sur tous les TER du continent. Même confort rudimentaire mais suffisant, fauteuils rouges, tablettes bleues, je vais pouvoir écrire en paix et en direct les impressions de ce voyage. Enfin, c'est vite dit : les premières secousses débutent aussitôt malgré la ligne droite qui conduit à la deuxième gare, Lupinu, deux minutes plus tard, après une longue montée à travers un tunnel. Et ces diaboliques vibrations ne cesseront plus. Les lignes sur mon carnet de notes vont être à l'unisson : toutes tremblantes…

L'espace compris entre les deux wagons est empli de caisses de bois, de ballots de tissu, de cartons bien ficelés, de sacs de toutes les formes, d'autres choses plus indistinctes. Un entassement joyeux, comme j'en ai connu dans les trains africains, indiens ou sud-américains. Le contrôleur « balancera » ces paquets les uns après les autres sur les différents quais du trajet, selon leurs destinataires, sans que je découvre jamais personne pour les récupérer. On doit s'arranger en coulisses.

Après Lupinu, des laideurs de banlieues se succèdent sans discontinuer : terrains vagues, décharges sauvages, entassement de vieux pneus, amoncellements d'immondices, vestiges rouillés de vieilles voitures, papiers gras et plastiques le long de la voie. Tristesse. À tout cela s'ajoute l'affliction produite par le défilé interminable des enseignes commerciales. À croire qu'il n'y a que cela sur terre. Pas la moindre bâtisse élégante. J'ai l'impression de traverser un monde réduit à la trilogie béton, mica, néon.

L'apparition sur la gauche du stade de Furiani, puis des barbelés de la prison de Borgo, n'arrangent rien. Je dois attendre

15 h 52 et la sortie du grand Bastia pour avoir le sentiment de retrouver un peu d'oxygène. Les paysages s'élargissent sur la gauche, le ciel est immaculé comme souvent, et sur la droite surgissent enfin les premières montagnes parées de leurs colliers de villages somptueux. La Corse véritable.

À partir de Casamozza, je commence à me sentir mieux. La micheline pique définitivement vers l'intérieur des terres. Il faut encore supporter d'immenses prairies couvertes de panneaux solaires – quand inventera-t-on une écologie de la beauté ? –, mais de belles forêts leur succèdent avant qu'apparaissent dans le lointain de nouveaux massifs tabulaires merveilleusement crénelés.

Bientôt, nous faisons halte à Ponte Novo. J'ai une brève pensée pour Pascal Paoli. C'est là qu'en mai 1769 il perdit définitivement sa guerre contre les Français, ouvrant sans le savoir la porte au futur Napoléon qui venait à peine de naître. Malheureusement, de la micheline on ne voit rien de la rivière Golo où se déroula cette bataille décisive.

Plus loin, les montagnes qui nous entourent se resserrent presque à toucher le train. Impressionnant. On les frôle de si près qu'il faut lever la tête pour apercevoir leurs crêtes. Puis elles s'éloignent, laissant la place à des sommets plus arrondis. Sur l'un d'eux se dresse une bergerie de pierre abandonnée, bordée par des prairies où vaquent en paix quelques vaches tout aussi solitaires dans ce décor bucolique. Et tout cela disparaît quand la micheline s'engouffre dans un nouveau tunnel – avant d'en traverser bien d'autres.

Plus la micheline s'enfonce à l'intérieur de la Corse, plus la voie se fait sinueuse. La vision qu'elle offre dans les tournants est celle d'un étroit serpentin se faufilant partout, pareil à un jouet dont l'image renvoie aux trains électriques des enfants.

Corte se présente à 17 h 26. On ne distingue à peu près rien de la ville, mais le meilleur du voyage commence.

À partir de là, pendant deux heures exactement, enchantements et merveilles se juxtaposent et s'entrecroisent à l'infini. Tout tient dans la distinction naturelle des paysages et des villages qui les peuplent – et, littéralement, les habitent. Partout des montagnes aux mille formes différentes, partout des rivières et des torrents. Le franchissement du pont du Vecchio est une expérience rare – il passe la rivière d'un seul élan, par une unique arche de pierre, quatre-vingt-seize mètres au-dessus de l'eau – et la forêt de Vizzavona un spectacle mémorable par son ampleur et la majesté qu'elle offre, contemplée depuis ces hauteurs. Sans oublier deux moments singuliers : le tunnel de près de quatre kilomètres qui permet d'éviter le col du même nom, et le « voile de la mariée », splendide cascade uniquement visible du train – et de ceux qui s'aventurent à pied dans la région.

En somme, on regrette d'entendre la jeune femme invisible dans son haut-parleur annoncer l'arrivée à Ajaccio. On descend du train vaguement courbaturé, on quitte la gare dépourvue d'intérêt, mais déjà l'on se dit : pourquoi ne pas reprendre cette drôle de micheline dans l'autre sens ?

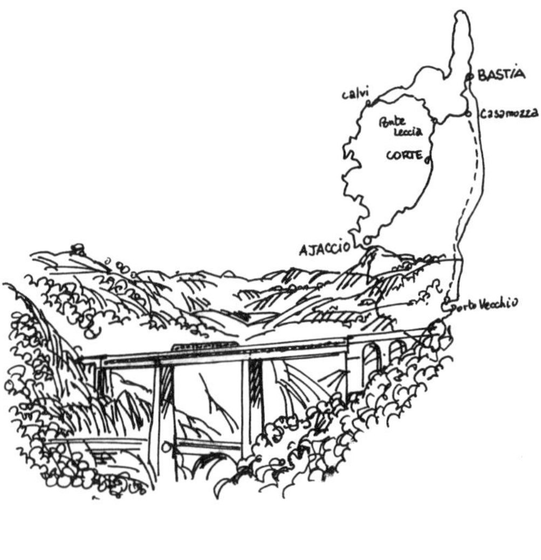

Il y a bien longtemps, j'avais cloué derrière la porte de l'une des nombreuses chambres de mes pérégrinations de jeunesse entre la France et l'Afrique une carte en relief de la Corse. Ma mémoire a oublié qui me l'avait offerte – à coup sûr un membre de ma famille –, mais je conserve le souvenir qu'elle était splendide, tout en couleur, et occupait une grande partie de la porte. Quand je caressais cette carte de mes doigts, je sentais de manière charnelle l'épaisseur des innombrables montagnes qui la parsemaient, la minceur des rares plaines à l'est, le découpé aiguë des golfes de l'ouest, le déroulé sensuel des rivières de l'intérieur.

Puis je me reculais de quelques pas et pensais : « Ce n'est vraiment pas une "montagne dans la mer", comme on le raconte. On exagère. » Et je haussais les épaules, dubitatif. Les reliefs de ma carte étaient à l'échelle et, vue de loin, mon île paraissait plutôt plate. D'ailleurs, ses proportions réelles le disent assez : cent quatre-vingts kilomètres de long sur quatre-vingts de large avec seulement deux kilomètres sept de haut, cela ne fait pas beaucoup pour ce qui est du rapport longueur, largeur et hauteur. Évidemment, c'est mieux que les interminables plaines de l'Ukraine, mais ce n'est pas encore l'Himalaya.

Puis il arriva que mon père nous entraînât avec mes frères dans l'ascension du Monte Rotondo, second sommet de Corse avec ses deux mille six cent vingt-deux mètres d'altitude. Je changeais d'avis. Le Monte Rotondo avait de quoi meurtrir les jambes de n'importe quel adolescent en mal d'aventure – et ils meurtrirent les miennes sans pitié... Je compris cette année-là, et à jamais – ce devait être en 1975 –, que les montagnes corses sont très, très, très, hautes. J'évite donc de parler du Monte Cinto qui culmine à deux mille sept cent mètres – c'est notre Everest à nous. Celui-là, aujourd'hui, je le contemple d'en bas, et l'été admire les dernières langues de neige entourant ses flancs lorsque le soleil peine à les faire fondre. Dans la mesure où nous avons encore quatre ou cinq autres sommets dépassant les deux mille cinq cents mètres, la Corse peut bien être définie comme une « montagne dans la mer ». L'affaire est entendue.

D'ailleurs, il suffit d'arriver dans l'île par bateau pour s'en convaincre. Comme aucun de nos ports d'importance, mis à part Bastia, n'est situé sur la côte orientale où s'étale la seule plaine digne de ce nom – et encore Bastia touche-t-elle pratiquement les montagnes du cap –, la première évidence qui frappe l'esprit, pénètre les sens, remue le cœur, est la vision de reliefs tourmentés, immobiles et silencieux, plongeant presque leurs pieds dans l'eau. C'est tout simplement beau et souvent grandiose.

Je ne suis en aucune manière ce qu'on appelle un montagnard – encore moins un alpiniste, quoique j'en aie accompagné quelques-uns autrefois du côté de l'Annapurna et de l'Everest, mais c'était justement pour découvrir un monde qui m'était étranger. Je me garderais donc d'en parler en spécialiste. La montagne, cependant, qu'elle soit corse ou étrangère, appartient à la métaphysique des territoires d'aventure – c'est-à-dire de liberté – que je me suis construite il y a longtemps. Elle compose avec la mer, le désert, la jungle et le ciel un seul et même univers qui me semble être l'ultime espace sur terre où les hommes encore humains peuvent demeurer eux-mêmes dans le capharnaüm de la modernité en marche. Tout rassemble ces cinq territoires naturels en dépit de leurs différences. Ils sont les derniers à pouvoir procurer aux hommes, par la grâce du déploiement toujours possible de l'aventure, ce qui compte le plus en ce bas monde : leur liberté.

Ainsi, le montagnard, le marin, le coureur de bois, le nomade et l'aviateur sont frères. S'ils ont conscience de cette fraternité, ils tiennent à distance les espaces artificiels des cités urbaines et de tout ce qui leur ressemble. Les difficultés inhérentes à la nature pour rencontrer le « vrai » leur conviennent davantage que les facilités offertes par les villes et leur « imitation du vrai ». Mieux : les montagnes, le ciel, la mer, le désert et la jungle leur permettent, par l'exigence de vie qui leur est propre, de discerner le vrai du faux, ce qui rend ces espaces de liberté proprement philosophiques. Pour cette raison, le bitume n'est en rien leur affaire, pas plus que les modes qu'il génère et ses fausses idoles. Ils savent que, comme dans la fable de La Fontaine, il existe les rats des champs et les rats des villes.

En termes littéraires, les montagnes corses peuvent se dire de différentes manières. Il faut juste craindre les superlatifs, mais cela vaut pour bien des montagnes de par le vaste monde. Comment décrire les crêtes dentelées de certains massifs de mon île ou l'impression de forteresses inébranlables que d'autres dégagent – avec parfois la sensation d'avoir devant soi comme des tissus de soie armoriés que des mains démiurgiques auraient froissés en tous sens avant de les jeter en pâture à la terre ? De quelle manière évoquer avec de justes expressions les infinies couleurs des schistes et des granits affleurant partout, les premiers au nord, les seconds au sud, autrement que par les mots banals et trop usités de noir, gris, rose, vert ? Comment signifier l'harmonie bienheureuse qui surgit dans le mélange des odeurs de terre et de pierre, de maquis et de forêt ? De quelle façon dire le silence minéral enveloppant chaque chose, marié au bruissement du vent dans les arbres, au roulement de l'onde pure au fond des torrents – et à celui de l'eau claire des sources qui cascade en tintinnabulant ? Comment faire surgir dans l'esprit les sensations telluriques qu'émettent à la manière d'ondes invisibles les sinueux talwegs et les tertres isolés, les gorges déchiquetées et les vallées encaissées ? Tant d'autres choses encore...

J'y renonce – je viens au moins de faire de mon mieux.

En Corse, les montagnes sont la demeure des bergers, des paysans d'altitude, des chasseurs aux têtes de brutes renfrognées, de cette sorte de gens qu'on ne voit guère ailleurs, qui parlent peu, grognent beaucoup, regardent tout d'un œil qu'on pourrait croire aiguisé et ne se pressent jamais comme si l'existence n'avait aucune fin connue. Elles sont aussi l'asile des petits retraités tranquilles – ces hommes des vies d'avant que la rumeur des villes a trop assourdis mais qui sont parvenus à s'en échapper. Elles leur offrent un dernier refuge avant qu'advienne la dernière paix.

Dans ces montagnes se trouvent les villages les plus acérés, les plus pentus, les plus farouches qu'on puisse trouver en Corse. Rien n'est aussi émouvant que de circuler sur les routes étroites de l'intérieur de l'île en découvrant ces villages au détour des courbes et des cols, au fur et à mesure de leur dévoilement par les montagnes. Le spectacle de leur permanence granitique provoque invariablement chez moi une émotion à la confluence du beau, du bien, du bon. Je ne m'en lasse jamais – mais qui s'en lasserait ? Les sots, peut-être, et encore...

Si je citais les noms de tous ces villages, j'userais vingt pages, au moins, de ce dictionnaire. Je n'en mentionnerais donc aucun – avec l'avantage de n'attiser en rien les jalousies et susceptibilités dont mes compatriotes savent faire preuve quand ils s'y mettent. Je dirais juste que les montagnes corses sont indissociables des villages qui se cramponnent à elles. Véritablement indissociables. D'une certaine manière, les montagnes appartiennent aux villages et les villages appartiennent aux montagnes. Sans leurs villages, les montagnes corses perdraient tout sens. Sans montagnes, ces villages seraient de moindre intérêt. C'est ensemble que montagnes et villages peuplent le mieux l'espace, sous le toit du ciel et ses étoiles la nuit.

Ainsi donc, les montagnes sont les alliées des villages, leur protectrice, leur sang vivant. Elles abreuvent de leurs eaux les hommes qui les habitent, leur offrent quelques arpents de terre entre roches et cailloux pour y cultiver leur nourriture, leur procurent ce silence ineffable qui lutte contre le brouhaha du monde, ce bruit de fond que la modernité n'attendait pas.

C'est là qu'est la Corse, bien davantage que dans ses plages où se pressent et se bousculent les visiteurs impatients de jouir des choses sans importance.

Tout au long de l'histoire corse, les montagnes ont joué deux rôles : celui, néfaste, d'un cloisonnement des hommes favorisant guerres intestines, vendettas et développement du clanisme, celui, bienfaisant, d'un refuge inexpugnable pour les patriotes en lutte incessante, pendant des siècles, contre des envahisseurs étrangers sans cesse renouvelés – Grecs, Romains, Goths et Vandales, Maures, Sarrasins et Barbaresques, Pisans, Génois, Espagnols et Français, pour ne citer que les principaux... On connaît la formule qui finira par émerger pour désigner parfois la Corse : « Souvent conquise, jamais soumise. »

Dans les temps passés, avant l'avènement de l'industrialisation qui apportera routes et ponts, le compartimentage des hommes était inévitable avec de telles montagnes. Il y avait surtout deux régions bien distinctes, séparées par la chaîne transversale qui court longitudinalement de Bastia à Ajaccio : « l'En deçà des Monts » pour la partie orientale tournée vers l'Italie, « l'Au-delà des Monts » pour la partie occidentale, moins soumise aux influences extérieures. Ces hauts-reliefs étaient une quasi-frontière – et, d'une certaine manière, celle-ci est restée. Si l'on ajoute les petites chaînes transversales qui multiplient les vallées dans une sorte de chaos abrupt, rendant les communications difficiles entre ces lieux reculés, condamnant à l'autarcie les plus isolés, on comprend le rôle primordial que les deux fonctions des montagnes – séparation et refuge – ont joué dans le modelage des hommes qui les habitaient. Et l'on comprend aussi que, en dépit du passage du temps, elles aient laissé d'innombrables traces dans les mentalités actuelles, les comportements, les rivalités entre le Nord et le Sud, et même dans les différents parlers de l'île, empêchant longtemps toute unité, notamment pour faire face aux invasions. La Corse est UNE, mais faite de bien des morceaux construits de bric et de broc par sa géographie et son histoire.

Aujourd'hui, quand pour rejoindre mon village en venant d'Ajaccio je franchis la frontière symbolisée par le col de Vizzavona – le plus haut de l'île, quasiment en son centre, à plus de mille mètres d'altitude –, je suis saisi par la différence des paysages et leur alternance, autant que par leur beauté. Des touristes s'arrêtent souvent sur ce col. Je les vois descendre de voiture, sourire et prendre des photos, plus souvent encore ce qu'on appelle des *selfies*, avant de vite repartir – il y a tant de choses à voir. Alors je songe à mes aïeux et à tous ceux qui les ont précédés depuis que la Corse est corse. Je pense aux hommes rudes qui vivaient en ces lieux jadis, ces hommes qui ne souriaient guère parce que les occasions manquaient. Qu'étaient pour eux ce col et ce qui l'entoure, quel regard portaient-ils sur ces paysages, eux qui ne faisaient pas que passer mais demeuraient ?

Je ne le saurai jamais, mais reste une évidence, toujours : où que l'on vive, où que l'on aille, être ou ne pas être, il faut choisir, en demeurant ou passant.

Mûres

Je porte un amour singulier aux mûres que l'on trouve dans le maquis corse et en montagne. Fruits de la ronce, elles sont d'un noir profond, pas plus grosses que de petites olives, toujours brillantes comme si le soleil lustrait sans cesse les mille petites boules qui les composent, et pulpeuses à souhait au mois d'août lorsqu'elles arrivent à maturité.

D'autres variétés de mûres de par le monde ont peut-être meilleur goût ou meilleure allure, je n'en sais rien. Sans doute aussi en existe-t-il de plus grosses, de plus belles, de plus attrayantes, cultivées sous serre ou par le soin de jardiniers attentifs. Je ne le sais pas davantage et n'ai jamais cherché à me renseigner. À quoi bon ? Les mûres corses des montagnes me suffisent pour une raison simple – et qui m'enchante chaque fois que j'y pense : elles sont sauvages.

Si ma mémoire est fidèle, j'en mange depuis que je suis enfant et principalement là où je les ai découvertes à cet âge, sur deux petits sentiers de montagne : celui menant au cimetière de ma famille dans les hauts de Pancheraccia, le village de mon père, et celui, non loin de là, par lequel on atteint à travers le maquis une colline isolée sur laquelle se dresse une église en ruine du nom de Saint-Jean.

Les mûres de ces deux sentiers perdus obligent à les mériter. Elles poussent au milieu d'amas d'épines acérées, souvent en hauteur. Leurs grappes sont parfois difficiles d'accès dans le fouillis d'une végétation qui ne se laisse jamais faire. On doit aller les chercher avec persévérance, une à une. Leur saveur sucrée se paie de griffures. Il ne faut pas s'en offusquer comme se le permettent les importuns qui ignorent le prix des choses : ce qui a beaucoup de valeur coûte à proportion – et il est bien qu'il en soit ainsi.

Les mûres parsemant de part et d'autre le sentier du cimetière familial sont empreintes pour moi d'une forme de mélancolie joyeuse. Je ne peux m'arrêter pour cueillir ces mûres sans songer à ceux qui m'attendent dans leurs tombes de pierre, et me sentir coupable de prendre trop de plaisir en venant leur rendre visite. Je le fais donc de préférence au retour.

Les mûres du sentier de Saint-Jean, quant à elles, sont associées en moi aux larges et grandes fougères vivant sur les bords du sentier et aux châtaigniers majestueux qui projettent leur ombre sur le visiteur de ces lieux étrangers au reste du monde. Parvenu au sommet de la colline où se dresse ce qui demeure de Saint-Jean, les mûres disparaissent comme par enchantement. Elles cèdent la place à d'autres massifs de ronces mais qui, étrangement, ne produisent aucun fruit, comme si ces ronces réservaient leurs forces à la seule protection des ruines de l'église. Les massifs qui les portent, parsemés de chardons, sont épais, touffus, hargneux, pareils à des gardiens intraitables de ce qui doit durer malgré les vicissitudes du temps et l'oubli des hommes. Il faut de la persévérance pour entrer dans ces ruines silencieuses sur les murs desquels s'agrippent les arbres qui ont poussé entre leurs moellons pendant des siècles. Adolescent, je venais explorer ces lieux désolés avec mes frères et cousins car les anciens racontaient qu'on y avait jadis enseveli un trésor et qu'un souterrain, destiné à sauver les villageois des incursions sarrasines, partait de là pour rejoindre le village. Nous n'avons jamais trouvé ni l'un ni l'autre. Affamés par nos recherches, nous nous contentions de dévorer les mûres du sentier par poignées entières en transpirant sous le soleil, nos mains pleines de leur jus noir qui nous faisait rire. Et ces mûres nous donnaient déjà beaucoup.

Qu'elles naissent, vivent et meurent sur les chemins de mon cimetière familial, celui de l'église de Saint-Jean, ou dans n'importe quelle autre région de l'île, les mûres corses peuvent se dire, en définitive, d'une seule et même manière : elles sont un fruit de liberté – leur représentation symbolique, même. Elles sont comme des porte-drapeaux de tout ce qui pousse « hors les murs », en Corse comme ailleurs – c'est-à-dire sans servitude. À mes yeux, elles transmettent un message simple et silencieux au nom de toutes les plantes qui nous nourrissent : quand elles sont domestiquées par l'homme et grandissent à l'ombre de ses techniques, elles deviennent peut-être plus belles et parfaites par leur apparence, mais on peut leur préférer, malgré leurs imperfections, les plantes sauvages proposées par la nature. N'offrent-elles pas ce qui n'appartient qu'à elles : cette sensation de liberté ?

N

Napoléon

Dans un dictionnaire consacré à la Corse – que ce dictionnaire soit amoureux ou non –, la présence de Napoléon va de soi. Même, elle s'impose. Toutefois, qu'écrire d'original et de personnel sur un personnage dont les faits et gestes ont été traités par des dizaines de milliers de livres, quelqu'un que le monde entier connaît et, pour une bonne part, admire ? Je ne vois qu'une seule solution : raconter ce que je lui dois sur un point très précis.

Mais avant cela, une longue remarque est nécessaire. Car dans les temps post-héroïques qui sont les nôtres en Occident, je ne cesse de le répéter, Napoléon n'est plus perçu avec le même regard que jadis. Des pans entiers de ce qu'il a entrepris échappent désormais à la compréhension du plus grand nombre. Sont passés par là le sombre péché d'anachronisme et la mutation de la sensibilité vers la sensiblerie qui marquent, entre autres, notre époque. L'anachronisme est ce travers qui consiste à juger le passé à l'aune des valeurs du présent, et la sensiblerie ce désarroi d'une sensibilité qui ne supporte plus rien. L'un et l'autre interdisent de saisir la perception que ses contemporains avaient de Napoléon.

En son temps, nombreux étaient les Français qui rêvaient de connaître des épopées à la façon des héros d'Homère. La culture gréco-latine imprégnait la haute société et, de manière générale, déteignait sur les classes populaires, formant l'arrière-fond de ce que l'on pourrait appeler « l'air du temps ». Il y avait un désir d'exister pleinement, sans compter, et surtout pas au rabais. Pour cela, on acceptait de payer le prix fort, quel qu'il soit, et peu importaient les périls. Tout jeter dans la balance et puis voir venir sans crainte, tel était le souffle vital de cette période de l'histoire de France. On préférait vivre n'importe quoi plutôt que rien, pourvu que ce soit grand. Léonidas, Cyrano ou Don Quichotte étaient des modèles et leur état d'esprit, aussi singulier soit-il, habitait les grognards de la Grande Armée jusque dans les tréfonds de leur être. Pour une large part, ils étaient fiers et heureux, même sur la Bérézina, que leur empereur les ait hissés vers des sommets dont ils n'auraient jamais rêvé sans lui. Car la chute était sans grande importance, finalement, si ce qui avait précédé relevait du grandiose. On s'étonne aujourd'hui que Napoléon n'ait jamais été conspué par ses soldats lors de la retraite de Russie, mais au contraire acclamé presque autant que pendant ses victoires. Le paradoxe n'est que d'apparence, il n'est étonnant qu'à nos yeux. Ce qu'il faut comprendre, c'est que le sens de l'épopée dominait, que le goût du risque était admiré, le rêve de conquête encouragé, la gloire au combat célébrée. La mort était moins à craindre que de mal utiliser le peu de temps qui la précédait. La force était une valeur positive que nul n'aurait songé à critiquer. De surcroît, la révolution avait apporté un appétit de liberté inconnu jusqu'alors. Cette liberté nouvelle n'était pas une valeur optionnelle. Il fallait en consommer la substance dans toute sa puissance et toutes ses dimensions.

Naturellement, je généralise à dessein – mais c'est pour mieux faire saisir ce qu'était la psyché du moment. Si le désir de confort venait à la faire fléchir, un discours enflammé suffisait à la raviver. Encore une fois, l'envie de vivre de grandes choses était latente dans les esprits et aussi courant qu'aujourd'hui le besoin de vivre en sécurité. On en pensera ce que l'on veut. Pour ma part, je me borne à constater des faits, non à les juger. Et je remarque encore, pour revenir aux temps modernes, qu'une bonne partie de cet état d'esprit perdure dans les nations non occidentales quand il s'est largement affaibli chez nous. Je laisse à chacun le soin de prendre en compte ce déséquilibre.

Les adversaires de Napoléon, les Russes en particulier, partageaient des valeurs identiques, la même approche du monde et de la vie. Pour le démontrer, je ne résiste pas à l'envie de citer un court texte d'un soldat qui n'est plus guère étudié en dehors des académies militaires et c'est dommage : le colonel de cosaques Denis Davidov, théoricien de la guerre de partisans.

En octobre 1812, le maréchal Koutouzov le charge, lui et ses cosaques, de harceler la garde impériale française au milieu de laquelle se trouve Napoléon. La Grande Armée commence à faire retraite en bon ordre depuis Moscou et la mission de Davidov est de tout entreprendre pour anéantir cette vieille garde qui protège son empereur – et de s'emparer de ce dernier. Mais la garde compte encore 35 000 hommes que la tragédie en cours ne démoralise en rien. Malgré ses efforts, Davidov ne parviendra ni à la réduire complètement ni à faire prisonnier Napoléon.

Il écrira par la suite un rapport qui est un petit chef-d'œuvre. On y note d'emblée l'estime que Davidov éprouve pour la vaillance de ses adversaires, estime qu'il laisse paraître avec un profond respect – on est loin des guerres d'aujourd'hui. En le lisant, on constate également que, comme la plupart des grands soldats de son temps, il alliait la science militaire à l'art littéraire. En deux mots : il savait écrire autant que se battre. Cette alliance du glaive et de la plume est chose largement perdue de nos jours.

Voici cet extrait de son rapport :

> Apercevant nos bandes bruyantes, l'ennemi arme ses fusils et continue fièrement sa marche, sans presser le pas. Tous nos efforts pour détacher un soldat de ces colonnes serrées restent vains. Les hommes, comme taillés dans le granit, méprisent nos tentatives et restent fermes. Je n'oublierai jamais ces hommes résolus pour lesquels la mort était une expérience quotidienne. Avec leurs bonnets à poils, leur uniforme aux sangles blanches et aux épaulettes rouges, ils ressemblaient à des pavots sur un champ de neige.
>
> Nos cosaques ont l'habitude de galoper autour de l'ennemi, lui arrachant des bagages et des canons, encerclant les compagnies éparpillées ou détachées, mais ces colonnes-là restent inébranlables. En vain, officiers, sous-officiers ou simples cosaques foncent-ils sur elles, les colonnes s'avancent l'une après l'autre, nous chassant à coups de feu, comme indifférents à nos raids inutiles... La garde de Napoléon passe parmi nos cosaques comme un navire armé de cent canons parmi des barques de pêcheurs.

Dans la préface qu'il consacre à *La Guerre de partisans* de Davidov, mon camarade Chaliand écrit ceci :

> Denis Davidov ne peut s'empêcher d'admirer la tenue des troupes d'élite. Lui-même appartient au corps des hussards où la bravoure est de rigueur sinon ostentatoire. Organisateur énergique, aimant le risque, appréciant l'initiative, Davidov est d'un temps où la bravoure s'affiche en posture martiale. C'est de cette étoffe dont étaient faits les Ney et les Murat. On se provoquait en duel pour des questions d'honneur ou de

préséance, ce qui rendait la vie précaire et le risque de mort toujours présent. Quant à la guerre, au moins pour la caste des officiers, elle faisait partie des *ethos* héroïques auxquels il importait de se conformer. Davidov faisait partie de cette époque et de ce milieu, aujourd'hui lointain sinon exotique, où le risque physique, le jeu et la guerre faisaient tout un, de façon aussi vaine que notre souci de sécurité à tout prix, que notre consumérisme et que notre sensiblerie.

Et maintenant, ce que je dois personnellement à Napoléon.

À dire vrai, ce n'est pas grand-chose et c'est en même temps beaucoup : une poignée d'heures offertes par la ville d'Ajaccio à l'été 2007.

Cette année-là, j'achève avec mon trois-mâts *La Boudeuse* un vaste tour du monde consacré aux « peuples de l'eau ». 1 063 jours se sont écoulés depuis notre départ de France. Comme tout mon équipage, je suis éreinté par cette aventure qui s'est révélée aussi fantastique qu'épuisante. Pour toucher la terre de France après une si longue absence, j'ai choisi un port corse. Comme nous arrivons de l'ouest après avoir passé les colonnes d'Hercule de

Gibraltar, la logique de notre course désigne Ajaccio plutôt que Bastia, ce qui m'évite le dilemme qu'on imagine. Pour autant, Bastia doit suivre quelques jours plus tard, cela va de soi...

Sans que je le sache, la municipalité d'Ajaccio – ville de Napoléon s'il en est – a décidé de faire les choses en grand pour « accueillir » son enfant, *La Boudeuse* ayant son port d'attache en Corse.

À quelques encablures du quai, alors que nous avons déjà serré toutes nos voiles sur leurs vergues et que la manœuvre d'accostage est prête à s'engager, matelots et gabiers parés à lancer leurs toulines pour l'amarrage, je distingue quelque chose d'étrange : si, comme nous pouvions nous y attendre, il y a foule de part et d'autre de l'emplacement qui nous a été réservé, de drôles de personnages, en revanche, sont alignés en rangs serrés sur l'emplacement lui-même, à droite et à gauche, perpendiculairement au quai. Étonné, je prends mes jumelles. L'instant d'après, je n'en crois pas mes yeux – comme on dit communément : des soldats de la Grande Armée napoléonienne nous attendent au garde-à-vous, comme à la parade, de chaque côté d'un grand tapis rouge. Je distingue « leurs bonnets à poils, leur uniforme aux sangles blanches et aux épaulettes rouges », leurs longs fusils à poudre posés sur leurs épaules, bien astiqués, et des visages impassibles.

C'est ébahis par ce spectacle que bientôt nous accostons. Une fois le navire assuré sur ses haussières, nous sautons sur le quai les uns après les autres. Alors, pris par une forme d'émotion respectueuse pour cette garde de vieux soldats qui nous rendent les honneurs en grande tenue, j'avance aussi cérémonieusement que possible sur le tapis rouge vers le comité de réception de la municipalité qui nous attend, les bras largement ouverts. Dans le même temps, les soldats arment leurs fusils et tirent une longue salve vers le ciel dans un vacarme assourdissant – avec un peu d'imagination, nous pourrions nous croire à Austerlitz ou dans les parages de Borodino. La fumée sortant des canons de ces fusils, épaisse et noire, monte vers le ciel tandis que nous continuons d'avancer, de plus en plus émus. La foule applaudit, on entend des vivats, nous serrons les mains tendues vers nous.

On nous engage à nous diriger vers l'hôtel de ville tout proche et les soldats napoléoniens manœuvrent pour nous encadrer, impeccablement, en rangs bien ordonnés. Un instant plus tard, ils nous escortent du pas lourd de leurs brodequins, fusils de nouveau sur l'épaule, visages toujours impavides – de granit, aurait dit le cosaque Davidov.

Nous entrons dans l'hôtel de ville par l'escalier d'honneur. Sur les volées de marches couvertes de tapis anciens sont postés d'autres soldats chamarrés, trompette à la bouche ou tambour sur le ventre. Cette fois, nous pourrions nous croire devant l'entrée des appartements de l'Empereur. Les tambours se mettent à rouler, les trompettes à sonner, et nous montons l'escalier encore plus abasourdis, comme si l'air de la *Marche* de Marengo retentissait pour nous.

Au premier étage, le maire d'Ajaccio, Simon Renucci, nous attend pour nous conduire dans une salle de réception où un somptueux buffet a été dressé, parsemé de bouteilles de champagne tout juste débouchées. Discours de bienvenue, remises de présents, réponse convenue de ma part – je ne sais trop quoi dire. À tout le moins, je remercie nos hôtes de tant de sollicitude, même si elle me paraît exagérée. Mais, après tout, mes compatriotes sont fiers qu'un trois-mâts traditionnel où flotte le pavillon corse ait accompli le tour de la terre et ce n'est pas l'heure de bouder notre plaisir.

Ces quelques instants, rares et précieux, resteront à jamais gravés dans ma mémoire. C'est ainsi que je considère devoir quelque chose à Napoléon et à l'empreinte qu'il a laissée en Corse, particulièrement à Ajaccio, sa ville natale. Ce quelque chose, je pourrais l'appeler : un certain sens du beau. Et plus encore, en songeant au panache qui l'accompagne : une certaine allure.

O

Odeurs...

J'ai beaucoup hésité sur la façon de traiter cette entrée « Odeurs... » de mon « Dictionnaire amoureux ». Il s'agit d'une affaire difficile : en tout cas pour moi. Je crois pouvoir parler sans trop de peine des choses que je vois, des choses que je touche, de celles que j'entends. Si nécessaire, je peux même m'exprimer sur la saveur des aliments ou la fragrance des parfums créés par des hommes au bénéfice d'autres hommes. Mais pour la Corse, c'est une tout autre difficulté que d'évoquer l'odeur d'un feu de cheminée dans une vieille maison aux poutres noircies de fumée, celle des chèvres et des brebis rejoignant leur enclos au fond d'une bergerie, ou celle émanant d'un bivouac sauvage au petit matin – mariage d'effluves de cendres, d'exhalaison d'humus mouillé, de remugles humains. Et comment signifier pleinement la senteur indéfinissable de la mer – iode, ambre et sel – que la respiration de la houle apporte jusqu'à nos rivages lorsque tombe la nuit, ou décrire ce mélange subtil et enivrant des mille arômes entremêlés du maquis, ajoutés à ceux des forêts de châtaigniers et de chênes-lièges que le vent transporte partout dès le printemps ? Ou encore, de quelle façon élucider l'odeur tellurique dégagée par les pierres des torrents chauffées au soleil brûlant des étés ? Et tout cela, parfois – souvent, toujours – mélangé, mêlé, inséparable.

Il y a une poésie des odeurs comme il existe une poésie des mots – les deux sont parfois inexprimables.

Avec ces quelques phrases, je suis tout de même parvenu, je l'espère, à dire un petit quelque chose sur ce que « sent » véritablement la Corse, surtout lorsqu'on la découvre pour la première fois – et peut-être même davantage encore quand on la redécouvre ou la retrouve… Car chaque pays du monde a son odeur propre, comme un corps humain possède la sienne. Les voyageurs qui font profession de s'imprégner de tout ce qui les entoure savent cela – et ils le savent d'instinct. Sans pouvoir jamais le transcrire pleinement. Ou cela est rare.

Mais, en vérité, si je me suis résolu à conserver cette entrée « Odeurs… » de mon dictionnaire plutôt que de la fuir, c'est pour rendre hommage à la mère de ma mère, Antoinette Alfonsi, qu'on surnommait « Maminette ». Elle avait une manière bien à elle de résumer ce que sentait la Corse : une manière sans fioritures, pleine de bon sens et de simplicité, une manière rustique, pour tout dire – avec ce que cela comporte d'admiration à mes yeux.

Quand elle revenait dans son île en bateau, généralement après une traversée de nuit, elle montait sur le pont au petit jour, respirait un grand coup en apercevant la côte et s'exclamait, avec l'accent :

« Que ça sent bon ! »

Orso

Orso est le prénom corse que je préfère. *Orso* signifie « ours ». C'est le nom de mon fils. Orso Franceschi, je trouve que cela sonne bien. Il est très jeune aujourd'hui, mais quoi qu'il fasse dans la vie, je pense qu'Orso Franceschi sonnera toujours bien.

Cependant, ce n'est pas moi qui ai choisi son prénom. Sa mère est suédoise et je m'étais dit au départ que nous pouvions faire un mélange entre le nom de famille corse de notre fils à venir et un prénom suédois. Par exemple Dag. Il me semblait que ce prénom de Dag – c'est-à-dire *dague* d'un point de vue phonétique – était tout à fait formidable : pour un Corse, n'importe quel type de couteau ne fait-il pas l'affaire en entrant dans la vie ?

Julia s'était récriée : « Sais-tu comment Dag se prononce, en suédois ? Quelque chose comme *dog*. Tu voudrais qu'en France, tout le monde appelle notre fils "chien" ? »

L'affaire était entendue…

C'est mon ami Gérard Chaliand qui dénoua le problème. Chaliand est un poète et écrivain politique d'envergure, spécialiste mondialement reconnu des guerres de guérilla. Ensemble, nous avons beaucoup voyagé de par le monde et écrit quelques livres en commun. Un jour, après que nous lui avons demandé d'être le parrain de notre futur fils, il nous dit à Julia et moi : « Appelez-le donc Orso. »

Le nom du frère de Colomba dans le roman de Mérimée emporta aussitôt notre adhésion. On ne pouvait faire mieux.

Nous habitions alors rue de Cléry à Paris. Quelques semaines après la naissance d'Orso, nous y avons fêté son baptême en tout petit comité. Un « baptême républicain », comme l'avait proposé Chaliand. Nina, l'une des sœurs de Julia, était la marraine. Ensemble, nous avons débouché une bouteille de champagne, trinqué joyeusement, lancé des *pace e salute*, et répandu quelques gouttes de ce champagne sur le front de notre fils.

Orso venait de naître pour de bon.

P

Pancheraccia

Mon village porte le nom de Pancheraccia. D'après Georgette Stefani, ma principale amie d'enfance qui en habite l'entrée lorsqu'on vient de la côte, Pancheraccia est à coup sûr le plus beau village de Corse. Rien de moins. Elle me le répète depuis sa naissance – ou peu s'en faut. Je lui réponds chaque fois qu'elle exagère, mais de son point de vue c'est une vérité pure qu'il serait malvenu de mettre en doute. Pour comprendre Georgette, il suffit de savoir que pratiquement tous mes compatriotes pensent la même chose de leur village – ce qui doit bien faire quelques centaines de « plus beau village de Corse ». On pourrait en rire ou s'en offusquer, trouver ce travers risible ou prouvant un indécrottable chauvinisme, il n'en est rien. En la matière, nul ne ment et personne n'affabule. L'explication est ailleurs : les Corses sont si attachés à leurs villages qu'ils les regardent avec les yeux de Chimène, confondant ce que leur dit leur cœur et ce que leur montrent leurs yeux.

C'est aussi simple que cela.

Aussi vais-je parler de mon village comme le font tous les Corses du leur.

Pancheraccia se situe entre Aléria et Corte, dans les contreforts des premières montagnes se dressant au centre de l'île. Il est niché sur leurs pentes avec une élégance rare comme le montrent les cartes postales vendues dans l'unique café tenu par la belle et élancée Anna, gardienne des lieux depuis la mise en retrait de sa mère, Lucie Batini, mariée il y a quarante ans avec un Sarde aussi solide qu'amical, Antonio Lioi, venu vivre chez nous.

Les villages qui nous entourent s'appellent Giuncaggio, Pietraserena, Piedicorte et Altiani. Ce sont des villages de notre canton, des villages de basse montagne, tous très en pente, surtout Altiani, et accrochés à la roche depuis des siècles. Le temps semble passer sur eux sans pouvoir les abîmer.

Si le cœur vous en dit, venez nous voir depuis Aléria en empruntant la route étroite et sinueuse qui mène à Pancheraccia en moins d'une demi-heure. C'est une route à peu près confortable aujourd'hui. Avant son élargissement il y a quelques années, il valait mieux klaxonner à chaque virage si l'on ne voulait pas emboutir quelques vaches errantes ou les voitures venant en sens inverse. Mais il n'y en avait guère, en vérité, surtout l'hiver : Pancheraccia n'attire pas grand monde. Les travaux menés sur cette route n'ont pas défiguré les paysages sauvages qu'elle traverse, couverts d'un maquis particulièrement odorant l'été. Des rangées de chênes-lièges se dressent par endroits au bord des précipices et, de-ci de-là, on aperçoit les restes émouvants des anciennes maisons de halte qui jalonnaient jadis cette voie d'accès quand elle n'était qu'un chemin de terre sur lequel on voyageait à pied ou à dos de mulet.

À peu près à mi-chemin de Pancheraccia se trouve un hameau du nom de Saint-Pierre – presque un lieu-dit.

Plus personne n'y habite – hameau hélas désert comme il y en a tant désormais –, mais les lieux méritent une halte : pour les ruines de la chapelle abandonnée et pour le spectacle prenant de la vallée du Tavignano qui s'ouvre là, comme si un gigantesque coup d'épée avait fendu en deux le chaos minéral environnant. Le panorama est aussi somptueux qu'empli de sérénité : à Saint-Pierre, on entend juste le bruissement du vent caressant les herbes folles qui y poussent depuis l'abandon des hommes. J'y reste parfois longtemps à méditer.

Puis l'on parvient à Pancheraccia après avoir passé sur la gauche le vaste cimetière de nos ancêtres, et un peu plus loin l'ancien lavoir où le boucher de mon enfance abattait ses vaches à coups de masse et sans guère d'empathie.

Pancheraccia est un village de taille modeste qui s'étage au flanc de la montagne sur plusieurs niveaux. Du temps de mon père, il comptait plus de trois cents âmes – à peine une quarantaine aujourd'hui l'hiver et tout juste le double l'été. C'est pourquoi Pancheraccia donne la sensation qu'une humanité perdue s'est accrochée là par ses racines et ne lâchera jamais la terre qui l'a vue naître. Les maisons qui le constituent ne dépassent jamais trois ou quatre étages. Leurs murs sont épais comme la longueur d'un bras, fait de pierres irrégulières taillées à la main une par une et assemblées souvent sans mortier, tenant par la seule force de leur poids. Du crépi les recouvre parfois, adoucissant l'aspect massif de ces sombres lieux de vie aux fenêtres étroites qui dégagent une impression de puissance très singulière. Quelques villas plus récentes défigurent cette identité architecturale mais on finit par s'y faire. Le bon goût est rarement une qualité corse.

Mon père, Michel, est né à Pancheraccia en 1930, dans la maison de mon grand-père, Pierre-Félix, située à peu près au centre du village – longue bâtisse sans grand charme, toute rectangulaire, mais posée sur des fondations de roc. Celle de sa mère, ma grand-mère Marie Vecchierini, est une ancienne tour de guet érigée au temps des incursions sarrasines qui ravageaient la Corse, et agrandie par la suite. C'est du moins ce que me racontaient les anciens quand j'étais enfant. Elle se dresse dans le bas du village, face à une vallée rocheuse et encaissée qui s'élance jusqu'aux montagnes suivantes. Sur ces montagnes, les villages du canton voisin se découpent comme des profils de médailles antiques. Ce sont des paysages d'une grande beauté et d'une grande rudesse, mais cette rudesse s'adoucit en fin de journée lorsque vient à pas de loup la lumière du soir – comme si quelque peintre bienveillant jetait des teintes pastel sur ce monde trop roide. La vallée est couverte de maquis et de chênes-lièges. Tout au fond coule une étroite rivière du nom de Corsiglièse – voir cette entrée. On ne peut la distinguer depuis le village tant le maquis est épais, mais au temps de la jeunesse de mon grand-père, il y avait là quelques maisons et un moulin au bord de la rivière. En ce temps-là, une importante activité agricole régnait partout. Il n'en reste rien que des ruines éparses que l'on découvre sous les frondaisons des forêts de châtaigniers si l'on s'aventure dans ce monde sauvage – mais nul ne vient plus jamais par ici.

Dans mon enfance, ces maisons et ce moulin, cette vallée perdue et cette rivière oubliée étaient mon terrain d'entraînement préféré pour les futures aventures dont je rêvais. Il y venait encore quelques chasseurs et de rares bergers mais je les connaissais tous. J'étais tranquille. Je descendais dans la vallée avec le chien de mon grand-père, la musette militaire de mon père, ma tente à moi, et je ne rentrais pas de plusieurs jours, campant au bord du moulin, me nourrissant de *coppa*, de fromage et de pain. C'était frugal et j'aimais cette sobriété comme la solitude volontaire que je m'étais choisie, ce sentiment que peu de choses étaient nécessaires pour être heureux. Je passais mon temps à arpenter les flancs de la rivière pour fortifier mes jambes et à lire et écrire au bord des vasques de pierre gorgées d'eau fraîche pour aguerrir ma plume.

Au village, on s'étonnait de ma disparition régulière. On jasait comme dans tous les clochemerles : les vieux disaient que le fils de *Miguel* était comme un sanglier, les jeunes me raillaient, mon grand-père s'en amusait mais me demandait pourquoi je m'habillais comme un clochard. Personne ne comprenait que je m'entraînais à la vie que j'avais choisie – partagée entre écriture et aventure. Mais on me laissait faire et c'était tout ce qui comptait.

Je connais encore par cœur ces lieux de mon enfance active et pleine d'espoirs futurs. Devenu adulte, j'y suis retourné une première fois entre deux séjours en Afghanistan pendant la guerre : la crainte m'était venue un matin de ne plus revoir cet espace de liberté qui avait symbolisé tous mes rêves. Aujourd'hui, j'y retourne au moins une fois par an avec femme et enfants pour transmettre à ces derniers l'amour de cette vallée oubliée, de ces lieux parmi les plus sauvages du monde – tel que je l'entends, cela va de soi, quand je parle de nature en liberté.

Pancheraccia possède, comme tous nos villages, une église et un clocher. L'église est d'une beauté baroque assumée. Elle regorge de saints et de dorures qui m'ont toujours tourné la tête. Lorsque j'étais enfant de chœur l'été, servant la messe du dimanche auprès du vieux prêtre polonais qui avait trouvé refuge chez nous par Dieu sait quel chemin, je m'enivrais encore davantage de ce décor en n'économisant pas la fumée de l'encensoir que je balançais à tour de bras.

Mais le clocher avait ma préférence et l'a toujours. Pour l'unique raison qu'on y sonne les cloches « humainement ». Je veux dire par là que ce sont des carillonneurs en chair et en os qui se chargent de cette tâche et non une quelconque machine. Autrefois, être carillonneur était une forme d'aventure véritable. Le devenait qui le voulait bien – après avoir appris, bien sûr, les airs nécessaires à toutes les situations, et à condition de bien jouer de toutes les cloches disponibles. Les anciens apprenaient aux plus jeunes et les choses se transmettaient ainsi, par compagnonage. Aujourd'hui encore, on continue à sonner de cette manière, mais plus rarement – les bras manquent. Alors, Paul Angeli, notre maire actuel, a fini par installer un dispositif électrique pour actionner au moins la plus grosse des cloches quand il n'y a personne de disponible. Et cela arrive souvent depuis la mort de Barthélemy Mattei, dit « Mémé », notre champion toutes catégories. Un peu de poésie s'en est allée.

Notre clocher, massif, fait de pierres énormes, comporte en principe quatre cloches, une par angle. Je n'ai jamais connu la plus petite qui a disparu bien avant ma naissance. Personne n'a jamais pu me dire comment ni pourquoi. L'énigme demeure. Je subodore quelque diablerie là-dedans, comme dans les histoires qu'on nous racontait sur des souterrains mystérieux creusés un peu partout dans le village pour échapper aux Sarrasins, ou l'existence de monceaux de pièces d'or cachées derrière les murs de certaines maisons. Dans mon enfance, j'ai beaucoup cherché les uns et les autres, je n'ai jamais rien découvert, et mes camarades pas davantage.

Nous sonnions donc avec trois cloches seulement. J'aimais particulièrement – et aime encore – ce rôle de carillonneur. Quand les feux menaçaient le village l'été, il fallait déclencher le tocsin de toute la force de nos bras et nous nous en donnions à cœur joie : tout le monde courait combattre l'incendie et, vu du clocher, c'était un spectacle prodigieux. Pour le reste, sonner les cloches était, et demeure, un art à part entière en Corse. C'est toute une affaire qui exige un long apprentissage et beaucoup d'exercice. À Pancheraccia, il faut d'abord grimper les marches de bois du clocher dans l'obscurité, étage par étage, entre des murs humides et froids, d'une vieillesse extrême, puis s'installer avec précaution sur la plate-forme qui donne accès aux trois cloches restantes. On est alors environné de tous côtés par le vide et mieux vaut ignorer le vertige – le principe de précaution n'a pas encore atteint ce bastion du risque consenti et je forme des vœux pour qu'il n'y parvienne jamais, on est très bien là-haut, suspendu dans l'espace. Ensuite, il faut saisir avec chaque main les cordes qui relient les cloches horizontalement, respirer un bon coup car l'épreuve est physique et assourdissante, enfin se mettre à « jouer » pour de bon et sans ménager sa peine : glas, tocsin, appel de la messe, c'est selon. Ces airs sont complexes et riches, véritables musiques venues de lointaines traditions, que chacun connaît par cœur et prend plaisir à entendre, comme la manifestation rassurante et tendre d'un trait d'union entre passé et avenir.

Aujourd'hui, il m'arrive encore de sonner les cloches de mon village.

Paoli, Pascal

Pascal Paoli est incontestablement l'un des grands patriotes corses du XVIIIe siècle. Reconnu comme tel dans l'île, sa présence y demeure tangible, visible, incontournable – tout comme son influence dans la politique insulaire qui se réfère souvent à lui. Même s'il ne peut rivaliser en popularité avec la figure de Napoléon, qu'il précède chronologiquement, un nombre non négligeable de rues, d'avenues, de places, d'écoles portent son nom – jusqu'à l'université de Corte. Cette dernière n'a pas oublié que Paoli ouvrit dans cette ville la première institution de cette nature lors de l'éphémère république corse indépendante dont il fut l'acteur principal.

Plusieurs entrées de ce « Dictionnaire amoureux » – notamment « Drapeau corse » et « "Dio vi salve Regina" » – évoquent la figure de Paoli en fournissant un certain nombre d'événements de sa vie. Mais il me faut être plus complet ici. Toutefois, afin d'éviter les répétitions, je vais prendre les choses là où je les ai laissées dans les autres entrées : en 1755, au moment où Paoli revient en Corse après une longue période d'exil.

Il a alors trente ans. Un seul et unique but l'habite, dont il a toujours rêvé et qu'il continuera à faire sien le reste de sa vie : soulever son pays contre l'occupant génois et le rendre souverain.

Né en 1725, Paoli s'est trouvé à bonne école pour désirer si ardemment l'indépendance de la Corse : il est à peine enfant que son père Hyacinthe, issu de la bourgeoisie rurale, dirige avec d'autres notables la seconde révolte contre les Génois, à l'époque où l'extravagant aventurier allemand Théodore von Neuhoff est proclamé roi de Corse – voir cette entrée. Cette aventure est, hélas, sans lendemain et Hyacinthe Paoli se voit contraint de s'enfuir à Naples avec femmes et enfants. On l'engage dans l'armée locale avec le grade de général, son fils l'y suit dès qu'il le peut et bientôt sert sous ses ordres. Quinze années passent à attendre des lendemains meilleurs. Le jeune Paoli les utilise à s'imprégner d'art militaire autant que des idées nouvelles se répandant à ce moment-là en Europe sous l'influence des penseurs des Lumières, à commencer par Montesquieu. Il étudie beaucoup, lit encore davantage, s'initie à la philosophie. Cette formation d'« honnête homme », comme on dit alors, le conduit à vouloir une Corse indépendante mais également « éclairée », c'est-à-dire moderne et porteuse d'un projet politique et démocratique pouvant servir d'exemple de liberté au reste du monde. C'est à l'aune de cette volonté qu'on peut mesurer aujourd'hui le rêve fracassé qui fut le sien.

Lorsqu'il débarque dans son île natale en cette année 1755 pour tenter de fédérer sous sa bannière l'une des nouvelles dissidences agitant sporadiquement la Corse, il croit son heure venue. Les circonstances sont éminemment favorables : la détestation des Génois est toujours aussi profonde, le désir de liberté plus grand que jamais. Surtout, le nom de Paoli est resté vivace chez les patriotes corses malgré leurs dissensions internes et leurs profondes rivalités, conséquences quasi ataviques d'un système clanique que rien ne parvient à éroder. La pierre ponce de l'histoire n'est pas encore passée par là.

Quelques mois après son retour, ses partisans le proclament général de la rébellion. L'enthousiasme est partout. Paoli installe sa capitale à Corte et mène tout de front avec énergie – à commencer par l'unification des Corses face aux Génois. Sans réel succès dans ce domaine : batailleurs, querelleurs, rétifs à l'autorité, manipulables par les uns et les autres, ses compatriotes font son désespoir. Il a tout autant de difficulté à lever une armée faite d'autre chose que de bric et de broc. Il y parvient néanmoins et remporte contre les forces d'occupation génoises – fort heureusement très affaiblies et reculant un peu partout – des succès militaires lui permettant de s'imposer, au moins dans le centre de la Corse. Cet objectif atteint, il parvient à installer un pouvoir fort et centralisé, tout entier entre ses mains. C'est l'usage du temps et il se fait « despote éclairé », ce qui n'empêche pas Rousseau et Voltaire de l'admirer. Ils voient en Pascal Paoli un homme politique d'exception voué à la construction du premier État démocratique de l'Europe nouvelle.

L'expérience de Paoli convient aussi aux cours européennes mais pour d'autres raisons : la plupart d'entre elles y voient un moyen d'affaiblir la puissance de Gênes – la France surtout.

Dix années passent ainsi. Pascal Paoli ignore que le destin lui en donnera à peine cinq de plus pour vivre son rêve avant de le dévaster. S'il a appris depuis longtemps que l'histoire des hommes est tragique, il ne sait pas encore qu'elle le sera aussi pour lui.

En attendant, il se donne corps et âme à son œuvre. Il fait de son mieux pour le développement économique de l'île – c'est à lui que nous devons l'introduction de la pomme de terre – mais, son autorité restant limitée aux régions centrales, il n'aura ni le temps ni les moyens d'aller très loin. Il fait battre aussi monnaie à l'effigie du peuple corse pour affermir sa souveraineté – les pièces de son règne font aujourd'hui la joie des collectionneurs –, met en place des journaux, lance un embryon de marine pour désenclaver son pays du blocus imposé par Gênes qui cherche à l'asphyxier par tous les moyens, et fonde la ville de L'Île-Rousse pour faire pièce à Calvi toujours entre les mains de ses ennemis. Il crée également l'université de Corte afin de former ses futurs cadres, et affine l'armature institutionnelle de son entreprise – la Constitution particulièrement élaborée qu'il fait voter est la première au monde accordant le droit de vote aux femmes –, et promulgue nombre de lois et règlements destinés à forger un pays digne de ce nom.

Une tâche de géant, les travaux d'Hercule.

Cependant, il avance dans son œuvre. Ses rivaux corses ne sont pas le moindre de ses obstacles – le pire, peut-être. Leurs manipulations labourent la glaise des jalousies pour amoindrir son pouvoir, le réduire, l'éroder autant que faire se peut. Les envieux sont partout, donnant un exemple archétypal de l'étroitesse d'esprit et des intérêts particuliers entravant les grands rêves désintéressés.

Pendant ces dix années, aucune paix réelle ne règne en Corse. Tout est fragile, tout est sans cesse à recommencer. Pascal Paoli devient une sorte de Sisyphe des temps modernes.

À l'étranger, profitant de cet état de guerre larvée, on prépare sa ruine. Car c'est une chose d'affaiblir les Génois à travers cet idéaliste en marche, c'en est une autre de prendre leur place. Si à la cour de Versailles Choiseul travaille effectivement à rogner les ailes de la Sérénissime République, c'est pour mieux s'emparer de la Corse et non dans l'objectif de consolider sa fragile indépendance.

L'été 1764 est la première étape de la descente aux enfers de Paoli. La signature du traité de Compiègne entre Gênes – en perte de vitesse, presque ruinée, aux abois – et la France dont la puissance est intacte, accorde à Louis XV la possession des places fortes génoises que la jeune république corse n'est jamais parvenue à occuper : Bastia, Calvi, Saint-Florent et Ajaccio. Paoli voit bien qu'il perd au change. Passer du faible au fort est une pente fatale. Il tente de négocier avec Choiseul pour conserver ses acquis, défendre ses intérêts. Rien n'y fait. Le pot de fer contre le pot de terre. Sans doute Paoli est-il trop inflexible, incapable de concessions, mesurant mal la logique des rapports de force régissant les relations entre États. C'est le combat de l'idéalisme contre le réalisme – on connaît par avance le vainqueur.

Seconde étape vers le crépuscule paoliste, le traité de Versailles quatre ans plus tard, toujours entre Génois et Français. Cette fois, les premiers cèdent temporairement l'ensemble de la Corse aux seconds. Plus précisément, Gênes donne la Corse en garantie d'un prêt de deux millions de livres. Il est prévu qu'elle retrouve la plénitude de son pouvoir sur l'île le jour où elle s'acquittera de cette dette à laquelle s'ajoutera le coût des opérations militaires que la France devra mener pour s'imposer. C'est à l'évidence une vente déguisée – Gênes sait qu'elle sera incapable de rembourser son emprunt. Paoli le sait aussi. Furieux, il lance à ses fidèles : « On ne sait pas trop qui l'on doit détester le plus de celui qui nous vend ou de celui qui nous achète. »

Réunissant ses partisans à Corte, il décrète la levée en masse pour résister au nouvel occupant. Une fois de plus, le pot de fer contre le pot de terre…

Car les armées françaises débarquées en Corse mettent très vite le pays au pas. Même si les troupes de Paoli remportent quelques victoires, comme à Borgo, le sort en est jeté. Un an après la signature du traité de Versailles, la bataille décisive se joue à Ponte Novo sur les rives du fleuve Golo. Paoli y essuie une défaite cinglante qui marque la fin de sa république indépendante. Un mois plus tard, en juin 1769, son rêve évaporé, il n'a plus d'autre choix que de reprendre la route de l'exil accompagné de quelques centaines de fidèles seulement. Les autres se sont soumis ou ont choisi la défection.

Pascal Paoli se réfugie à Londres. Il va y rester vingt longues années avant un ultime et éphémère retournement de situation lors de la Révolution française. Ce sera comme son chant du cygne.

Un chant qui prend d'abord l'allure d'une renaissance. Un décret du 30 novembre 1789, quatre mois après la prise de la Bastille, prononce l'amnistie des exilés paolistes. On les récompense ainsi d'avoir clamé leur enthousiasme pour cette révolution en train d'ébranler la France. C'est que les paolistes y voient une libération de l'ancien despotisme et le début d'une application de leurs principes démocratiques sur le continent lui-même. À Paris, on préfère oublier que leur chef a pu écrire peu avant son exil : « Nous, les Corses, sommes des Italiens par la naissance et par les sentiments, mais avant tout par la langue, les coutumes, les traditions, et tous les Italiens sont frères devant l'histoire... »

C'est ce genre de déclaration qui, au regard de nombreux historiens, forgera plus tard l'image d'un Pascal Paoli anti-Français.

En attendant, voilà le patriote corse de retour chez lui après avoir rencontré Lafayette, Robespierre et tout ce qui compte à Paris. Il est heureux, croit de nouveau en son étoile, au retournement du destin. Il y croit encore davantage lorsqu'il est reçu triomphalement en Corse. On l'élit aussitôt commandant de la garde nationale et président du directoire départemental.

La tutelle française ne se faisant guère sentir dans ces moments de désordre, Pascal Paoli retrouve pour un temps les meilleurs jours de sa gloire antérieure.

Il se fait bien tard cependant : il a soixante-cinq ans maintenant...

D'autant que, trois ans plus tard, l'opposition parisienne entre Montagnards et Girondins d'un côté et Jacobins de l'autre propage la discorde jusqu'en Corse, multipliant les vieilles dissensions claniques, toujours aussi vivaces et dont on se demande ce qui pourrait bien les éteindre. Les Corses demeurent plus que jamais dressés les uns contre les autres. Paoli craint la tournure radicale que prennent les événements, chez lui comme sur le continent. Aux Jacobins qui ambitionnent d'aller toujours plus loin dans la Révolution, jusqu'à la dévoyer, il préfère leurs adversaires qui tentent de la stabiliser. Paoli voit dans la nature profonde de cette Révolution française en pleine fuite en avant une nouvelle et épouvantable tyrannie à laquelle il veut soustraire la Corse. Il prend parti pour les Girondins et les Montagnards, courageusement et sans ambiguïté. Ce sont, hélas, les Jacobins qui ont le vent en poupe. Ils vont l'étriller.

La rupture est consommée en mai 1793. Lors d'une consulte des paolistes à Corte, ils refusent définitivement de se soumettre aux ordres de la Convention. Paris met Pascal Paoli hors la loi. Le voilà de nouveau seul dans une Corse qui entre en sécession. Pour conjurer le malheur dont il sent approcher le souffle mortifère, il se tourne vers les Anglais, se souvenant des vieilles amitiés nouées chez eux au cours de ses vingt années d'exil à Londres.

Funeste décision. Car si les Anglais répondent favorablement à son appel, c'est moins dans l'intention de « libérer » la Corse que de s'en emparer à leur tour en instituant un Royaume anglo-corse destiné à durer. Leur vieux rêve de prendre pied en Méditerranée vient de se concrétiser par un simple concours de circonstances – mais ils ont su le saisir.

Paoli n'a fait que changer de maître. Le protectorat anglais, dirigé par le vice-roi Elliot, le dépouille très vite de toute autonomie et de tout pouvoir. On confie à d'autres Corses, à l'échine plus souple, la gestion du pays. Paoli est renvoyé à Londres en octobre 1795 sans rien pouvoir faire d'autre qu'obéir, las et fatigué. Il y mourra douze ans plus tard, seul et solitaire.

L'existence de Pascal Paoli se sera partagée entre cinquante années d'exil et seulement trente de relative liberté. De ces années-là, il aura su faire d'un rêve fort une réalité profonde, mais s'évaporant sans cesse devant l'implacable réalité du monde, l'ambition avide des États, la médiocrité des hommes.

Unique consolation pour lui, le Royaume anglo-corse durera ce que durent les roses. Le jeune général Bonaparte surgit à ce moment-là sur la scène de l'histoire, auréolé de ses victoires en Italie. En moins de deux ans, il met un terme à l'occupation anglaise par une campagne militaire fulgurante.

On ne peut trouver meilleure conclusion à la tragique histoire de Pascal Paoli et à ses espoirs brisés, que les lignes suivantes écrites par Jean-Jacques Rousseau dans le *Contrat social* et rappelées en leur temps par les historiens Arrighi et Pomponi. Sans le citer, Rousseau rend au patriote corse un hommage appuyé :

> Il est encore un pays capable de législation, c'est l'île de Corse. La valeur et la constance avec laquelle ce brave peuple a su recouvrer et défendre sa liberté mériteraient bien que quelque homme sage lui apprît à la conserver. J'ai quelque pressentiment qu'un jour cette petite île étonnera le monde.

Et Napoléon est venu.

Poésie

Dans sa remarquable anthologie de la poésie française, Jean-François Revel écrit ces lignes d'une lucidité parfaite : « Il y a très peu de grands poètes, et la plupart des grands poètes ont le plus souvent écrit très peu de beaux poèmes. Le génie poétique n'est pas seulement rare, il se manifeste rarement chez ceux qui le possèdent. »

On peut ajouter que la poésie – celle que le poète couche sur le papier ou que le barde récite en public – est une manifestation évidente mais finalement incomplète de quelque chose de plus important sans doute : le « sentiment poétique ». Si les hommes à même d'écrire de grands poèmes sont rares, nombreux sont ceux, en revanche, qui se révèlent capables de ressentir, puis de traduire la poésie contenue dans certains « objets » du monde et de la vie. Le sentiment poétique s'éprouve lorsque celui qui s'y veut accessible cherche à découvrir ce qui peut se situer – toujours de manière invisible – derrière l'apparence immédiatement perceptible de ces objets, révélant leur essence véritable. C'est un exercice actif de l'esprit – différent de l'émotion artistique provoquée par la seule beauté d'une œuvre humaine ou d'un spectacle de la nature.

Si le sentiment poétique se rapproche de l'émotion artistique, il en diffère néanmoins – comme de la poésie elle-même – sur un point précis : il se dévoile autrement que par les mots – et même : par-delà les mots – avant de revenir à eux pour interpréter ce sentiment, mais sans vers ni rimes. En ce sens, le sentiment poétique est d'abord indicible avant de pouvoir être dit. Il est une sorte de mystère. Mais s'il se trouve traduit en mots après avoir surgi, il nous révèle la meilleure part de nous-mêmes. Il la porte à notre conscience. Ce pour quoi il faut définitivement affirmer pour les temps à venir, davantage encore que pour les temps passés : vivre sans poésie n'est pas vivre pleinement.

D'ailleurs, ne devrait-on pas juger une société à la somme des sentiments poétiques qu'elle a le pouvoir de susciter ?

Si la Corse ne possède hélas pas de poètes internationalement reconnus – voir l'entrée « Poètes » –, elle dispose en revanche d'un nombre considérable d'« objets poétiques » placés sous les yeux de ceux qui cherchent à voir – et veulent voir.

Le sentiment poétique provoqué par un torrent corse, par exemple, est ineffable. Et peut s'interpréter de bien des manières – voire d'autant de manières qu'il existe d'individus. Parcourir les gorges de la Restonica est ainsi une révélation à la condition de pénétrer ces gorges moins en randonneur avide de nature qu'en découvreur de terres poétiques – cela va de soi. En la matière, tout est question de regard, il faut le répéter sans cesse. D'autant que la poésie se découvre à proportion du désir qu'on a d'elle. Et de l'amour qu'on lui porte.

Voici une liste non exhaustive et entièrement ouverte de ces « objets corses » aptes à susciter notre sentiment poétique si l'on veut bien soulever le voile qui les recouvre. Cette liste est intimement personnelle. Chacun peut la corriger ou l'amender, la restreindre ou l'augmenter. Liberté totale. L'essentiel est de comprendre qu'une véritable découverte de la Corse dans son intimité profonde devrait passer, d'abord et avant tout – tel est mon sentiment –, par une quête de sa poésie cachée. Dès lors, on comprendra que j'ai exclu de ma liste les sites naturels trop connus proposés par les guides touristiques attachés à une vision pour ainsi dire « exotique » des choses, de même que j'ai mis de côté les objets, lieux et autres emblèmes conventionnellement identifiés à la Corse.

Ainsi donc, mêlant sons, odeurs et images, prenez la peine d'écouter ce que peut dire, évoquer ou proposer la Corse profonde :

La définitive précarité de toute entreprise humaine

Les forêts de chênes-lièges aux troncs dénudés, immobiles au creux des vallées perdues ? *La tristesse du dépouillement non consenti.*

Le désert des Agriates sous le soleil d'été ? *Toute l'ardeur lunaire du monde quand il sera sans hommes.*

Les mille clochers différents des mille églises de Corse ? *L'élévation des âmes en peine lorsqu'il ne reste que ces clochers pour éviter de se perdre.*

Les granits colorés de rose, violet, blanc, vert, gris et noir bordant nos rivières ? *La représentation absolue du camaïeu de toute vie véritable.*

La grâce des arbousiers dressés vers le ciel ? *L'immense fragilité des lumières de vie éphémère.*

Les grises citadelles de nos vieilles villes se découpant sur le ciel bleu ? *Ce que l'âme peut sculpter de durable à jamais.*

Les parterres de châtaigniers à flanc de colline ? *L'ultime douceur de vivre quand tout le reste aura disparu.*

Les derniers reflets du soleil le soir sur la mer ? *L'insigne caresse donnée à ce que l'on quitte pour mieux le retrouver.*

Les tours génoises dressées de loin en loin sur les côtes ? *Ces éternelles solitudes qui durent.*

La brume qui se lève au fond de la vallée du Tavignano ? *L'ombre portée de nous-mêmes.*

Les grandes croix de bois marquant l'entrée des villages ? *L'émouvante voix de nos pères murmurant encore leur présence.*

Le triste braiment des ânes à l'aube dans les villages ? *La pure expression de l'écoulement inexorable du temps.*

Les senteurs du maquis quand revient le printemps ? *L'ivresse des esprits avides d'absolu.*

Le tintement des cloches des troupeaux invisibles au loin ? *Toute la mélancolie des choses vouées à disparaître.*

Les étroites venelles bordées d'ombre de Bonifacio ? *L'humain, trop humain qui jamais ne cesse.*

Les ruines d'une maison abandonnée, découverte au hasard d'une marche dans la forêt ? *La définitive précarité de toute entreprise humaine.*

Le chaos minéral des montagnes du centre de l'île ? *Ce possible maintien des choses qui durent.*

La neige qui persiste l'été sur les flancs des plus hauts sommets ? *La conviction de l'impossible toujours possible.*

Le vol des rapaces chassant leurs proies au-dessus du maquis ? *La grâce et la violence de l'existence.*

Le chant incessant des cigales dans la fraîcheur des nuits ? *Cette force inépuisable de ce qu'il y a de plus faible dans la nature.*

Le ressac de la mer dans les golfes de la côte orientale ? *L'unique respiration qui entrouvre les portes du divin.*

Les anciens ponts de pierre jetés par-dessus les rivières torrentueuses ? *L'élégance encore, l'élégance toujours, ce qu'est véritablement l'élégance.*

Les longues façades uniformes des immeubles anciens de Bastia ? *Être et durer – rien que cela mais tout cela.*

Les chemins de terre dans le maquis paraissant venir de nulle part pour ne mener nulle part ? *Le trouble désir de se perdre pour mieux se retrouver.*

À vous de jouer maintenant pour compléter cette liste et la rendre inépuisable – en parcourant la Corse en poète.

Poètes

Il en est des poètes comme de la poésie : en parler avec justesse nécessite d'accepter le tri effectué par le passage du temps et son implacable tamis – quitte à se résoudre à d'éventuelles injustices littéraires. L'histoire n'en est guère avare mais telle doit être la règle du jeu si l'on veut éviter de se fourvoyer dans les engouements des modes éphémères, les imprécations des courants artistiques fugaces, les obligations du conformisme, ou encore les impératifs de l'immédiateté.

En matière de jugement poétique – et plus encore de jugement sur les poètes –, le temps long s'impose.

Pour évoquer les poètes corses, je me suis donc volontairement limité à ceux qui, déjà disparus, ont malgré tout laissé une trace dans la littérature – ou dans notre imaginaire collectif. Naturellement, ce choix personnel porte une part de subjectivité, mais telle est aussi la règle du jeu et elle doit être consentie.

Les traces qu'ont laissées ces poètes corses sont peu aisées à découvrir, leurs textes n'ayant guère pignon sur rue internationalement ni même nationalement – car il en est ainsi, il faut le reconnaître. Mais ces hommes du temps passé ont encore des choses à nous dire et méritent quelques efforts de recherche. D'autant que les librairies de l'île leur réservent souvent une place dans leurs rayonnages. Il suffit de demander.

Je vais tracer ici quelques pistes pour vous inciter à percevoir la voix de ces poètes disparus. Avec eux, vous pourrez connaître des révélations étonnantes et toujours riches d'enseignements. Pour autant, je m'abstiendrai de citer des extraits de leurs œuvres, sauf exception, vous laissant libre de vos choix une fois mon « Dictionnaire amoureux » refermé.

À mes yeux, ces poètes corses d'autrefois sont au nombre de huit. C'est bien peu, direz-vous. Je répondrais que ce n'est déjà pas si mal pour une île aussi peu peuplée que la nôtre. On pourra me reprocher cette limitation drastique, mais qu'on veuille bien considérer qu'il s'agit là encore d'une exigence assumée pour préserver la haute qualité de ce qui mérite de traverser le temps et d'être transmis. À trop vouloir distribuer, l'on ne distribue plus rien.

Cependant, j'achèverai ce texte par l'évocation d'un certain nombre de poètes corses contemporains dont on peut déjà présumer que, longtemps après leur mort et la mienne, quelqu'un d'autre que moi les fera entrer dans la liste que j'ai établie.

Sept des huit poètes que j'ai retenus ont essentiellement écrit en corse ou en italien. Et souvent chanté leurs poèmes comme il était d'usage alors – et encore aujourd'hui, parfois. Tous étaient des « personnages » hors du commun par leur métier, leur faconde, l'existence qui fut la leur, leur destin fréquemment. J'éprouve une joie toujours renouvelée à évoquer leur personnalité en l'accouplant au métier qu'ils exerçaient en dehors de la poésie. Ils sont ainsi pour moi – et sans doute pour moi seul – le « poète-magistrat » Salvatore Viale, le « poète-meunier » Natale Sarocchi, le « poète-folkloriste » Jean-Baptiste Frédéric Ortoli, le « poète-berger » Don-Joseph Giansily, le « poète-fonctionnaire colonial » Jean-Joseph Flori, le « poète-politicien » Gian Paolo Borghetti, le « poète-marin » Jean Venturini, et enfin le « poète-irrédentiste » Santu Casanova. Notons déjà pour celui-ci qu'il fit dans les années 1930 ce qu'on appelle un mauvais choix à un mauvais moment, par son allégeance sans limites à Mussolini – comme quoi la poésie n'est pas toujours le garde-fou qu'on imagine.

Commençons par Salvatore Viale, le « poète-magistrat ». Il est le plus ancien de tous et sans doute le plus réputé. Né en 1787, mort en 1861, il fut un écrivain corse de langue italienne – ce qui s'explique par les études de droit qu'il fit à Rome et non à Paris, avant d'entrer dans la magistrature à Bastia. Toutefois, et c'est notable, il fut le premier lettré corse à employer sa langue maternelle dans une œuvre littéraire. Son chef-d'œuvre poétique, la *Dionomachia* – « la bataille de l'âne » – en est la meilleure preuve dans le genre héroï-comique. Elle plut tant à Lamartine, dit-on, qu'ils devinrent amis. Cependant, on ne trouve pas facilement ce texte, sauf en Italie.

Deux de ses livres, plus aisés d'accès, ont été tirés de l'oubli par les éditions Albiana. On se les procure sans peine en français : *Carnets de voyages d'un écrivain corse en Italie* et *Coutumes et Mœurs des Corses.* L'intitulé de ce dernier titre permet déjà un jugement de certitude : comme tous les poètes qui vont suivre dans ce « Dictionnaire amoureux », Viale fut profondément attaché à la culture corse et à son maintien – même s'il considérait l'italien comme plus à même d'être la langue culturelle de l'île.

Magistrat libéral, il fut aussi une sorte d'aventurier, participant à la hasardeuse tentative de rétablissement du Royaume anglo-corse après la chute de Napoléon. Il perdit beaucoup dans cette affaire incertaine, mais une statue de lui se trouve encore à Bastia. Alors, lisez-le, vous n'avez rien à perdre et tout à gagner.

Les rares photos qui nous soient parvenues de Natale Sarocchi, le « poète-meunier », nous le présentent de manière presque caricaturale avec sa barbe blanche et son bonnet rejeté en arrière, son visage émacié et ses joues creusées. Raison pour laquelle, peut-être, ces vieilles photos jaunies nous le rendent émouvant avant même de lire quoi que ce soit de lui.

Meunier de son état, Sarocchi était parfaitement autodidacte et farouchement indépendant. Une sorte d'anarchiste, dirions-nous aujourd'hui. La hantise de sa vie, celle qui l'obséda jusqu'à la mort, fut le banditisme qui ravageait son époque. Il ne cessa de se dresser contre lui dans ses poèmes – nous sommes entre la fin du XIXe siècle et le début du XXe. Ses textes portent presque tous cette marque tragique. Avec Sarocchi, nous sommes loin de la légende romantique du bandit d'honneur colportée par toute une imagerie d'Épinal.

Le « poète-meunier » écrivait indifféremment en corse ou en italien, et s'il lui arrivait de participer à des joutes orales, très répandues en son temps, ou de chanter sa poésie, ce qui était tout aussi fréquent, il fut de ceux qui ne s'en contentèrent pas et commencèrent à publier dans des journaux comme *Le Messager corse* afin qu'une trace de leur œuvre demeurât gravée dans le marbre. Pour les spécialistes, le sonnet « Partenza », écrit alors qu'il était appelé sous les drapeaux en 1861, est son plus beau chef-d'œuvre.

Jean-Baptiste Frédéric Ortoli, le « poète-folkloriste », est d'une autre sorte. Né l'année où Sarocchi écrivait « Partenza », et mort en 1907, il eut dès l'enfance la passion absolue des lettres. Il s'y consacra de toutes ses forces, favorisé par des origines relativement aisées. *Les Contes populaires de l'île de Corse*, son premier livre, le consacra très vite comme écrivain à part entière, mais l'aspect « folklorique » de cet ouvrage masqua longtemps la poésie qui s'en dégageait. D'autant que, le succès aidant, Ortoli se mit à écrire pour la jeunesse sans guère se soucier du public adulte.

À partir de là, une forme de malédiction littéraire s'abattit sur lui. Le souci constant qui l'habitait d'œuvrer au bénéfice des plus jeunes et son goût de l'étude du folklore le cataloguèrent longtemps hors de la poésie, et sans doute injustement – mais l'on connaît cette manie qu'ont les critiques et autres spécialistes d'accoler des étiquettes définitives aux écrivains. Aujourd'hui, on peut encore trouver de Jean-Baptiste Frédéric Ortoli *Les Contes du capitaine* et *Le Monde enchanté.*

Il écrivait beaucoup en français et fut le seul de tous les poètes dont je parle à mourir à Paris.

Jean-Joseph Flori, le « poète-fonctionnaire colonial », était d'une famille de bergers originaires du Niolo. Né en 1898, mort en 1972, il séjourna et travailla aux colonies – comme bien des Corses de son temps – tout en étant poète et parolier de musique, ses deux passions. Il collabora à la télévision française de l'époque, l'ORTF, fut membre de la SACEM, et publia dans des journaux comme *Le Petit Bastiais* ou *Nice-Matin.* On ne trouve guère de faits saillants dans les événements de sa vie qui semble avoir coulé comme un long fleuve tranquille, mais il nous a laissé quelques beaux livres comme *Poésie Giocose*, sans doute son œuvre majeure.

La vie de Santu Casanova, le « poète-irrédentiste », fut beaucoup moins paisible. Homme austère hanté par la poésie dès sa jeunesse – on est au mitan des années 1850 –, il se fourvoya en politique sur le tard, jusqu'à soutenir sans nuance l'Italie fasciste de Mussolini. S'il mérite une place ici – afin de ne pas commettre le sot péché d'anachronisme –, c'est pour deux recueils non dénués de valeur : *Primavera Corsa* et *Fiori di Cirnu.*

Ces deux livres rassemblent ce que Casanova a écrit de mieux dans le domaine lyrique et satirique. À l'époque de ces publications, les années 1930, il est d'ailleurs un poète reconnu, un conteur de talent et un polémiste redoutable – et redouté, paraît-il. Il a milité très tôt pour dissocier en littérature le corse de l'italien, ce dont tout le monde lui a été reconnaissant, et fondé le premier journal en langue corse, le fameux *A Tramuntana*, ce qui a fait l'admiration de tous. Cependant, il s'était enfermé très jeune dans un régionalisme étroit qui le poussait à se dresser de plus en plus contre la France. Sans doute la misère économique de la Corse y était-elle pour quelque chose. Mais il n'y avait peut-être pas que cela. Quoi qu'il en soit, il rejoignit sur le tard l'« irrédentisme », ce mouvement politique qui exigeait le rattachement de la Corse à l'Italie, et écrivit alors de douteux poèmes à la gloire de Mussolini dans sa guerre contre l'Éthiopie. Le 29 octobre 1936, il envoya même un télégramme au Duce qui se terminait par cette phrase sans retour : « Duce immortel, mes salutations fraternelles. Profitez-en pour rendre hommage à notre Corse, notre plus pure sœur italienne. » Après de pareils mots, il s'exila à Livourne où il mourut bientôt, à quatre-vingt-six ans.

Gian Paolo Borghetti, le « poète-politicien », était d'une autre trempe. Un grand romantique, en fait – je parle ici du courant littéraire et non d'une quelconque sensibilité à fleur de peau –, puisqu'il vécut entre 1816 et 1897. On dit de lui qu'il fut l'un des plus grands poètes corses d'expression italienne. Ce qui ne l'empêcha pas de s'engager comme chirurgien dans la marine française après avoir fait ses études de médecine à Pise et d'être un fervent admirateur de Lamartine, aussi bien pour son œuvre poétique que pour son action politique. On voit d'ici le personnage. D'autant qu'il fut aussi l'ami de Garibaldi dont il admira la révolution en chantant ses louanges dans de nombreux textes.

La révolution de 1848 le poussa à s'engager en politique. Mais celle-ci le déçut vite par ses intrigues incessantes et le primat trop souvent donné aux intérêts particuliers sur l'intérêt général. Sincère et désintéressé, profondément démocrate et républicain, il démissionna des fonctions qu'on avait pu lui attribuer, fonda le journal *La Corsica*, et publia son plus fameux poème, « Alla libertà », qui en six vers faisait l'éloge de la République. Dès lors, sa poésie tout entière sera façonnée par ses convictions républicaines.

Sa vie privée fut secouée de tragédies familiales. Sur les douze enfants que lui donnèrent ses deux femmes, huit moururent avant lui. Ces drames successifs inspirèrent ses derniers poèmes, sans doute les plus émouvants. Détruit moralement et ruiné, il mourut à Bastia, pauvre et oublié.

Don-Joseph Giansily, le « poète-berger », connut une existence meilleure – et beaucoup plus paisible. Né au tout début du XXe siècle, il vécut soixante-seize ans dans la région du Niolo tout en étant reconnu partout dans l'île comme un champion toutes catégories des joutes poétiques chantées dont étaient coutumiers les bergers. Pour en laisser quelques traces, il fut gazetier dans divers journaux locaux et l'on retient aujourd'hui de lui une série de recueils de poèmes qui lui valent l'admiration des spécialistes. Une « maison des poètes » porte son nom dans le hameau de Galéria, et Jean-Joseph Flori, le « poète-fonctionnaire colonial » lui est associé dans cette maison car tous deux étaient contemporains et originaires du même village de Lozzi.

J'achèverai ce parcours par le poète qui m'est le plus cher du fait de son destin quasi météorique : Jean Venturini, le « poète-marin ».

Né pour l'état civil en 1919, Venturini vient véritablement au monde quinze ans plus tard lorsqu'il entre en poésie – avec les influences rimbaldiennes et surréalistes de l'époque. Son enfance et son adolescence sont ballottées entre l'Afrique du Nord et le Sénégal sans lui faire perdre une once de sa passion dévorante pour la poésie. Lorsque survient la déclaration de guerre de 1939, il a vingt ans. Patriote, il s'engage aussitôt dans la marine et meurt pour la France un an plus tard à bord du sous-marin *Morse*. Il n'avait eu le temps de publier qu'un unique livre : *Outlines*.

Le destin tragique de Venturini fut à l'image de son univers personnel, sombre et révolté. Mais *Outlines* est un livre qu'il faut lire. On en jugera plus bas par l'extrait que j'en donne.

Place maintenant à quelques poètes contemporains comme promis au début de ce panorama. Il serait trop long de citer tous ceux qui aujourd'hui écrivent, publient ou chantent des poèmes, en corse ou en français. Ils sont nombreux, il faut se limiter – d'autant que la « production » est inégale. Le mieux pour parler des poètes qui ont conquis quelque audience est de renvoyer à un livre publié par les éditions PHI : *Onze Poètes corses contemporains.* On y trouvera des textes de Ghjacumu Biancarelli, Lucia Santucci, Ghjacumu Fusina, Ghjuvan Ghjaseppiu Franchi, Rinatu Coti, Ghjacumu Thiers, Pasquale Ottavi, Francescu-Micheli Durazzo, Patrizia Gattaceca, Alanu di Meglio et Marcu Biancarelli.

À titre personnel, j'ajouterais à ces onze noms ceux d'Antoine Graziani, Jean-Jacques Albertini et Jérôme Mulas-Benedetti. De ce dernier je retiens les vers suivants tirés de son expérience de la guerre d'Algérie :

Ô Seigneur ! Je verse beaucoup de larmes.
Effacez de moi les empreintes des armes.
Dieu, conduisez-moi sur vos saints parvis.
Je veux porter non la mort, mais la vie.

Qu'il me soit permis d'achever cette « introduction aux poètes corses » qu'a constituée mon rapide panorama en revenant sur Jean Venturini, notre « poète-marin » mort pour la France à vingt ans dans son sous-marin. De lui il faut au moins lire les vers suivants – quasi prémonitoires :

Écoute... la mer me parle d'orages
Par les clairs matins et de naufrages...
La mer qui pleure et chante pour moi.

Sous quels ciels incertains
Vers quels horizons lointains
Les vents courberont-ils mes mâts ?

Mon navire morne aux airs de cercueil
Bat dans le soir ses pavillons de deuil
Et roule au dos des houles lentes.

Politique

Dans la mesure où l'observation attentive de la vie politique et de son exercice, en Corse comme sur le continent, a fini par produire chez moi une sorte d'épuisante désillusion, je préfère clore avant même de l'ouvrir cette entrée désamoureuse de mon dictionnaire.

J'ai la vague idée que bon nombre de mes compatriotes partagent ce sentiment. Ce pour quoi, sans doute, ceux d'entre eux qui ont pris conscience que « dire » et « faire » appartiennent plus que jamais à deux mondes opposés me seront reconnaissants de leur épargner un inutile supplice.

Cette entrée « Politique » pourra être écrite le jour où surgira dans la vie publique et démocratique une personnalité alliant les trois qualités d'un homme d'État à mes yeux : convictions profondes et non malléables avec le temps, vision sur le long terme de ces convictions, courage inébranlable pour les mettre en œuvre quels que soient les aléas de l'infortune et de l'adversité.

Amen !

Ponts

Il existe mille ponts d'intérêt en Corse, et d'autres qui n'en ont pas – il en va des ponts comme de toutes choses. Mais ici, un seul suffira pour exprimer ce que je veux dire à travers eux. Voici :

Pour gagner Corte depuis la plaine orientale, le voyageur a le choix d'emprunter ce que nous appelons « la route du bas » qui longe la vallée du Tavignano – l'une des plus importantes rivières de chez nous – ou « la route du haut », plus longue et tortueuse, dont le tracé passe par la montagne. Il faut préférer cette dernière. En adoptant cet itinéraire de toute beauté, on parvient au dernier village de mon canton : Altiani. C'est un village splendide avec ses deux bastions d'« Altiani haut » et d'« Altiani bas » – nous ne sommes pas avares en surnoms –, tous deux plantés au milieu de reliefs tourmentés. Après qu'on les a traversés, la route pour rejoindre la plaine devient plus sinueuse encore avant d'aboutir à l'un des plus fameux ponts de Corse – et l'un des plus majestueux, à mon avis : le pont d'Altiani.

Il n'est ni très grand ni très long. Construit au XIVe siècle par les Génois, il a été modifié et élargi à plusieurs reprises jusqu'au XVIIIe siècle – la vie des ponts est parfois une affaire de longue haleine où que ce soit dans le monde. Et nous avons dû attendre 1977 pour le voir classer Monument historique – il faut parfois du temps pour protéger ce qui doit l'être. C'est comme pour les espèces animales…

Ce pont d'Altiani est absolument remarquable pour l'ensemble de ses caractéristiques : trois arches de pierre massives en plein cintre, tabliers et parapets solidement établis, élégantes frises en arcades, piles protégées d'éperons et de remparts : un bijou, comme on dit. Il allie beauté, charme, harmonie parfaite, et même mélancolie du temps qui passe et ne revient pas. Il suffit de prendre le temps de le contempler pour sentir la force poétique qui s'en dégage. Ceux qui l'ont imaginé n'ont pas ménagé leur peine.

Mes ancêtres ont traversé ce pont des siècles durant sans désemparer, leurs ennemis aussi au cours de maintes invasions, et pas mal de touristes par la suite. Jusqu'en 2011, j'ai fait comme tout le monde en l'empruntant plus souvent qu'à mon tour. En voiture, c'était toute une affaire compte tenu de son étroitesse : un seul véhicule pouvait passer à la fois. On y circulait donc en mode alterné mais sans feux tricolores. Quoique cet étranglement se montrât toujours fort incommode – on pouvait attendre longtemps, d'un côté comme de l'autre –, la politesse primait. Je n'ai pas souvenir d'un manque de courtoisie.

En 2011, l'Administration décida de mettre fin à cette situation archaïque. Il était temps. Elle construisit donc un autre pont, beaucoup plus pratique. Chacun s'en réjouit, moi le premier. Nous allions tous gagner du temps. De surcroît, il était devenu impératif de mettre fin à l'activité de ce pauvre pont génois. Il n'en pouvait plus après avoir rendu tant de services et se dégradait d'année en année sous le poids des milliers de véhicules qui lui passaient dessus comme des bêtes indifférentes sur un corps malade, bientôt un cadavre. Il fallait le mettre au repos, lui accorder une vieillesse tranquille. J'aime cette idée. Ce pont a une âme et les choses du passé ont leurs limites.

Ce second pont fut construit juste en aval du premier avec deux voies aussi larges que nécessaires. Je n'ai pas assisté à son édification. Je l'ai découvert un beau matin en revenant chez moi après une longue absence. La première chose que je me suis dite, c'est qu'il était bien utile. Nous avions progressé. Il fallait s'en féliciter, l'affaire était indiscutable. Mais la seconde chose qui m'apparut était une évidence malheureuse : ce pont n'avait hélas rien à envier aux disgrâces imposées trop souvent par la modernité. Il était tout bonnement sans caractère – ou si l'on veut se montrer moins indulgent : démuni du moindre attrait par son côté sec, tranchant, glacial. Aucune émotion n'en émanait. On le traversait rapidement comme on se nourrit dans un *fast-food* : faute de mieux et en vitesse.

Ainsi donc, nos architectes s'étaient préoccupés de tout – c'est-à-dire de fonctionnalité – en oubliant l'essentiel – c'est-à-dire la beauté. Comment diable pouvait-on n'être qu'utilitariste alors que la possibilité du beau est toujours entre nos mains ? Question de budget ? Peut-être. Question de volonté ? Sûrement. On peut toujours faire mieux avec les mêmes moyens si l'imagination commande. Il suffit de vouloir. Penser l'inverse, c'est déjà démissionner.

Les deux ponts d'Altiani, celui dont la chaleur nous enveloppe et celui dont la froideur nous éloigne, disent tout ce qui les sépare – et nous sépare, en vérité – d'une certaine conception de l'existence. Ceux qui jadis construisirent le premier pont auraient pu faire comme ceux qui édifièrent le second après eux. Ils ont préféré allier utilité et beauté. L'un et l'autre ne sont incompatibles qu'aux comptables. Dans les temps passés, la chose allait de soi pour construire ce qui était destiné à durer tout en ornant l'espace public – c'est-à-dire le milieu dans lequel vivaient les hommes et l'esprit qu'il portait. On y mettait le prix. Si l'on veut s'en convaincre, il suffit d'examiner, n'importe où en Europe, la moindre maison construite avant l'ère contemporaine. On savait se tenir. Ce n'est pas comme dans nos villages où les constructions actuelles défigurent trop souvent les paysages.

Injecter du beau dans la vie, en tout temps et en tous lieux, est à coup sûr l'un de nos derniers défis pour une vie meilleure, en Corse comme ailleurs. C'est le message que nous dit encore l'ancien pont d'Altiani – aussi beau qu'incommode – face à son rival – aussi disgracieux que pratique. Mais tant que le premier tiendra debout, inutile aux véhicules et cependant si utile à notre méditation, son message aura une chance de porter ses fruits pour les générations à venir.

Et la Corse pourrait alors donner l'exemple.

Prénoms

Il existe toutes sortes de prénoms corses très « typiques » – comme on dit. On peut les trouver dans d'autres régions de France ou d'Europe car ils ont souvent des origines extérieures – latines en général –, mais c'est surtout chez nous qu'ils se sont installés à demeure. Ces prénoms significatifs sont pour les garçons : Toussaint, Ange, Désiré, Nonce, Sauveur, Basile, Orso... Pour les filles : Félice, Antonia, Vanina, Rose, Davia... La liste est loin d'être exhaustive.

Naturellement, ces prénoms peuvent paraître désuets. Et ils le sont certainement. Cependant, ils nous conviennent très bien. Ils ont du caractère. Nous n'en voudrions pas d'autres. Sans doute faut-il se sentir vraiment corse pour donner de pareils noms à ses enfants. Mais c'est tant mieux.

Les prénoms composés sont nombreux aussi : Pierre-Félix, Pierre-Paul, Marie-Rose, Paul-Antoine, et j'en oublie. Tous me plaisent parce qu'ils sont à nul autre pareils et que, lorsque je les entends prononcer, où que ce soit sur terre, je me sens chez moi. Avec eux, ils me semblent écouter le roulement des galets dans nos torrents de montagne, sentir les premières odeurs qui émergent du maquis au printemps, voir courir les chèvres sur le bord des routes, toucher l'écorce rude des chênes-lièges l'hiver. À ces prénoms sont associés nos polyphonies, chantées sur les places des villages dans la douceur du soir, le goût des charcuteries sorties de nos caves humides, le braiment triste des ânes au loin et le son des cloches accrochées au cou des vaches. Ce sont des prénoms qui parlent du pays qui les a vus naître et de tout ce qu'il contient. Un prénom de caractère est bien davantage que les syllabes qui le composent : il est un univers en lui-même – plus encore : il est l'âme de cet univers.

Assurément, il en est de même partout de par le vaste monde. Pour un Russe, Dimitri signifie peut-être lac Baïkal ou café Pouchkine, Esméralda pour un Espagnol la sierra de Guadalajara ou l'odeur des oranges d'Andalousie, Eliott pour un Écossais les landes d'Ardnamurchan, le loch Lomond ou le goût d'un whisky vingt ans d'âge.

Toussaint, Ange, Vanina, Davia, Sauveur… Tous ces prénoms sont miens comme je suis eux. C'est ce qui fait que je suis de quelque part plutôt que d'ailleurs – aimant l'ailleurs parce que je suis de quelque part, et d'un quelque part que j'aime. On ne peut rien aimer d'étranger si l'on ne s'aime pas d'abord soi-même.

Félix, César, Joséphine, Marie-Rose… Si l'on me demandait un jour de ne retenir qu'un seul de ces prénoms qui signifient tous la Corse profonde et immuable, lequel choisirais-je ?

Sans aucun doute Orso : l'ours.

Pour me comprendre, voir cette entrée quelques pages en arrière…

Proverbes

Il en est des proverbes comme des légendes, dictons et autres adages : ils disent beaucoup, mine de rien, sur un pays et ceux qui le peuplent. Aussi me suis-je amusé à chercher dans mes souvenirs – et à glaner ici ou là – les proverbes corses les plus emblématiques de la *psyché* et de l'*ethos* de mes compatriotes – comme de leur bon sens inné ou de leur démesure, parfois… On fera ce que l'on voudra de ces quelques proverbes et de mes commentaires, mais j'espère qu'ils ne laisseront pas indifférent.

On est corse avant d'être.

Ce pourrait être l'affirmation la plus aboutie de l'épaisseur d'une identité plus vivace que jamais – pour le meilleur et pour le pire.

Un Corse ne s'exile jamais, il s'absente.

On ne peut mieux exprimer l'attachement à notre terre. Une autre version affirme : *Celui qui part et puis revient a fait un bon voyage.* À partir de cette phrase, mon imaginaire personnel fait un bond dans le passé et se met à croire que l'ingénieux et rusé Ulysse dont nous a gratifiés Homère aurait proclamé quelque chose de similaire en rentrant à Ithaque après ses dix longues années d'odyssée : *Un Grec ne s'exile jamais, il s'absente…* Rapprocher la Corse et la Grèce a toujours été l'une de mes tentations.

On attache les bœufs avec de la corde, les hommes avec des paroles.

Napoléon allait plus loin encore en distribuant décorations et médailles à ceux qu'il voulait arrimer à lui. « C'est avec ces "hochets" qu'on mène les hommes », se plaisait-il à dire. Il savait de quoi il parlait, ayant beaucoup fouillé dans les profondeurs de la nature humaine. Rien n'a changé sous le soleil, il faut s'en convaincre.

Les honneurs eux-mêmes sont des châtiments.

Un vrai Corse ne se risquerait pas à généraliser pareil proverbe – né sans doute dans l'esprit d'un « humoriste » de chez nous un peu trop lucide et taquin… Car nombreux sont mes compatriotes qui se damneraient pour la moindre médaille en chocolat, hier comme aujourd'hui et demain comme après-demain… Mais n'en est-il pas partout de même ? Mon père prétend que, parmi ceux qui reçoivent la Légion d'honneur, beaucoup la gardent même sur leur pyjama.

Qui naît âne ne devient pas cheval.

Ma grand-mère paternelle disait plutôt : *Quoi que tu fasses, d'un âne tu n'en feras jamais un cheval de course.* En notre époque d'égalitarisme forcené, je laisse chacun juge de la pertinence de cette affirmation à l'aune de sa propre expérience de vie.

Pardonner est d'un chrétien, oublier est d'un couillon.

On pourrait ajouter que se venger est d'un Corse véritable...

Si tu veux du mal à un ennemi, souhaite qu'il ait une élection dans sa famille.

Voilà une sentence d'un très haut degré de réalisme. Dans une famille corse, la politique a le même effet que l'affaire Dreyfus jadis – on ne trouve rien de mieux pour la diviser.

Ce que tu ne dis pas t'appartient, ce que tu dis appartient aux autres.

Ce proverbe existe dans nombre de sociétés, signe manifeste des échanges culturels entre civilisations au fil des siècles – ou d'un bon sens universellement partagé. En Corse, cependant, l'idée de « tenir sa langue » prend une connotation particulière. Vous ne trouverez pas d'entrée « Omerta » dans ce dictionnaire puisque je n'en suis pas particulièrement amoureux, mais savoir se taire dans certaines circonstances est un atavisme chez nous – ce qui ne laisse pas de surprendre tant nous pouvons être aussi les meilleurs du monde pour cancaner à tort et à travers.

Chacun dirige l'eau vers son moulin.

On n'est pas moins égoïste chez nous qu'ailleurs. Ce travers est compensé par l'hospitalité véritable dont nous savons faire preuve envers les étrangers – comme de son contraire s'ils viennent à nous déplaire.

La personne repue ne croit pas l'affamé.

C'est une évidence sous toutes les latitudes. Quand il le faut, nous savons être clairvoyants.

On ne peut pas faire un pas plus grand que ses jambes.

Sage précepte que l'on peut traduire par : ne pas trop en rajouter dans nos entreprises. En la matière, une certaine démesure de notre *ethos* pousse beaucoup d'entre nous à ne rien vouloir entendre.

Le monde est comme un escalier : les uns le montent et les autres le descendent.

Chez nous, on aime bien observer qui grimpe et qui dévale ces cruels escaliers de la vie. Cela permet de commenter échecs et succès, les uns avec jalousie, les autres avec condescendance. Mais ne fait-on pas partout la même chose ?

Celui qui se baisse trop montre son derrière.

Cette formule a trait à la servitude. Elle est censée manifester la détestation que nous en avons. Détestation pas toujours suivie d'effet – mais moins qu'ailleurs, sans doute. Si le Corse est irascible et ombrageux – selon sa réputation –, c'est peut-être parce qu'il n'est guère soumis.

Un père et une mère peuvent élever dix enfants. Mais dix enfants ne suffisent pas pour garder un père ou une mère.

J'ai toujours pensé que cette expression était l'une des plus belles qui soit sur l'amour filial. Dans ce domaine, nous savons prendre garde à nos aïeux.

Plutôt mort que traître.

Je connais au moins une preuve par l'exemple de cette déclaration sans concession. Voir l'entrée « Scamaroni, Fred » de ce dictionnaire.

Qui a soif boit à n'importe quelle fontaine.

En Corse, la question est : cela peut-il mener jusqu'à la trahison ?

Qui ne craint Dieu ne craint personne.

En d'autres termes : il est bon de n'avoir peur de rien ni de quiconque. Pensée proprement corse mais qui n'engage à rien. Dans le début d'une strophe de sa prodigieuse « Chanson des aventuriers de la mer » – nichée à l'intérieur de *La Légende des siècles* –, Victor Hugo a poétisé la chose de plus belle manière :

Puis, trois de nous, que rien ne gêne
Ni loi, ni Dieu, ni souverain
Allèrent, pour le prince Eugène
etc., etc.

Je recommande d'aller lire ou relire l'intégralité de ce poème. Hugo savait de quoi il parlait en matière d'indépendance d'esprit, cette première des libertés pour qui ne veut craindre personne et pas même Dieu.

Il faut plaindre les gens quand ils naissent, non quand ils meurent.

Cette expression traduit une certitude inquiète ancrée chez nombre de Corses : la vie est une vallée de larmes plutôt qu'un long fleuve tranquille. Mais, de manière générale, la pulsion de vie emporte la partie au quotidien. Même chez les plus inquiets.

Toujours triste est le banc où aucune barbe blanche ne s'assied jamais.

En Corse, surtout l'été et dans les montagnes, les anciens ont l'habitude le soir – où l'avaient autrefois – de deviser entre eux sur les bancs situés au bas de leurs maisons ou sur les places publiques. C'est presque une image d'Épinal. *L'Enquête corse* ou *Astérix en Corse* l'ont largement popularisé. Enfant, j'ai vu les bancs de mon village de Pancheraccia largement peuplés de ces barbes blanches. Adulte, j'assiste à leur dépeuplement progressif. Quand ces bancs seront vides, un monde aura passé. Et ce proverbe perdra tout sens pour les nouvelles générations.

Le bateau qui a plusieurs capitaines court droit au naufrage.

Mes compatriotes suivent de manière erratique le bon sens de ce proverbe : chez nous, tout le monde veut être chef, chacun sait cela.

Sur une terre étrangère, conforme-toi aux usages que tu y trouves.

Il s'agit, bien sûr, d'une variante du fameux : *À Rome, fais comme chez les Romains.* La vérité oblige à dire que les Corses à l'étranger s'y obligent de manière aléatoire, mais aiment que les étrangers qui viennent nous voir s'y astreignent sans réserve. Nous n'en sommes plus à une contradiction près.

Là où manque l'argent il n'en rentre jamais.

On ne prête qu'aux riches, même dans notre île.

Qui n'a pas d'ennemis n'a pas d'amis.

Sentence que j'apprécie au plus haut degré. Je me suis toujours méfié des gens qui n'ont que des amis – comme de ceux qui n'ont que des ennemis. Surtout en Corse. Ne doit-on pas juger quelqu'un autant au nombre de ses amis qu'au nombre de ses ennemis ? C'est ce que pensait le grand Joseph Conrad qui l'a maintes fois signifié dans ses romans. Le relire sans cesse. On ne s'en lasse jamais.

Qui aide le Corse, le Corse s'en souviendra.

C'est l'une des vérités de l'*ethos* corse – vérité qui se mêle au respect de la parole donnée et à la piété envers les anciens. Cela me va bien. Mais compte tenu des changements de paradigme accélérés que connaît notre société, il n'est pas certain que cette vérité demeure. Formons des vœux pour que rien ne change en la matière. Il est des choses qui se doivent de durer.

Le pire coup de pied est celui du cheval domestique.

On peut traduire cette expression par : l'homme qui ignore la nécessité de se garder d'abord de ses amis ne sait rien de la vie véritable ni de ce qui mène l'humanité sur cette terre. En Corse comme ailleurs. Conclusion : il n'est chose plus difficile au monde que de distinguer ses vrais amis des faux.

La vie ne dure que le temps d'une apparition à la fenêtre.

Ce proverbe n'est sans doute jamais parvenu aux oreilles de Ronsard mais il l'aurait apprécié, je crois, lui qui nous a si souvent engagés dans ses poèmes à ne jamais laisser filer le temps entre nos mains. Relire « Mignonne, allons voir si la rose » et autres écrits mélancoliques.

Celui qui a de l'argent et des amis tord le nez à la justice.

Je laisse chacun juge de la valeur de cet énoncé sans ambiguïté.

Les corbeaux avec les corbeaux et les corneilles avec les corneilles.

Variante évidente de : *Il ne faut pas mélanger les torchons et les serviettes.* En la matière, la question en Corse est : le fait-on dans tous les cas ?

Demeurer assis est l'assurance de mal penser.

Ces quelques mots d'une justesse parfaite disent la nécessité de l'expérience du monde pour penser droitement. Ils me renvoient toujours à la fameuse tirade d'Audiard dans *Un taxi pour Tobrouk* : « Deux intellectuels assis vont moins loin qu'une brute qui marche. » Il est parfois des philosophies populaires qui disent les choses mieux que la philosophie académique – je l'ai parfois appris à mes dépens…

Si on te donne un cheval, aie l'obligeance de ne pas regarder ses dents.

C'est à l'évidence la moindre des choses. Mais une maxime était sans doute nécessaire pour le rappeler.

Ajaccio, Ajaccio, si on n'y va pas on ne perd pas son argent…

Sans doute s'agit-il d'un proverbe bastiais. Car il est bien connu que Bastia se considère comme la ville du travail et regarde sa rivale ajaccienne comme la ville des fêtards.

Les seigneurs comme les amoureux veulent être entre eux.

À mes yeux, il ne s'agit en rien d'une version locale du *Chacun chez soi et les vaches seront bien gardées*, mais d'une conscience de classe très aiguë chez nous – si ce n'est de clan, cela va de soi.

Qui touche aux miens doit songer à protéger les siens.

Proverbe significativement corse : malheur à celui qui touche à nos femmes et à nos enfants. Cela se perd sur le continent...

La peur fait trotter le mulet.

Surtout si celui qui le monte a touché aux femmes et aux enfants...

Le bien-être fait l'homme paresseux.

Il est remarquable que nous ayons pu oser ce proverbe compte tenu de notre supposée tendance à la fainéantise. Mais ce qu'il affirme n'est-il pas pure vérité, en Corse comme partout ailleurs – et même en tout temps et en tous lieux ? Shakespeare a eu cette phrase terrible dans l'une de ses pièces : *La paix et la prospérité font des nations de couards.* À méditer pour l'avenir face à la montée des orages de l'histoire.

Autant de changements, autant de blessures.

Nous autres Corses serions-nous conservateurs ? Certainement pour tout ce qui mérite de durer, certainement pas pour tout ce qui doit changer. Il y a là simple affaire de degré et de proportions. Dans ce domaine, nous n'avons guère de leçons à recevoir.

Si tu es pressé, voyage doucement.

Ailleurs en France, on dit : *Si tu veux aller loin, ménage ta monture.* Le bon sens commun n'a pas de frontières régionales. En Corse, l'observation impartiale des faits oblige à admettre que nombreux sont les étourdis qui ignorent ce conseil.

Les mauvaises nouvelles volent encore plus vite que les bonnes.

Ce proverbe est pour moi l'une des plus belles expressions – au second degré – du mal contenu dans l'homme.

Le métier d'aller se promener, tout le monde peut le faire.

En Corse, on ne peut dire mieux.

La parole donnée doit être sacrée.

Affirmation dont la valeur s'estompe par les temps qui courent.

Là où il n'y a plus de raison il faut la force.

Dans notre île, on apprécie parfois que la raison disparaisse afin de justifier la force – et se sentir plus corse que nature...

Un Corse ne pardonne ni pendant sa vie ni après sa mort.

Ce proverbe sans nuance m'a toujours frappé par sa ressemblance avec un dicton afghan – autre pays de montagnards – que j'ai entendu à maintes reprises au cours de mes années d'engagement dans la résistance pendant la guerre contre l'Union soviétique : *Un Afghan se vengea après cent ans et dit qu'il s'était dépêché.*

Est-ce ce pour quoi je me suis senti si à l'aise parmi ces gens, tout là-bas dans leurs montagnes d'Asie centrale ?

Si la maison est petite, le cœur est grand.

J'aime à croire que ce proverbe a été imaginé pour rattraper celui qui précède.

La liste est encore longue des proverbes que je pourrais citer. Mais il faut bien s'arrêter à un moment donné. Les lecteurs qui souhaiteraient cheminer plus loin dans ces trésors populaires trouveront quelques livres qui les rassemblent de manière exhaustive. On peut citer ici celui de Jean et Robert Colonna d'Istria, *Pruverbii di Corsica*, publié en bilingue aux éditions L'ammaniti.

Amusez-vous bien, il y a de quoi faire...

Q

Quelques beautés qui me sont chères

L'hiver, depuis la maison de mon père perchée sur son nid d'aigle à Casaperta, le spectacle ineffable de paysages toscans au premier plan, et derrière eux de montagnes alpines crénelées de neige. C'est comme si l'on avait mélangé deux mondes différents en un seul et même lieu pour en créer un troisième qui n'appartient qu'à la Corse.

La vision prodigieuse des citadelles de Calvi et de Bonifacio en arrivant depuis la mer. Pour un marin de retour chez lui après une longue absence, cette vision est d'une force singulière – farouche et saisissante à la fois : Calvi pour ses formes classiques mais imposantes, Bonifacio pour la hauteur vertigineuse de ses falaises aux strates de roches empilées comme à l'infini. J'ai toujours pensé qu'Ulysse revoyant les côtes d'Ithaque, sa patrie, après dix années de guerre contre les Troyens et dix années d'errance à travers la Méditerranée, avait dû être envahi d'une émotion semblable.

La plage de Santa Giulia au sud du golfe de Porto-Vecchio. Vue de haut, elle se montre exceptionnelle : la nature lui a octroyé la plus belle des rotondités. Elle est comme un cercle presque parfait s'ouvrant à peine sur la mer, cercle protégé par une couronne de roches que borde une bande de sable fin mêlant sa blancheur à des eaux d'un bleu acidulé.

L'intérieur de l'église grecque de Cargèse. Sa décoration hautement baroque, ses icônes colorées, ses lustres aux lumières blanches suspendus sous des voûtes enluminées, ses fresques qui ne laissent aucune place au vide renvoient aux constructions classiques des rites chrétiens orientaux. Rien de très original, mais cette église m'est chère parce qu'elle témoigne d'un pan d'histoire de la Corse teinté de tragédie grecque – ce qui, toujours, me plaît. Lorsque les Turcs s'emparèrent du Péloponnèse dans la seconde moitié du XVIIe siècle, huit cents habitants de la région du Magne demandèrent asile à la sérénissime république de Gênes. Dans sa grande bonté, celle-ci leur octroya un petit territoire au-dessus de Cargèse en contrepartie de leur engagement dans ses forces armées. Les Grecs débarquèrent en 1676 et s'installèrent dans une localité appelée Paomia. L'affaire n'alla pas d'elle-même pour les Corses de la région : c'est une chose d'accorder l'hospitalité à celui qui passe, c'en est une autre de l'octroyer à celui qui reste. Tout au long du siècle suivant, les heurts furent fréquents entre les deux communautés qui, souvent, s'entre-tuèrent, brûlant récoltes, églises, maisons – la nature humaine, toujours... Puis le temps fit son affaire, des dissidents osèrent des mariages mixtes, ceux-ci se firent de plus en plus nombreux, et les descendants des Grecs s'assimilèrent peu à peu. Dans cette quiétude retrouvée, leur rite religieux put perdurer et leur église continuer d'exister à Cargèse où elle fut rebâtie au XIXe siècle.

Le spectacle rare des puissants dards de roches rouges s'avançant dans la mer bleu foncé de la réserve naturelle de Scandola. Nous devons cet univers de pure nature, mêlant la terre et la mer, à la combinaison puissante des érosions marines et éoliennes. À contempler ces éperons dantesques, les murailles et les grottes qui les entourent, les pitons et les falaises se dressant de toutes parts au milieu des oiseaux, des cistes et des euphorbes, je me suis toujours plu à penser qu'un démiurge avait dû passer par là pour seconder la nature dans cette création.

Le village de Nonza dans le cap Corse. Paisible et tranquille, il est l'image d'une certaine forme de sérénité oubliée. C'est ce que laissent entendre ses maisons de pierre immuables, ses délicats vergers et jardinets qui semblent être là depuis toujours, sa petite place fleurie, et surtout sa tour paoline. Elle domine l'ensemble de son imposante carrure, tout en haut de son rocher isolé, comme née en même temps que l'univers pour sauvegarder Nonza. Elle s'impose au-dessus de la mer en donnant l'impression magique de n'avoir résisté au temps que pour protéger le monde tout entier.

L'église de San Michele de Murato dans le Nebbio. Rares sont les édifices religieux qui malgré la modestie de leur taille m'ont autant saisi par leur distinction et les couleurs qui les parent. Ici, tout tient dans la polychromie des murs extérieurs aux consoles sculptées d'animaux sauvages et de personnages énigmatiques. Jamais l'assemblage des noirs, des gris et des blancs n'a atteint un tel accord, une telle résonance – et le clocheton qui surmonte l'ensemble, comme les étroites fenêtres à l'ovale allongé paraissent avoir été conçus pour amplifier l'isolement de cette église dressée sur un plateau balayé par les vents. Nous devons cette beauté aux Pisans qui précédèrent chez nous les Génois. C'était au XIIIe siècle, en un temps où les efforts des architectes pour tendre vers le beau égalaient leur foi. On accomplissait des chefs-d'œuvre.

La plage de l'Ostriconi, pur joyau poétique quand on la contemple du haut des reliefs qui la surplombent. Son spectacle renvoie alors – et étonnamment – à la beauté du ciel qu'offre l'Antarctique la nuit : les eaux turquoise de la mer parcourues des écharpes noires des algues sont à l'image des ciels du Grand Nord striés par les volutes verdâtres des aurores boréales. Cette plage est destinée aux voyageurs de long cours – pour la comprendre –, aux peintres – pour la magnifier –, aux poètes – pour la chanter. Si les trois sont logés en un même homme, la plage de l'Ostriconi lui est un petit éden sur terre et lui revient presque de droit.

Dans le golfe de Valinco, les formes infinies et sans cesse changeantes des innombrables rochers parsemant la côte. Il semblerait que le destin les ait placés là pour permettre aux hommes de s'y asseoir face à la mer dans un seul et unique but : rêver – simplement rêver, une fois pour toutes et définitivement –, laissant le reste du monde aller son sombre chemin.

Sur les hautes routes de montagne, la rencontre impromptue, mais toujours mélancolique, des troupeaux de chèvres aux longs pelages sauvages et aux cornes noires cannelées et recourbées. Elles font leur route sans hâte, bêlant et trottinant, jamais poussées par leurs bergers, comme si le tourbillon de la vie n'avait jamais existé.

L'église Saint-Jean-Baptiste veillant sur le vieux port de Bastia. Sa façade extérieure illuminée la nuit est l'un des spectacles les plus enchanteurs de la ville – avec la citadelle perchée non loin sur son sommet de pierre, sentinelle du passé préservant l'avenir. Voilà une église où la concorde des lumières nocturnes a été conçue avec intelligence pour marier les deux fines tours à clochetons qui encadrent le triangle architectural de la façade et ses ouvertures vers la mer. Il m'arrive de contempler longtemps cette perfection rare, le soir, attablé à la terrasse de l'un des cafés du vieux port.

Quels yeux se lasseraient des pozzines du lac de Nino ? Aucun, sans doute, tant elles mêlent avec grâce les camaïeux bleus de leurs larges trouées rondes aux camaïeux verts des herbes rases les entourant. Et qui se fatiguerait de cet autre lac qu'est celui de Capitello dans les gorges de la Restonica ? Il allie si bien le bleu profond de ses eaux à l'ocre délicat des falaises qui le contiennent qu'on peine à le quitter.

C'est un lieu commun d'admirer les splendides aiguilles de Bavella dans le sud de l'île – ces murailles déchiquetées qui tendent des moignons de bras vers le ciel au milieu d'un décor naturel impressionnant. Il arrive que les lieux communs soient justes. Alors, continuons de goûter cette merveille dont la nature a fait don à la Corse.

Les calanches de Piana dominant le golfe de Porto sont comme les aiguilles de Bavella : un lieu commun dont on ne peut s'extraire tant leur étrange beauté saisit l'esprit aussi bien que le corps. Tout voyageur venant chez nous se doit d'aller les rencontrer. Il ne pourra être déçu et concevra que, parfois, du chaos peut jaillir la beauté – du moins du chaos minéral –, surtout lorsqu'une lumière presque irréelle éclaire ce que l'érosion a forgé de plus admirable aux abords d'une mer d'un bleu bouleversant : d'étranges sculptures de granit où se mêlent des pastels d'orange, de vert et de rose, que je ne sais quel poète lointain a pourvues de noms évocateurs : « la tête de chien », « la tortue », « l'évêque », « l'aigle », « la confession »... Peut-être doit-on ces noms à Maupassant. Passant là lors de son voyage en Corse, il écrivit un texte superbe dont je ne peux m'empêcher de reproduire quelques extraits plutôt que de tenter de l'imiter – et c'est par lui que je terminerai cette page :

> [Je] pénétrai soudain dans une fantastique forêt de granit rose, une forêt de pics, de colonnes, de figures surprenantes, rongées par le temps, par la pluie, par les vents, par l'écume salée de la mer. Ces étranges rochers, hauts parfois de cent mètres, comme des obélisques, coiffés comme des champignons, ou découpés comme des plantes, ou tordus comme des troncs d'arbres, avec des aspects d'êtres, d'hommes prodigieux, d'animaux, de monuments, de fontaines, des attitudes d'humanité pétrifiée, de peuple surnaturel emprisonné dans la pierre par le vouloir séculaire de quelque génie, formaient un immense labyrinthe de formes invraisemblables. [...] On y distinguait des lions accroupis, des moines

debout dans leur robe tombante, des évêques, des diables effrayants, des oiseaux démesurés, des bêtes apocalyptiques. [...] Peut-être n'est-il par le monde rien de plus étrange que ces « Calanche » de Piana, rien de plus curieusement ouvragé par le hasard.

R

Ronces

Qui ne s'est jamais élancé poitrine en avant dans la végétation corse – maquis et forêts – ne sait rien de l'importance métaphysique des ronces. Si l'on reste cantonné dans l'univers des lieux protégés, si l'on se contente de marcher sur les chemins de grandes randonnées ou le long des sentiers balisés, on s'interdit de saisir le rôle essentiel des ronces en Corse – et en ce bas monde, on le verra tout à l'heure.

Les ronces et leurs diaboliques épines sont des ennemies du progrès, c'est bien connu. Des ennemis irréductibles, même. On ne peut nouer aucune alliance avec elles, rien entreprendre de positif en leur présence, rien bâtir de durable là où elles occupent un territoire. Elles ne servent qu'à « empêcher » les hommes et les animaux d'atteindre leur plénitude, d'être vraiment eux-mêmes. Elles sont comme les moustiques ou les sangsues : hautement nuisibles. Si elles disparaissaient de la surface de la terre, nul n'y trouverait à redire. L'univers entier s'en réjouirait. Les ronces ont moins de chance que les éléphants ou les koalas : seuls des illuminés chercheraient à les placer sur la liste des espèces menacées ou en voie de disparition.

La civilisation dans sa bienveillance a donc repoussé les ronces dans les recoins les plus isolés de la Corse, ceux dont personne ne veut, ceux qui n'ont rien à offrir. Les ronces sont comme les tribus papoues de Nouvelle-Guinée que la modernité a expulsées de leurs terres vers les montagnes les plus inhospitalières de leur île : elles habitent les dernières terres inexplorées, là où la main de l'homme n'a jamais mis le pied – comme on dit plaisamment.

Je me suis fait ces réflexions au moins une fois par an en descendant vers cette rivière torrentueuse et unique au monde qu'est le Corsiglièse – voir cette entrée. Plus personne n'emprunte depuis mon village le vague sentier qui y mène – lieu aussi perdu que sauvage et flamboyant de souffle vital. Aussi les ronces font-elles ce qu'elles veulent sur ce sentier. C'est leur domaine autant que le mien. Nous nous le disputons depuis que j'existe. À chacun de mes passages, elles me déchirent et me lacèrent. En retour, je les étripe à coups de machette, implacablement et avec rage. Hélas, les ronces repoussent à une telle vitesse et de manière si foisonnante, quasi tropicale pour tout dire, que je retrouve leurs épines à l'identique un an plus tard. J'en suis arrivé à la conclusion que les ronces sont peut-être immortelles. À tout le moins, elles me narguent et le sablier du temps joue en leur faveur. Il faudrait en finir une fois pour toutes avec ces démons, mais cela relève de l'impossible. N'est pas Hercule qui veut. Abattre définitivement les ronces serait son treizième travail, mais notre demi-dieu n'est plus de ce monde.

Ainsi, et jusqu'à il y a peu, je portais aux ronces le haut degré de détestation qu'on imagine après la lecture de ces lignes. Et puis, l'été dernier, par un miracle qu'il m'a été impossible d'élucider, je me suis demandé si le rôle des ronces ne relevait pas, en vérité, du divin : protéger les lieux qu'il ne faut en rien profaner.

Depuis, je médite cette idée.

Il existe une infinité d'espèces de ronces en Corse. Quoique dépourvu du moindre diplôme de botaniste pour l'assurer, je suis marcheur et c'est tout comme. Les ronces peuvent être petites ou grandes, plus ou moins crochues et aiguisées, de couleur verte ou marron, peut-être même grise et parfois noires. Certaines poussent comme une infinité de petites lianes parsemées de harpons. Ces lianes très fines s'entremêlent souvent entre elles pour former de véritables murs impossibles à franchir. D'autres, davantage solitaires, se dissimulent si bien dans les fourrés que l'intrus les découvre trop tard, bien après qu'elles l'ont agrippé en mille endroits de ses vêtements et de sa peau pour le contraindre à reculer, à renoncer, à passer son chemin. Ailleurs, les ronces ont si bien ménagé leur refuge dans les branches des arbres qu'elles semblent tomber du ciel quand on vient à les déranger. Alors, elles se jettent sur vous pareilles à de vastes toiles d'araignée, mieux, comme des filets de pêcheur lancés à la volée par quelque démiurge invisible. En un instant, elles menacent vos yeux, s'accrochent à vos cheveux, n'en démordent pas. Dieu qu'il faut de l'énergie pour leur échapper !

Quelle que soit leur espèce, les ronces prennent la plupart du temps l'homme par traîtrise. Elles ont la malignité de la dissimulation, la science du camouflage, le goût de la surprise, l'art de l'assaut imprévu. Et qu'on les frappe ou qu'on les taille, qu'on les arrache ou les écrase, elles ne se plaignent ni ne murmurent. Elles cultivent la résilience, leurs épines ne craignent rien ni personne. Ce sont des résistantes hors normes, ce pour quoi le maquis est leur domaine de prédilection – à se demander si l'on n'a pas inventé le terme de « maquisard » pour leur rendre hommage. Cette question en forme de détournement de sens me plaît bien...

Celui qui affronte les ronces est un homme strié de griffures sanglantes. Il est reconnaissable à ces marques infamantes – car elles signent son échec. À tout le moins, le prix qu'il a dû payer pour se mesurer à elles. Lorsqu'il rentre chez lui, on le conspue s'il ne sait fournir une raison valable au vain combat qu'il a mené.

Pour les non-initiés, affronter les ronces appartient au domaine de l'incompréhensible. Savoir cela, c'est savoir beaucoup. L'explorateur des territoires corses isolés est de cet ordre : il connaît la nature intrinsèque des ronces, leur mission aussi ferme que silencieuse, la raison pour laquelle elles se trouvent sur terre. Il sait qu'elles protègent ce qui, peut-être, doit être préservé. Il prend donc les ronces comme elles sont et les affronte comme il peut. De toute façon, il aime s'exposer.

Finalement, il n'existe peut-être que deux sortes d'hommes sur terre : ceux qui comprennent le rôle existentiel des ronces et ceux qui l'ignorent.

J'ai rencontré des ronces partout dans ma vie d'aventure. Dans les jungles du Nord-Congo, au pays des Pygmées, elles peuvent avoir la démesure des arbres géants qui les surplombent, rendant leurs fourrés plus impénétrables que l'enfer. En Amazonie, leur présence erratique leur confère une aura presque diabolique tant elles surgissent à l'improviste, pareilles à des armées de minuscules combattants munis de lances immobiles. À Bornéo, ce n'est pas moins pire, et dans les basses terres de Nouvelle-Guinée, patrie des Papous, on se heurte à elles jusque dans les marécages et la fange des cloaques.

Les ronces de la terre entière ont partout la même fonction : gêner, empêcher, freiner, brider. Cela pour les uns. Protéger, abriter, cacher, sauvegarder. Cela pour les autres.

L'essentiel est dit. Voilà le grand secret du dévoilement de l'invisible.

Mais quoi qu'il en soit, on peut être persuadé d'une chose : que les ronces existent pour gêner ou pour protéger, celles que l'on trouve en Corse sont championnes du monde toutes catégories.

Rossi, Tino

Avec Tino Rosi – de son vrai prénom Constantino –, il faut commencer par quelques chiffres qui disent tout, d'emblée, de la carrière impressionnante du plus célèbre des chanteurs de charme du XXe siècle : cinquante années de gloire musicale, plus de mille chansons enregistrées, trois cents millions de disques vendus, vingt-quatre films tournés, quatre opérettes chantées.

Tino Rossi a bien été cet autre « empereur corse », ainsi que l'ont surnommé ses innombrables thuriféraires. Pourtant, rien ne l'y prédestinait. Né dans une famille modeste de la rue Cardinal-Fesch à Ajaccio en 1907 – dont la maison attire chaque année un nombre considérable d'inconditionnels qui la visitent avec dévotion –, il était *a priori* voué au même destin que son père, artisan tailleur qui avait bien du mal à élever ses huit enfants. Cependant, une vocation pour la chanson le tenaille dès l'enfance. À dix-neuf ans, il tente sa chance à Toulon. Sans succès. Il se marie avec une violoniste, divorce, revient piteux à Ajaccio. Il réussit néanmoins à chanter au casino de la ville, mais sans plus de réussite. Il se remarie avec la secrétaire du directeur et part avec elle à Marseille pour une nouvelle tentative. Débuts ardus. Il vit de petits boulots, se pose des questions, ne parvient à rien – jusqu'à ce qu'on le mette en relation avec l'homme qui changera sa vie, Louis Allione, dit « Petit Louis », organisateur de tournées musicales. Celui-là comprend qu'il vient de rencontrer un artiste exceptionnel.

C'est ainsi que Tino Rossi fait ses premiers pas en Provence, entre 1930 et 1933, de L'Alcazar de Marseille à la scène mythique du théâtre des Variétés. Le succès est enfin au rendez-vous. Bientôt, la maison de disques Columbia s'intéresse à lui. En quelques années, c'est la gloire – une gloire que plus rien n'arrêtera. Des pages entières seraient nécessaires pour dérouler ce que deviendra alors l'existence de Tino Rossi, faite d'un tourbillon effréné de tournées, de concerts, de triomphes, de tournages de films, d'émissions de radio, de télévision.

Tout cela suscite une invraisemblable vénération chez les femmes. Lorsque ma grand-mère maternelle, Antoinette Alfonsi, qui le croisa une fois, m'en parlait dans mon enfance, elle en était encore toute chavirée. Certains hommes l'admiraient pour ce pouvoir d'attraction des femmes, d'autres le détestaient pour la même raison.

Tino Rossi sera véritablement la première idole de la chanson française. Il suffit de rappeler que son célèbre « Petit papa Noël », créé juste après la Seconde Guerre mondiale, sera la chanson la plus vendue de l'histoire. À cette aune, on mesure ce que cette carrière eut d'exceptionnel.

Quand le grand Tino mourra en septembre 1983 à Neuilly, des millions d'admirateurs de par le monde auront la sensation de voir s'ouvrir un grand vide devant eux.

Cette brève biographie achevée, que dire de plus ? Tout d'abord qu'à titre personnel j'aime Tino Rossi, comme j'aime la plupart des chanteurs corses, d'ailleurs – voir l'entrée correspondante. Certes, il n'est pas Mozart, mais il a bien été en son temps et dans son domaine, à l'égal ou au-dessus peut-être, de ses rivaux Maurice Chevalier et Charles Trenet qui provoquèrent moins de jalousies. Ce n'est pas rien. Il y a bien une raison à un tel engouement. Il faut s'interroger.

Pour tourner court à cette interrogation, on me demandera peut-être, en haussant les épaules : mais qui se souvient encore de Tino Rossi ? Je répondrai : à coup sûr les enfants chaque 24 décembre. Ce « tube » qu'est « Petit Papa Noël », quoi qu'on en pense, a traversé le temps et charme encore les âmes neuves. Cela compte, cette pérennité que doivent envier bien des célébrités actuelles tenaillées par l'angoisse de ne jamais passer à la postérité.

Assumer tout ce que je viens d'écrire équivaut aujourd'hui à recevoir de la part des esprits brouillés et chagrins la médaille d'or de la ringardise qu'ils octroient généralement sans parcimonie. Ces gens-là, on peut en être certain, l'accrocheront bientôt sur les poitrines mortuaires de Georges Brassens et Jacques Brel. C'est juste une question de temps. La chose est si sotte que j'en rajouterais presque dans la provocation en précisant avec jubilation que « j'adore » aussi les chansons de Fernandel, même dans les pires navets auxquels cet immense acteur a été malencontreusement associé : *Ignace* ou *Simplet* sont de petits chefs-d'œuvre de l'art populaire français. Me voilà définitivement condamné – fin de la parenthèse provocatrice.

D'ailleurs, nombreux sont les Corses qui admirent toujours Tino Rossi – et pas seulement les « vieux ». S'ils ne l'avouent guère en public, c'est compte tenu des raisons précisées plus haut. Ils sont enfermés dans ce que j'appelle « l'équation diabolique », cet impératif de la décomposition des temps modernes qui, sans distinction, considère que tout ce qui est ancien est mauvais par essence, et bon, par essence également, tout ce qui est nouveau – abandonnant en chemin tout esprit critique, tout libre arbitre, tout jugement un tant soit peu personnel. Cet air du temps est certes d'une immense fugacité, mais avant de filer dans l'oubli, il possède la solidité d'une prison. Le plus étonnant – et le plus drôle en même temps – est que les détracteurs de Tino Rossi le méprisent pour les mêmes raisons qui le font aimer par d'autres : sa voix trop haut perchée, ses cheveux gominés de bellâtre, son regard velouté de ténor d'opérette, les confitures de miel et autres sucreries coulant de ses ritournelles.

On pourrait en rire. Toutefois, à y regarder de près – avec un tant soit peu d'attention musicale et en acceptant de se faire « bon public » –, les chansons de Tino peuvent nous toucher par les histoires toutes simples qu'elles racontent avec une profondeur inattendue. Derrière la bluetterie des paroles se glisse souvent une tentative pour penser quelque chose de la condition humaine et de notre destin de mortels. « Tchi-Tchi » n'est pas seulement l'histoire d'une gamine dont la beauté affole les hommes. Elle parle du temps qui passe et ne revient jamais, ce temps implacable qui efface la beauté avant même qu'elle ne puisse profiter d'elle-même. On peut affirmer la même chose pour « Noël en mer », « Minuit chrétien », « Marinella », « Il pleut sur la route », beaucoup d'autres. Si dans ces chansons il n'y a guère de poésie à proprement parler, comment ne pas saisir le « sentiment poétique » qui en émane fréquemment ? Le compliment n'est pas mince.

Restent « Méditerranée », « Ô Corse île d'amour », « L'Ajaccienne », et quelques autres rengaines qui, célébrant la Corse et la foi que l'on peut avoir en elle, maintiennent Tino Rossi à la place qu'il a toujours occupée dans l'île.

Je pourrais continuer en citant tout le répertoire de cet homme qui a compté et compte encore, mais je craindrais de lasser. Je renvoie donc ceux que les préjugés n'effraient pas à l'écoute directe et objective de ce chanteur qui traverse tranquillement le temps et poursuit sa route solitaire. Ses chansons se trouvent partout sans difficulté.

En définitive – et que cela plaise ou non –, Tino Rossi appartient à la sensibilité corse et à celle de la France telle qu'elle a été à une certaine époque. Une sensibilité qui, si elle n'est plus à la mode du jour, ne cesse de ressurgir ici et là, puisque les modes passent tandis que demeure ce qui vaut.

S

Sampiero Corso

Si j'avais eu à écrire l'épitaphe de cet homme mort depuis plus de quatre cents ans, j'aurais inscrit sur sa tombe : « Sampiero Corso, héros corse par excellence et parfait modèle shakespearien. » Les deux faces de cette épitaphe veulent exprimer l'intérêt que j'ai toujours porté à cet aventurier solaire et infatigable, n'ayant peur de rien ni de personne. Son existence trace à elle seule une comète dans le ciel corse dont les reflets brûlent toujours de la même incandescence. On ne croise pas tous les jours un personnage de cette envergure. Il fait partie de ces hommes capables d'affirmer comme j'aime l'entendre : « Qu'il m'arrive n'importe quoi plutôt que rien. »

Avec Napoléon Bonaparte et Pascal Paoli, Sampiero Corso est l'une des figures les plus emblématiques d'une certaine forme de patriotisme corse. Pour saisir l'intérêt de ce personnage historique qui a marqué son temps et les mémoires futures par sa personnalité – jusqu'à le faire admirer des nationalistes d'aujourd'hui –, un « état des lieux » de son époque est nécessaire. D'autant qu'il précède chronologiquement Napoléon et Paoli.

La fin du XVe siècle où il naît – en 1498 à Bastelica près d'Ajaccio dans une famille de petite noblesse – est celui des *condottieri*, du mercenariat généralisé, des révoltes populaires contre l'ordre établi, et de l'affrontement sans merci entre grands pays continentaux – en Europe comme en Méditerranée où sévissent toujours les Barbaresques venus d'Afrique du Nord après sa conquête par les Arabes. Dans ce tumulte, la Corse est un enjeu territorial constant. Gênes l'occupe depuis longtemps d'une poigne de fer, l'île est convoitée par tout le monde pour sa position stratégique et les Corses n'en peuvent plus, qu'ils soient seigneurs féodaux ou simples paysans.

Sampiero Corso voit le jour peu avant ces temps d'incertitude et de violence où vont surtout s'affronter Français et Espagnols – Henri II contre Charles Quint – principalement en Italie, la Corse subissant le contrecoup des volontés hégémoniques de ces rois qui lui sont étrangers.

Selon moi, l'histoire de Sampiero Corso se décline en deux étapes : celle de sa montée en puissance militaire, celle, ensuite, du drame passionnel qu'il connaîtra avec sa femme, Vanina, et inspirera, dit-on, Shakespeare pour écrire la tragédie d'*Othello*.

En ce temps-là, quand on se destine comme Sampiero au métier des armes, il est d'usage dans toute l'Europe de mettre son épée au service des puissants de ce monde, quelle que soit leur nationalité. Les Corses ne font pas exception à cette règle, bien au contraire, et leur « émigration mercenaire » vers le continent est d'une importance qu'on peine à imaginer de nos jours. Autres temps, autres mœurs : les Corses sont des milliers à combattre pour qui veut bien les payer. Et sans aucun complexe. Sampiero va être l'un des meilleurs à ce jeu-là. Il lui apportera gloire, fortune, réputation, et le mènera à devenir un partisan acharné de la France pour bouter les Génois hors de son île.

À quatorze ans, il s'engage dans les Bandes noires de Jean de Médicis en Italie avant de rejoindre le pape Clément VII puis le cardinal Hippolyte de Médicis – les religieux du temps étaient loin d'être les derniers à lever des troupes et à ferrailler pour défendre leurs intérêts matériels bien plus que leur vocation spirituelle. Sampiero Corso se montre si brave et valeureux sur les champs de bataille qu'il monte vite en grade, influence et richesse. Au point de pouvoir bientôt épouser, lors d'un de ses rares retours en Corse en 1545, la très jeune Vanina, l'une des filles de l'illustre famille d'Ornano qui domine la scène politique insulaire. Elle a quinze ans, il en a quarante-sept. Pourtant, l'amour semble au rendez-vous. C'est cependant avec Vanina que se scellera la destinée finale et tragique du héros corse.

Sampiero est alors au service du roi de France pour le meilleur et pour le pire. C'est le cardinal du Bellay, ambassadeur à Rome, qui l'a recruté pour le compte de François Ier, ayant remarqué sa vaillance, son courage, et sa détestation des Génois, ennemis des Français car alliés des Espagnols. Et Sampiero Corso a fait merveille, se couvrant de gloire au côté du célèbre chevalier Bayard, jusqu'à recevoir le grade de colonel commandant tous les Corses luttant pour le roi de France. Le plus haut destin lui est promis.

Le moment clef de son ascension puis de sa perte se situe un peu plus tard, au tournant de l'année 1553. Il a alors cinquante-cinq ans : un âge vénérable pour l'époque – surtout pour un soldat. Il est plus qu'un vétéran, presque un vieillard. Mais son énergie et sa volonté n'ont jamais été aussi fortes. Indomptables, même.

Cette année-là, Henri II, successeur de François Ier, décide de passer à l'offensive pour chasser définitivement les Génois de la Corse et s'emparer de l'île. Une expédition militaire d'envergure est montée, commandée par le maréchal de Thermes secondé de l'amiral Paulin de La Garde, capitaine des galères, lui-même appuyé par le corsaire turc Dragut – on a fait alliance avec la Sublime Porte puisque Soliman le Magnifique se trouvait être ennemi de Charles Quint, empereur du Saint Empire, mais aussi roi d'Espagne et de Sicile. Les affaires de ce temps sont compliquées...

Naturellement, Sampiero, en tant que colonel des Corses alliés des Français, est de la partie.

Cette expédition hardie de 1553 restera dans l'histoire comme la « guerre des Français ». Elle est d'une rapidité foudroyante. Sampiero y joue un rôle déterminant. À peine l'escadre débarquée, il réussit à rallier une grande partie des Corses à sa cause grâce à la famille de sa femme. Presque tous se soulèvent contre les Génois, même si certains chefs de clan ne le suivent pas en vertu des rivalités locales et des divisions familiales minant l'île depuis des temps immémoriaux – en la matière, les Corses d'aujourd'hui n'ont peut-être guère changé... Quoi qu'il en soit, les discours patriotiques et enflammés de Sampiero Corso pour galvaniser les siens contre l'occupant italien sont restés fameux.

En dépit de ces chefs corses qui continuent à soutenir Gênes par rivalités entre eux ou appât du gain – on change alors aisément de camp pour l'attrait d'une meilleure solde –, le maréchal de Thermes et ses nouveaux alliés s'emparent en moins de temps qu'il n'en faut pour le dire des places fortes de Saint-Florent, Bonifacio, Bastia, et Corte. Sampiero le seconde magnifiquement, tout comme les corsaires turcs. Hélas pour eux, Calvi, attaché de tout temps à Gênes – se rappeler sa devise : *semper fidelis*, « fidèle, toujours » – tient bon, ne cède pas, ce qui permet aux Génois qui appuient la ville de recevoir bientôt l'aide des Espagnols venus à leur rescousse. La situation se fige. Sur le continent, pendant ce temps, les Espagnols se rapprochent des Anglais et les choses évoluent peu à peu en défaveur des Français dans le vaste affrontement qui bouscule l'Europe de cette époque troublée.

Six ans plus tard, Henri II doit faire un choix douloureux lorsqu'il négocie la fameuse paix de Cateau-Cambrésis suite à sa défaite lors de la bataille de Saint-Quentin : soit il garde la Corse mais perd Calais, Metz, Verdun et Toul, soit l'inverse. Il choisit d'abandonner la Corse.

Sampiero Corso, dont le patriotisme ne cesse de croître, ne s'en laisse pas conter, toujours désireux de libérer sa patrie de la domination génoise. Cependant, dépourvu de moyens, il n'a guère d'autres choix que de ronger un temps son frein. Faisant contre mauvaise fortune bon cœur, il accepte temporairement d'être nommé gouverneur d'Aix-en-Provence. Il s'installe à Marseille avec Vanina et ses deux enfants.

C'est là que son drame shakespearien et sa tragédie familiale se nouent définitivement. Une tragédie dont je me suis toujours dit qu'elle aurait plu à Homère, Virgile, Sophocle ou Euripide s'ils avaient été encore vivants, eux qui n'avaient cure des demi-mesures, des faux-semblants et des affaires humaines trop banales. Comme Sampiero Corso, ils aimaient les hommes dans les veines desquels coule un sang bouillant. Nous étions encore loin du XXIe siècle.

Tout commence avec la manipulation de Vanina par les Génois *via* le précepteur de ses enfants – un certain abbé Michel-Ange Ombrone. Il la convainc que son mari court à sa perte s'il reste au côté des Français. Alors, profitant d'une absence de Sampiero parti comme ambassadeur à Constantinople, elle vend les biens de ce dernier et embarque pour la capitale ligure dans l'intention, semble-t-il, de négocier une forme de paix entre Gênes et son mari, lasse des poursuites que celui-ci ne cesse de subir. En vérité, nul aujourd'hui n'est certain de ses véritables motivations, mais elles apparaîtront aux yeux de l'histoire comme une trahison de la cause corse au profit de ses ennemis les plus irréductibles.

Apprenant le changement de camp de sa femme, Sampiero Corso, furieux, parvient à faire intercepter le navire sur lequel elle a embarqué. Les « retrouvailles » sont terribles. Sampiero condamne sa femme à mort sans autre jugement que le sien. Tout au plus accepte-t-il, à la demande éplorée de Vanina en larmes, mais digne et fière, de l'étrangler de ses propres mains plutôt que de laisser faire le bourreau.

Je n'ai jamais eu de peine à imaginer la scène de la mise à mort de Vanina par Sampiero au plus profond de leur maison, dans un face-à-face sans échappatoire : *Éros* et *Thanatos* sous le même toit, au même moment, par la volonté d'un destin implacable que nul n'a voulu mais qui se présente tel qu'en lui-même pour la postérité et auquel il faut se soumettre. Je comprends qu'il ait pu impressionner Shakespeare...

Ce meurtre en forme de vendetta va peser lourd dans les projets de reconquête de la Corse par Sampiero. Horrifiés par son comportement dont l'écho s'est répandu partout en Europe, les grands de ce monde ne le reçoivent plus lorsqu'il sollicite leur aide pour reconquérir la Corse. Au demeurant, ils veulent éviter de remettre en cause le fragile équilibre né de l'accord de Cateau-Cambrésis.

Alors Sampiero Corso y va seul, ou presque...

En 1564, il débarque de nouveau dans son île avec une petite troupe de fidèles – et, dit-on, des mercenaires gascons payés avec le reste de sa fortune. Il est plus déterminé que jamais mais peine à rallier des partisans : Gênes a pris la précaution d'acheter au prix fort tous ceux qui sentent que le vent a tourné. Malgré tout, et en dépit de son âge, Sampiero gagne quelques batailles à coups de sabre et de mousquet, payant encore et toujours de sa personne. Très vite, cependant, il doit reculer devant la puissance des Génois conjuguée à celle de leurs alliés espagnols – jusqu'à ce qu'un jour funeste de janvier 1567 il tombe dans une embuscade montée par les frères et cousins de Vanina qui n'ont rien oublié du meurtre de leur sœur et tiennent à leur vengeance. Leur famille avait mis sa tête à prix pour deux mille ducats, Gênes en avait ajouté quatre mille.

Sampiero Corso, le héros de l'indépendance corse, achève ainsi sa trajectoire aussi héroïque que crépusculaire, dans un traquenard obscur où il meurt les armes à la main à l'âge de soixante-huit ans. Comme souvent dans ces affaires, c'est l'un des siens qui l'a trahi – un certain capitaine Vittolo dont le nom sera désormais synonyme de traître pour bien des Corses.

Le corps de Sampiero Corso est démembré à coups d'épée par la haine des d'Ornano. Sa tête décapitée est exposée à Ajaccio par les Génois pour l'édification des foules comme le fut autrefois sur le forum de Rome celle de Cicéron tranchée par les séides de Marc Antoine – Cicéron qui avait porté à ses sommets l'idée de l'homme de lettres solitaire se dressant contre la dictature des hommes politiques.

Je me suis toujours dit qu'il me faudrait faire, un jour, quelque part dans un livre, le parallèle improbable et osé entre ces deux hommes qui me fascinent pour des raisons aussi semblables que différentes, que rien ne rassemble et que tout oppose, fors l'honneur tragique d'une fin semblable.

Voilà qui est accompli.

Sanglier

Le sanglier m'a toujours été antipathique. Rien ne m'attire en lui : ni son apparence, ni son comportement, ni sa façon grotesque de courir sur ses courtes pattes, encore moins ses grognements vulgaires ou son pelage de vieille brosse usée. On ne caresse pas un sanglier comme on caresse un chien. C'est une bête sans attrait, je dirais même rebutante, un peu comme l'hyène de la savane africaine qu'on peine à aimer comme on aime les singes ou les antilopes. On se voit mal apprivoiser un sanglier pour en faire un animal de compagnie. On lui tire plutôt dessus au fusil dès qu'il montre le bout du nez. C'est d'ailleurs son destin, son roide *fatum* – dont il doit assumer le poids écrasant de la naissance à la mort. Je n'aimerais pas être un sanglier.

Peut-être est-ce pour cette raison que j'ai tout de même de la sympathie pour ce drôle d'animal. D'autant qu'il est une sorte de symbole en Corse, presque un emblème – il se trouve même apposé sur le blason de la localité de Sant'Andréa-di-Bozio. Pourquoi pas, après tout ? Le sanglier ne représente-t-il pas une forme de liberté sauvage au milieu des contraintes sans cesse grandissantes de la civilisation – qui est son ennemi principal, cela va sans dire ? J'aime bien cette idée.

J'ignore si les sangliers détestent la civilisation qui les poursuit de sa vindicte – à ma connaissance, ils ne se sont jamais exprimés sur ce sujet –, mais je subodore que, sans jamais l'avouer, la civilisation, elle, les maudit littéralement. Il n'y a qu'à voir le nombre de battues administratives inlassablement déployées pour s'en débarrasser. Le sanglier est un animal pourchassé, traqué, persécuté. Sa tête est mise à prix, sa peau ne vaut pas cher. C'est ainsi que je verrais les choses si j'étais sanglier.

Sans doute est-ce pour d'autres raisons, bien plus nobles, que les chasseurs, de leur côté, se mêlent à la curée. Car ils font des carnages impressionnants de ces pauvres bêtes – il paraît qu'on en tue quelque 40 000 chaque année dans l'île, ou peu s'en faut. Malgré tout, les sangliers y survivent avec une auguste tranquillité. Ils meurent en masse mais dignement. Et plus on en tue, plus il en vient. Moyennant quoi, ils pullulent chaque année davantage. On peut tout contre chaque individu, rien contre l'espèce en général. À croire que cet animal tenace et bagarreur quand il le faut est indestructible si ce n'est immortel.

Alors, chaque jour que Dieu fait, les sangliers dévastent les champs et les jardins des hommes pour y chercher leur nourriture au lieu de se cantonner à celle que leur attribue la nature. Ils semblent préférer le maïs ou les pommes de terre aux glands, noix, vers, insectes et même cadavres d'autres animaux qui sont normalement leur pain quotidien. Je les comprends. Qui ne ferait la même chose à leur place ? Les sangliers ont du goût. Mais d'aucuns estiment qu'ils exagèrent. Car ils ravagent nos terres avec une constance pour le moins remarquable et une détermination jamais prise en défaut. Cela coûte une fortune aux assurances.

Néanmoins, la vaillance des sangliers fait mon admiration chaque fois que je les vois pointer leurs petits yeux noirs et laids à deux pas de la maison de mon père, soufflant et reniflant, leurs défenses en avant, fouillant le sol de leur groin avec avidité. Il faut les chasser avant de tout perdre. Mais, malins et prudents, ils détalent au moindre bruit.

Compte tenu de notre âpreté à les exterminer, je me suis toujours demandé si les sangliers n'allaient pas finir par nous en vouloir. Une question rigolote peut même se poser : et s'ils songeaient en leur for intérieur à prendre notre place et à se débarrasser de nous ? Ce serait de bonne guerre. Dans la mesure où ils vivent en hardes de quinze à vingt individus en moyenne et qu'il doit bien exister plusieurs milliers de ces bandes errantes en Corse, ils formeraient une armée conséquente s'ils savaient se regrouper et se coordonner. Je vois la chose d'ici : un Bonaparte issu de leurs rangs les « conscientiserait », comme on dit aujourd'hui, les pousserait à la révolte, à la vengeance, à la conquête, et les organiserait à sa façon. Renversant l'ordre des choses, cette armée mettrait en place une chasse à l'homme à la mesure des pertes subies pendant des siècles. On s'amuserait bien...

Un assaut sur Bastia ou Ajaccio serait même envisageable de nuit – les sangliers se déplaçant surtout après le coucher du soleil –, dans l'objectif de nous chasser de ces villes et de dévorer le contenu de l'ensemble des magasins d'alimentation. Cette attaque frontale nous prendrait par surprise, c'est certain, et au beau milieu du sommeil, c'est sûr. Quelle serait l'issue de la bataille ? On l'imagine sans peine.

Dans le cas contraire, il faut bien admettre qu'une Corse sans hommes serait le paradis des sangliers.

Mais, qu'on se rassure, les chasseurs veillent...

Scamaroni, Fred

Dans les pages qui suivent, je veux rendre un hommage personnel et fraternel à Fred Scamaroni, le « Jean Moulin corse ». Héros de la Résistance et compagnon de la Libération, il mourut pour la France à vingt-huit ans et entra dans ma vie lorsque j'étais enfant. Il y entra d'une façon pour ainsi dire périphérique : la compagnie de navigation qui reliait l'île au continent possédait alors des bateaux portant les noms de personnages célèbres de l'histoire corse. Il y avait notamment le *Napoléon* et le *Fred Scamaroni*. Je savais qui était le premier, j'ignorais tout du second – jusqu'à ce que mon père, une nuit, alors que nous dormions sur le pont dans l'une de ces traversées de la Méditerranée qui me ravissaient lorsque nous gagnions Bastia en famille l'été, me contât la vie de cet homme remarquable auquel j'allais, longtemps plus tard, m'intéresser pour de bon.

Voici son histoire :

Comme Jean Moulin, Fred Scamaroni était un haut fonctionnaire de la préfectorale entré très tôt dans la Résistance. Ardent et énergique, volontaire pour tous les dangers et préparé au sacrifice, il plaçait la liberté de son pays au-dessus de tout, prêt à en payer le prix.

Lieutenant dans l'aviation, il est grièvement blessé au cours d'un combat aérien en mai 1940 lors de l'offensive allemande : croix de guerre et citation. Trois semaines plus tard, la déroute de la France est totale, la défaite complète, mais rien n'abat son moral ni sa volonté. Le 18 juin, il est de ceux qui entendent l'appel du général de Gaulle à la radio et décident de ne pas capituler. Après mille péripéties incroyables, il parvient à le rejoindre en Angleterre. Il sera l'un des premiers soldats de la France libre.

Volontaire pour l'opération de Dakar dont le but est de rallier l'Afrique occidentale française à de Gaulle, il est capturé par le régime de Vichy avec nombre de ses camarades. Il parvient à s'évader. Bientôt repris, il se voit transféré en France et emprisonné dans de dures conditions. Il supporte tout jusqu'à être miraculeusement gracié tout en étant radié du corps préfectoral. À peine dehors, il organise un réseau de résistance. Sans grand succès semble-t-il. Condamné à mort par la Gestapo, il regagne Londres de justesse.

Affecté à l'état-major du général de Gaulle, il propose un projet d'insurrection de la Corse que l'Italie fasciste a envahie et occupée en 1942. Accepté : il devra coordonner et unifier la résistance insulaire, déjà vivace, et la rallier à la France libre comme le fait Jean Moulin au même moment sur le continent.

Quelques mois plus tard, en janvier 1943, un sous-marin le dépose de nuit sur une plage déserte. Fred Scamaroni n'a que son opérateur radio avec lui. Tous deux gagnent clandestinement Ajaccio et installent leur base secrète au n° 42 du cours Napoléon, chez les Pardi, une famille amie, membre de la Résistance. Le réseau Action R2 Corse vient de naître.

Il sera efficace mais durera peu. En mars, Scamaroni est trahi dans de mystérieuses conditions. Arrêté par l'OVRA, la Gestapo italienne, il est abominablement torturé dans la citadelle d'Ajaccio. Pour ne pas révéler les secrets qu'il détient ni mettre en péril la vie de ses hommes, il décide de se suicider en se pendant avec son tricot – ou en se tranchant la gorge avec un fil de fer trouvé dans sa cellule, selon une autre version. L'affaire est mal élucidée, semble-t-il. Avant cela, il a réussi à communiquer avec un prisonnier inconnu enfermé dans le cachot voisin. À travers le mur, il lui a demandé de transmettre un message à sa famille : « Tu diras à ma mère, à mes sœurs, que ce n'est pas très dur de mourir et que je meurs content. » Ce prisonnier en réchappera et transmettra ce message qui est parvenu jusqu'à nous.

Le lendemain, les geôliers de Fred Scamaroni découvriront ces mots inscrits avec son sang sur un morceau de papier : « Je n'ai pas parlé. Vive de Gaulle ! Vive la France ! »

Sénèque

Si la Corse a vu l'un de ses plus fameux personnages condamné au bannissement à Sainte-Hélène, elle avait reçu dix-sept siècles plus tôt l'exilé le plus illustre de son histoire : Sénèque. Un compagnonnage d'infortune qui m'offre l'occasion de parler d'un philosophe à l'égard duquel j'éprouve une affection certaine – davantage, d'ailleurs, pour ce qu'il a écrit que pour ce qu'il a vécu – et une admiration profonde. Quiconque a lu ses *Lettres à Lucilius* ou *De la brièveté de la vie* – traité dont il faudrait s'imprégner chaque jour pour ne plus jamais accorder son temps aux choses dénuées de valeur – me comprendra. Sénèque est bien le représentant par excellence de la philosophie stoïcienne de l'époque romaine où naît une conception de l'existence dont nous ferions bien de nous inspirer dans notre époque troublée.

Je ne sais trop où le grand philosophe fut maintenu en résidence par l'empereur Claude qui se méfiait de lui. Il est fort possible que ce soit à Aléria, c'est-à-dire à deux pas de chez moi. Aléria était alors l'un des centres romains les plus importants de l'île. Je ne m'aventurerais pas à voir un signe dans le fait que Sénèque ait éventuellement vécu à dix kilomètres de la maison de mon père, mais j'aime l'idée d'ajouter la proximité géographique à la proximité intellectuelle et sentimentale – et cela, par-dessus le temps qui s'est écoulé et ne reviendra plus. J'y songe avec une certaine émotion chaque fois que je fais un détour par la ville. Ne manquez pas de faire la même chose si l'occasion se présente : le site archéologique ouvert au public mérite de toute façon le déplacement, ne serait-ce que pour mesurer le raffinement artistique et intellectuel des Romains qui vivaient là il y a plus de vingt siècles.

Quoi qu'il en soit du lieu où vécut Sénèque, il passa sept années chez nous. Je me demande toujours si ce que nous étions à l'époque a pu influencer sa philosophie. L'idée est séduisante. Hélas, il est permis de douter de sa réalité car on dit que Sénèque n'aima guère cette « terre sans intérêt » où il fut contraint « d'exister ». De fait, nous devions être encore de sacrés barbares malgré l'influence précédente des Phéniciens et des Grecs.

Toutefois, Sénèque écrivit beaucoup au cours de cette interminable période d'isolement corse. J'imagine qu'il lui fallait bien occuper ses journées. C'est long, sept années loin de chez soi, surtout lorsqu'on a plus de quarante-cinq ans – un âge quasi canonique à l'époque.

Ces années de relégation, de 41 à 49 de notre ère, le philosophe les dut à l'une de ces sombres intrigues qui agitaient Rome en ce temps-là – celles de Messaline en l'occurrence, la troisième épouse de Claude. On raconte qu'il fut accusé d'adultère avec l'une des sœurs de Caligula, la belle Julia Livilla – j'aurais bien aimé la connaître – et obligé de quitter le cœur de l'Empire pour faire notre connaissance. La mort de Messaline le ramena chez lui, et les faveurs d'Agrippine, la nouvelle femme de Claude, firent de lui ce que les livres d'histoire ont surtout retenu : le précepteur de Néron. Avec la fin tragique que l'on sait, lorsque ce dernier contraint Sénèque au suicide.

Qu'ajouter sur ce qui peut lier Sénèque à la Corse ? Sans doute quelques citations de ses livres où l'on voudra bien penser – avec un peu d'imagination littéraire et romanesque – qu'elles nous étaient adressées et peuvent plus que jamais servir à ce que lui et les philosophes de l'Antiquité appelaient « la conduite de la vie ».

Commençons par cette maxime tirée du traité *De la providence*, presque certainement écrit en Corse d'après les sources dont nous disposons :

« S'il tombe, il combat à genoux. »

N'est-ce pas là une formule correspondant à l'image de vaillance dont bien des Corses aiment se parer depuis toujours ? Dans l'infortune, combattre jusqu'au bout. J'en laisse juge le lecteur qui, d'ailleurs, corse ou non, peut s'approprier la sentence – elle aura quelque utilité dans les temps à venir. Et tant qu'à faire, lire entièrement le traité : dix-sept pages seulement dans l'édition de la Pléiade. *De la providence* vaut le détour par ce qu'il nous dit de la nécessité des épreuves pour savoir ce que l'on vaut vraiment. Une pensée diamétralement opposée à celle des épicuriens espérant que le Ciel les épargne afin que leur vie coule comme un long fleuve tranquille. Bref, des gens d'aujourd'hui – qui ont toujours existé, et même majoritairement... Si les dieux nous envoient des épreuves, dit Sénèque, c'est pour nous faire meilleurs que nous ne sommes et nous fortifier. Nous devons donc refuser de les considérer comme des malheurs qui nous abattraient.

J'avoue me trouver chez moi dans *De la providence*. Je ne m'y sens pas en terre étrangère. Alors voici un exercice de liaisons entre différents passages de ce traité, exercice très libre mais fidèle – en espérant donner envie de se précipiter ensuite sur le livre lui-même...

> Le choc de l'adversité ne change pas l'âme d'un homme courageux. Une vertu sans adversaire se flétrit. Sa grandeur, sa valeur, sa puissance paraissent quand elle montre ce qu'elle est capable de subir. Un bonheur sans atteinte ne supporte pas le moindre coup. Les situations violentes frappent davantage ceux qui n'en ont pas fait l'épreuve. Dès qu'on a lutté sans trêve contre les malheurs, on s'endurcit à leur rigueur et l'on ne cède pas au mal. Jupiter ne peut rien trouver de plus beau sur terre que l'homme courageux aux prises avec la mauvaise fortune, surtout si c'est lui qui l'a provoquée. Attaque-toi, mon âme, à une action longuement méditée et soustrais-toi aux choses humaines. La mort, alors, est une consécration pour ceux qui sortent de la vie d'une manière que l'on vante tout en la craignant.
>
> Aussi, nul n'est plus malheureux que celui qui n'a pas été touché par l'adversité. Il ne lui a pas été donné de s'éprouver lui-même. Un gladiateur trouve déshonorant d'être mis en ligne contre un adversaire moins fort que lui. Il sait qu'à vaincre sans péril on triomphe sans gloire. La fortune fait

de même ; elle cherche à s'affronter aux plus braves et c'est seulement dans la mauvaise fortune que l'on trouve les grands exemples. Être toujours heureux, traverser la vie sans une seule blessure dans l'âme, c'est ignorer l'un des deux côtés de la nature. Et ce n'est qu'à l'épreuve que l'on se connaît soi-même. Alors, quand les maux tardent à venir, on prend les devants pour s'offrir à eux. Car la valeur est avide de périls.

Cette valeur pense au but à atteindre, non à ce qu'elle aura à subir. À l'armée, les missions périlleuses sont confiées aux plus courageux. Nul de ceux qui y vont ne dit : « le général me brime », mais : « il m'apprécie ». Fuyez le bonheur sans vigueur où s'amollissent les âmes si rien ne survient qui les avertisse de la condition humaine. Ainsi, l'excès de bonheur est le plus grand des dangers.

Plus souvent nous aurons affronté le combat, plus nous serons forts. Il faut nous offrir aux coups de la fortune afin qu'elle nous endurcisse elle-même contre elle. La continuité du danger produira le mépris du danger. Et peu à peu, on prend plaisir à ce qu'on a accueilli par nécessité.

Ce sont les meilleurs que l'effort fait lever. Dans la république du monde, seuls les hommes de bien travaillent, se sacrifient, sont sacrifiés, et d'ailleurs, ils le veulent, car la vertu se meut sur les crêtes. S'ils connaissaient l'avenir, ils le précéderaient et leur bonheur est de n'avoir pas besoin du bonheur[1].

Avec ce traité sur ce que la providence peut apporter, nous disposons d'un résumé saisissant de ce qu'est, pour une part, l'âme stoïcienne si prompte à se mêler des affaires du monde, à l'inverse du tempérament des épicuriens réfugiés dans leur jardin pour jouir des plaisirs simples de la vie.

1. *Les Stoïciens*, sous la direction de Pierre-Maxime Schuhl, traduit du latin par Émile Bréhier, Gallimard, « Bibliothèque de la Pléiade », 1962.

Dans un autre traité, *De la vie heureuse*, Sénèque nous révèle l'autre face de cette âme stoïcienne : le détachement des biens matériels et des plaisirs qu'on leur prête. Voici donc un deuxième exercice de liaison libre pour compléter le précédent :

> Tout le monde veut une vie heureuse. Mais on s'en éloigne d'autant plus qu'on s'y porte avec plus d'ardeur. La chose à faire en premier lieu est donc de ne pas suivre, à la façon du bétail, le troupeau des gens qui nous précèdent. Il ne faut pas penser que ce qu'il y a de meilleur est lié à l'assentiment du plus grand nombre. À croire les autres plutôt que juger, on ne juge jamais de la vie.
>
> C'est à la nature qu'il faut donner son assentiment. La vie heureuse est donc une vie conforme à sa propre nature. Par conséquent, il faut faire usage des présents de la fortune sans jamais s'y asservir. Là résultent la tranquillité pour toujours, et la liberté.
>
> Ainsi, l'homme heureux est celui pour qui rien ne se trouve bon ou mauvais en dehors d'une âme bonne ou mauvaise. Son vrai plaisir est le mépris des plaisirs. À quoi il faut ajouter que rien d'autre ne donne une issue vers la liberté que

l'indifférence à la fortune et que nul ne peut être dit heureux s'il est placé en dehors de la vérité.

Un homme véritable ne se laisse ni corrompre ni dominer par les choses extérieures. Il a foi dans son énergie pour être l'artisan de sa propre vie. Sa raison est bien fixée et ne varie pas. Pour lui, le souverain bien est l'accord de son âme avec elle-même.

Pourquoi s'occuper du plaisir ? C'est le bien de l'homme qu'il faut chercher, non pas celui du ventre. L'on ne peut appeler homme véritable celui qui est dominé par quoi que ce soit et c'est pourquoi l'éloge du plaisir est funeste. Il est d'autant plus insaisissable qu'on le satisfait davantage. Alors, que la vertu soit première et le plaisir sera son simple compagnon. Celui-là, nous le dominerons et le réglerons. Décider de placer le plaisir au premier rang, c'est ne point posséder le plaisir, c'est être possédé par lui. Ceux qui disposent de grands plaisirs tombent dans un grand malheur et les plaisirs qu'ils ont capturés les capturent à leur tour. Le partisan du plaisir place tout le reste au second rang. Il est indifférent à la liberté, le premier des biens, et sacrifie tout à son estomac. Il n'achète pas les plaisirs, il se vend à eux. En revanche, que peut-il manquer à celui qui n'a pas besoin des choses extérieures ? Il a rassemblé en lui-même tout ce qu'il possède.

J'ai déjà une preuve de ma rectitude : je déplais aux méchants. Pourtant, la nature nous ordonne d'être utiles aux hommes et partout où il y a un homme, il y a place pour un bienfait. Cependant, jamais un général ne se fie à la paix au point de ne pas préparer la guerre qui, même si elle ne se fait pas encore, est déjà déclarée.

Passer sa vie au port et à l'ancre ? Plutôt tenter des entreprises élevées, les concevoir dans son esprit plus hautes qu'on a l'habitude de les concevoir. On ne tombera donc qu'après avoir osé de grandes choses.

Je mépriserai les richesses, qu'elles soient présentes ou absentes. Si celles dont je dispose s'écroulent, elles n'emporteront qu'elles-mêmes. Et j'affirme que ces richesses ne sont pas un bien car, si elles l'étaient, elles rendraient bons les riches.

Je ne serai pas non plus sensible aux allées et venues de la fortune et ne ferai rien en vue de l'opinion, mais tout par conscience. Je vivrai heureux du présent et sûr de l'avenir. Et quand la nature me redemandera la vie qu'elle m'a donnée, je m'en irai en attestant que la liberté de personne n'a été diminuée de mon fait[1].

Là aussi, je connais peu d'écrits faisant preuve d'une telle grandeur d'âme, d'une si haute élévation de l'esprit – et d'autant de lucidité, cette qualité si rare. Alors, terminons par un dernier traité de Sénèque qui complète les deux précédents et peut nous être, lui aussi, de grande utilité dans la modernité qui nous entoure : *De la brièveté de la vie*. Sénèque l'a probablement écrit juste après la fin de son exil corse et l'on peut voir dans les idées qu'il professe à ce moment précis le résultat de son long isolement.

De la vingtaine de pages de ce traité, voici, comme pour les deux premiers, un résumé très libre d'extraits liés entre eux :

Nous ne recevons pas une vie brève, nous la faisons telle. La plupart des mortels se plaignent que la vie nous quitte au moment où nous découvrons ce qu'elle est, nous apercevant que nous l'avons traversée sans avoir compris qu'elle avançait.

Il n'est pas vrai que nous avons peu de temps, c'est simplement que nous en perdons beaucoup. Elle serait bien suffisante pour l'accomplissement de nos principales fonctions si on savait en user. Beaucoup passent leur vie dans une servitude volontaire, torturés par une ambition dont

1. *Les Stoïciens*, sous la direction de Pierre-Maxime Schuhl, traduit du latin par Émile Bréhier, *op. cit*.

le succès dépend des jugements d'autrui. La plupart n'ont aucun but déterminé et ne vivent qu'une très petite part de leur vie. Leurs biens les étouffent et ils ne revendiquent pas le droit d'être eux-mêmes. On ne s'étonnera jamais assez de l'aveuglement de l'esprit des hommes.

Ainsi, on permet aux autres d'entrer dans sa propre vie ; bien plus, nous y introduisons nous-mêmes ceux qui doivent en devenir possesseurs. On ne trouve personne qui veuille partager son argent ; entre combien de gens partage-t-on sa vie ! On est parcimonieux s'il s'agit de garder intact son patrimoine, mais quand il s'agit de perdre son temps, on est prodigue dans le seul domaine où l'avarice serait honorable.

Dans la foule des vieillards, j'ai envie d'en attraper un et de lui dire : « Nous te voyons arriver au terme de la vie humaine ; cent ans ou davantage pèsent sur toi. Eh bien ! dis-nous quelle durée en a été soustraite par un créancier, par une maîtresse, par un roi, par un client, combien de temps t'a été volé par les querelles de ménage, les complaisances qui t'ont fait courir aux quatre coins de la ville ; ajoute encore le temps passé à ne rien faire. Tu verras que tu as bien moins d'années que tu n'en comptes. Combien de journées se sont passées comme tu l'avais décidé, quand as-tu disposé de toi-même, combien de gens se sont arrachés à ta vie sans que tu t'aperçoives de ce que tu perdais ? Combien de ces jours t'ont-ils été dérobés par une douleur futile, une joie sotte, un désir avide, un entretien flatteur ? Combien peu t'est resté de ce qui est tien. Fais un bilan et repasse tous les jours de ta vie. Tu en verras fort peu qui soient restés à ta disposition. Tu comprendras que tu meurs prématurément en te demandant ce qu'a été ton œuvre dans une existence si longue. »

Les hommes vivent comme s'ils devaient toujours vivre. Jamais ils ne pensent à leur fragilité. Peut-être ce jour même dont ils font cadeau à un autre est leur dernier jour. Ils ne saisissent pas, ne retiennent pas, ne retardent pas la chose du monde la plus rapide. Ils la laissent partir comme une chose superflue et qu'ils peuvent toujours retrouver.

C'est pendant la vie entière qu'il faut apprendre à vivre, et, ce qui paraîtra plus étonnant, c'est pendant la vie entière qu'il faut apprendre à mourir. La vie est très longue pour qui la garde à sa disposition et ne laisse rien entamer de son temps.

Rien ne mérite d'être échangé contre son propre temps. Nous devons en être les gardiens parcimonieux. Ce temps manque à ceux à qui la société a dérobé une grande partie de leur vie. Si tu vois quelqu'un avec des cheveux blancs et des rides, ne va pas penser qu'il a vécu longtemps ; il n'a pas vécu longtemps, il a existé longtemps.

Ni les uns ni les autres ne songent au temps lui-même. Ils le demandent comme si ce n'était rien, l'accordent comme si ce n'était rien. Ils jouent avec la chose la plus précieuse qui soit, en usent avec largesse comme s'ils l'avaient gratuitement. Ils peuvent en supporter la perte parce qu'ils sont inconscients du dommage subi. Et pourtant, personne ne leur rendra ces années, personne ne les remettra en possession d'eux-mêmes. La vie s'en ira dans le sens où elle a commencé d'aller, son cours ne reviendra pas à son point de départ. Elle n'avertira pas de sa propre vitesse et elle s'écoulera silencieusement. Elle ne se prolongera ni sur l'ordre d'un roi ni par la sympathie d'un peuple. Telle elle a été produite dès le début, telle elle s'achèvera.

Le plus grand dommage de la vie est donc de remettre à plus tard. L'attente qui se suspend au lendemain ruine l'aujourd'hui. À la rapidité du temps, il faut opposer notre promptitude à en tirer parti. Celui qui met son temps tout entier à son service, qui l'organise comme une vie entière, celui-là ne craint pas le lendemain et considère que, si courte que soit l'existence, elle peut suffire à celui qui en fait bon usage. Les autres se soucient davantage d'avoir la tête bien coiffée que de l'avoir bien faite.

Si en agrandissant notre âme nous parvenons à sortir des limites étroites imposées à la faiblesse humaine, nous disposons d'une vaste durée de vie à travers laquelle nous étendre. Nous pouvons discuter avec Socrate, douter avec Carnéade, vivre en repos avec Épicure, vaincre la nature humaine avec les stoïciens, la dépasser avec les cyniques. Pourquoi, hors de notre durée passagère si courte et si fragile, ne pas nous donner de toute notre âme à ces pensées infinies, éternelles, et que nous avons en commun avec les meilleurs des hommes ? Ils n'épuiseront pas nos années, mais ils ajouteront les leurs aux nôtres. Leur amitié ne mettra pas nos têtes en péril, leur estime ne sera pas chèrement achetée. Nous saurons avec qui discuter de toute chose, grande ou petite, car tous les siècles seront à notre service. Voilà la manière de changer notre état de mortels ; et même de le changer en immortalité.

Les hommes, les monuments, les ouvrages, tout cela s'écroule rapidement ; et il n'est rien que la durée ne détruise à la longue, rien qu'elle n'ébranle. Mais contre ce que la sagesse a consacré, elle ne peut rien. Le temps y perd son pouvoir de destruction et de dégradation.

Ce qui fait la vie brève et tourmentée, c'est l'oubli du passé, la négligence du présent, la crainte de l'avenir ; arrivés à l'extrémité de leur existence, les malheureux comprennent trop tard qu'ils se sont, tout ce temps, affairés à ne rien faire. Ils n'ont tenu aucun compte du temps qui ne reviendrait jamais.

Les plus riches n'ont pas pris plaisir à la grandeur de leur fortune : ils étaient effrayés à l'idée qu'elle prendrait fin quelque jour. D'autres n'ont travaillé que pour l'inscription à mettre sur leur tombeau. Et la condition des plus malheureux a été de ne s'atteler à aucune occupation qui soit vraiment leur.

En définitive, que faire du passé ? Le percevoir par le souvenir. Du temps présent ? L'employer. Du temps futur ? Le saisir d'avance. Ce qui fait la vie longue, c'est la réunion de tous les temps en un seul.[1]

Tout n'était-il pas déjà dit quand le grand Sénèque utilisait ses sept années d'exil en Corse pour nous faire

1. *Les Stoïciens*, sous la direction de Pierre-Maxime Schuhl, traduit du latin par Émile Bréhier, *op. cit.*

parvenir, par-dessus deux millénaires, des bouteilles à la mer dont les messages nous saisissent encore par leur vérité ?

Serment

Concernant la Corse, il est un unique serment dont je sois amoureux : le célèbre « serment de Bastia » qui date du 4 décembre 1938. Il fut prononcé par Jean-Baptiste Ferracci, président des anciens combattants de l'époque au moment où l'île connaissait une recrudescence de l'« irrédentisme » italien, ce mouvement politique qui réclamait le retour de la Corse dans le giron de la nouvelle Rome fasciste de Mussolini. Ce serment, prononcé devant le monument aux morts de 14-18, était aussi vibrant que définitif : « Face au monde, de toute notre âme, sur nos gloires, sur nos tombes, sur nos berceaux, nous jurons de vivre et de mourir français. »

Bref retour en arrière pour comprendre la force et la nécessité de ces quelques mots incandescents. Quelques mois plus tôt, les funestes accords de Munich ont cédé à Hitler le territoire des Sudètes appartenant aux alliés tchécoslovaques de la France. Les patriotes corses craignent que Daladier, le président du Conseil qui s'est couché devant l'Allemagne nazie, n'en fasse autant devant les appétits dévorants du Duce italien. Ce dernier pousse de ses feux les irrédentistes de son pays qui depuis vingt ans tentent de séduire les autonomistes corses et parviennent à en rallier bon nombre – mais sans pour autant faire pencher la balance de leur côté. La menace est toutefois suffisante pour provoquer dans la population un mouvement inverse qui ravive l'amour de la France. Amour qui redoublera lorsque éclatera la Seconde Guerre mondiale – et se renforcera lorsque l'Italie envahira la Corse. Mussolini tentera alors de désarmer ses habitants. Un commandant du nom de Pietri sera l'un des premiers à lancer un appel à la résistance avec les mots suivants qui sont comme un prolongement du « serment de Bastia ». Il faut leur rendre hommage encore aujourd'hui.

La Corse n'est pas à vendre
La Corse n'est pas à donner
La Corse de Sampiero
La Corse de Paoli et des Cinarchesi ne s'est donnée qu'une fois :
Elle s'est donnée à la France.

T

Temps

La fonction du temps est d'user puis de détruire, disait en substance ce drôle de bonhomme qu'était Aristote, premier génie humain à avoir offert à ses semblables un découpage conceptuel du monde et de son usage. Et il est si vrai « qu'il n'est rien que le temps ne finisse par anéantir » que la prise de conscience de cette finitude devrait être notre sujet de méditation principal, le seul qui puisse nous conduire à la nécessité de l'action créatrice et de l'emploi fécond du temps afin de dépasser la tragédie de notre pauvre condition de mortel.

Cependant, si « nous ne naissons que pour mourir » dans un intervalle infime de la durée infinie de l'Univers, le temps ne fait pas qu'user et détruire entre les deux moments de notre « génération » et de notre « corruption » – ainsi que s'exprimaient les anciens philosophes. Si je considère mon amour de la Corse – et mes amours de bien d'autres choses, d'ailleurs –, il a aussi modifié ma perception des objets, des personnes, des situations. Dans la plupart des cas, cette modification de ma perception par le catalyseur du temps a renforcé plutôt qu'usé mon attachement pour ces objets, ces personnes, ces situations.

Bref, et pour le dire de manière ramassée, j'aime la Corse chaque jour davantage et bien plus qu'autrefois lorsque j'ignorais que le temps avait des limites. Naturellement, il aurait été possible que le passage des années provoque en moi l'effet inverse. N'est-ce pas ce qui arrive pour toutes les choses ou les gens dont on se lasse ? Se confirme ici ce que l'on sait depuis toujours : le temps, dans sa longueur, fait émerger ce qui compte, il trie, sélectionne, garde, rejette, et la mémoire finit par laisser de côté ce qui valait moins. Le tamis par le sablier du temps...

Nombre d'entre nous, parvenus à la maturité, font cette expérience intime et révélatrice de ce qui importe vraiment dans les choses et les gens qui les entourent et participent de leur vie. Ils sont alors conduits à considérer – et il n'est jamais trop tard pour le faire – qu'il n'est pire crime contre soi que le gaspillage étourdi du peu de temps que l'existence nous concède.

Ainsi donc, lorsque j'entends aujourd'hui les cloches de mon village – qu'elles sonnent l'appel joyeux de la messe, le triste glas des enterrements, ou encore le tocsin contre les incendies –, lorsque je contemple le carillonneur perché tout là-haut dans le clocher, son corps au bord du vide et ses bras jouant sur la corde reliant les cloches, je n'entends pas cette musique et ne regarde pas ce spectacle comme autrefois. Enfant, tout cela m'était anodin. Adolescent, je « faisais » le carillonneur comme tout le monde, sans autre considération. Jeune adulte, j'y voyais un simple plaisir parmi tant d'autres. Aujourd'hui, plus le temps passe, plus tout cela me devient précieux – et désormais ne cessera plus de l'être.

J'éprouve les mêmes sentiments en restant de longs moments assis sur les marches de pierre des deux croix qui marquent l'entrée et la sortie de Pancheraccia, dominant montagnes et vallées dans leur splendide isolement. Elles furent de simples lieux de rendez-vous avec les autres adolescents du village, elles sont devenues maintenant d'importants lieux de retrouvailles avec moi-même.

Que dire aussi de la Madone, du Corsiglièse ou de la maison de ma grand-mère tout en bas du village, austère et massive bâtisse d'un autre temps. J'y ai passé bien des étés de mon enfance sans rien comprendre de son héritage. Je la retrouve maintenant avec toute la charge positive et émotive de son passé.

Je pourrais dire la même chose pour tout ce qui fait que mon village est ce qu'il est et pas autre chose – et pour tout ce qui fait que la Corse est la Corse et pas une autre île.

Restent les hommes qui donnent vie à ces lieux. Je ne vois plus de la même manière les Georgette, Paul, Vanina, Pascal, Simon, Tiennot, Mathilde, Dominique, Véronique, Mathieu – ils se reconnaîtront et pardon pour ceux que le manque de place m'empêche de citer. Ils sont « restés au village », comme on dit ici, tandis que je m'en allais de par le monde. Cependant, je vois bien désormais qu'ils « font » notre village commun qui, sans eux, disparaîtrait – et disparaîtra peut-être après eux. Alors, je les aime davantage au fur et à mesure du rétrécissement du temps et ressens toujours plus de joie à les retrouver au gré de mes incertains mais fidèles retours. Je regarde ces amis franchir paisiblement le cap des années comme ils contemplent tranquillement le passage des miennes – et j'observe avec émotion la densité humaine qu'ils acquièrent en entrant peu à peu dans l'hiver de leur vie.

De tout cela on dira sans doute qu'il s'agit davantage de nostalgie que de prise de conscience de l'importance des choses avec l'écoulement inexorable du temps. Peut-être. Mais qu'importe. Car qui nous dit que les deux ne pourraient pas se mêler – ou ne le devraient pas ? La naissance de la nostalgie génère peut-être l'arrivée de la conscience du temps qui s'en va et réciproquement

– pour le plus grand bien de notre lucidité, cette qualité humaine si peu répandue.

Quoi qu'il en soit, j'ai envie de dire à Aristote, où qu'il se trouve à présent, que la fonction du temps dans mon amour pour la Corse n'est pas d'user mais de raffermir. Je lui concède toutefois qu'un jour viendra où cette fonction sera bien de détruire.

Mais pas tout de suite…

Théodore von Neuhoff, roi des Corses

J'aime les trajectoires de vie fulgurantes et non conformes, porteuses de sens plutôt que d'intérêts, dussent-elles s'achever en catastrophe. Aussi l'unique et éphémère roi des Corses mérite-t-il sa place dans ce « Dictionnaire amoureux » bien qu'on l'ait souvent fait passer pour un charlatan ou un illuminé. Son histoire emplie de tumultes relève de l'échec cinglant mais elle valait sûrement d'être tentée pour qui préfère les risques de l'épopée à la triste étroitesse des possibles contenue dans la condition humaine. De surcroît, l'aventure de Neuhoff nous révèle en creux, à nous qui habitons aujourd'hui la part protégée du monde, ce que peut être l'univers du pensable et de l'action par temps de troubles et d'incertitudes. Ce n'est pas rien.

En mars 1736, Théodore von Neuhoff a presque quarante-deux ans. Il est allemand. C'est un aventurier hors normes et fantasque qui ne veut pas vivre au rabais. Il est prêt à tout jeter dans la balance pour se trouver une cause à défendre et en prendre la tête. Il se prétend baron de Westphalie, lord d'Angleterre, pair de France, grand d'Espagne, prince du trône romain et baron du Saint Empire. Ce n'est pas tout à fait vrai mais pas tout à fait faux non plus. Peu importe, au fond. Accompagné d'une poignée d'hommes de sa trempe, il débarque en ce printemps 1736 sur la plage d'Aléria avec un seul objectif : soutenir l'insurrection des Corses contre les Génois – la grande affaire du moment – et devenir leur roi. Il va y parvenir le 15 avril et échouer à le rester le 13 novembre : sept mois d'une aventure folle et sans lendemain. Elle marquera toutefois l'histoire insulaire par la forme de panache qu'elle aura su dégager.

D'un point de vue purement littéraire et aventureux, Neuhoff est un personnage donquichottesque. Il m'a toujours fait songer à trois héros de fiction aux destins aussi crépusculaires que le sien lorsque leurs rêves de royauté se sont fracassés sur l'implacable cruauté du monde réel. Dravot, tout d'abord, dans *L'Homme qui voulut être roi*, que Kipling place sur le trône du Kafiristan dans les confins des Indes et de l'Afghanistan du temps de l'Empire britannique. Antoine de Tounens, ensuite, roi de Patagonie, que Jean Raspail porte aux nues dans son roman éponyme. Enfin Lanvern, l'homme des hauts plateaux indochinois dont Pierre Schoendoerffer raconte le sombre itinéraire dans *Là-haut*.

Trois romans à lire ou relire car l'histoire de leurs héros tragiques, imaginés par trois écrivains nostalgiques des grandes aventures épiques d'autrefois, permet de mieux cerner la personnalité de Neuhoff et de saisir ce qui a pu le pousser à prendre autant de risques insensés pour se bâtir un royaume au service d'un peuple qui n'était pas le sien.

Mais Théodore von Neuhoff rejoint aussi dans notre imaginaire des personnages de chair et d'os qui ont mieux réussi que lui leurs projets fous de grandeur. L'Anglais James Brooke, devenu rajah de Bornéo, en est le meilleur exemple – et le plus impressionnant. Après mille aventures risquées qu'il serait trop long de détailler ici, cet aventurier de grande classe réussit à bâtir le royaume du Sarawak et à fonder sa propre dynastie en 1841. Ses descendants parviendront à maintenir ce royaume du bout du monde plus d'un siècle, sur un territoire vaste comme le quart de la France.

Neuhoff n'a pas eu cette chance – et sans doute n'avait-il pas l'envergure d'un Brooke. À moins que l'infortune et l'adversité ne se soient montrées plus sévères pour lui que pour l'Anglais. Pourtant, Neuhoff avait plutôt bien préparé son affaire. En 1733, quelques années à peine après le début de l'insurrection corse contre Gênes, il persuade les principaux chefs de la rébellion exilés à Livourne par leurs ennemis, en particulier Giafferi, Orticoni, Costa et Ceccaldi, qu'il est l'homme de la situation s'il devient leur souverain. Doté de ce pouvoir, il pourra les aider à vaincre Gênes et à devenir indépendants, car il dispose de tous les appuis nécessaires à l'étranger et des moyens financiers qui vont avec.

Naturellement, il n'en est rien. Du moins, pas tout à fait. Ces appuis existent – en Angleterre et aux Pays-Bas, notamment –, mais ils ont la consistance des sables mouvants de la politique. Surtout à cette époque où les pouvoirs en place ne s'embarrassent d'aucun scrupule, interviennent sans cesse dans les affaires des autres, ne craignent aucune alliance contre nature et ne pensent le monde qu'à travers les rapports de force. Neuhoff, cependant, fort de la confiance des principaux chefs corses et croyant en son destin, trouve l'argent nécessaire aux prémices de son projet, se procure un navire, engage des soldats de fortune, et débarque à Aléria trois ans plus tard, le 20 mars 1736, arborant le nouveau drapeau corse à tête de Maure. Giafferi, Ceccaldi et le père de Pascal Paoli, Hyacinthe, l'attendent sur la plage avec leurs partisans. Ils sont pleins d'espoir – la révolte piétine. Sans attendre, Neuhoff leur remet des armes, offre des présents, distribue des pièces d'or, tout ce qu'il a. Il ne manque ni de charme ni de fougue, sait parler et convaincre. Il a fière allure, aussi : on le croit à même de jouer le rôle pour lequel il est venu. L'aventure commence.

Quatre semaines plus tard, le 15 avril 1736, une assemblée réunie à Alesani adopte la Constitution rédigée par Costa, instituant le « royaume indépendant de Corse » et proclame l'aventurier allemand roi des Corses sous le nom de Théodore Ier. La cérémonie de son investiture un mois plus tard, au couvent d'Alesani dans la Castagniccia, est grandiose. Elle se déroule devant une foule immense – 20 000 personnes, dit-on. Neuhoff se présente habillé d'un manteau de pourpre jeté sur un habit blanc brodé d'or, un tricorne à plumes blanches sur la tête. Entouré des notables qu'il a choisis pour former son gouvernement, il se voit coiffé d'une couronne de laurier par le père de Pascal Paoli lui-même. Il est impératif de marquer les esprits.

Comment expliquer fortune si rapide ? C'est que, à l'époque, les vendettas entre familles corses sont un mal si redoutable qu'elles provoquent plus de pertes humaines que les combats contre les Génois – près de 1 000 tués chaque année par vengeance sur une île qui compte à peine 120 000 habitants. Les responsables de l'insurrection en sont arrivés à la conclusion que, s'ils voulaient rassembler leur peuple sous une même bannière, il leur fallait un chef étranger à ces terribles affaires et aux jalousies entre chefs rivaux. Mais ce roi venu d'ailleurs ne devrait se voir accorder qu'un transfert de souveraineté. Celle-ci resterait entre les mains du peuple qui déléguerait simplement à son souverain le pouvoir de faire régner la justice et de bouter les Génois hors de l'île. C'est ce qui a été proposé à l'aventurier allemand : une sorte de monarchie indépendante. Il a accepté. Cela lui allait tout à fait d'être un roi constitutionnel tant qu'on le reconnaissait roi et qu'il disposait des moyens d'agir.

Le blason adopté à l'issue de cette assemblée est sans équivoque sur l'accord entre les deux parties : la tête de Maure figure sur la gauche, les armoiries allemandes de Neuhoff sur la droite.

Voilà donc l'aventurier Théodore von Neuhoff roi des Corses. Pour les Génois, stupéfaits par la tournure des événements, ce n'est qu'un bandit : ils mettent sa tête à prix. Neuhoff ne s'en laisse pas conter. Il leur déclare une guerre totale et entame son œuvre. Il prend le commandement de l'armée, marche sur la Balagne, s'assure de Porto-Vecchio, fait assiéger Bastia et San Pellegrino. Tout va pour le mieux dans le meilleur des mondes. Il s'attaque en même temps au problème de la vendetta, proclamant des lois condamnant leurs auteurs à être torturés, écartelés et exposés en place de grève – le succès n'est guère au rendez-vous. Il crée une décoration honorifique – les résultats ne se font pas attendre.

Mais, plus grave, l'argent manque bientôt. En face, Gênes dispose de tout ce dont elle a besoin grâce à sa puissante banque de Saint Georges – elle va cependant se ruiner à force de dépenses massives pour contrer la rébellion. Neuhoff fait battre monnaie – les nouvelles pièces sont frappées du symbole de la tête de Maure – utilisant ce qu'il a sous la main : couverts en argent des grandes familles et biens de l'Église. Très vite, hélas, ces réserves sont épuisées. Arrive le moment où le gouvernement ne peut plus payer ses sujets ni entreprendre quoi que ce soit. La crédibilité de Neuhoff s'effrite, son étoile pâlit. Des cabales sont montées contre lui, affaiblissant son pouvoir. Cent fois il assure à son entourage qu'il attend les navires devant lui apporter l'aide financière promise par ses alliés pour la poursuite de la lutte. Il faut patienter. On patiente. Mais le temps passe et rien ne vient. On patiente encore : toujours pas la moindre voile à l'horizon. Les Corses finissent par se lasser de ces promesses non suivies d'effet. Sept mois après son investiture, Neuhoff n'a plus le choix. Il confie le pouvoir à un conseil de régence et quitte l'île en promettant de revenir avec ce qui lui est dû. Et de remonter sur son trône.

Il n'y parviendra jamais. Ses sujets ne le reverront plus et finiront par l'appeler le « roi fantôme ». La déconfiture sera complète.

Pourtant, Neuhoff ne triche pas. À peine revenu sur le continent, il entame une tournée des capitales européennes pour rebâtir les appuis politiques et financiers qui l'ont lâché. Il convainc les Pays-Bas de lui fournir une flottille suffisante pour retourner en Corse à l'été 1738. Son débarquement, espéré par ses partisans, échoue à cause des Français qui, entre-temps, sont intervenus dans l'opération au profit des Génois. Désespéré, Neuhoff doit rebrousser chemin. Il ne renonce pas pour autant et trouve alliance auprès de l'Angleterre. En novembre 1742 – six ans après son départ de Corse –, il est de nouveau face aux côtes de l'île. Devant Ajaccio cette fois, à bord du vaisseau anglais *Revenger*. Mais désormais, les chefs corses ne croient plus en lui. Le temps a passé et bien des choses ont changé. Malgré ses efforts, Neuhoff ne parvient à en rallier aucun. Deux mois plus tard, les Anglais, déçus par son échec, le ramènent à Livourne. S'en est fini de son rêve, mais il l'ignore encore. Il va poursuivre la quête inlassable de son trône, s'acharner longtemps, jusqu'au bout, jusqu'à l'épuisement.

Au cours de toutes ces années, Neuhoff n'a cessé d'emprunter de l'argent partout où il pouvait. Criblé de dettes, il finit emprisonné à Londres où il meurt dans le plus grand dénuement en 1756.

Le destin de Théodore von Neuhoff a marqué suffisamment Voltaire pour qu'il le fasse apparaître dans *Candide* avec cette tirade :

> Messieurs, dit-il, je ne suis pas si grand seigneur que vous ; mais enfin j'ai été roi tout comme un autre ; je suis Théodore ; on m'a élu roi en Corse ; on m'a appelé *Votre Majesté*, et à présent à peine m'appelle-t-on *Monsieur* ; j'ai fait frapper de la monnaie, et je ne possède pas un denier ; j'ai eu deux secrétaires d'État, et j'ai à peine un valet ; je me suis vu sur un trône, et j'ai longtemps été à Londres en prison sur la paille ; j'ai bien peur d'être traité de même ici[...].

C'était fort bien vu par notre philosophe. Et fort bien dit.

Malgré son infortune, Neuhoff avait eu de nombreux amis fidèles, dont l'écrivain Horace Walpole. Ce dernier fit inscrire une épitaphe de miséricorde sur sa tombe au cimetière Sainte-Anne de Westminster. Elle peut servir de conclusion à la cruelle destinée de cet aventurier allemand qui a tout de même laissé une trace dans l'histoire de la Corse :

> *À cet endroit est enterré Théodore, roi des Corses, mort dans cette paroisse le 11 décembre 1756, immédiatement après avoir été libéré de prison au bénéfice d'un acte d'insolvabilité. En conséquence de quoi, il a hypothéqué son royaume de Corse au bénéfice de ses créanciers. Le tombeau, ce grand maître, met au même niveau héros et mendiants, galériens et rois. Mais Théodore avait appris cette morale bien avant de mourir. Le destin grava ses leçons dans son esprit en vie. Il lui accorda un royaume mais lui refusa du pain.*

Tiramani

Tiramani est le nom de ma mère. Je ne parlerais pas d'elle dans ce dictionnaire par pudeur et parce que j'ai la chance qu'elle soit toujours de ce monde à quatre-vingt-douze ans passés – à chacun ses réserves. Mais je vais raconter son oncle, le grand Ange-Jean Tiramani, dit Jeannot. Ce grand-oncle était l'aventurier de la famille, un de ces Corses des Années folles comme on n'en reverra plus. De tous les membres de ma famille, c'est à coup sûr celui qui a laissé le plus de traces en moi. Sur les rares photos de lui que m'a transmises ma mère, il a une trentaine d'années. L'une d'elles est emblématique du personnage qu'il était : on le voit une cigarette à la main, le sourire enjôleur, un chapeau à la Humphrey Bogart sur la tête. Une gueule d'acteur de cinéma américain des années 1930 – genre dur au cœur tendre dont s'éprennent certaines femmes.

J'ai publié cette photo dans l'album *La Vie que j'ai voulue* paru aux éditions du Seuil en 2019, avec une longue légende dont voici quelques extraits :

> Ange-Jean Tiramani, le parfait aventurier corse de l'entre-deux-guerres. Il m'a montré qu'il existait d'autres chemins. Très jeune, il s'était enfui de Bastia à la recherche d'une vie différente. Il avait trouvé l'aventure. Elle l'avait mené sur toutes les pistes… À quatre-vingt-dix ans, il était encore aux avant-postes de sa mort comme à vingt ans et gardait le même esprit acéré. Il était de ceux qui ne se plaignent jamais. J'ai toujours regretté qu'il n'ait pas croisé Cendrars. Le grand écrivain l'aurait aimé. Ils auraient eu des choses à se raconter, entre le Transsibérien et le pont de la rivière Kwaï. On peut toujours rêver.

Ce grand-oncle Jeannot, donc, avait fait fortune en Indochine après d'incroyables péripéties. Il était parti de rien à seize ans en s'échappant de l'existence conforme où les rails de la vie l'avaient installé, fuyant Bastia où il était né, pour Marseille. Peu avant sa mort, il m'avoua aussi que son père le battait si souvent – plus de fois qu'il n'avait de cheveux sur la tête, telle était son expression – qu'il avait préféré tout quitter, au risque de se perdre.

Et puis, il voulait voir le monde – comme tant de Corses en ce temps-là.

À Marseille, il avait croisé les routes plus ou moins tortueuses des hommes du milieu corse qui tenaient alors le haut du pavé. Ils lui avaient vite appris que, dans la vie, tout se faisait à coups de poing. Il s'était résigné à exercer quantité de petits boulots sans rechigner à la peine, économisant sou par sou pour devenir son propre maître. Un jour, enfin, il avait pu s'acheter un petit chalutier d'occasion et s'était fait marin-pêcheur, se découvrant un goût nouveau pour la mer – mais pas encore pour les grands espaces. Sur ce chalutier, il avait travaillé dur et sans relâche. Bientôt, quelque chose était venu interrompre ce labeur éreintant : des scientifiques de la région lui avaient proposé de travailler pour eux en raclant les fonds de certaines baies prometteuses à leurs yeux. Il avait accepté avec bonheur et suivi leurs instructions à la lettre avant d'abandonner, dépité par ses trouvailles. Malentendu : les scientifiques cherchaient à découvrir de nouvelles espèces animales, lui pensait trouver de ces trésors miraculeux que recèlent les épaves mystérieuses.

Il était donc retourné à son métier de marin-pêcheur. Lui était alors venue l'idée d'ouvrir une poissonnerie où il pourrait vendre sa production sans se faire dépouiller par les intermédiaires exploitant son travail. Pour fidéliser ses clients, il avait mis en place un système aussi efficace qu'extravagant. Lorsqu'ils passaient à la caisse, il leur offrait des billets de banque. Succès garanti – on se ruait chez lui, les autres poissonneries de Marseille se vidaient. Naturellement, l'affaire se termina mal. Une nuit, des mains anonymes mirent le feu à son magasin dans une apothéose de flammes – tous ses rêves partirent en fumée.

Il s'en alla donc en Afrique à la recherche de mines de diamants au Dahomey. Il devint très riche, semble-t-il, mais finit par tout perdre, je ne sais trop comment. Ce fut sa première expérience d'une longue série de fortunes, faites puis défaites avant d'être refaites. L'aventure, quoi...

Après le Dahomey, il avait bourlingué un peu partout, cherchant moins à découvrir les pays et les hommes qu'à monter des affaires, si possible exotiques. Un tempérament inusable. Ses récits m'enchantaient quand j'étais adolescent.

Puis arriva la Seconde Guerre mondiale. Retour au bercail pour s'engager dans les services de renseignements de la Résistance. Il me racontait avec jubilation les succès qu'il avait obtenus contre l'Italie fasciste en recrutant pour son réseau des voyous qu'il connaissait bien, patriotes malgré tout, et surtout n'ayant peur de rien.

Après la guerre, ce grand-oncle fascinant avait repris la mer sur un nouveau bateau qu'il s'était procuré Dieu sait comment en cette époque troublée. Cette fois, il s'était mis à la recherche du trésor de Rommel que l'on disait coulé au large de la Corse. Il avait cherché longtemps avec un équipage de durs à cuire mais n'avait rien trouvé que des bandits lui faisant concurrence à la grenade. Il était alors parti pour l'Indochine. Et c'est là qu'il avait constitué sa vraie fortune, celle que je lui ai connue dans mon enfance : plantations, bars, restaurants, immobilier. Il faisait un peu de tout, mais sur un grand pied. J'ai toujours regretté d'avoir été trop jeune pour aller le rejoindre dans ce pays où la vie ne semblait faite que d'aventures inépuisables, de rencontres mystérieuses sur des vérandas ombragées, et d'amours torrides sous des moustiquaires protégeant de grands lits.

Au Vietnam, mon grand-oncle était associé à un autre Corse du nom de d'Ornano. Ces deux hommes libres ne dépendaient que d'eux-mêmes et ne voulaient dépendre que d'eux-mêmes. Ils vivaient toujours aux aguets, sans cesse sur le qui-vive pour défendre leur indépendance et n'obéir à personne. Ils n'avaient ni Sécurité sociale, ni retraite, ni quoi que ce soit de ce genre, et n'en auraient voulu pour rien au monde. Pour eux, la liberté était de n'être entre les mains de personne.

En affaires, mon grand-oncle parlait corse avec d'Ornano pour que nul ne puisse les comprendre – surtout quand ils traitaient avec des Américains. Ils ne les portaient guère dans leur cœur, surtout quand ils commencèrent leur propre guerre du Vietnam. Ça l'amusait de me raconter ces petites ruses pour ne rien céder de sa souveraineté intérieure.

Il avait fini par se marier avec Van, une jeune Vietnamienne ravissante et gentille que j'aimais beaucoup. Chaque année, ils venaient nous rendre visite en France – quand nous n'étions pas en Afrique où mon père passait l'essentiel de sa carrière militaire dans des unités parachutistes. Voir débarquer mon grand-oncle dans notre modeste appartement de la banlieue parisienne était un spectacle qui me laissait ébahi. Il était habillé comme un prince, souvent tout en blanc, canne à la main et chapeau sur la tête, mince et solide à la fois. Il conduisait une grosse automobile américaine comme on n'en voyait guère encore en Europe. Cette automobile me fascinait car elle était équipée de vitres électriques, ce qu'aucune voiture française ne possédait à l'époque. Naturellement, il nous faisait, à mes frères et moi, des cadeaux mirifiques. Après avoir achevé la tournée de toute la famille et des quelques affaires qu'il avait en France, il s'en retournait au Vietnam jusqu'à l'année suivante.

J'ai commencé à parler avec lui beaucoup plus tard, vers l'âge de quinze ans. C'était un conteur-né, et sa vie avait été si riche, si pleine d'aventures de toutes sortes qu'il avait toujours quantité d'histoires à raconter. Il était infatigable. Un tempérament. Même devenu très âgé, il me confiait qu'il se sentait encore immortel, comme au temps de sa jeunesse. Quand il me disait cela, il me jetait en même temps un drôle de regard, puis me demandait si je ressentais déjà la même chose. Afin de ne pas le décevoir, je lui répondais que oui, et il était content.

Parvenu à l'hiver de son parcours sur terre, il restait un seigneur. Il aimait toujours la belle vie et mener grand train. Il avait sa marque de champagne préférée, ses habitudes dans les plus beaux palaces d'Asie, fréquentait les meilleurs restaurants parisiens. Il avait connu la gêne dans sa jeunesse, vécu mille fois la fortune et l'infortune, et considérait avoir pris assez de risques dans son existence mouvementée pour mériter de profiter de tout jusqu'au dernier jour.

J'avais dix-huit ans quand il m'estima sans doute assez grand pour l'accompagner dans l'un de ses restaurants favoris. J'ai oublié depuis longtemps le nom de ce restaurant, mais ce fut pour moi, qui ignorais encore tout du monde, comme une scène surréaliste et renversante : les plats n'en finissaient pas de passer, il y avait des maîtres d'hôtel partout, des violonistes qui virevoltaient autour de la table et, en partant, mon grand-oncle sortait des billets de toutes ses poches pour les distribuer avec magnificence aux serveurs, aux musiciens, aux gens du vestiaire, aux portiers, au voiturier, à tous ceux qui se présentaient, dans un ballet bien réglé qui me donnait le tournis. Les vrais Corses se comportent toujours ainsi, semblait-il me dire avec des clins d'œil amusés.

Lorsque les Viêt-Cong s'emparèrent de Saïgon en 1975, Ange-Jean Tiramani fut de ceux, fort rares, qui refusèrent de quitter la ville. Il connaissait bien les Vietnamiens après vingt ans passés dans leur pays et pensait pouvoir s'entendre avec ceux du Nord aussi bien qu'avec ceux du Sud. Ils lui prirent tout ce qu'il possédait. Comme il avait refusé de mettre sa fortune à l'abri à l'étranger au détriment des Vietnamiens qui travaillaient avec lui, il se trouva ruiné et termina sa vie à Marseille dans un modeste appartement où il mourut, malade et âgé – non sans avoir pu faire reconnaître, sur le tard, ses faits d'armes dans la Résistance pour toucher une maigre pension.

À mes yeux, il aurait mérité d'avoir son buste de marbre à Bastia tout à côté de celui du grand ténor corse César Vezzani qui était aussi un peu de la famille – voir cette entrée dans le dictionnaire.

Dans *Avant la dernière ligne droite*, mes « Mémoires intermédiaires », j'ai raconté l'ultime souvenir que j'ai gardé de ce grand-oncle à nul autre pareil. C'est un conseil qu'il me donna en 1998 au moment où je négociais au Cambodge l'achat de mon premier navire, une jonque chinoise de haute mer avec laquelle j'allais parcourir les mers d'Asie deux années durant et que je comptais appeler *La Boudeuse* – non à cause de la célèbre chanson corse comme on l'a trop souvent cru, mais en mémoire de la frégate de Bougainville qui portait ce nom et accomplit le premier tour du monde français au XVIIIe siècle. Il me téléphona pour me dire : « Patrice, fais surtout attention aux tarets. Vérifie bien qu'il n'y en ait pas dans ta coque, sinon, avec ces maudits vers, ton affaire est fichue... »

Sacré grand-oncle ! Tu es mort trop tôt pour que je puisse t'assurer qu'il n'y avait aucun taret dans ma coque.

Voilà, c'est fait.

Tourisme

Dans certains cas, fort peu nombreux au demeurant, je me dois d'écrire mon « désamour » pour certaines entrées de ce dictionnaire. Disons qu'il s'agit d'une certaine forme d'honnêteté intellectuelle. Tout n'est pas qu'amour en ce bas monde. C'est ce qui va donc avoir lieu pour le mot tourisme. J'aurais pu l'écarter. Je me serais longtemps reproché une forme de mensonge par omission. Alors voici :

À ce que l'on raconte – sur le continent comme dans l'île –, le tourisme serait « l'or vert » de la Corse, son inaliénable richesse pour les temps à venir, le fruit merveilleux de son avenir, un fruit aussi radieux que les flammes du soleil baignant l'île, bref une manne bénie des dieux. Cette affirmation quasi consensuelle est à effet immédiat : elle nous somme de nous prosterner devant cette idole avant même de réfléchir – c'est-à-dire d'utiliser notre esprit critique... Dans le cas contraire, l'accusation de passéisme surgit immanquablement pour tuer dans l'œuf toute tentative de contestation. Adieu, le libre arbitre... Le tourisme est notre Graal dont la quête ne doit pas avoir de fin. C'est un impératif catégorique : rendre le tourisme toujours plus vaillant, plus grand, plus fort – jusqu'à l'obésité, pourquoi pas, voilà l'obligation.

On l'aura compris, je n'ai aucune adoration pour ce veau d'or. Plutôt de la répulsion. Ce qu'il fait ruisseler sur ses sujets, l'argent, provoque tant d'effets pervers et vénéneux sur la beauté de l'île, sa poésie, la liberté de ses habitants, que je m'en passerais volontiers. C'est une position métaphysique. Elle est donc inattaquable sur le fond. J'ai choisi mon camp sans crainte et ma devise en la matière pourrait être : « *Vade retro, satanas Homo touristicus*. »

Bien évidemment, tous ceux qui bénéficient des mannes de ce tourisme – en deux mots, les gens du commerce – m'en voudront, je les comprends, mais peu importe, j'assume.

Quand vient l'été – la « saison touristique » à son apogée –, je fais comme beaucoup : je me réfugie au « village ». Les montagnes demeurent une éternelle protection contre les envahisseurs, c'est bien connu. Et de fait, l'intérieur de l'île est quelque peu épargné.

Je ne prétends pas que les touristes sont les Sarrasins d'aujourd'hui, mais je le pense à voix basse – toutes proportions gardées, cela va de soi. Qu'on se rassure, je suis loin d'être le seul à considérer les choses sous cet angle, mais il est mal venu de le reconnaître. C'est l'air du temps.

Toutefois, le plus drôle est ailleurs : tous les touristes que je croise dans les bars, les restaurants, les magasins de colifichets et verroterie, et jusque sur les plages, affirment en râlant qu'il y a trop de touristes en Corse. Se remettre en cause est un art difficile. Quant aux propriétaires de bars, de restaurants, de magasins de colifichets et verroterie, et de gérants de plages, ils ne disent pas autre chose que leurs clients – tout en se frottant les mains, cela va sans dire. Le tourisme est une affaire d'incessants paradoxes.

Naturellement, je ne parle pas ici des voyageurs venant visiter la Corse mais des touristes venant la consommer. Visiter ou consommer est loin d'être une affaire de simple nuance comme on le verra tout à l'heure. Par conséquent, ne vous sentez pas concerné si vous estimez appartenir à la première catégorie et sautez cette page dans le cas contraire – cela vaudra mieux. Je dirai plus loin la différence existentielle qui existe, selon moi, entre voyageurs et touristes, car il s'agit, en vérité, d'un enjeu mondial sur la liberté de déplacement et la destruction des cultures par le folklore organisé.

Revenons à la Corse. Qu'y voit-on en juillet et août ? Des armadas de véhicules si nombreux – voitures, camping-cars, remorques, caravanes et que sais-je encore – que se rendre d'un point à un autre de l'île, surtout le long des côtes, relève du parcours du combattant le plus éreintant qui soit. Une plaie. Des embouteillages monstres. Une sensation de profanation. Et on jette beaucoup par les fenêtres de ces véhicules. Saleté partout – quand ce ne sont pas des mégots qui enflamment le maquis rendu incandescent par le soleil.

L'obsession du *selfie* – cette maniaquerie du narcissisme contemporain exacerbée par l'extension sans fin de l'individualisme – est partout. Pas un lieu de beauté n'y échappe, pas un site d'exception n'en réchappe. Cela fait peine à voir. On tourne le dos à ce qu'il faudrait contempler pour mieux s'admirer dans son propre miroir. Les aiguilles de Bavella ne sont plus un tableau émouvant de la nature pouvant susciter notre émotion artistique, mais un décor de carton-pâte destiné à épater ceux à qui on montrera son *selfie*. Vous me direz que l'on assiste aux mêmes scènes désolantes du Machu Picchu à Angkor et de l'île de Pâques à Venise, mais justement. On aurait bien aimé que la Corse soit épargnée. Ce sera dans une autre vie.

Dans le même temps, toute l'île au cours de ces mois d'été semble transformée en un gigantesque bazar. Le grand marché du consumérisme bat son plein. Les taverniers font leur chiffre d'affaires de l'année en quelques mois, les habitants se résignent. Les premiers battent des mains si la période est faste, se renfrognent si quelque chose comme le coronavirus vient perturber le cours tranquille des choses, les seconds grommellent et prennent parfois des mines de brutes renfrognées pour signifier leur désapprobation silencieuse.

En exagérant à peine, on pourrait comparer la Corse de cette triste époque de l'année à un aéroport des pays du Golfe, Dubaï et Abu Dhabi par exemple, où l'on achète et vend davantage que l'on ne voyage. Pour qui veut bien voir, et dire ce qu'il voit, il s'agit de cela.

Les effets systémiques du tourisme sont encore pires sur le temps long. Pour s'en convaincre, il suffit de constater la laideur architecturale des *resorts* et autres centres de vacances qui ne cessent de pousser comme champignons après la pluie. Qui a bien pu autoriser de pareilles verrues sur nos terres ancestrales ? De toute façon, l'architecture en Corse est un échec cuisant depuis au moins deux générations – l'arrivée à Ajaccio par bateau est une souffrance pour n'importe quelle âme poétique. Seul avantage en creux de pareille expérience : la découverte de ce qu'est le mauvais goût.

Autre chose relève d'une désolation supplémentaire : l'extension sans fin des panneaux publicitaires à l'entrée de toutes les agglomérations d'importance. La manière dont ces panneaux polluent l'espace public, c'est-à-dire notre espace commun, est renversante. On croit pénétrer dans des forêts d'un genre nouveau, imaginée par des démiurges ayant perdu la tête. Vivre là-dedans est comme vivre dans une maison sans bibliothèque.

Un seul point à peu près positif : le bétonnage des côtes. Il n'atteint pas encore le haut degré de démolition culturelle des Baléares ou de la Costa del Sol. La loi littorale – pour le droit – est un rempart. Quelques explosions de-ci de-là des « natios » – pour la force – une muraille. Que grâce ici leur soit rendue... Cependant, nul ne peut être certain du cours des choses à venir tant la pression touristico-financière est puissante. À vrai dire, elle balaie tout sur son passage, soit par érosion graduelle, soit par coups de force opportunistes. Les associations de défense de l'environnement sont nombreuses et motivées, mais ne peuvent rivaliser avec les nombreux lobbys qui tirent en sens inverse. On finit par se demander si les pouvoirs politiques, locaux comme nationaux, sont complices ou impuissants. Dans les deux cas, le citoyen s'inquiète – mais trop souvent abdique.

On me rétorquera que si tout ce que je viens d'écrire est exact, il n'en demeure pas moins que la Corse retire du tourisme des bénéfices économiques si considérables qu'elle ne peut s'en passer puisqu'ils sont les seuls à même de la faire vivre. On ajoutera qu'on ne peut vendre que ce que l'on a, surtout si l'on n'a rien d'autre : soleil, ciel bleu, plages, montagnes, air pur. Je répondrais que c'est ce qu'affirment aussi les pays en voie de développement. Eux aussi, souvent, n'ont rien d'autre à offrir pour s'en sortir que les composantes matérielles de leur identité. La comparaison est d'autant moins glorieuse que la manne touristique comme revenu central d'une nation est autant une servitude volontaire d'un point de vue philosophique qu'une dangereuse dépendance économique d'un point de vue politique. Ce n'est pas avec cela qu'on fait des peuples libres du choix de leur destin.

Pourtant, je refuse de rêver au bannissement du tourisme – en Corse comme ailleurs. Ce serait aussi sot qu'impossible. Je plaide pour tout autre chose : la suppression de la « massification » de ce tourisme et des effets pervers qu'il entraîne. La Corse, plutôt que de se satisfaire de la monoculture touristique – rente facile n'exigeant que peu d'efforts mais rendant tributaire du monde extérieur –, ferait bien d'explorer des pistes plus exigeantes mais plus solides pour son indépendance. Certains pays asiatiques qui disposaient à leur naissance d'encore moins d'atouts que la Corse sont malgré tout devenus des puissances non négligeables. Il suffit de regarder du côté de Singapour pour ne citer qu'un seul de ces pays...

Je souhaite achever ce tour d'horizon du tourisme en Corse – qui ne se voulait en rien exhaustif mais « désamoureux » – par une digression me permettant d'aborder quelque chose qui me tient à cœur depuis toujours et appartient à ma propre identité : la différence existentielle entre voyageurs et touristes. L'analyse de cette différence fondamentale peut nous éclairer sur certains des changements qui bouleversent le monde en ce moment même

– et la Corse par ricochet. Il y va de beaucoup plus qu'on ne croit. Plaçons-nous un instant en surplomb afin de nous dégager de la glaise engluant nos chaussures.

Comment se posent les termes de l'équation ? En premier lieu, écoutons les adversaires de ce tourisme carnivore que je viens d'évoquer. Ils affirment des choses simples et évidentes : partout le tourisme pollue la nature et fracasse les cultures. Le spectacle des gigantesques paquebots de croisière dans la lagune de Venise en est le symbole le plus emblématique. Que répondent les tenants de ce tourisme sans complexe ? Toujours la même chose : il génère une manne financière désormais si colossale que plus personne ne peut s'en passer – et ne doit s'en passer. Les premiers parlent de protection et de liberté, les seconds de développement et de prospérité. Les défenseurs d'un monde équilibré demandent de la mesure en toute chose, refusant de confondre la démocratisation du voyage et sa massification. Les promoteurs d'un consumérisme sans horizon les accusent de se complaire dans un élitisme aristocratique contrevenant au progrès humain.

Ces débats, houleux dans certains cercles, escamotent quelque chose de plus invisible : le divorce définitif entre voyage et tourisme – parmi les nombreuses ruptures de paradigme que connaissent les temps modernes. C'est ce point qui mérite notre méditation.

Regardons les choses de près : en 2019, 1,4 milliard d'individus ont pris l'avion dans le cadre de « voyages organisés ». Autrement dit : 1,4 milliard de touristes. Ce chiffre démentiel, jamais vu dans l'histoire de l'humanité, donne d'autant plus le tournis qu'il ne cessera de croître dans les années à venir, pandémie ou pas. L'oubli vient vite en matière de restrictions tandis qu'il ne semble exister aucun frein à l'extension du monde marchand. Il est difficile de savoir combien de gens ont voyagé à titre individuel au cours de cette même période, mais ils ont été évidemment très inférieurs à 1,4 milliard – et de manière abyssale. Cela signifie que les touristes sont en train de noyer les voyageurs dans leur masse.

Mais au fond, qu'est-ce qu'un touriste et qu'est-ce qu'un voyageur ? Donnons-en la définition la plus évidente : le touriste est un « individu économique » qui, en contrepartie d'une certaine somme versée à un « voyagiste » ou à un organisme du même type, se voit offrir sans qu'il ait à prodiguer d'effort un séjour pas forcément lointain mais formaté pour le plus grand nombre. Le voyageur est un « individu non économique » qui refuse cette marchandisation et préfère exercer sa liberté et sa responsabilité en créant par lui-même son propre voyage, au risque de mettre à mal son portefeuille comme ses idées reçues. En somme, le touriste est celui qui sort son carnet de chèques pour qu'on lui procure un monde en coïncidence avec l'idée qu'il s'en fait, le voyageur celui qui prend le risque d'aller voir par lui-même si le monde réel correspond à ce qu'on lui en a dit. Si l'on préfère : le touriste se protège, le voyageur s'expose.

La question est donc la suivante : ce que nous appelions jusqu'à présent le « voyageur » va-t-il disparaître au profit du « touriste » ? Cette question vaut dans le monde orwellien qui nous attend parce qu'on peut être certain que les États feront tout à l'avenir pour imposer le tourisme et supprimer peu à peu le voyage. Simplement parce que le tourisme engendre du profit et légitime les régimes en place, quels qu'ils soient, tandis que le simple voyage développe une économie dérisoire et une propension à penser par soi-même toujours gênante pour les idéologies en place, surtout dans les pays où la démocratie est un vain mot – et ils sont nombreux.

Jusqu'à il y a peu, le voyageur était le continuateur des entreprises de découverte initiées par les différentes civilisations de la planète. Le touriste à venir sera son successeur des temps posthumains où la quête de vérité n'intéresse plus guère. Comment protéger le premier – vrai représentant de la démocratie du voyage – et décourager le second ? Voilà où nous en sommes.

On en conclura ce que l'on veut, mais dans la mesure où le voyage régresse devant le tourisme, comment y voir un progrès humain ?

Nous autres Corses devrions méditer ces mutations du monde moderne pour refuser d'en être victimes.

U

Une fois sur deux…

Au cours de l'écriture de ce « Dictionnaire amoureux », une interrogation a lentement émergé en moi : que pensent véritablement de la Corse les étrangers qui la visitent ? Cette question une fois installée, il me fallait la résoudre. Je me mis donc en quête d'une réponse précise en posant toutes sortes de questions à des touristes de rencontre. Sans résultat probant : ces contacts aussi brefs que fortuits m'apportèrent toujours les mêmes discours convenus et immanquablement positifs. Ou l'on cherchait à faire plaisir au Corse que j'étais, ou l'on se refusait à le décevoir. J'en arrivais vite à la conclusion qu'il me serait impossible de découvrir la vérité par un procédé aussi classique. Il fallait autre chose.

C'est en croisant des auto-stoppeurs sur la route entre Bastia et Corte par le col de Vizzavona que j'entrevis la solution : en chargeant ces gens à mon bord, je pourrais peut-être créer un écosystème de confiance réciproque susceptible de les amener à se confier sans filtre. À la condition de ne jamais révéler que j'étais corse, cela va de soi.

C'est ainsi que j'entrepris d'embarquer régulièrement des auto-stoppeurs. Même s'ils ne sont plus très nombreux en Corse, contrairement à une certaine époque, je n'eus aucune peine à trouver tout ce dont j'avais besoin. Intéressante expérience. Si bon nombre de ces touristes n'osèrent manifestement pas exprimer le fond de leur pensée, d'autres ne se firent guère prier pour satisfaire ma curiosité. Une fois sur deux, j'en tirais enseignement.

Ne pouvant faire ici le récit de toutes ces rencontres inopinées, j'en ai choisi deux radicalement opposées l'une à l'autre afin de composer ce que je pourrais appeler une « bonne » moyenne. Les voici telles qu'en elles-mêmes, sans commentaires de ma part.

La première eut lieu à la sortie d'Ajaccio avec un couple d'une cinquantaine d'années venu du Canada et parlant parfaitement français. Ils allaient à Corte, moi aussi. Je leur dis que j'étais parisien – ce qui n'était qu'une sorte de mensonge par omission...

Après qu'ils se sont installés à l'arrière, je leur demandai :

« Vous voyagez en stop pour des raisons d'économie ou pour découvrir différemment la Corse ?

— C'est surtout parce que c'est compliqué de trouver des moyens de transport en commun, fit l'homme avec un soupir – la femme devait rester obstinément muette tout au long du trajet. Chez nous, c'est beaucoup plus facile, il y a de tout. »

Puis, il ajouta après un silence :

« Louer une voiture comme vous le faites, c'est vraiment hors de prix, dans ce pays.

— Ah ! répondis-je, c'est vrai que ce n'est pas donné. Mais tout n'est pas aussi cher que ça, heureusement. »

Dans le rétroviseur, je vis l'homme secouer sa tête de droite à gauche :

— Vous plaisantez... On est en train de se ruiner pour ces vacances d'été... Les commerçants doublent ou triplent les prix, en ce moment. C'est indiqué dans tous les guides, d'ailleurs. Vous avez vu aussi à combien ils vendent leur Coca ? C'est incroyable ! Et la plupart du temps, ce sont des bouteilles minuscules. C'est de l'arnaque, si vous voulez mon avis. »

Je subodorais aussitôt avoir embarqué de ces gens singuliers dont on peut affirmer sans risque qu'ils appartiennent à la catégorie des mécontents chroniques. Mais bon, pour ce qui concerne les prix en été, je pouvais difficilement donner tort à cet homme. Je lui désignai du bras les paysages que nous traversions :

« Tout de même, c'est un sacrément beau pays, non ?

— C'est vrai, répondit-il. Mais si vous connaissiez l'Ontario, c'est plutôt là-bas que vous iriez. On a des espaces naturels qui n'en finissent pas. À eux seuls certains sont aussi grands que la Corse.

— Ah, dis-je, sans doute. C'est immense, le Canada. Mais ici, il y a des senteurs de maquis introuvables ailleurs, ça c'est certain… »

Le touriste eut un vague haussement d'épaules.

« D'accord. Mais si vous sentiez les odeurs de nos forêts, vous m'en diriez des nouvelles. Vous êtes déjà allé chez nous ?

— Non, jamais, dis-je – pur mensonge, cette fois.

— Vous devriez. Ça vous ferait de sacrés souvenirs. En fait, c'est surtout l'architecture qui est complètement ratée en Corse. Les vieilles choses sont préservées, mais c'est tout. Vous avez vu ce qu'ils construisent à l'entrée et à la sortie de leurs villes ? Partout du moche pas cher. Vous êtes d'accord, quand même ? »

Je dus bien admettre qu'il avait également raison sur ce point. Je repris :

« Mais les gens sont plutôt sympas, non ? Et hospitaliers…

— Ça dépend, fit l'homme avec une moue dubitative. Quand ils s'y mettent, ils peuvent être vraiment désagréables. Dans les restaurants, on a parfois l'impression de les déranger quand on commande quelque chose…

— C’est parce que c’est l’été, tempérai-je. Il y a beaucoup de touristes, en ce moment. Alors, à la fin de la saison, les gens sont sur les nerfs. Il faut comprendre.

— Ce n’est pas une raison. Chez nous, on reste polis en permanence. »

Un long silence s’installa après cette diatribe. Je n’osai plus rien demander. Puis l’homme reprit de lui-même au bout d’un moment :

« Vous avez vu tous ces panneaux de signalisation bilingues où les noms français sont effacés ? Drôle de peuple... Ils ne s’entendent pas entre eux, ou quoi ? »

Pour détendre l’atmosphère, je lançai :

« Beaucoup de ces panneaux sont aussi troués de balles...

— Je ne vous le fais pas dire, grommela le Canadien. Il faut être fou pour tirer dessus au fusil. Chez nous, on ne fait pas des trucs pareils. Et il y a encore toutes ces inscriptions racistes peintes un peu partout sur les murs. Quand ce n’est pas : “Les Français dehors”, c’est : “Les Arabes dehors.” Pourquoi personne ne les efface ?

— Je n’en sais rien, avouai-je. Il faudrait demander dans les mairies. Mais, rassurez-moi : il y a bien quelque chose qui vous plaît, dans ce pays ?

— Leurs vieilles villes sont pas mal, concéda l’homme. On est surtout venus pour ça. Chez nous, tout est neuf, il faut le reconnaître.

— Ah, très bien, dis-je.

— L’ennui, c’est que des vieilles villes, on en a vu de plus pittoresques en Italie et en Espagne. Elles se ressemblent toutes, d’ailleurs. »

Cette fois, je préférai renoncer, et plus une parole ne fut échangée jusqu’à l’arrivée à Corte. Je déposais mes Canadiens à l’« Hôtel de la Paix », avenue de Gaulle, et poursuivis ma route, aussi soulagé qu’interloqué.

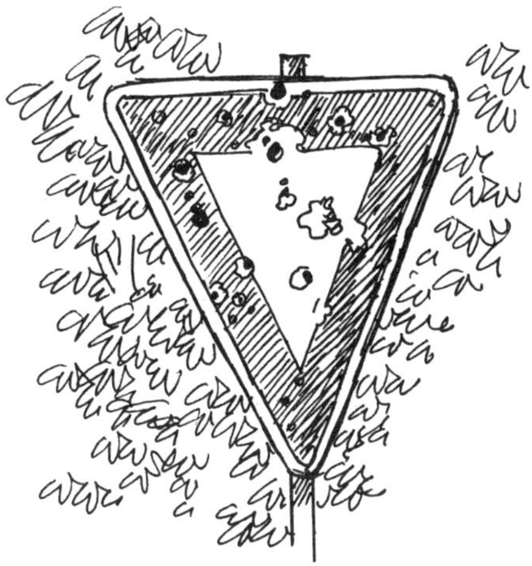

La seconde rencontre eut lieu à Calvi en automne, avec une jeune auto-stoppeuse espagnole. Elle avait une trentaine d'années et se rendait à Bastia. J'allais à Porto mais décidai de changer de route. Intuitivement, je sentais cette fille intéressante. Son français était médiocre, nous parlâmes en espagnol. Je me souviens de la première chose qu'elle m'ait dite, une fois assise à côté de moi :

« Vous avez vu, le ciel hier soir ? J'étais dans la citadelle juste avant le coucher du soleil. Les couleurs étaient irréelles du côté des montagnes. Avec les bleus et les roses de la lumière qui se mélangeaient aux nuages, on aurait cru un tableau japonais. C'était fantastique. »

Je m'empressais d'approuver avant de demander :

« Vous êtes en Corse depuis longtemps ?

— Plus d'un mois. Je dois rentrer bientôt et, franchement, je préférerais rester. Je suis déjà venue l'année dernière. C'est trop bien, ce pays.

— Ah, et pourquoi ?

— Je n'en sais rien… Tout me plaît. Les paysages, les montagnes, la mer, cette nature… On a l'impression que le temps ne compte pas. Je me sens vivre pour de vrai, ici. Et puis, ça sent bon. Moi, je n'aime pas trop les villes.

— Je vous comprends, approuvai-je sans m'engager plus avant.

— J'ai même assisté à la procession des pénitents à Sartène, poursuivit-elle. C'était très émouvant.

— Ah, vous avez vu le Catenacciu, "l'enchaîné", dis-je, amusé, avec sa robe rouge et sa cagoule, ses chaînes aux pieds et portant la croix du Christ sur les épaules ? C'est très émouvant, effectivement. Que l'on croie en Dieu ou pas.

— Moi, j'aime bien les pays où on garde ses traditions. Au moins, ils ne ressemblent pas à n'importe quoi. Quand on est en Corse, on n'est pas ailleurs. J'ai suivi jusqu'au bout le cortège avec tous les autres pénitents en noir. Ça m'a impressionnée. J'ai senti ces gens-là sincères. »

J'en profitai pour demander :

« Les Corses, vous les trouvez comment, en général ? »

Le sourire qui éclaira le visage de la jeune Espagnole la rendit plus jolie encore.

« Ils sont vraiment sympas. J'essaie de voyager surtout par les petits villages et partout on m'accueille gentiment. J'ai une tente dans mon sac et quand je demande aux maires si je peux la planter quelque part pour une nuit ou deux, il n'y a jamais de problèmes. J'aime bien aller le soir dans les cafés de ces petits villages. Il y a une sacrée ambiance. Tous ces bergers et ces paysans, ça me plaît beaucoup. Ils sont plus naturels que là où je vis. Pourtant, Madrid est une belle ville.

— Et vous n'êtes jamais embêtée ?

— Non. Les gens sont très corrects. Ils veulent juste savoir d'où je viens et où je vais, si tout va bien pour moi, ce que je fais dans la vie, des choses comme ça. Ils me posent aussi toutes sortes de questions pour savoir comment c'est là où j'habite. Ils sont curieux. Il y en a même qui m’invitent à manger chez eux et parfois à dormir quand ils voient que j’ai une toute petite tente. »

Peu après le désert des Agriates et Saint-Florent, un troupeau de chèvres entrava notre route, bêlant et trottinant. Je dus ralentir, presque m’arrêter. La jeune Espagnole baissa la vitre, pencha sa tête au-dehors et s’émerveilla :

« Regardez ça ! C’est magnifique ! Toutes ces bêtes se fichent pas mal de nous, elles sont libres… »

Puis elle s’étonna :

« Je ne vois aucun berger.

— Il n’y en a probablement pas, dis-je. Ou alors, s’il y en a un, il est loin.

— C’est encore mieux, conclut-elle avec une mimique de satisfaction. Même les animaux font ce qu’ils veulent, ici. »

Je me gardai de la contredire. Les chèvres finirent par s’écarter et nous pûmes reprendre notre route. Un peu plus tard, je lui demandai :

« Tout de même, il doit bien y avoir des choses qui vous déplaisent, en Corse ? La vie chère ou le trop-plein de touristes l’été, les gens qui font sans arrêt la fête, conduisent n’importe comment, toutes ces vaches qui provoquent des accidents sur les routes parce que personne ne les garde, des choses comme ça… ? »

Elle eut un geste de désapprobation.

« Vous trouvez que c’est grave ? Les Corses vivent comme ils veulent, c’est tout.

— Il paraît aussi que c’est difficile de travailler avec eux, ajoutai-je, un brin provocant pour la faire réagir. On dit qu’ils sont rarement à l’heure et souvent pas très fiables, qu’ils se fichent un peu de tout.

— C’est possible, rétorqua-t-elle, je ne travaille pas ici et je n’en sais rien. Mais je suis sûre que vous êtes injuste en disant ça. Le principal, c'est qu'ils sont, comment dire... honorables. »

J'avoue avoir souri à ces mots. Cette jeune Espagnole était décidément très touchante. Nous arrivions à l'entrée de Bastia. Elle me demanda de la déposer place Saint-Nicolas. Je la laissai près de l'un des innombrables bistrots de l'allée ouest. Elle descendit, me remercia avec une gentillesse aussi désarmante que ses discours, et me lança pour finir, avec un ton de reproche, la portière encore ouverte :

« Vous devriez venir plus souvent en Corse, monsieur. Vous seriez moins critique. C'est le plus beau pays du monde, vous savez... »

V

Vents

En tant qu'aviateur et marin, je me dois de parler du vent. Et à vrai dire, j'aime parler du vent. J'aime même m'entretenir avec lui tant il m'a accompagné dans l'aventure et m'accompagne encore. Car cet élément de la nature, à la fois palpable et impalpable, aimable et redoutable selon ses caprices, conditionne tous les actes et toutes les pensées – parfois même chaque instant de vie – de ceux qui vont sur les mers et dans le ciel, pour le meilleur ou pour le pire.

Mais en vérité, le vent se dit au pluriel et non au singulier. Il existe mille vents dans le monde, tous semblables et tous différents. Dans notre île, on en compte sept. De par leur appellation, ils sont davantage que de simples vents : ils participent au sentiment poétique d'une part de l'identité corse. Qu'on en juge par leurs noms qui chantent aux oreilles des âmes bien faites : *tramuntana*, *maestrale*, *punente*, *libecciu*, *sciroccu*, *levante*, *grecale*.

Voilà, tels qu'en eux-mêmes, les sept vents corses.

Comme tous ceux de leur espèce, ils apportent clémence ou furie, bonheur ou malheur, bien ou mal, selon leur humeur et les foucades imprévisibles des innombrables éléments mécaniques qui leur donnent naissance. Ils sont doubles – ce sont des Janus de la nature. Au moins nous font-ils la grâce de ne pas avoir cette face unique et affreuse qui caractérise les forces naturelles n'apportant aux hommes que ruine, misère et désolation : tsunamis, éruption volcanique ou tremblements de terre. Il faut remercier les vents de leur double visage. Il laisse toujours de l'espoir.

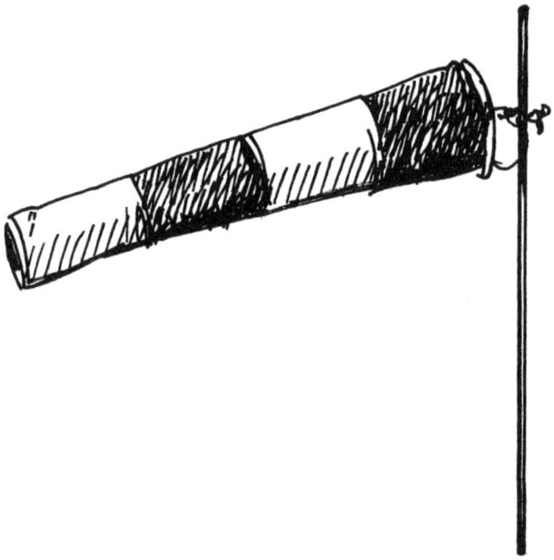

Pour les aviateurs et les marins, le vent est l'élément dominant de la nature, celui qui est au-dessus de tous les autres. Le pilote qui se pose sur l'aéroport de Bastia ou le capitaine de navire qui manœuvre aux approches du golfe d'Ajaccio le sait mieux que quiconque. La *tramuntana* ou le *grecale* pour l'aviateur venant du nord, le *libecciu* pour le marin venant du sud-ouest dictent leurs règles. L'air que cet aviateur et ce marin respirent est aussi ce vent qui les emporte là où ils veulent aller ou contrarie leur volonté. Il est ami ou ennemi selon les jours. C'est lui qui autrefois, avant l'ère des machines, leur commandait de lever sans cesse la tête vers le ciel pour l'interroger dans une quête muette et toujours inquiète.

En Corse comme ailleurs, le vent est le maître du ciel. Il y fait selon sa volonté. On ne peut rien lui demander, il faut le prendre comme il est. Alors, on l'aime et on le craint. Pour le pêcheur du cap Corse parti en mer, le *grecale* soufflant du nord-est se trouve rarement comme il voudrait qu'il soit – presque toujours trop fort ou trop faible, souvent porteur de pluies. Le plaisancier quittant Porto-Vecchio pour longer la côte orientale et ses platitudes se méfie du *sciroccu* brûlant venu du sud-est et du *levante* qu'il trouvera plus au nord. Il doit souvent ruser avec eux : tourbillons et rafales ne préviennent guère en Méditerranée – comme de l'autre côté de l'île avec le *punente* qui pousse ses feux de l'ouest et le *maestrale* du nord-ouest.

Marins et aviateurs savent donc que les sept vents corses peuvent apporter dans leurs flancs pluies et tempêtes autant que repos et sécurité, qu'ils délivrent aussi bien le malheur et l'angoisse que la sérénité et le bonheur. Mais ils savent aussi que dans le ciel, contrairement à ce qui se passe sur terre chez les hommes, les vents ne deviennent ennemis que pour les ignorants. Connaître les lois régissant les vents, c'est s'en faire des alliés si ce n'est des amis. Cumulonimbus et cirrus, cumulus et stratus sont des livres ouverts pour les marins et les aviateurs, annonçant calme plat ou tempêtes. Tous les éléments de la nature entourant les vents sont des adversaires redoutables mais, en dépit de leurs avanies, de leurs traîtrises et de leurs coups bas, ils sont sans haine, sans ressentiment, sans jalousie. Ils obéissent à des lois qui ne sont dirigées contre personne en particulier. Ce sont les lois du ciel et elles valent pour tout le monde. Si l'on veut maîtriser les vents, les éviter, ruser avec eux ou les mettre de son côté, il suffit de connaître leur juridiction. Il n'y a pas de triche, avec ces ennemis. On les affronte à la « loyale ». Dès lors, ils nous grandissent par la connaissance qu'on acquiert d'eux.

Tramuntana, *maestrale*, *punente*, *libecciu*, *sciroccu*, *levante*, *grecale*, souvenez-vous de leurs noms lorsque vous sentirez le vent se lever où que vous soyez en Corse. Si vous ne leur demandez pas d'être univoques, si vous les prenez comme ils sont, avec leurs bons et leurs mauvais côtés, tous pourront devenir des amis. Alors, vous les aimerez et les supporterez comme on aime et supporte ses amis du pays des hommes.

Vezzani, César

S'il vous arrive de remonter la rue César-Campinchi à Bastia, arrêtez-vous à la hauteur du théâtre municipal. Sous ses arcades, vous découvrirez un buste en marbre blanc d'assez belle facture représentant un homme au large chapeau, à la cravate bien nouée, élégant et plein de prestance, le visage rond, le corps massif. Vous avez devant vous César Vezzani, le plus grand chanteur d'opéra que la Corse ait jamais connu, un homme que le tsar Nicolas II aurait qualifié d'« empereur des ténors » après une représentation triomphale à Moscou. Le roi de Bavière lui aurait même offert en guise d'admiration une pipe en ivoire après qu'il se soit produit en Allemagne. Dans ces premières années du XXe siècle, le jeune ténor corse faisait l'admiration de l'Europe entière et l'on assurait qu'il était l'une des plus grandes voix de tous les temps.

Mais qui se souvient encore de César Vezzani ?

Je ne peux passer devant ce buste de la rue César-Campinchi sans émotion. Car celui qu'on surnommait aussi

« le merle blanc » du temps de sa splendeur était le parrain de ma grand-mère maternelle, Antoinette Alfonsi. Sur une photo en noir et blanc qu'elle m'a léguée, on le voit avec son jeune fils, surnommé « Lilou », debout près de mon arrière-grand-père, Antoine Alfonsi, qui tient ma mère sur ses genoux. La photo date du début des années 1930 et a été prise devant le « Café de l'Avenir » dont mon arrière-grand-père était propriétaire. Ce café, qui n'existe plus je crois, se situait en face de l'Opéra de Marseille qui avait vu débuter le jeune Vezzani vingt ans plus tôt après des essais prometteurs à Paris et à Toulon où il avait fait son conservatoire. C'est d'ailleurs là qu'il avait eu pour professeure de chant une autre célébrité de l'époque, la belle soprano corse Agnès Borgo qu'il épousa par la suite et dont il eut une fille, Anita. En 1919, ils divorcèrent et César Vezzani se remaria avec une danseuse appelée Armande Bonnafoux, du moins si je déchiffre bien son nom sur une autre photo jaunie, offerte par elle à ma grand-mère pour laquelle elle manifestait visiblement beaucoup de tendresse – photo où elle apparaît la tête surmontée d'une coiffe à la Cléopâtre. On était au beau milieu des Années folles.

Histoire de famille, donc.

Antoine Alfonsi – cet arrière-grand-père maternel dont j'ai longtemps porté la chevalière gravée de deux A entrelacés avant de la perdre comme un étourdi au retour d'une expédition en Amazonie – était fou d'art lyrique. Outre son café, il tenait la buvette de l'Opéra de Marseille à seule fin d'écouter chanter tous les interprètes de son temps. Dès qu'il avait entendu le jeune César Vezzani, il l'avait pris sous son aile et en avait fait son protégé, se démenant pour favoriser son ascension. Une amitié était née entre eux, qui n'allait jamais se démentir jusqu'à la mort de mon arrière-grand-père.

Quand j'étais enfant – j'avais dix ou douze ans –, ma mère m'avait fait don d'un magnifique disque des enregistrements les plus célèbres de César Vezzani. Si ma mémoire est bonne, il y avait là beaucoup de Gounod et de Massenet, notamment *Werther*, *La Navarraise*, ou *Manon*, qui m'enchantaient, mais aussi la *Tosca* de Puccini. C'était un disque en vinyle – un 33 tours, comme on disait alors – à la couverture rouge, illustrée d'une photo de profil du grand ténor coiffé comme à son habitude d'un large chapeau, je m'en souviens très bien. Ma mère tenait ce disque de sa propre mère qui, elle-même, l'avait reçu en cadeau de Vezzani peu avant sa disparition. Une relique en quelque sorte – qu'il m'arrivait d'écouter des heures entières malgré les terribles grésillements dus à l'usure du temps. Certains sillons de ce disque étaient même rayés, mais peu importait : la voix de Vezzani, sa texture et sa diction, sa puissance – c'était un « ténor de force » – me retournaient l'âme et le cœur. L'un de mes grands regrets est d'avoir aussi égaré ce disque.

Tous ceux qui avaient connu César Vezzani admiraient sa forte personnalité, disant de lui qu'il était d'une générosité sans bornes, toujours fidèle en amitié, toujours impressionnant d'élégance et de prestance, amateur insatiable de repas plantureux et de bonnes chères – ce qu'il paya sur le tard puisque la vie, toujours, finit par présenter l'addition.

Mais s'il attirait les foules partout où il allait, suscitant des admirations passionnées, sa vie et sa carrière n'en furent pas moins ponctuées par une suite de déceptions jalonnant quelques bonheurs grandioses – avant une fin triste et emplie de détresse. Ainsi va parfois l'existence des grands artistes.

Les affaires de César Vezzani commencèrent à se défaire le jour de la déclaration de guerre de 1914 : elle ruina la carrière mondiale à laquelle il était promis. Car, un mois plus tôt, en pleine apothéose, il s'apprêtait à gagner les États-Unis avec Agnès Borgo pour une tournée qui s'annonçait retentissante. Il dut y renoncer et partir pour le front. Il fut blessé dans les tranchées et quelque chose changea. La paix revenue, il continua à se produire un peu partout, à Alger, Bruxelles ou Toulon, mais surtout dans des opéras de province. La ferveur qu'il suscitait diminua jusqu'à ce qu'une congestion cérébrale le paralysât en 1948, mettant fin à sa carrière.

Il mourut trois ans plus tard à Marseille, à soixante-trois ans, presque oublié et dans la misère.

En 2012, sous l'impulsion du cercle lyrique corse, quelques vieux admirateurs lancèrent une souscription pour donner enfin à César Vezzani une sépulture digne de lui et de l'immense artiste qu'il avait été. La mobilisation fut grande. Quelques mois après, ses cendres se trouvèrent transférées dans un tombeau du cimetière de Bastia où il était né.

Le parrain de ma grand-mère y repose désormais en paix et le buste de la rue César-Campinchi nous rappelle que la Corse, un jour, dans le domaine du chant lyrique, compta jusqu'à Moscou.

Villages

La Corse comporte officiellement trois cent cinquante-neuf villages – ou plutôt « communes », selon le terme consacré par l'Administration. Le plus petit de ces villages est, paraît-il, Érone, avec à peine six habitants. Je ne suis pas allé vérifier, mais je veux bien le croire. De toute façon, que ce soit vrai ou faux, c'est sans grande conséquence : ce chiffre aura bientôt changé, les six résistants d'Érone ne devant plus être très jeunes…

Mais quittons ces affaires de chiffres. Ce qu'il est fondamental de savoir, c'est qu'en Corse – et pour un Corse véritable – il n'y a rien de plus important que « le » village. On se damnerait pour lui et ce qu'il représente : culture, histoire, souvenirs de jeunesse et du vert paradis des amours enfantines, nostalgie du temps passé qui ne reviendra plus, futur indéterminé mais toujours angoissant. Voilà une chose formidable. Toutefois, il faut être plus précis et dire, en vérité : chaque Corse se damnerait pour « son » village, mais pour aucun autre… Une qualité humaine engendre souvent un défaut en miroir, j'en ai toujours été convaincu – et, en la matière, on ne refera pas mes compatriotes avant longtemps.

Même habitant en ville ou sur le continent, un Corse a son village quelque part dans l'intérieur de l'île ou au bord de l'eau : village accroché au flanc maternel d'une montagne, perdu dans une vallée creusée par les larmes d'un torrent, posé sur une crête orgueilleuse, niché dans un vallon oublié, caché à l'entrée d'un défilé venteux, dominant une calanque isolée, peu importe. Il « a » son village – et, admettons-le, ces villages sont généralement magnifiques, issus d'une longue tradition, tous faits de vieilles maisons de pierre où domine toujours le clocher d'une église.

Chaque Corse possède charnellement son village et y retourne le plus souvent possible – c'est une sorte de pèlerinage. Une fois revenu en ville, il raconte d'ailleurs à qui veut l'entendre tout ce qui s'y passe. J'imagine qu'il en va de même un peu partout en France. Jusque-là, rien que de très touchant, je m'en amuse souvent car nous pouvons être des champions du clochemerle. Mais par une tradition bien ancrée venue de je ne sais où, ce Corse dont je parle considère, en plus – et de façon outrancière –, que son village est le plus beau de tous ceux qu'on peut trouver dans l'île. Rien de moins. Le doute est interdit, il n'y a pas à discuter.

On l'aura compris, c'est une affaire de cœur plus que de raison : à chacun son village, et Dieu reconnaîtra les siens...

J'ajouterais que, si le Corse en question est « purement » villageois, c'est-à-dire sans aucune attache dans aucune ville, le jugement est sans appel.

Je ne voudrais pas faire exception à cette règle. Aussi, avec le clin d'œil appuyé qu'on imagine, je renvoie pour cette entrée « Village » de mon « Dictionnaire amoureux » à celle de mon village à moi, le plus beau de tous : « Pancheraccia »...

Bonne lecture !

Un jour de l'été 1992, je débarque en vacances à L'Île-Rousse par le ferry du continent. Je suis en famille, femme et enfants dans la voiture. Je me réjouis comme jamais de retrouver la Corse. Les jours précédents, j'étais à Sarajevo, en pleine guerre de Bosnie, pour une mission humanitaire avec « Solidarités » – c'est encore mon époque de compassion sans distinction, je suis jeune, j'ai quelque excuse – et je ne souhaite qu'une chose : un peu de paix et de repos.

Le bateau est arrivé au petit matin et mon père nous a accueillis sur le quai. Nous prévoyons de gagner notre village de Pancheraccia par Ponte-Leccia mais, comme nous disposons de tout notre temps, nous commençons par prendre un petit déjeuner dans un café près du port. Le serveur, quoique fort peu débordé, n'en traîne pas moins des pieds, grommelant et pestant. À le regarder faire, on comprend que, si nous n'existions pas sur terre, il ne s'en trouverait que mieux. Une caricature du cliché de la paresse corse. Notre île est une terre de tourisme mais, de manière générale, ceux qui l'habitent n'aiment pas les touristes, surtout lors des invasions d'été. On peut comprendre. Il suffit de circuler sur les routes ou de se retrouver dans la « presse » des villes pour regretter l'hiver. Les commerçants qui profitent de cette manne prennent sur eux la plupart du temps, mais il arrive que certains s'oublient quand ils sont pénétrés de l'étrange idée qu'ils ne sont pas nés larbins mais fils de « bandits d'honneur »...

Ce jour-là, nous décidons d'abréger un petit déjeuner qui risque de mal tourner compte tenu du caractère de mon père – en ce qui me concerne, je suis prêt à quelques modestes concessions pour ne pas altérer la paix que je souhaite trouver après la Bosnie – et remontons chacun dans nos voitures. Avant de démarrer, je dis à mon père :

« Je n'ai presque plus d'essence. Tu sais où on peut en prendre ?

— Il y a une station-service à la sortie de L'Île-Rousse. Je passe devant, tu n'as qu'à me suivre. »

Quelques minutes plus tard, nous y sommes : une seule pompe et une voiture occupent déjà la place, portières ouvertes. Personne à l'intérieur. Les occupants discutent avec le gérant dans le bureau de la station. Ils sont trois ou quatre, en compagnie de quelques femmes.

Je patiente devant la voiture qui obstrue inutilement le passage. Mon père se gare un peu plus loin. Nous avons toujours tout notre temps, ce sont les vacances, et ce n'est pas le sans-gêne de ces compatriotes qui va nous énerver. Je baisse les vitres. Malgré l'heure matinale, l'air est déjà brûlant.

De longues minutes s'écoulent. Nous attendons toujours, discutant du programme des jours à venir. Nathalie, ma fille aînée qui n'a pas dix ans, se demande ce qui se passe. « Du calme, ma chérie, on va finir par bouger. La Corse, c'est ça aussi, tu sais... »

Enfin, les occupants de la voiture sortent de la station. Tranquillement et lentement. L'un d'eux me jette un regard. Je commets alors la faute impardonnable de hocher la tête d'un air de dire : « Vous auriez pu vous mettre sur le côté et nous serions déjà partis. » Le regard se baisse aussitôt vers ma plaque minéralogique : 21 – la Côte-d'Or où j'habite alors. Un « étranger », donc. L'homme oblique sa course vers moi et s'approche, menaçant. Allons bon, me dis-je : encore un énervé qui va m'engueuler.

Je n'y suis pas du tout. Parvenu à ma hauteur, l'homme, sans un mot, m'envoie un magistral coup de poing à travers la vitre ouverte, visant ma tête. Le coup est quelque peu « téléphoné » et j'ai le temps de pivoter sur mon siège. C'est mon épaule gauche qui prend le choc. Rien de bien grave. Malheureusement, l'affaire réussit cette fois à m'énerver et la colère me prend. Une sainte colère. Je balance la portière en pleine figure du malotru et, profitant de sa surprise, sors pour lui assener un atémi dans la poitrine. Rien de trop méchant, mais voilà ce mauvais plaisant hors de combat pour un moment. Le karaté a du bon quand on est en pleine jeunesse – et même après.

Les acolytes du malheureux accourent. Le premier fait la découverte de Jigorō Kanō et se retrouve de l'autre côté de la voiture, les quatre fers en l'air. Il n'y a pas à dire, le judo, ce n'est pas mal non plus. Nathalie me dira plus tard : « C'était drôle, papa, j'ai vu un monsieur passer par-dessus le capot ! » Hélas, je ne peux éviter le « monsieur » suivant qui m'assomme à moitié. Sur ces entrefaites, mon père, qui n'a pu s'empêcher de s'en mêler, a déjà maille à partir avec deux solides gaillards qu'il a interceptés sur sa route en bon général de parachutiste qu'il est – même à la retraite depuis peu. Bientôt, il met le premier assaillant à genoux, mais le second l'étrangle par-derrière. Je me relève, tout étourdi, accours à la rescousse, et frappe le malandrin sans plus me retenir : un ennemi de moins.

Mon père abreuve alors d'insultes corses les derniers survivants. L'un d'eux s'écrit instantanément, son visage tuméfié plein de stupéfaction :

« Quoi, vous êtes corses ?

— Autant que toi, espèce d'abruti ! dis-je.

— Ah, mais alors, il faut qu'on s'arrête ! »

Je lui lance :

« Tu nous prenais pour des *pinzuti*, pas vrai ? Et tu voulais t'en cogner ! Alors, pas question d'arrêter, on continue… »

Aussitôt, il hurle à l'intention d'une femme, probablement la sienne, qui observe la scène depuis la porte de la station-service, serrant sa tête de ses mains :

« Mon fusil ! »

Je crie à la mienne :

« Marianne, mon pistolet ! »

L'arme se trouve dans la boîte à gants de la voiture, toujours prête à servir dans les situations malcommodes – je connais la musique qu'on joue parfois chez nous.

Mais les femmes sauvent la situation, comme souvent.

« Le fusil reste où il est, lance l'inconnue à son homme. Tu n'y touches pas ! »

Ma femme ne dit rien, mais secoue la tête de dénégation et ne bouge pas.

Dans ces conditions, la bagarre ne peut que reprendre de plus belle. Un beau barouf… Jusqu'à ce que les deux derniers malveillants remontent dans leur véhicule pour prendre le large. J'ai le temps de me pencher à la portière du conducteur et de lui envoyer un dernier atémi fracasseur de dents, en jetant des paroles qui fâchent :

« Si tu veux nous retrouver, tu vas à Pancheraccia et tu demandes les Franceschi… Allez, dégage, maintenant. »

La voiture démarre en trombe, le silence revient. Les spectateurs qui s'étaient attroupés rigolent.

« Ne restons pas là, dit sagement mon père. Ils risquent de revenir avec tous leurs copains et des armes. On prendra de l'essence ailleurs. »

Et nous voilà repartis. Quelques kilomètres plus loin, nous faisons halte dans une autre station-service. On nous regarde avec un drôle d'air. Ma chemise est en lambeaux, je n'ai plus qu'à me changer. Nous nous attablons à la terrasse d'un café.

« Ils sont fous, chez toi, me fait ma femme, encore toute remuée. »

Il est certain qu'on ne doit pas souvent voir cela dans le pays où elle est née, la Roumanie. Une bagarre pareille, pour rien du tout…

Je dis :

« Des histoires comme celle-là, on pourrait t'en raconter beaucoup, hélas. »

Et me voilà racontant quelques souvenirs du même genre pour illustrer la violence en Corse, telle qu'on la vit parfois. Mais avant d'aller plus loin, je veux dire à la décharge de mes compatriotes que rien n'est plus relatif en la matière. Quiconque a sérieusement bourlingué dans la « cage des méridiens » sait qu'il y a bien pire ailleurs – ce n'est pas une consolation, cela va de soi, mais tout de même… Il suffit de se balader à Lagos au Nigeria, à Caracas au Venezuela, ou du côté de Karachi au Pakistan pour comprendre ce qu'est la vraie violence. En comparaison, la Corse est un éden sécuritaire. Et je ne parle même pas, des « zones grises » de la planète, du Sahel à l'Ouganda et du Kivu au sud des Philippines, où l'on risque de se faire trucider, égorger ou enlever à peine le pied posé dans ces paradis.

Mais que disent à ce propos les chiffres officiels sur la violence en Corse ? À en croire les statistiques de la police, tout va de mieux en mieux. Voici ce qu'elle écrit avec son admirable style administratif en 2016 – époque où j'écris cette entrée, un « Dictionnaire amoureux » demandant plus de temps qu'on ne croit pour se voir achever :

« Signe de la détermination des services, ce sont près de 600 personnes qui ont été interpellées en 2015, ces interpellations donnant lieu à plus de 100 écrous [ce qui semble représenter plus de 80 % de remises en liberté sans poursuites, c'est moi qui commente...].

En 2015, 9 homicides et 17 tentatives ont été constatés en Corse, ce qui représente 2 faits de moins qu'en 2014, 5 faits de moins qu'en 2013 et 10 faits de moins qu'en 2012. [En poursuivant ce genre de recul dans le temps, on imagine ce que devait être l'état des lieux en 1992, à l'époque de mon histoire à L'Île-Rousse, c'est encore moi qui commente...].

Le nombre de règlements de comptes et de tentatives est en baisse encore plus nette puisque les 5 faits enregistrés en 2015 sont à rapporter aux 13 constatés en 2014 (19 en 2013 et 20 en 2012). Ces règlements de comptes ont représenté moins de 20 % du nombre total d'homicides (contre 46,4 % en 2014 et 61,3 % en 2013). Les saisies d'armes à feu ont progressé de 19,2 % pour atteindre le nombre de 335 (298 en 2014, 246 en 2013, 279 en 2012, 265 en 2011, 221 en 2010).

Si le nombre de faits d'atteinte à l'intégrité physique est en progression (7 244 faits, soit + 13,5 %), ce chiffre masque deux tendances contraires : une augmentation importante du nombre de faits de violences non crapuleuses (+ 24,2 % dont une partie significative est commise au sein du milieu familial), une diminution, dans des proportions comparables, des faits de violence crapuleuse. »

Comme on peut faire dire aux chiffres ce que l'on veut, citons maintenant *Corse-Matin*, notre unique quotidien régional, qui tente d'aller plus loin et effectue des comparaisons éclairantes à la même époque :

« Les conclusions du registre des crimes et délits recensés en France depuis 1996 n'étonneront pas grand monde mais leur ampleur sans doute. Rapporté à la population, le chiffre des homicides commis dans l'île depuis 1996 est le plus important de l'ensemble national – et de très loin.

En valeur absolue, les statistiques enregistrées dans les Bouches-du-Rhône propulsent ce département en tête du classement français avec 1 286 homicides en 19 ans (dont 274 règlements de comptes), suivi de près par Paris (1 012 homicides pour la même période).

Mais en valeur relative, avec des ratios respectifs de 3,81 et 2,77 faits constatés pour 100 000 habitants, ces deux départements se situent bien loin des records insulaires qui culminent à 6,5 homicides pour 100 000 habitants et 436 affaires de meurtres et d'assassinats comptabilisés depuis 1996.

La nature des faits constatés est marquée par la prédominance de règlements de comptes, essentiellement liés au grand banditisme et la très forte implication d'armes à feu dans ces dossiers.

Derrière la façade glacée de la statistique se dessine encore et toujours le portrait d'une île que rien ne paraît pouvoir guérir d'un penchant atavique pour la violence. »

Bigre…

D'autant que, si l'on veut résumer les choses de manière encore plus claire en comparant ce qui peut l'être, la Corse, avec 7 homicides pour 100 000 habitants – contre 3,5 sur l'ensemble européen –, se situe au niveau d'un pays comme Haïti. Bref, nous autres Corses devrions envier l'Auvergne ou les Causses, peuplés de gens diantrement plus policés que nous. Mais voilà, la Corse est une terre où la culture comporte un certain nombre de… comment dire… distorsions avec les usages d'une certaine modernité. Voici une liste non exhaustive de ces distorsions – pardons, je veux dire : habitudes culturelles – qui persistent à l'ombre de nos châtaigniers :

Commençons par le goût des armes. Il a survécu à toutes les vertus civilisatrices. On peut même dire qu'il est resté à peu près ce qu'il était avant la naissance de l'État de droit, lorsque les hommes vivaient l'épée au côté par nécessité. Chez nous, on aime les armes et voilà tout – ce qui nous rapproche élégamment des Albanais, des Mexicains ou des Afghans… Que l'on soit jeune ou moins jeune, on sait apprécier la beauté du moindre flingue et le surcroît de virilité qu'il procure. Nous n'appartenons pas pour rien à la vieille civilisation de l'arc méditerranéen. Quant à nos femmes, il ne leur déplaît pas, bien souvent, que nous ne nous promenions pas tout nus. À tout le moins, elles se font une raison.

Naturellement, les choses évoluent avec l'apparition de ligues de vertu, mais cette évolution se fait à pas d'escargots. Je ne crois pas qu'il existe aujourd'hui beaucoup de Corses qui ne possèdent pas, cachés chez eux, une arme quelconque – et je ne parle pas ici des fusils de chasse qui sont sûrement plus nombreux par tête d'habitant que n'importe où ailleurs en France. Je parle des armes de poing et autres joujoux de guerre. On se les lègue de père en fils avec amour et, quand on considère qu'elles ont fait leur temps, après deux ou trois générations, on s'en procure de plus modernes tout en conservant les anciennes – sait-on jamais. Le stock d'armes et de munitions actuel dissimulé dans nos belles demeures devrait permettre de soutenir un siège en règle de la Corse par n'importe quel ennemi. Moyennant quoi, la quantité d'individus se promenant avec un pistolet sans la moindre autorisation de port d'arme surprendrait si elle était connue. En un temps pas si lointain que cela, les gendarmes de la République laissaient faire avec des soupirs, à peu près certains de n'aboutir à rien s'ils arrêtaient un contrevenant. Ses « relations » – on en a toujours chez nous, tout le monde se connaissant – auraient vite fait de plaider en haut lieu et avec efficacité la nécessaire mansuétude pour des habitudes locales somme toute sans grande conséquence.

Les choses ont un peu changé là aussi, mais je me souviens encore de l'étonnement respectueux avec lequel l'un de mes amis du continent a découvert cette pratique il y a peu : il circulait en voiture du côté d'Ajaccio pour la première fois de sa vie lorsqu'un chauffard comme il y en a beaucoup chez nous le doubla dans un virage dangereux. Furieux, mon ami klaxonna et abreuva le sauvage d'appels de phares. Injure fatale… L'autre ralentit *illico*, le laissa revenir à sa hauteur, et lui brandit un pistolet par la portière. Juste comme ça. Message reçu, l'affaire en resta là.

Ce goût des armes a longtemps eu pour conséquence de porter vers la chose militaire un nombre considérable de Corses. Jusqu'à ma génération, l'île a donné à la France des légions de soldats – le terme n'est pas exagéré –, sans oublier une quantité impressionnante de policiers, de gendarmes ou de douaniers – je ne comptabilise pas ici les agents de l'État dont la fonction ne nécessite pas le port d'une arme. Si je prends l'exemple de mon père, lui-même général parachutiste, on trouve sur ses cinq fils un militaire, un gendarme, un policier, les deux derniers ayant de toute façon passé sous les drapeaux plus de temps qu'à leur tour. Et ses frères à lui étaient aussi majoritairement sous l'uniforme. La chose se perd un peu aujourd'hui, mais pas l'attrait des armes – sauf qu'il semble se reporter, par un étrange effet de miroir, sur ce qui ne représente plus la légalité de l'État et de sa République.

Une idée très affirmée, ancrée dans nos mentalités, se trouve aussi à l'origine des bouffées de violence incompréhensibles à bien des continentaux. Cette idée, très roide et particulièrement simple, est qu'il ne faut jamais « se laisser faire ». On l'inculque dès le berceau, surtout dans les villages. Car celui qui ne saurait répondre physiquement à un affront verrait son image abîmée pour longtemps.

En Corse, on va donc voir les avocats moins qu'ailleurs et la légitime défense s'entend dans un sens très large. On jugera ces mœurs comme on veut, elles n'en participent pas moins d'une ambiance générale dont il faut tenir compte pour exister dans l'île. C'est ce qu'avaient bien compris les islamistes vivant parmi nous lorsqu'ils ont lancé les provocations du burkini sur nos plages à l'été 2016. L'objectif de ces adeptes du totalitarisme salafisme bien compris était d'allumer la guerre civile en France, qu'ils appellent de leurs vœux, en commençant par la Corse. Elle leur semblait la région la plus susceptible de se rebeller contre un changement forcé de ses coutumes, doublé de l'imposition de valeurs qui lui sont parfaitement étrangères et exclusives des siennes. Manque de chance pour eux, les Corses se sont à peu près maîtrisés, malgré quelques débordements ici ou là. De leur côté, les nationalistes ayant annoncé publiquement leur intention de « ne pas se laisser faire », les islamistes se sont tenus cois l'été suivant…

Reste maintenant ce que les étrangers appellent la « vendetta », c'est un terme beaucoup moins employé chez nous qu'on ne le croit généralement et il n'a guère de rapport avec des pratiques qui lui ressemblent en apparence – comme le Kanun en Albanie. Néanmoins, « l'idée de vengeance » en tant que telle est prégnante dès que le sang coule, touchant des proches. Dans ces cas-là, les Corses ne ressemblent à personne d'autre en France. Bien évidemment, cette « idée de vengeance » n'a plus le sens d'obligation absolue popularisée par Mérimée – et les bandits d'honneur ont disparu –, mais elle surgit régulièrement pour faire la une des journaux. À titre personnel, je ne suis d'ailleurs pas du tout certain, dois-je l'avouer, que je n'y succomberais pas si venait à être assassiné quelqu'un qui m'est très cher, l'un de mes enfants, par exemple –, mais cela vaut pour quelques autres personnes. En la matière, je suis diablement corse et je sais, en vérité, que je n'irais pas devant les tribunaux : la terre serait trop petite pour que l'assassin s'y cache. J'assume pleinement et sereinement la contradiction qui me voit être un opposant à la peine de mort dans le champ social. À chacun ses « faiblesses ». On pensera ce que l'on veut de ce résidu primitif de mon être profond, mais au moins rassure-t-il ceux dont j'ai charge d'âme. Il faut prendre certaines vengeances comme des déclarations d'amour à ceux que l'on aime.

Pour conclure, voici ce que je disais dans *De l'esprit d'aventure*, écrit en 2003 avec mes grands amis Gérard Chaliand et Jean-Claude Guilbert, de ma vision de la violence à laquelle j'ai été confronté toute ma vie, dans bien des guerres et nombre de révolutions :

> Le paradoxe est que l'admiration des anciennes formes de l'aventure, avec leur part de violence, s'est aujourd'hui réfugiée dans le cinéma ou le roman. On y adule des hommes que l'on condamnerait sans hésitation dans la réalité. Nul n'admirerait un Indiana Jones véritable, massacrant allègrement autour de lui pour retrouver l'Arche perdue. Cette contradiction m'a toujours frappé. Dans ce domaine, les figures de l'agent secret et du policier sont significatives : le cinéma ne cesse de les glorifier tandis que le réel les cloue régulièrement au pilori. Seuls James Bond et Maigret plaisent à tout le monde.
>
> Chez nous, tout acte de violence est désormais perçu de manière négative. Même la légitime défense paraît douteuse à beaucoup. L'aventurier moderne, disons l'aventurier médiatisé produit par notre société, suit cette pente. Il est généralement

« politiquement correct ». C'est pourquoi on ne le voit jamais s'engager dans des aventures comportant une part de violence. L'aventurier traditionnel n'a pas d'états d'âme particuliers face à la violence. Il la condamne pour ce qu'elle est, il ne la craint pas pour autant. Quand elle lui semble légitime, il l'utilise. Sans cela, il perdrait toute capacité de révolte et d'engagement réel. Ce qui le différencie du desperado, c'est son refus de la violence sans cause justifiée, c'est sa préférence affirmée pour la paix contre la guerre. Mais il ne manifeste aucun angélisme sur la nature humaine d'où naît la violence. Pour le reste, celle-ci fait partie de sa vie et des dangers qu'elle contient. Elle est quelque chose d'assez commun, en somme.

Si l'aventurier type n'a plus sa place dans notre époque, s'il doit toujours vivre en franc-tireur, ce n'est pas seulement parce que l'aventure disparaît de nos sociétés comme l'esprit d'aventure lui-même. C'est aussi parce qu'il porte ce regard décalé sur la violence. Il est d'un autre temps.

Aujourd'hui, j'ajouterais simplement que cet autre temps revient par la fenêtre avec les orages de l'histoire qui se rapprochent, menaçant nos sociétés ouvertes. Il va falloir que tous les Français deviennent un peu corses…

Vœux – de Nouvel An !

Abécédaire corse pour les temps à venir

Depuis que j'ai l'âge de marcher dans le maquis, de la Madone au Corsiglièse – voir les entrées correspondantes –, je peaufine des abécédaires de toutes sortes et les offre parfois le 31 décembre en guise de cartes de vœux personnelles ou publiques. J'aime l'exigence de ces abécédaires : dire l'essentiel en peu de mots – en les chargeant de sens. Pour ce « Dictionnaire amoureux », je me suis dit qu'il y aurait une forme d'originalité à introduire un dictionnaire dans le dictionnaire avec cet exercice de l'abécédaire qui m'est cher. Mais de quel type devait-il être ? Qu'est-ce qui pourrait convenir à mes compatriotes – comme à ceux qui aiment la Corse – et parlerait aux uns autant qu'aux autres ? J'ai fini par me décider pour quelque chose qui reflète deux des aspects de l'âme corse : son esprit critique exacerbé et sa combativité inusable. Mais quel sujet traiter ensuite ? Constatant la tension qui existe chez bien des Corses entre leur désir d'entrer dans la modernité malgré l'inconnu qu'elle représente et leur crainte de perdre par là même une part de leur ancestrale humanité, j'en suis arrivé à la conclusion que je devais proposer une critique combative de cet écartèlement en y mettant toutes les idées que cela pouvait faire jaillir. Je vous laisse juge de la pertinence de cette tentative pour chacune des vingt-six lettres de l'alphabet.

A comme Art : le fond du problème pour que la modernité ne fasse pas disparaître l'essentiel. J'ai entendu un Corse affirmer que préférer la poésie aux nouvelles technologies était devenu l'acte révolutionnaire par excellence. Voilà une affaire qui plaira aux bandits d'honneur du futur...

B comme Bonheur : somnifère de l'action pour ceux qui voudraient commettre l'acte révolutionnaire proclamé en A par ce Corse irréductible. À coup sûr, ils se construiront un destin plutôt qu'une carrière.

C comme Cœur : en avoir ou pas, tout est là – dans les deux sens de cette affirmation. Voir sœur Emmanuelle et le Cid dont les noms ne diront bientôt plus rien aux robots surveillant nos messages sur Internet, mais parleront toujours aux bergers corses éveillés.

D comme Dédale : ne serions-nous pas tous dans le labyrinthe d'un futur sans forme ? Et le fil d'Ariane pour en sortir ne s'appellerait-il pas : « humanisme combattant » ? Corses de tous les pays, unissez-vous pour ne pas confondre progrès et modernité grâce à ce concept nouveau. Dans *L'Homme de Verdigi*, roman dont j'ai situé l'action en Corse dans les années 1930, l'un des deux personnages principaux, le bandit d'honneur Pierre-Louis Caromani, est l'incarnation de cet humanisme nouveau. Seul contre tous, il cherche à défendre, quel qu'en soit le prix, ce qui à ses yeux compte le plus en ce bas monde : vivre en liberté.

E comme Étoile : à un inconnu, nous devons d'abord demander s'il aime les étoiles. Ensuite, nous savons s'il veut ou non sortir du labyrinthe. Vérant, compagnon de fortune de Caromani, sur le piton où il avait trouvé refuge, la Pietraresena – c'est du côté de mon village, je peux bien l'avouer aujourd'hui –, enseignait le ciel et la ronde immuable de ses étoiles à ceux qui venaient le rejoindre après avoir ôté les colliers qu'ils portaient dans leur vie antérieure.

F comme Folie : est au progrès humain ce que le sel et le poivre sont au steak. Caromani l'avait compris. Mangeons aussi épicé que lui.

G comme Gourmandise : le péché des dieux qui menace tout Corse à table. J'ai souvenir, gamin, de banquets qui n'en finissaient pas dans le grand jardin de la maison de mon grand-père, celui-ci toujours en bout de table, sa serviette autour du cou, son couteau à la main, ses fils et filles alignés devant lui, tandis que nous, les enfants, trépignons pour nous échapper dans le maquis. J'en ai gardé l'habitude de manger aussi vite que possible – et frugalement.

H comme Humour : l'arme des situations difficiles. Il faut bien l'admettre, tous les Corses n'en sont pas pourvus.

I comme Inutile : c'est encore plus beau quand ça ne sert à rien. Affirmation humaniste incompréhensible aux utilitaristes qui comptent à propos de tout. Pour vivre en liberté, il nous faut faire comme Caromani : briser nos calculettes.

J comme Janus : les deux visages des temps modernes. Méditer cette évidence est la fonction de ceux qui préfèrent écrire leur destin plutôt que faire une carrière. Relire B comme Bonheur.

K comme Krakatoa : pour la magie poétique des mots lointains. Tous les Corses qui, jadis, s'en allaient de par le monde pour le faire à leur image savent de quoi je parle. Comment envisager sérieusement aujourd'hui de se passer de cette magie poétique ? Revoir A comme Art.

L comme Liberté : en écrivant « humanisme combattant », n'épellerions-nous pas, en fait, le mot *liberté* ? Le jour où le dictionnaire admettra ces deux termes comme synonymes, nous pourrons aller en paix.

M comme Mercantilisme : à pourfendre en toute occasion pour chasser du temple les faux progrès de la modernité dévorant ses enfants. Qui nous donnera une grande épée ? Il en faudra une solide pour défendre la Corse.

N comme Nomade : les derniers des hommes libres. Leurs jours sont désormais comptés – sauf si notre île leur offre un peu d'espace.

O comme O : pour boucler la boucle au moins une fois dans son existence et voir si tous les progrès ne ramèneraient pas, finalement, au même point.

P comme Panache : je ne crois pas qu'il y ait beaucoup de peuples qui, comme les Corses, aiment à ce point le panache – surtout s'il ne sert à rien et côtoie parfois la vanité... Quoi qu'il en soit, les temps présents manquent cruellement de ce panache qui, seul, éclaire de sa lumière les ténèbres. Il nous faudrait retrouver la lance de Don Quichotte. Qui partira à sa recherche ? Quelques jeunes Corses intrépides ?

Q comme Quotidien : s'en dégager pour chercher le romanesque, telle est, peut-être, la mission première du progrès véritable. Cela peut mener à F comme Folie, Pierre-Louis Caromani l'avait compris ; mais sans doute faut-il savoir payer le prix de toute chose. Et même deux fois ce prix si cela en vaut la peine.

R comme Rêve : tout part de lui et tout y revient. Surtout pour construire l'avenir. S'il fallait choisir, mes chers compatriotes devraient dire : donnez-nous le rêve et gardez tout le reste.

S comme Salut : les soldats corses le font au garde-à-vous, les autres en allant se recueillir à la Madone de Pancheraccia – voir cette entrée.

T comme temps : le Corse qui prétendait en A que préférer la poésie aux nouvelles technologies est devenu l'acte révolutionnaire par excellence affirme aussi que, à défaut de pouvoir arrêter le temps, il est impératif de l'étirer par la densité de vie qu'il offre. Écoutons-le et soyons comme des élastiques : étirables à l'infini.

U comme Uniformité : mot rayé nul. Ne devrait pas exister – voir plus haut à Q comme Quotidien. Effacer l'uniformité, voilà le véritable esprit corse ! Mais où est-il passé ? demanderont certains. Bonne question.

V comme Vie : la plupart des Corses aiment la penser intense et libre. Tous ne sont pas au rendez-vous, hélas. Mais peu importe : n'est-ce pas ce que devrait d'abord proposer le progrès ?

W comme Wagons-lits : il n'y en a jamais eu sur notre brave « micheline » entre Bastia et Ajaccio. Faute de besoin, c'est évident. Mais on les a supprimés sur les lignes de chemin de fer du continent. Cela pourrait bien être un contre-progrès. Relire Blaise Cendrars et *La Prose du Transsibérien*.

X comme le X de l'équation : pour l'attrait de l'inconnu qui fascina tant mon grand-oncle, l'aventurier Ange-Jean Tiramani parti faire fortune en Indochine. Son frère Ange-Louis, mon grand-père maternel, était de la même trempe. Il navigua un temps sur la ligne de Madagascar en racontant qu'il partait voir madame Gaspard. Quand j'entendais cela, enfant, j'étais épaté.

Y comme Yogi : l'aventure du progrès intérieur. Complément d'objet indirect de l'action pour les frères Tiramani dont je viens de parler.

Z comme le zéro et l'infini : juste pour garder la mesure de toute chose et ne pas prendre trop au sérieux ce qui précède.

Tout ça, c'est une histoire corse...

Table

Du même auteur (suite)

Paona (avec A. Boinet et D. Lagourgue), Éditions de l'Archipel.
Quatre du Congo, in *Premières Expéditions*, Points-Seuil.
Terre farouche, in *Premières Expéditions*, Points-Seuil.
La Folle Équipée, Points-Seuil.
Qui a bu l'eau du Nil, in *Grandes Traversées*, Points-Seuil.
Raid Papou, in *Grandes Traversées*, Points-Seuil.
Trois Ans sur la dunette, Points-Seuil.
Avant la dernière ligne droite, Arthaud, Points-Seuil.
Mourir pour Kobané, Perrin, « Tempus ».
Patrouille au Groenland, Grasset.

Albums

Chasseur d'horizons, Filipacchi.
« La Boudeuse » en Amazonie (avec N. Clérice), Glénat.
La Vie que j'ai voulue, Seuil.

Autres

Patrice Franceschi et « La Boudeuse », de Valérie Labadie, Seuil, Points-Seuil.

Dans la même collection

Ouvrages parus

Philippe Alexandre
Dictionnaire amoureux de la politique

Albert Algoud
Dictionnaire amoureux de Tintin

Claude Allègre
Dictionnaire amoureux de la science

Metin Arditi
Dictionnaire amoureux de la Suisse
Dictionnaire amoureux de l'esprit français
Dictionnaire amoureux d'Istanbul

Pierre Assouline
Dictionnaire amoureux des écrivains et de la littérature

Jacques Attali
Dictionnaire amoureux du judaïsme

Alain Baraton
Dictionnaire amoureux des jardins
Dictionnaire amoureux des arbres

Christophe Barbier
Dictionnaire amoureux du théâtre

Jean-Baptiste Baronian
Dictionnaire amoureux de la Belgique

Alain Bauer
Dictionnaire amoureux de la franc-maçonnerie
Dictionnaire amoureux du crime

Olivier Bellamy
Dictionnaire amoureux du piano
Dictionnaire amoureux de Chopin

Yves Berger
Dictionnaire amoureux de l'Amérique (épuisé)

Laurent Binet et Antoine Benneteau
Dictionnaire amoureux du tennis

Adam Biro
Dictionnaire amoureux de l'humour juif

Patrice Blanc-Francard
Dictionnaire amoureux du jazz

Denise Bombardier
Dictionnaire amoureux du Québec

Éric Bouhier
Dictionnaire amoureux de San-Antonio

Hervé Bourges
Dictionnaire amoureux de l'Afrique

Jean-Claude Carrière
Dictionnaire amoureux de l'Inde
Dictionnaire amoureux du Mexique

Jean des Cars
Dictionnaire amoureux des trains
Dictionnaire amoureux des monarchies

Michel del Castillo
Dictionnaire amoureux de l'Espagne

Antoine de Caunes
Dictionnaire amoureux du rock

Patrick Cauvin
Dictionnaire amoureux des héros (épuisé)

Jacques Chancel
Dictionnaire amoureux de la télévision

Malek Chebel
Dictionnaire amoureux de l'Algérie
Dictionnaire amoureux de l'islam
Dictionnaire amoureux des Mille et Une Nuits

Jean-Loup Chiflet
Dictionnaire amoureux de l'humour
Dictionnaire amoureux de la langue française

Catherine Clément
Dictionnaire amoureux des dieux et des déesses

Richard Collasse
Dictionnaire amoureux du Japon

André Comte-Sponville
Dictionnaire amoureux de Montaigne

Gérard de Cortanze
Dictionnaire amoureux des Sixties

Xavier Darcos
Dictionnaire amoureux de la Rome antique
Dictionnaire amoureux de l'école

Bernard DEBRÉ
Dictionnaire amoureux de la médecine

Jean-Louis DEBRÉ
Dictionnaire amoureux de la République

Alain DECAUX
Dictionnaire amoureux d'Alexandre Dumas

Didier DECOIN
Dictionnaire amoureux de la Bible
Dictionnaire amoureux des faits divers

André DELEDICQ et Mickaël LAUNAY
Dictionnaire amoureux des mathématiques

Jean François DENIAU
Dictionnaire amoureux de la mer et de l'aventure

Bertrand DICALE
Dictionnaire amoureux de la chanson française

Alain DUAULT
Dictionnaire amoureux de l'opéra

Alain DUCASSE
Dictionnaire amoureux de la cuisine

Jean-Paul et Raphaël ENTHOVEN
Dictionnaire amoureux de Marcel Proust

Nicolas D'ESTIENNE D'ORVES
Dictionnaire amoureux de Paris

Vladimir FÉDOROVSKI
Dictionnaire amoureux de Saint-Pétersbourg

Dominique FERNANDEZ
Dictionnaire amoureux de la Russie
Dictionnaire amoureux de l'Italie
(deux volumes sous coffret)
Dictionnaire amoureux de Stendhal

Franck FERRAND
Dictionnaire amoureux de Versailles

Luc FERRY
Dictionnaire amoureux de la philosophie

Élisabeth DE FEYDEAU
Dictionnaire amoureux du parfum

Jean-Louis FOURNIER
Dictionnaire amoureux du Nord

Patrice FRANCESCHI
Dictionnaire amoureux de la Corse

José FRÈCHES
Dictionnaire amoureux de la Chine

Max GALLO
Dictionnaire amoureux de l'histoire de France

René GUITTON
Dictionnaire amoureux de l'Orient

Claude HAGÈGE
Dictionnaire amoureux des langues

Hervé HAMON
Dictionnaire amoureux des îles

Daniel HERRERO
Dictionnaire amoureux du rugby
Dictionnaire amoureux de l'Ovalie

HOMERIC
Dictionnaire amoureux du cheval

Francis HUSTER
Dictionnaire amoureux de Molière

Gilles JACOB
Dictionnaire amoureux du Festival de Cannes

Daniel JOUANNEAU
Dictionnaire amoureux de la diplomatie

Serge JULY
Dictionnaire amoureux du journalisme
Dictionnaire amoureux de New York

Alain JUPPÉ
Dictionnaire amoureux de Bordeaux

Christian LABORDE
Dictionnaire amoureux du Tour de France

Jacques LACARRIÈRE
Dictionnaire amoureux de la Grèce
Dictionnaire amoureux de la mythologie (épuisé)

André-Jean LAFAURIE
Dictionnaire amoureux du golf

Pierre et Olivier DE LAGARDE
Dictionnaire amoureux du patrimoine

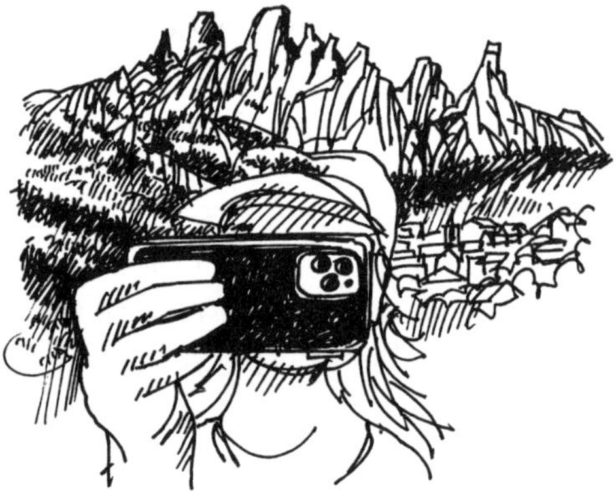

Mathieu LAINE
Dictionnaire amoureux de la liberté

Jack LANG
Dictionnaire amoureux de François Mitterrand

Gilles LAPOUGE
Dictionnaire amoureux du Brésil

François LAROQUE
Dictionnaire amoureux de Shakespeare

Michel LE BRIS
Dictionnaire amoureux des explorateurs

Bernard LECOMTE
Dictionnaire amoureux des papes

Anne LEHOËRFF
Dictionnaire amoureux de l'archéologie

Nicole LE DOUARIN
Dictionnaire amoureux de la vie

Jean-Yves LELOUP
Dictionnaire amoureux de Jérusalem

Pierre LEMAITRE
Dictionnaire amoureux du polar

Évelyne LEVER
Dictionnaire amoureux des reines

Paul LOMBARD
Dictionnaire amoureux de Marseille

Peter MAYLE
Dictionnaire amoureux de la Provence

Michel MEYER
Dictionnaire amoureux de l'Allemagne

Christian MILLAU
Dictionnaire amoureux de la gastronomie

Richard MILLET
Dictionnaire amoureux de la Méditerranée

François et Valentin MOREL
Dictionnaire amoureux de l'inutile

Pierre NAHON
Dictionnaire amoureux de l'art moderne et contemporain

Alexandre Najjar
Dictionnaire amoureux du Liban

Henri Pena-Ruiz
Dictionnaire amoureux de la laïcité

Gilles Perrault
Dictionnaire amoureux de la Résistance

Jean-Christian Petitfils
Dictionnaire amoureux de Jésus

Loïck Peyron
Dictionnaire amoureux de la voile

Jean-Robert Pitte
Dictionnaire amoureux de la Bourgogne

Bernard Pivot
Dictionnaire amoureux du vin

Gilles Pudlowski
Dictionnaire amoureux de l'Alsace

Yann Queffélec
Dictionnaire amoureux de la Bretagne
Dictionnaire amoureux de la mer

Christiane Rancé
Dictionnaire amoureux des saints

Alain Rey
Dictionnaire amoureux des dictionnaires
Dictionnaire amoureux du diable

Pierre Rosenberg
Dictionnaire amoureux du Louvre

Jean-Marie Rouart
Dictionnaire amoureux de Jean d'Ormesson

Élisabeth Roudinesco
Dictionnaire amoureux de la psychanalyse

Marcel Rufo
Dictionnaire amoureux de l'enfance et de l'adolescence

Ève Ruggieri
Dictionnaire amoureux de Mozart

Danièle Sallenave
Dictionnaire amoureux de la Loire

Elias Sanbar
Dictionnaire amoureux de la Palestine

Jérôme SAVARY
Dictionnaire amoureux du spectacle (épuisé)

Jean-Noël SCHIFANO
Dictionnaire amoureux de Naples

Alain SCHIFRES
Dictionnaire amoureux des menus plaisirs (épuisé)
Dictionnaire amoureux du bonheur

Robert SOLÉ
Dictionnaire amoureux de l'Égypte

Philippe SOLLERS
Dictionnaire amoureux de Venise

Michel TAURIAC
Dictionnaire amoureux de De Gaulle

Frédéric THIRIEZ
Dictionnaire amoureux de la montagne

Denis TILLINAC
Dictionnaire amoureux de la France
Dictionnaire amoureux du catholicisme
Dictionnaire amoureux du Général

Trinh Xuan THUAN
Dictionnaire amoureux du ciel et des étoiles

André TUBEUF
Dictionnaire amoureux de la musique

Jean TULARD
Dictionnaire amoureux du cinéma
Dictionnaire amoureux de Napoléon

Mario VARGAS LLOSA
Dictionnaire amoureux de l'Amérique latine

Hubert VÉDRINE
Dictionnaire amoureux de la géopolitique

Dominique VENNER
Dictionnaire amoureux de la chasse

Jacques VERGÈS
Dictionnaire amoureux de la justice

Pascal VERNUS
Dictionnaire amoureux de l'Égypte pharaonique

Frédéric VITOUX
Dictionnaire amoureux des chats

Olivier Weber
Dictionnaire amoureux de Joseph Kessel

Jean-Michel Wilmotte
Dictionnaire amoureux de l'architecture

Denis Zervudacki
(sous la direction de)
Dictionnaire amoureux de l'entreprise et des entrepreneurs

À paraître

Benoît Duteurtre
Dictionnaire amoureux de la Belle Époque et des Années folles

Mathilde Levesque
Dictionnaire amoureux de l'éloquence

Tetiana Andrushchuk et Danièle Georget
Dictionnaire amoureux de l'Ukraine

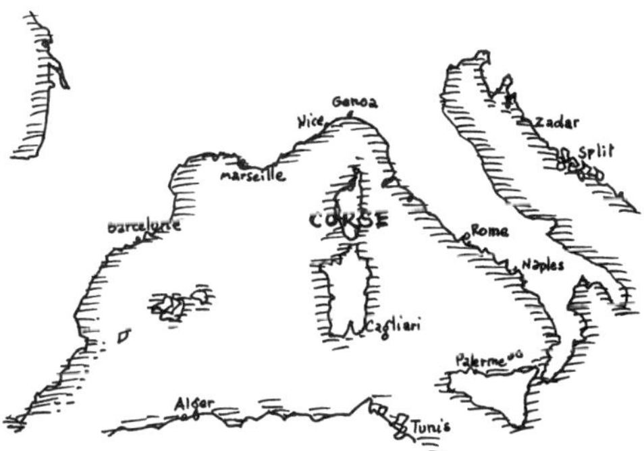

Achevé d'imprimer en avril 2022
par Normandie Roto Impression s.a.s.
61250 Lonrai
N° d'impression : 2201724

Imprimé en France